FANTASY

Autor

Robert A. Salvatore, geboren 1959 in Massachusetts, ist der international erfolgreiche Autor der Saga um die *Vergessenen Welten* und der *Dunkelelf-Saga*. R. A. Salvatore lebt mit seiner Frau Diane und ihren drei Kindern in Massachusetts.

R. A. Salvatore im Goldmann Verlag

Die Vergessenen Welten:

Der Gesprungene Kristall (24549) • Die verschlungenen Pfade (24550) • Die silbernen Ströme (24551) • Das Tal der Dunkelheit (24552) • Der magische Stein (24553) • Der ewige Traum (24554)

Die Saga vom Dunkelelf:

Der dritte Sohn (24562) • Im Reich der Spinne (24564) • Der Wächter im Dunkel (24565) • Im Zeichen des Panthers (24566) • In Acht und Bann (24567) • Der Hüter des Waldes (24568)

Das Vermächtnis (24663) • Nacht ohne Sterne (24664) • Brüder des Dunkels (24706)

Die Drachenwelt-Saga:

Der Speer des Kriegers (24652) • Der Dolch des Drachen (24653) • Die Rückkehr des Drachenjägers (24654)

Das Lied von Deneir:

Das Elixier der Wünsche (24703) • Die Schatten von Shilmista (24704) • Die Masken der Nacht (24705)

Weitere Bände in Vorbereitung.

FANTASY

R. A. SALVATORE

Die Schatten von Shilmista

DAS LIED VON DENEIR 2

Aus dem Amerikanischen
von Imke Brodersen

GOLDMANN

Die amerikanische Originalausgabe erschien 1992
unter dem Titel »Forgotten Realms: In Sylvan Shadows«
bei TSR, Inc., Lake Geneva, WI, USA

Für Bryan, Geno und Caitlin,
meine drei kleinen Muntermacher.

Umwelthinweis:
Alle bedruckten Materialien dieses Taschenbuches
sind chlorfrei und umweltschonend.
Das Papier enthält Recycling-Anteile.

Der Goldmann Verlag
ist ein Unternehmen der Verlagsgruppe Bertelsmann

Deutsche Erstveröffentlichung 1/97

Published in the Federal Republic of Germany by
Wilhelm Goldmann Verlag, München
Umschlaggestaltung: Design Team München
Umschlagillustration: Jeff Easley
Satz: deutsch-türkischer fotosatz, Berlin
Druck: Elsnerdruck, Berlin
Verlagsnummer: 24704
VB / Redaktion: Regina Winter
Herstellung: Peter Papenbrok
Made in Germany
ISBN 3-442-24704-7

3 5 7 9 10 8 6 4 2

BURG TRINITATIS
DIE TÄLER
DAOINE DUN
STERNENBERG
SYLDRITCH HAIN
SCHNEEFLOCKEN GEBIRGE
WEHRBERG
DIE LEUCHTENDEN EBENEN
SHILMISTA
DER SCHATTENWALD
DIE ERHEBENDE BIBLIOTHEK
IMPRESKSEE
NACH RIATAVIN
NACH LHESHAYL
CARRADOON
DER LEUCHTENDE STROM
SHALANE
GOLCONDA
LLORBAUTH
SEE VON SHALANE

Prolog

Cadderly tunkte die Feder ins Tintenfaß, überlegte es sich dann aber anders und legte das Schreibgerät wieder auf den Tisch. Er sah aus dem Fenster auf das Blätterdach um die Erhebende Bibliothek und entdeckte Percival, das weiße Eichhörnchen, das an der Regenrinne entlang Eicheln nach unten balancierte. Es war der Monat Eleasias, Sonnenhöchststand, Hochsommer, und selbst hier oben im Schneeflockengebirge war es für die Jahreszeit ungewöhnlich warm und schön gewesen.

Für Cadderly war alles wie immer – jedenfalls versuchte der junge Gelehrte, sich das einzureden. Percival spielte im Sonnenschein, die Bibliothek war wieder ein sicherer, friedlicher Ort, der träge Rest des Sommers versprach Muße und ruhige Spaziergänge.

Wie immer.

Cadderly stützte sein Kinn in eine Hand und fuhr sich mit der anderen durchs Haar. Er versuchte, sich auf das friedliche Bild zu konzentrieren, auf die ruhige, sommerliche Welt im Schneeflockengebirge, aber tief in seinem Geist blickten ihn Augen an: die Augen des Mannes, den er getötet hatte.

Nichts würde je wieder wie früher sein. Cadderlys graue Augen schlossen sich nicht mehr so schnell seinem breiten, jungenhaften Lächeln an.

Entschlossener als zuvor tauchte der junge Gelehrte wieder seine Feder in die Tinte und strich das Pergament glatt, das vor ihm lag.

Eintrag Nummer siebzehn
von Cadderly von Carradoon
Offizieller Forscher, Orden des Deneir

Vierter Tag des Eleasias,
1361 (Jahr der Maiden)

Barjins Niederlage ist fünf Wochen her,
aber noch immer sehe ich seine toten Augen.

Cadderly hielt inne und strich den Eintrag – sowohl auf dem Pergament als auch aus seinen Gedanken. Wieder schaute er aus dem Fenster, legte die Feder hin und rieb sich kurz mit beiden Händen das jungenhafte Gesicht. Was er tat, war wichtig, gemahnte er sich. Er hatte seit über einer Woche nichts mehr aufgezeichnet, und wenn er bei seiner Forschungsaufgabe versagte, konnten die Folgen für die ganze Region verheerend sein. Wieder tauchte die Feder ins Tintenfaß.

Es ist fünf Wochen her, seit wir den Fluch besiegt haben, der die Erhebende Bibliothek heimgesucht hat. Die unangenehmste Neuigkeit seitdem: Ivan und Pikel Felsenschulter haben die Bibliothek verlassen, da Pikel noch immer Druide werden möchte. Ich wünsche Pikel alles Gute, obwohl ich bezweifle, daß die Waldpriester einen Zwerg in ihren Orden aufnehmen. Die Zwerge wollten nicht sagen, wohin sie ziehen (ich glaube nicht, daß sie selbst es wußten). Ich vermisse sie schmerzlich, denn sie, Danica und Newander waren die wahren Helden im Kampf gegen den bösen Priester Barjin – falls dies tatsächlich sein Name war.

Cadderly dachte kurz nach. Daß er dem Mann, den er getötet hatte, einen Namen geben konnte, machte die Sache für den jungen Gelehrten nicht leichter. Er brauchte etwas Zeit, ehe er sich auf die wichtigeren Informationen konzentrieren konnte, die die Befragung des Toten betrafen.

Die Kleriker, die den Geist des Toten zurückgerufen haben, warnten mich, daß ihre Ergebnisse möglicherweise nicht der Wahrheit entsprechen könnten. Zeugen aus dem Jenseits ließen oft Dinge aus, erklärten sie mir, und Barjins störrischer Geist war ein ebenso starker Gegner wie Barjin zu Lebzeiten. Die Kleriker konnten kaum etwas von ihm erfahren, aber immerhin glauben sie jetzt, daß der böse Priester einer Verschwörung angehörte. Ich muß annehmen, daß die Verschwörer noch immer tätig sind. Das macht meine Aufgabe nur noch wichtiger.

Wieder brauchte Cadderly eine ganze Weile, bis er fortfahren konnte. Er blickte zu dem weißen Eichhörnchen in der Sonne hin und verdrängte die starrenden Augen.

Barjin hat noch einen Namen genannt, Talona, und das verheißt wirklich nichts Gutes für die Bibliothek und unser Umland. »Herrin des Giftes« wird Talona genannt, eine bösartige, chaotische Gottheit, die durch keinerlei Moral gebunden ist. Eines kann ich mir allerdings nicht erklären: Barjin sah kaum aus wie ein Jünger der Talona. Er hatte sich keine sichtbaren Narben beigebracht, wie es die Priester der Herrin des Giftes zu tun pflegen. Sein heiliges Symbol jedoch, der Dreizack mit den kleinen Fläschchen auf jeder Spitze, gleicht tatsächlich dem Dreieck mit den drei Tränen, das Talona zugeordnet ist.

Aber auch das führt uns nur zu Vermutungen und Spekulationen. Es müssen genauere Informationen beschafft werden, und zwar bald, wie ich befürchte.

Heute hat meine Aufgabe eine neue Wendung genommen. Prinz Elbereth von Shilmista, ein sehr angesehener Elfenlord, ist in die Bibliothek gekommen und hat Handschuhe mitgebracht, die er einer Bande räuberischer Grottenschrate abnehmen konnte. Das Wappen auf diesen Handschuhen entspricht genau dem Symbol von Barjin – zweifellos waren die Grottenschrate mit dem Priester verbündet.

Die Großmeister haben noch keine Entscheidung getroffen. Immerhin sind sie sich einig, daß jemand Prinz Elbereth nach Shilmista zurückbegleiten soll. Es erscheint nur logisch, daß ihre Wahl auf mich fallen wird. Hier komme ich mit meiner Aufgabe nicht weiter; ich habe bereits jede Quelle ausgeschöpft, die wir über Talona besitzen – unser Wissen zu diesem Thema ist nicht umfangreich. Und was das magische Elixier angeht, das Barjin verwendet hat, so habe ich jedes wichtige Buch über Alchimie und Elixiere durchgesehen und mich ausgiebig mit Vicero Belago, dem hiesigen Alchimisten, beraten. Es sind weitere Nachforschungen nötig, aber meine Untersuchungen haben mich nur in Sackgassen geführt. Belago glaubt, daß er mehr über das Elixier herausfinden kann, wenn er die Flasche bekommt, aber dieses Ansinnen haben die Großmeister auf der Stelle zurückgewiesen. Die unteren Katakomben sind versiegelt – niemand darf dort hinunter, und die Flasche bleibt, wo ich sie hingestellt habe: in einer Schale Weihwasser in dem Raum, den Barjin für seinen verruchten Altar benutzt hat.

Die einzigen weiteren Hinweise führen also nach Shilmista. Schon immer wollte ich diesen verzauberten Wald besuchen, die Elfen tanzen sehen und ihren melancholischen Liedern lauschen. Aber nicht unter solchen Bedingungen.

Cadderly legte die Feder hin und blies vorsichtig über das Pergament, damit die Tinte schneller trocknete. Sein Eintrag sah schrecklich kurz aus, wenn man berücksichtigte, daß er tagelang nichts mehr aufgeschrieben hatte, und es mußte soviel nachgeholt werden. Doch er würde es dabei bewenden lassen, denn seine Gedanken waren so wirr, daß es ihm sinnlos erschien, sie aufzuschreiben.

Da er seine Eltern schon als kleines Kind verloren hatte, lebte Cadderly in der Erhebenden Bibliothek, solange er denken konnte. Die Bibliothek war immer eine sichere Festung gewesen – bis Barjin gekommen war. Für Cadderly waren Orks und Goblins, Untote und böse Zauberer bis dahin nur Bestandteil von Geschichten in verstaubten Büchern gewesen.

Plötzlich war alles nur zu wahr geworden, und Cadderly hatte sich inmitten des Geschehens wiedergefunden. Die anderen Priester, selbst Großmeister Avery, nannten ihn einen Helden, weil er Barjin besiegt hatte. Cadderly sah die Dinge jedoch anders. Verwirrung, Chaos und purer Zufall hatten jeden seiner Schritte begünstigt. Selbst Barjins Tod war ein Versehen gewesen – ein glückliches Versehen?

Cadderly wußte es wirklich nicht, denn er verstand nicht, was Deneir von ihm wollte oder erwartete. Ob Versehen oder nicht – daß er Barjin getötet hatte, verfolgte den jungen Gelehrten. Im Wachen wie im Traum sah er Barjins tote Augen, die ihn anklagend anstarrten.

Der junge Gelehrte mußte den Mantel des Helden tragen,

weil die anderen ihm diesen umgelegt hatten, aber er war sicher, daß dieses Gewicht seine Schultern niederdrücken würde, bis er darunter zerbrach.

Draußen vor dem Fenster hüpfte Percival die Regenrinne entlang. Warmes Sonnenlicht drang durch das dichte Blattwerk der riesigen Eichen und Ahornbäume des Bergwalds. Weit, weit unten glitzerte ruhig und heiter der Impresksee in den sanften Strahlen des Sommerlichts.

Cadderly, dem »Helden«, kam alles trügerisch vor.

Überrascht

Dämmerung.

Fünfzig elfische Bogenschützen versteckten sich auf dem ersten Berg; fünfzig weitere warteten hinter ihnen auf der zweiten Anhöhe dieser sanft gewellten Landschaft in Shilmista, die die Elfen einfach Täler nannten.

Weit hinten zwischen den Bäumen kamen flackernde Fackeln in Sicht.

»Das ist nicht die Vorhut«, warnte die Elfin Shayleigh, und tatsächlich wurden bald viel näher bei ihnen Goblinreihen gesichtet, die rasch und schweigend in der Dunkelheit vorrückten. Shayleighs Veilchenaugen glitzerten im Sternenlicht. Die Kapuze ihres Umhangs hatte sie hochgeschlagen, weil sie fürchtete, daß der Glanz ihres goldenen Haars ihre Position verraten würde.

Die Goblinvorhut rückte näher. Pfeile wurden aufgelegt, Langbogen gespannt.

Die Elfen hielten ihre Bogen ruhig. Nicht einer zitterte unter der Spannung seiner mächtigen Waffe. Allerdings sahen sie sich etwas nervös um, denn sie warteten auf Shayleighs Kommando. Ihre Disziplin wurde auf eine harte Probe gestellt, als Orks, Goblins und größere, bedrohlichere Gestalten schon fast am Fuß des Abhangs anlangten.

Shayleigh schritt rasch die Reihe ab. »Zwei Pfeile und dann zurückziehen«, befahl sie durch Handzeichen und gedämpftes Flüstern. »Auf mein Kommando.«

Orks waren am Hügel und stiegen bereits stetig den Abhang hoch. Noch immer hielt Shayleigh den Pfeilhagel der Elfen zurück, denn sie vertraute darauf, daß das anschließende Chaos ihre Feinde in Schach halten würde.

Nur zehn Schritte vor dem Gipfel blieb ein großer Ork stehen und schnüffelte. Die, die ihm folgten, blieben gleichfalls stehen und musterten ihre Umgebung, weil sie sich fragten, was ihr Kamerad bemerkt hatte.

»Jetzt!« schrie Shayleigh.

Der Anführerork konnte nicht einmal mehr einen Warnruf ausstoßen, ehe ihn der Pfeil im Gesicht traf. Die Wucht des Schusses warf ihn um und ließ ihn den Hang hinunterkullern. Am ganzen Nordhang des Hügels schrien die anrückenden Monster auf und fielen. Einige wurden im Bruchteil einer Sekunde von zwei oder drei Pfeilen getroffen.

Dann erzitterte die Erde unter dem Sturmangriff der zweiten Reihe der Invasorenarmee. Fast jedes Geschoß des anschließenden Pfeilregens der Elfen traf sein Ziel, aber das konnte die plötzlich vordrängenden, geifernden Monster kaum aufhalten.

Plangemäß wandten Shayleigh und ihre Truppe sich zur Flucht, die Goblins, Orks und Oger dicht auf den Fersen.

Galladel, der Elfenkönig von Shilmista, hatte das Kommando über die zweite Linie. Er ließ seine Bogenschützen feuern, sobald die Monster auf dem ersten Hügel auftauchten. Pfeil um Pfeil fand sein Ziel; vier Elfen zugleich konzentrierten sich auf einzelne Opfer – riesige Oger – und konnten die Ungeheuer auf diese Weise töten.

Shayleighs Gruppe überquerte den zweiten Grat und verstärkte die Reihen ihrer Gefährten. Mit furchtbarer Geschwindigkeit füllte sich das Tal zwischen den Hügeln mit Blut und Leichen.

Ein Oger schlüpfte aus dem Knäuel und näherte sich bedrohlich der Elfenlinie. Er hatte seine Keule schon zum Schlag erhoben, doch ein Dutzend Pfeile in seiner Brust ließen ihn ins Taumeln geraten. Furchtlos und entschlossen sprang Shayleigh über den vordersten Schützen und bohrte dem überraschten Ungeheuer ihr glänzendes Schwert ins Herz.

☆☆☆

Sobald er von den Kämpfen in den Tälern hörte, wußte der Zauberer Tintagel, daß er und seine drei Mitmagier bald einen harten Stand gegen die Invasoren haben würden. Nur ein Dutzend Bogenschützen war als Geleitschutz für die Zauberer bestimmt worden, und Tintagel wußte, daß diese mehr Zeit für das Kundschaften im Osten und die Verbindungslinie zur Haupttruppe im Westen aufwenden würden als fürs Kämpfen. Die vier elfischen Zauberkundigen hatten ihre Verteidigung sorgfältig geplant, und sie vertrauten ihrer Kunst. Wenn der Hinterhalt in den Tälern Erfolg haben sollte, mußten Tintagel und seine Begleiter die Linie im Osten halten. Sie durften nicht versagen.

Ein Späher eilte auf Tintagel zu. Der Zauberer strich sich die schwarzen Locken zur Seite und schaute nach Norden.

»Gemischte Gruppe«, berichtete der junge Elf. »Vor allem Goblins, aber von einer ganzen Reihe Orks begleitet.«

Tintagel rieb sich die Hände und winkte seinen drei Kollegen. Alle vier begannen gleichzeitig mit ihren Zaubersprüchen, und bald füllte sich die Luft nördlich von ihnen mit klebrigen Fäden, die herabsanken, um zwischen den Bäumen dichte Netze zu spannen. Die Warnung des Kundschafters war im letzten Moment gekommen, denn noch während das Netz Gestalt annahm, liefen schon zahlreiche Goblins hinein, die sich gleich rettungslos verstrickten.

Viele weitere Gegner waren noch jenseits des Netzes in Freiheit. Das wußte Tintagel. Viele, viele weitere, aber zumindest hatte der Zauber den Elfen in den Tälern eine Atempause verschafft.

Der zweite Hügel wurde aufgegeben, aber nicht bevor die Eindringlinge scharenweise gefallen waren. Der Rückzug der Elfen ging rasch vonstatten, den Hügel hinunter, über die Blätterhaufen an dessen Fuß hinweg, dann an die schon eingeübten Positionen auf dem dritten Hügel.

Schreie im Osten verrieten Shayleigh, daß viele Monster von dort gekommen waren. Hoch im Norden leuchteten jetzt Hunderte von Fackeln.

»Wie viele seid ihr?« flüsterte die Elfin atemlos.

Unten in dem kleinen Tal erwartete die Angreifer eine Überraschung. Die Elfen waren über die aufgehäuften Blätter gesprungen, weil sie wußten, daß sich Fallgruben mit spitzen Pfählen darunter verbargen.

Als der Ansturm gebremst wurde, hatte ihr Pfeilhagel noch mörderischere Auswirkungen. Goblin um Goblin fiel. Die zähen Oger steckten knurrend ein Dutzend Treffer ein, nur um ein weiteres dutzendmal getroffen zu werden.

Unter Wutgeschrei ließen die Elfen ihren tödlichen Pfeilregen auf die bösen Eindringlinge niederprasseln, aber Shayleighs Miene blieb besorgt. Sie wußte, daß die eigentliche Armee, die hinter diesen Opferreihen der Vorhut anrückte, besser organisiert sein würde.

»Tod den Feinden von Shilmista!« schrie ein begeisterter Elf, sprang auf und reckte die Faust in die Luft. Als Antwort kam ein großer Stein durch die Dunkelheit geflogen, der den dummen jungen Elfen mitten ins Gesicht traf und ihn fast köpfte.

»Ein Riese!« ertönte es von allen Seiten zugleich.

Ein zweiter Stein sauste nur knapp an Shayleighs verhülltem Kopf vorbei.

☆☆☆

Die Zauberer konnten unmöglich genug Netze erschaffen, um den ganzen Osten abzuriegeln. Das hatten sie von Anfang an gewußt und deshalb bestimmte Bäume ausgewählt, an denen sie ihre Stränge verankerten. So schufen sie einen Irrgarten, der das Nahen der Feinde erschwerte. Tintagel und seine drei Verbündeten nickten einander grimmig zu, nahmen die verabredeten Plätze am Ausgang der Netztunnel ein und bereiteten ihren nächsten Zauberspruch vor.

»Sie haben den zweiten Kanal betreten!« rief ein Späher.

Tintagel zählte im Geist bis fünf und klatschte dann in die Hände. Auf dieses Signal hin begannen die vier Zauberer mit demselben Lied. Sie sahen die Gestalten, die schattenhaft und verzerrt hinter den Netzen anrückten, aus dem Labyrinth schlüpfen. Dann stürmten die Goblins vor, denn sie lechzten nach Elfenblut. Die Zauberer hielten jedoch die Stellung, konzentrierten sich auf ihre Sprüche und vertrauten darauf, daß sie die Bewegungen des Feindes richtig eingeschätzt hatten.

Auf jeden von ihnen kamen Goblins zu, die in einer Reihe hintereinander aus den Netzkanälen rannten.

Einer nach dem anderen zeigten die Elfenzauberer auf den Feind und sprachen die letzten, auslösenden Silben. Blitze zuckten durch die Dunkelheit. Mit tödlicher Wut rasten sie durch jeden der Kanäle.

Den Goblins blieb nicht einmal die Zeit aufzuschreien, bevor sie verkohlt zu Boden stürzten.

☆☆☆

»Es wird Zeit zu gehen«, sagte Galladel zu Shayleigh, und dieses eine Mal widersprach die junge Elfin nicht. Der Wald hinter dem zweiten Hügel war von so vielen Fackeln erhellt, daß es aussah, als ginge die Sonne auf – und immer noch rückten Feinde nach.

Shayleigh konnte nicht feststellen, wie viele Riesen sich hinter dem Hügel verschanzt hatten, aber wenn man nach der Zahl der Felsbrocken ging, die auf die Elfen zuflogen, waren es mehrere.

»Noch fünf Pfeile!« schrie die feurige Elfin ihren Truppen zu.

Aber viele der Elfen konnten diesem Befehl nicht folgen. Sie mußten plötzlich die Bogen fallen lassen und zum Schwert greifen, denn von Westen her hatte sich ein Trupp Grottenschrate angeschlichen, die man trotz ihrer Größe nicht bemerkt hatte.

Shayleigh eilte, um sich in den Kampf zu stürzen. Wenn die Grottenschrate den Rückzug auch nur geringfügig verzögerten, würden die Elfen überrannt werden. Bis sie jedoch dort war, hatten ihre geübten Kämpfer die meisten Grottenschrate erledigt. Nur ein Elf war gefallen. Drei Männer hatten eines der letzten Monster umzingelt, eine andere Gruppe verfolgte zwei Grottenschrate, die nach Westen flohen. Seitlich aber tauchte ein neuer Grottenschrat auf, der nur einen Elfen – eine junge Frau – vor sich hatte.

Shayleigh rannte direkt auf ihn zu, denn sie erkannte Cellanie und wußte, daß diese zu unerfahren war, um mit einem Grottenschrat fertigzuwerden.

Die junge Elfin fiel, bevor Shayleigh bei ihr war. Der Schrat hatte ihr mit der Keule den Schädel eingeschlagen. Mit einem bösen Grinsen stand das sieben Fuß große, behaarte Ungeheuer über ihr.

Shayleigh senkte den Kopf und knurrte laut, als ob sie angreifen wollte. Der Grottenschrat nahm Kampfhaltung an und packte seine gefährliche Keule fester, doch die Elfin blieb plötzlich stehen und nutzte den Schwung, um ihr Schwert zu schleudern.

Der Grottenschrat war wie vom Donner gerührt. Schwerter waren nicht für solche Angriffe gedacht! Aber falls er an Shayleighs Intelligenz oder ihrem Geschick für so einen Trick gezweifelt hatte, so brauchte er nur seine Brust anzusehen, wo der Schwertgriff nur fünf Fingerbreit vor dem haarigen Brustkorb vibrierte. Schratblut spritzte über den Griff und besudelte den Boden.

Das Ungeheuer sah nach unten, warf einen Blick auf Shayleigh und fiel tot um.

»Nach Westen!« schrie Shayleigh. »Wie geplant! Nach Westen!« Sie ergriff das blutige Heft und zog, aber die Waffe saß fest. Shayleigh sorgte sich mehr um ihre Truppen als um ihre eigene verwundbare Position. Den Blick immer noch nach hinten gewandt, um den Rückzug zu überwachen, stemmte sie einen Fuß gegen die Brust des toten Grottenschrats und faßte das Schwert fest mit beiden Händen.

Als sie das Schnauben über sich hörte, erkannte sie ihre Torheit. Sie hatte beide Hände an einer Waffe, die sie nicht benutzen konnte, weder für einen Schlag noch für eine Parade.

Hilflos stand sie einem weiteren Grottenschrat und seiner riesigen Dornenkeule gegenüber.

☆☆☆

Die Zauberer, die sich den anderen Elfen anschlossen, konzentrierten ihre magischen Angriffe auf die Fackeln der Hauptarmee hinter dem zweiten Hügel. Zauberflammen loderten brüllend auf. Wildstiebende Funken brannten sich in jedes Monster, das zu nah stand. Andere Fackeln rauchten so stark, daß alles um sie herum blind wurde und husten mußte. Schließlich mußten die Gegner sich zurückziehen, um nicht zu stolpern.

Während diese Deckung ihre Feinde in Schach hielt, räumten die Elfen rasch den dritten Hügel.

Ein Blitz zuckte an Shayleighs Gesicht vorbei, versengte und blendete sie. Zuerst dachte sie, es wäre der Schlag der Grottenschratkeule, aber als die Elfin wieder zu sich kam und etwas erkennen konnte, stand sie immer noch über dem von ihr getöteten Grottenschrat und umklammerte ihr festsitzendes Schwert.

Schließlich entdeckte sie den anderen Schrat, der mit dem Rücken an einem Baum klebte. In seinen Bauch war ein tiefes Loch gebrannt. Seine Haare sträubten sich nach allen Seiten. Shayleigh erkannte, daß ihn der Blitzschlag eines Zauberers getroffen hatte.

Tintagel stand neben ihr.

»Komm«, sagte er und half ihr, das Schwert aus dem toten Ungeheuer zu ziehen. »Wir haben den Ansturm abgebremst, aber die große, dunkle Armee ist nicht aufzuhalten. Die Späher sind im Westen auf Widerstand gestoßen.«

Shayleigh wollte eine Antwort geben, stellte jedoch fest, daß ihr Kiefer sich kaum rührte.

Der Zauberer sah zu den zwei Bogenschützen zurück, die ihn von hinten deckten. »Nehmt die arme Cellanie mit«, sagte er finster. »Wir dürfen keine Toten zurücklassen, mit denen unsere grausamen Feinde ihr Spiel treiben können!« Tintagel nahm Shayleighs Arm und führte sie hinter dem Rest der fliehenden Elfenarmee her.

Auf beiden Seiten ertönten Schreie, aber die Elfen gerieten nicht in Panik. Sie blieben bei ihrem genau ausgearbeiteten Plan und führten ihn perfekt durch. Im Westen trafen sie vereinzelt auf Widerstand, aber das zerklüftete Gelände verschaffte ihnen gegenüber den langsameren Gegnern einen Vorteil, besonders da die Elfen selbst auf der Flucht noch mit tödlicher Genauigkeit schießen konnten. Jede Monstergruppe wurde überwältigt, und die Elfen setzten ihren Weg ohne weitere Verluste fort.

Der Osthimmel glühte in der frühen Morgendämmerung, als sie sich schließlich wieder zusammenfanden und etwas ausruhten. Shayleigh hatte glücklicherweise keinen weiteren Kampf mehr durchstehen müssen. Ihr Kopf tat so weh, daß sie ohne Tintagels Hilfe nicht mehr stehen konnte. Der Zauberer blieb die ganze Zeit an ihrer Seite und wäre bereitwillig neben ihr gestorben, wenn der Feind sie eingeholt hätte.

»Ich muß mich bei dir entschuldigen«, sagte Tintagel, nachdem sie südlich der Täler das neue Lager aufgeschlagen hatten. »Der Grottenschrat war zu nah – ich mußte meinen Blitz zu dicht neben dir abfeuern.«

»Du entschuldigst dich dafür, daß du mir das Leben gerettet hast?« fragte Shayleigh. Jedes Wort, das sie sprach, verursachte ihr Schmerzen.

»Dein Gesicht ist ganz rot gebrannt«, sagte Tintagel, berührte leicht ihre glühende Wange und zuckte dabei vor Mitleid zusammen.

»Das heilt wieder.« Shayleigh brachte ein schwaches Lächeln zustande. »Wenn der Schrat mich erwischt hätte, wäre mein Kopf völlig hinüber.« Diesmal brachte sie kein Lächeln zustande, nicht wegen ihrer Verletzung, sondern wegen der Erinnerung an Cellanie, die erschlagen worden war.

»Wie viele haben wir verloren?« fragte sie düster.

»Drei«, erwiderte Tintagel bedrückt.

»Nur drei«, erklang die Stimme von König Galladel, der zu ihnen trat. »Nur drei! Und das Blut von Hunderten von Goblins und ihren Verbündeten tränkt die Erde. Angeblich ist heute nacht sogar ein Riese gefallen.« Er riß die Augen auf, als er Shayleighs rotes Gesicht bemerkte.

»Das ist gar nichts«, sagte die Elfin und winkte ab.

Beschämt wandte Galladel den Blick ab. »Wir stehen in

deiner Schuld», sagte er. »Durch deine Strategie haben wir heute nacht einen großen Sieg errungen.« Der Elfenkönig nickte, klopfte Shayleigh auf die Schulter und ging, denn er mußte sich noch um vieles andere kümmern.

Shayleighs Grimasse verriet Tintagel, daß sie Galladels Hoffnungen bezüglich der Schlacht nicht teilte.

„Wir haben wirklich gesiegt«, erinnerte sie der Zauberer. »Es hätte viel, viel schlimmer kommen können.«

Aus seinem niedergeschlagenen Tonfall folgerte Shayleigh, daß sie ihre Ängste nicht erklären mußte. Sie hatten den Feind überrascht, auf einem von ihnen vorbereiteten Schlachtfeld, das der Feind nicht gekannt hatte. Sie hatten nur drei Tote zu beklagen, richtig, aber Shayleigh kam es so vor, als wären diese drei toten Elfen für ihre Seite kostbarer gewesen als die Hunderte toter Goblinoide für die scheinbar unzählbaren Massen, die Shilmistas Nordgrenzen überrannten.

Und trotz der Überraschung und des Gemetzels hatten die Elfen, nicht die Angreifer, fliehen müssen.

Ein empfehlenswertes Buch

Du kennst Prinz Elbereth?« fragte Großmeister Avery, sobald Cadderly Abt Thobicus' Büro betreten hatte. Der dicke Großmeister rieb sich mit einem Taschentuch über sein fleckiges Gesicht. Er schnaufte fast unablässig, denn er litt unter Atemnot. Schon vor dem Chaosfluch war Avery ein beleibter Mann gewesen. Jetzt war er fett, denn er hatte sich – zusammen mit einigen der gefräßigsten Priester der Erhebenden Bibliothek – regelrecht gemästet. In den Fängen des Chaosfluchs hatten sich einige von ihnen buchstäblich zu Tode gefressen.

»Du mußt morgens weiter laufen«, schlug Großmeisterin Pertelope vor, eine gepflegte, schon ergrauende Frau mit braunen Augen, die immer noch das neugierige Funkeln zeigten, das ansonsten meist das Privileg der Jugend ist. Cadderly betrachtete sie genauer. Pertelope war seine Lieblingslehrerin, eine kluge Frau, die dem gesunden Menschenverstand mehr traute als festen Regeln. Ihm war aufgefallen, daß sie seit den Tagen des Chaosfluches ein knöchellanges Gewand mit langen Ärmeln trug, das am Kragen fest zugeschnürt war. Außerdem hatte er sie seitdem nie ohne Handschuhe gesehen. Pertelope war zuvor nie derart auf Züchtigkeit bedacht gewesen – falls dies tatsächlich der Grund war, daß sie sich so bedeckt hielt. Sie redete weder mit Cadderly noch mit sonst jemandem darüber, was während des Fluches geschehen war. Cadderly war nicht allzu besorgt, denn selbst in ihrer neuen Kleidung wirkte Pertelope so durchtrieben wie eh und je. Gerade faßte sie mitten in Averys Schwabbelspeck und kniff ihn scherzhaft. Avery und Abt Thobicus, der magere, runzlige Herr der Bibliothek, starrten sie fassungslos an.

Cadderly konnte sich nicht beherrschen; er mußte einfach kichern. Strafende Blicke trafen ihn, aber Pertelope zwinkerte ihm verschmitzt zu.

Die ganze Zeit zeigte Prinz Elbereth, der groß und stocksteif aufgerichtet dastand, keine Regung. Sein Haar war schwarz wie Rabenflügel, seine Augen silbern wie das Mondlicht auf einem fließenden Strom. Wie eine Statue stand er neben Abt Thobicus' Eichentisch und begegnete Cadderlys Blick mit einem durchdringenden Starren, das den Gelehrten in Bann schlug.

Cadderly war zutiefst beschämt. Er merkte nicht einmal, wie die Sekunden verstrichen.

»Nun?« fragte Avery.

»Nein«, antwortete Cadderly rasch. »Ich hatte noch nicht die Ehre, vorgestellt zu werden, obwohl ich von Prinz Elbereth seit seiner Ankunft vor drei Tagen viel gehört habe.« Cadderly setzte das jungenhafte Lächeln auf, bei dem sich selbst die Winkel seiner grauen Augen hochzogen, um sich seinem Grinsen anzupassen. Er strich sich die ungekämmten Locken aus dem Gesicht und ging mit ausgestreckter Hand auf Elbereth zu: »Glück auf!«

Elbereth betrachtete die angebotene Hand einen Augenblick, bis er zur Antwort auch seine ausstreckte. Bei seinem ernsten Nicken wurde Cadderly sein fröhliches Lächeln ausgesprochen peinlich. Wieder einmal fühlte er sich gar nicht in seinem Element, wußte nicht, wie er reagieren sollte. Elbereth war mit möglicherweise katastrophalen Nachrichten gekommen, und der junge Gelehrte, der sein Leben lang behütet gewesen war, wußte einfach nicht, wie er mit dieser Situation umgehen sollte.

»Das ist der Forscher, von dem ich Euch erzählt habe«, erklärte Avery dem Elfen. »Cadderly von Carradoon, ein überaus bemerkenswerter junger Mann.«

Elbereths Griff war für so ein schlankes Wesen unglaublich stark, und als der Elf Cadderlys Hand plötzlich umdrehte, leistete der junge Gelehrte nur andeutungsweise Widerstand.

Elbereth untersuchte Cadderlys Handfläche. Mit dem Daumen fuhr er über den Ansatz von Cadderlys Fingern. »Das sind nicht die Hände eines Kriegers», sagte der Elf wenig beeindruckt.

»Ich habe nie behauptet, ein Krieger zu sein«, gab Cadderly zurück, bevor Avery oder Thobicus etwas erklären konnten. Beide warfen Cadderly vorwurfsvolle Blicke zu, und diesmal scherte selbst die unbekümmerte Pertelope nicht aus.

Wieder verstrichen die Sekunden.

Großmeister Avery räusperte sich laut, um die Spannung zu brechen.

»Auf seine Art ist Cadderly sehr wohl ein Kämpfer«, erklärte der rundliche Großmeister. »Er war es, der sowohl Barjin als auch dessen furchtbarste Untotensoldaten besiegt hat.«

Bei diesem Bericht platzte Cadderly nicht gerade vor Stolz. Im Gegenteil, die Erwähnung des toten Priesters bewirkte, daß der junge Gelehrte diesen gleich wieder vor sich sah, wie er mit einem Loch in der Brust an der Wand heruntersackte und seine toten Augen seinen Mörder anklagend anstarrten.

»Aber darüber hinaus«, fuhr Avery fort, der zu Cadderly trat und dem jungen Mann den schweren, verschwitzten Arm um die Schulter legte, »ist Cadderlys wichtigste Waffe sein Wissen. Wir haben hier ein Rätsel, Prinz Elbereth, ein höchst gefährliches Rätsel, wie ich befürchte. Und darum sage ich Euch: Cadderly ist der Mann, der es lösen wird.«

Averys Lobeshymne belastete den jungen Mann mehr als der gewichtige Arm des Großmeisters. Er war sich nicht ganz sicher, aber irgendwie war ihm Avery vor dem Zwischenfall mit dem Chaosfluch lieber gewesen. Damals war der Großmeister oft aus der Haut gefahren und hatte ihm das Leben schwergemacht. Unter dem berauschenden Einfluß des Nebels hatte Avery ihm dann seine väterliche Zuneigung eingestanden, und jetzt erwies sich die Freundschaft des Großmeisters für Cadderly als noch unglückseliger als seine frühere übertriebene Strenge.

»Genug davon«, sagte Abt Thobicus mit zittriger Greisenstimme. »Wir haben Cadderly in dieser Angelegenheit zu unserem Stellvertreter erwählt, und unsere Entscheidung bleibt bestehen.«

Der Elf drehte sich zu dem Abt um und senkte knapp und höflich den Kopf.

Thobicus nickte ihm zu. »Erzählt Cadderly von den Handschuhen und wie Ihr in ihren Besitz gekommen seid«, gebot er.

Elbereth griff in die Tasche seines Reisemantels. Dabei öffnete sich sein Umhang und gewährte Cadderly einen kurzen Blick auf die prächtige Rüstung des Elfen, ein fein geschmiedetes Kettenhemd aus goldenen und silbernen Ringen. Der Prinz zog mehrere Handschuhe heraus. Auf jedem war dasselbe Dreizack-Flaschen-Symbol eingestickt, das auch Barjins Gewänder geziert hatte. Elbereth reichte Cadderly einen der Handschuhe.

»Übles Gewürm verirrt sich selten nach Shilmista«, begann der stolze Elf, »aber wir sind ständig auf sein Nahen gefaßt. Eine Gruppe Grottenschrate ist in den Wald eingedrungen. Keiner von ihnen ist lebend entkommen.«

Dies alles war für Cadderly natürlich nichts Neues. Seit der Ankunft des Prinzen hatte man entsprechende Gerüchte überall in der Erhebenden Bibliothek hören können. Cadderly nickte und untersuchte den Handschuh. »Es ist dasselbe wie bei Barjin«, erklärte er sofort, wobei er auf das Symbol mit den drei Flaschen über dem Dreizack wies.

»Aber was bedeutet es?« fragte Avery ungeduldig.

»Eine Variante von Talonas Symbol«, erläuterte Cadderly. Sein Achselzucken ließ die anderen wissen, daß er sich seiner Schlußfolgerungen nicht ganz sicher war.

»Die Grottenschrate trugen vergiftete Dolche«, bemerkte Elbereth. »Das weist ebenfalls auf die Herrin des Giftes hin.«

»Ihr kennt Talona?« fragte Cadderly.

Elbereths Silberaugen blitzten auf wie ein Mondstrahl, der auf einem Wellenkamm funkelt. Er warf Cadderly einen verächtlichen Seitenblick zu. »Ich habe drei Jahrhunderte kommen und gehen sehen, kleiner Mensch. Wenn Ihr sterbt, werdet Ihr für mich immer noch jung sein, selbst wenn Ihr alle anderen Eurer Rasse überlebt.«

Cadderly schluckte seine Antwort hinunter, denn er wußte, daß er kaum mit Unterstützung rechnen konnte, wenn er den Elfen verstimmte.

»Unterschätzt nicht, was ein Prinz von Shilmista wissen könnte», fuhr Elbereth hochmütig fort. »Wir sind kein einfältiges Volk, das jahrein, jahraus nur unter den Sternen tanzt, wie so viele glauben mögen.«

Cadderly wollte eine scharfe Antwort geben, aber Pertelope glättete wieder einmal die Wogen, indem sie vor ihn trat und den Handschuh nahm. Dabei zwinkerte sie ihm wieder zu und trat dem jungen Gelehrten unauffällig auf den Zeh.

»Niemals würden wir so etwas von unseren Freunden in Shilmista denken«, umgarnte die Großmeisterin den Prinzen. »Schon oft hat die Erhebende Bibliothek die Weisheit Galladels, Eures Vaters, zu Rate gezogen.«

Elbereth, der offenbar besänftigt war, nickte kurz.

»Wenn es tatsächlich eine Sekte der Talona ist, was schließen wir daraus?« fragte Abt Thobicus.

Cadderly zuckte hilflos die Schultern. »Wenig«, erwiderte er. »Seit der Zeit der Unruhen hat sich so viel verändert. Wir kennen die Absichten und Methoden der verschiedenen Sekten noch nicht, aber ich bezweifle, daß der reine Zufall Barjin zu uns und die Grottenschrate nach Shilmista geführt hat, besonders, da in beiden Fällen diese Abwandlung des Symbols auftauchte. Eine abtrünnige Sekte, so scheint es mir, die ihre Angriffe aber zweifellos aufeinander abstimmt.«

»Ihr kommt mit nach Shilmista«, sagte Elbereth zu Cadderly. An dem herrischen, kompromißlosen Blick war deutlich zu erkennen, daß dies ein Befehl und keine Bitte gewesen war. Hilflos sah der junge Mann seine Großmeister und den Abt an, aber diese und selbst Pertelope nickten zustimmend.

»Wann?« fragte Cadderly Abt Thobicus.

»In ein paar Tagen«, antwortete Thobicus. »Es sind viele Vorbereitungen zu treffen.«

»Ein paar Tage können für mein Volk zu lang sein«, stellte Elbereth unmißverständlich klar. Noch immer durchbohrte er Cadderly mit Blicken.

»Wir werden uns eilen.« Mehr konnte Thobicus nicht anbieten. »Wir haben viel durchgemacht, Elfenprinz. Ein Gesandter der Kirche des Ilmater ist unterwegs, um Näheres über eine Gruppe Ilmaterpriester zu erfahren, die tot in ihren Räumen aufgefunden wurden. Er wird eine gründliche Untersuchung verlangen, und dazu muß er mit Cadderly sprechen.«

»Dann wird Cadderly ihm eine schriftliche Stellungnahme hinterlassen«, entgegnete Elbereth. »Oder der Gesandte muß warten, bis Cadderly aus Shilmista zurückkehrt. Meine Sorge gilt den Lebenden, Abt Thobicus, nicht den Toten.«

Zu Cadderlys Erstaunen hatte Thobicus keine Einwände.

Dann wurde die Zusammenkunft auf Großmeister Averys Vorschlag hin vertagt, denn heute stand in der Erhebenden Bibliothek ein Ereignis bevor, das viele miterleben wollten – und das Cadderly um keinen Preis versäumt hätte.

»Bitte begleitet uns, Prinz Elbereth«, forderte der behäbige Großmeister den Prinzen auf. Cadderly warf Avery einen etwas säuerlichen Blick zu, denn er wollte den arroganten Elfen gar nicht so gern dabeihaben. »Eine der hier studierenden Priesterinnen, Danica Maupoissant aus Westtor, wird eine höchst ungewöhnliche Tat vollbringen.«

Elbereth warf einen Seitenblick auf Cadderly – es war offensichtlich, daß der junge Gelehrte ihn nicht dabeihaben wollte –, lächelte und willigte ein. Cadderly merkte genau, wie sein Verdruß den Elfen freute.

Sie kamen in den großen Saal im Erdgeschoß der Bibliothek, einen riesigen, reich geschmückten Raum mit dicken Pfeilern. Großartige Wandbehänge priesen Deneir und Oghma, die Götter der Gastgeber der Bibliothek. Die meisten Priester beider Religionen der Bibliothek waren anwesend, fast einhundert Männer und Frauen, die sich in einem großen Kreis um einen Steinblock versammelt hatten, der auf zwei Sägeböcken ruhte.

Danica kniete reglos einige Fuß vor dem Stein auf einer Matte. Sie hatte die Mandelaugen fest geschlossen und die Arme verschränkt. Sie war eine zierliche, knapp fünf Fuß große Frau, die noch kleiner wirkte, als sie jetzt vor dem eindrucksvollen Felsblock kniete. Cadderly widerstand seinem Drang, zu ihr hinzulaufen, denn er erkannte, daß sie in tiefer Meditation verharrte.

»Ist das die Priesterin?« fragte Elbereth mit einem Hauch von Erregung in der Stimme. Cadderlys Kopf fuhr herum. Neugierig betrachtete er den Elfen und entdeckte den Glanz in Elbereths silbernen Augen.

»Das ist Danica«, bestätigte Avery. »Sie ist schön, nicht wahr?« Das war Danica tatsächlich. Ihr zartes, ebenmäßiges Gesicht wurde von der dicken Mähne rötlichblonden Haars umrahmt, das ihr über die Schultern fiel. »Laßt Euch von ihrer Schönheit nicht täuschen, Elfenprinz«, fuhr Avery so stolz fort, als wäre Danica seine eigene Tochter.

»Danica zählt zu den besten Kämpfern, die ich je gesehen habe. Ihre bloßen Hände sind tödliche Waffen, und ihre Disziplin und Entschlossenheit grenzenlos.«

Der Glanz in Elbereths bewundernden Augen verringerte sich nicht. Die strahlenden Lichtpunkte darin schossen Cadderly wie winzige Speere ins Herz.

Vorbereitung hin und her, Cadderly fand, es wurde Zeit, zu seiner Danica zu gehen. Er drängte sich durch den Kreis der Zuschauer und kniete sich vor sie hin. Liebevoll berührte er ihr Haar.

Sie rührte sich nicht.

»Danica«, rief Cadderly leise, während er ihre täuschend weiche Hand in die seine nahm.

Danica schlug ihre exotischen braunen Augen auf. Ihr breites Lächeln verriet ihm, daß sie sich über seine Störung nicht ärgerte.

»Ich hatte Angst, du würdest nicht kommen«, flüsterte sie.

»Keine tausend Oger hätten mich von hier fernhalten können«, erwiderte er, »nicht heute.« Cadderly sah sich den Stein an. Er war so groß und schwer, und Danica sah so zart aus. »Bist du sicher?«

»Ich bin bereit«, antwortete Danica ernst. »Zweifelst du an mir?«

Cadderly mußte an den schrecklichen Tag vor ein paar Wochen denken, an dem er Danica in ihrem Zimmer bewußtlos vorgefunden hatte, nachdem sie ihren Kopf wiederholt gegen einen ähnlichen Stein gerammt hatte. Jetzt waren ihre Wunden verheilt. Die Salben und Zaubersprüche der mächtigsten Kleriker der Bibliothek hatten ihr geholfen, aber Cadderly würde nie vergessen, wie nah Danica dem Tod gewesen war – und wie schrecklich er sich gefühlt hatte, als er fürchten mußte, sie zu verlieren.

»Damals stand ich unter dem Einfluß des Fluchs«, erklärte Danica, die problemlos seine Gedanken lesen konnte. »Der Nebel hat mich davon abgehalten, mich richtig zu konzentrieren. Ich habe die Schriften von Großmeister Penpahg D'Ahn studiert ...«

»Ich weiß«, versicherte Cadderly und streichelte ihre Hand. »Und ich weiß, daß du soweit bist. Vergib mir meine Angst. Sie kommt nicht aus Zweifeln an dir, an deiner Entschlossenheit oder deiner Weisheit.« Sein Lächeln war ehrlich, wenn auch angestrengt. Er trat näher, als wollte er sie küssen, scheute dann aber plötzlich zurück und sah sich um.

»Ich möchte dich nicht aus deiner Konzentration reißen«, stammelte er.

Danica wußte es besser. Cadderly hatte sich wieder erinnert, daß sie nicht allein waren. »Findest du es hier etwa unromantisch?« fragte sie mit gespieltem Sarkasmus.

»Oh, doch«, antwortete der junge Gelehrte. »Ich war schon immer verrückt nach Mädchen, die mit dem Kopf durch Steinwände gehen.« Diesmal lachten sie beide.

Dann bemerkte Danica Elbereth und wurde plötzlich ernst. Der Elfenprinz schien durch sie hindurchzustarren. Sie zog ihre lose Robe enger um sich, weil sie sich unter diesem Blick nackt vorkam, sah aber nicht weg.

»Das ist Prinz Elbereth?« fragte sie erschüttert.

Cadderly blickte sie lange an und drehte sich dann nach Elbereth um. Zum Teufel mit der Versammlung, dachte er, beugte sich vor und küßte Danica fest auf den Mund, um sie von dem Elfen abzulenken.

Diesmal war es Danica, die peinlich berührt war, und Cadderly wußte nicht genau, ob ihre Verlegenheit von dem Kuß kam oder von der Erkenntnis, daß sie den elfischen Besucher etwas zu eindringlich angestarrt hatte.

»Konzentriere dich wieder«, bat Cadderly, weil er Angst

hatte, was die zunehmenden Ablenkungen Danicas Versuch antun konnten. Er fand es wirklich kindisch, daß er sich in einem so wichtigen Augenblick von seinen Gefühlen hatte überwältigen lassen. Noch einmal küßte er sie leicht auf die Wange. »Ich weiß, daß du es schaffst.«

Danica atmete mehrmals tief durch, um ihre Gedanken zu klären. Zuerst fixierte sie den Stein, das Hindernis auf ihrem Weg zum Erfolg als eine der führenden Jüngerinnen von Penpahg D'Ahn. Sie baute Wut auf den Stein auf, sah ihn als Feind. Dann ließ sie mit einer letzten mentalen Drohung von ihm ab und richtete ihre Aufmerksamkeit auf all die Ablenkungen, von denen sie sich lösen mußte.

Danica konzentrierte sich zuerst auf Elbereth. Sie sah den Elfenprinzen, der sie immer noch anschaute. Dann war er verschwunden. An seinem Platz war nur noch ein schwarzes Loch. Als nächstes verschwand Avery, dann die, die neben dem behäbigen Großmeister gestanden hatten.

»Phien denifi ca«, flüsterte Danica, als eine weitere Gruppe Menschen verschwand. »Sie sind nur Bilder.« Rasch war der ganze Raum durch Schwärze ersetzt. Es blieben nur der Stein und Cadderly. Cadderly hatte sich Danica bis zuletzt aufgehoben. Er war ihr treuester Freund; er war ein Teil ihrer Kraft wie ihre Selbstdisziplin.

Aber dann war auch er weg.

Danica stand auf und näherte sich langsam dem feindlichen Stein.

Du kannst mir nicht widerstehen, riefen ihre Gedanken dem Stein zu. *Ich bin die Stärkere.*

Sie ließ die Arme lose schwingen, bewegte sie in komplexen Mustern, während sie mit ihrem geistigen Angriff gegen den Stein fortfuhr und sich selbst versicherte, daß er nicht gewinnen konnte. Dies war die Technik von Penpahg D'Ahn, und Penpahg D'Ahn hatte den Stein zerbrochen.

Danica sah hinter den Block, stellte sich vor, wie ihr Kopf durch den Stein brach. Im Geiste reduzierte sie die Dicke des Blocks auf die eines Blattes Pergament.

Du bist Pergament, und ich bin die Stärkere, sagte sie dem Stein.

Viele Minuten ging es so weiter – der Tanz der Arme, zu dem sich Danicas Füße in perfektem Gleichgewicht bewegten. Dann sang sie eine leise, rhythmische Melodie, um Körper und Geist zu absoluter Harmonie zu vereinen.

Es kam so plötzlich, daß der Menge der Atem stockte. Danica trat zwei schnelle Schritte nach vorn. Jeder Muskel ihres exakt abgestimmten Körpers schien hinunterzuschnellen, als sie mit der Stirn gegen den Stein schlug.

Einen langen Moment hörte und sah Danica nichts. Dann kam die Schwärze des meditativ ausgelöschten Raums, die langsam Bildern wich, die die junge Frau erkannte.

Sie sah sich um. Der Stein lag in zwei fast gleich großen Teilen am Boden.

Jemand hatte den Arm um sie gelegt – das mußte Cadderly sein.

»Jetzt bist du die fortgeschrittenste Schülerin von Großmeister Penpahg D'Ahn!« flüsterte er ihr ins Ohr. Sie hörte ihn deutlich, obwohl die Versammlung in hemmungslosen Jubel ausgebrochen war.

Danica drehte sich um und schloß Cadderly fest in die Arme – ohne sich einen Blick über seine Schulter zu Elbereth verkneifen zu können. Der ernste Elfenprinz schwieg, klatschte jedoch anmutig in die Hände und starrte Danica mit sichtlicher Anerkennung in seinen glitzernden silbernen Augen an.

☆☆☆

Großmeisterin Pertelope hörte den Jubel in ihrem Zimmer über dem großen Saal und wußte, daß Danica den Stein zerbrochen hatte. Das überraschte sie nicht, denn sie hatte das Ereignis bereits in einem Traum vorhergesehen. Sie freute sich über Danicas anhaltenden Erfolg und ihre wachsende Macht. Sie freute sich auch, daß Danica in den kommenden Tagen an Cadderlys Seite bleiben würde.

Pertelope fürchtete um den jungen Gelehrten, denn von allen Priestern in der Bibliothek verstand sie allein, welchen Qualen Cadderly bald ausgesetzt sein würde.

Er gehörte zu den Erwählten, das wußte Pertelope.

»Wirst du genügen?« fragte die Großmeisterin leise, während sie das *Buch der Universellen Harmonie*, das heiligste Buch Deneirs, an die Brust drückte. »Wirst du überleben, lieber Cadderly, wie ich überlebt habe, oder wird Deneirs Ruf dich auffressen und als leere Hülle zurücklassen?«

Intrige

Die Zauberin Dorigen griff zaghaft nach der Türklinke zu Aballisters Gemächern. Überrascht über ihr Widerstreben, den Mann aufzusuchen, den sie als Mentor betrachtete und der einst ihr Geliebter gewesen war, packte Dorigen wütend die Klinke fester und marschierte ins Zimmer.

Aballister saß in seinem Sessel und starrte durch ein kleines Fenster auf die fernen Leuchtenden Ebenen und den neuen Anbau von Burg Trinitatis, der auf seinen Befehl hin ausgeführt wurde. Dorigen kam ihr alter Gefährte inzwischen jämmerlich vor, ganz und gar nicht wie der vor Leben sprühende, mächtige Zauberer, der sie so fasziniert und ihre Leidenschaft entfacht hatte. Aballister war immer noch mächtig, doch seine Kraft lag in der Zauberei, nicht in seinem Körper. Das schwarze Haar klebte ihm am Kopf, die dunklen Augen wirkten wie Höhlen, so tief waren sie in sein scharf geschnittenes Gesicht gesunken. Dorigen fragte sich, was sie je an ihm verführerisch gefunden hatte, wie sie neben diesem schlaffen Knochensack hatte liegen können, den sie nun vor sich sah.

Sie schüttelte diese Gedanken ab und erinnerte sich daran, daß sie ihre beträchtliche Macht vor allem Aballisters Lehren verdankte. Alles in allem hatte es sich gelohnt.

Aballisters teuflischer Vertrauter, ein Wesen mit Fledermausflügeln, das Druzil hieß, hockte wie eine Statue hinter dem Zauberer auf dem Tisch. Ein nervös dreinschauender Orksoldat stand vor dem Tisch, ohne zu ahnen, daß das Wesen neben ihm lebendig war.

Dorigen würdigte den Ork kaum eines Blickes, sondern konzentrierte sich auf Druzil, einen hinterlistigen Zeitgenossen, dem sie nicht über den Weg traute. Druzil war bei Barjin gewesen, als der Priester in der Erhebenden Bibliothek geschlagen worden war, was außer Aballister, Dorigen und dem dritten Zauberer in der Burg, Bogo Rath, kaum jemand in Burg Trinitatis wußte. Aballister hatte erklärt, daß er Druzil den anderen vorstellen wollte, aber es war Dorigen gelungen, ihn von seinem Vorhaben abzubringen – jedenfalls vorläufig.

Dorigen blickte zu dem hohlen Gesicht des Zauberers zurück und hätte beim Anblick seiner arroganten Miene beinahe höhnisch gegrinst. Bisher hatte Aballister Druzil stets als sein persönliches Geheimnis gehütet, und Dorigen war sich nicht sicher, ob sie einer so krassen Veränderung des Mannes vertrauen konnte.

Aballister, dieser ausgezehrte Mann, der irgendwie körperliche Stärke gegen magische Kräfte eingetauscht hatte, war sehr selbstsicher geworden, seit sein Hauptrivale im Kampf um die Macht im Triumvirat, der Oberpriester Barjin, nicht mehr da war.

Es gelang Druzil, Dorigen zuzuzwinkern, ohne daß der nichtsahnende Ork etwas davon bemerkte.

Dorigen antwortete mit einem leichten Stirnrunzeln, dann drehte sie sich zu Aballister um. »Du hast mich herbestellt?«

»Das habe ich«, bestätigte der Zauberer ganz selbstverständlich, ohne auch nur in ihre Richtung zu blicken. »Aballister«, murmelte er in sich hinein, dann: »Bonaduce.« Er lauschte jedem Wort für sich, um sich dann mit breitem Lächeln Dorigen zuzuwenden. »Oder vielleicht Aballister Bonaduce? Gefällt dir einer besser, oder soll ich beide Namen nehmen, wenn ich meine Herrschaft über das Land ausrufe?«

»Dieser Anspruch wäre verfrüht«, erinnerte ihn Dorigen. »Unser einziger bisheriger Vorstoß ist kläglich gescheitert.« Sie musterte den Orksoldaten und starrte dann wieder Aballister an. Sie staunte, daß der Zauberer in Gegenwart eines der Gefolgsleute seines neuen Rivalen so dreist war.

»Geduld«, sagte Aballister mit abfälliger Handbewegung. »Ragnor steht an der Grenze zu Shilmista. Die Elfen sind so gut wie vernichtet.«

»Die Elfen sind nur ein Teil unserer Feinde«, sagte Dorigen, die wieder den zitternden Ork ansah. Aballister wartete noch ein wenig, da er Dorigens Unbehagen offenbar genoß, dann entließ er die abstoßende Gestalt.

»Laß Ragnor wissen, daß er unseren Segen und den Segen von Talona hat«, sagte Aballister. »Und viel Erfolg!« Der Ork machte kehrt, rannte aus dem Zimmer und schlug hinter sich die Tür zu.

Aballister applaudierte höhnisch.

»Sei gegrüßt, Zauberdame.« So sprach Druzil Dorigen am liebsten an. Er klappte seine ledrigen Flügel auf, um sich jetzt, nach dem Verschwinden des Orks, genüßlich zu strecken. »Und wie geht es deiner Nase heute?«

Bei dieser Bemerkung zuckte Dorigen zusammen. Sie war eine schöne Frau – vielleicht etwas zu rundlich für ihren Geschmack – mit hellem, nicht sehr ausdrucksvollem Gesicht und kleinen, aber bemerkenswert wollüstigen bernsteingelben Augen. Ihre Nase war der einzige schwache Punkt für ihre Eitelkeit. Als blutige Anfängerin hatte Dorigen einst einen durch Magie verstärkten Luftsprung ausprobiert, bei der Landung aber kläglich versagt. Sie war mit dem Gesicht zuerst auf den Steinboden gestürzt, und dabei war ihre Nase seitlich umgeknickt und gebrochen. Sie war nie wieder gerade zusammengewachsen.

»Sei auch du gegrüßt, Teufelchen«, erwiderte Dorigen. Beiläufig legte sie die Hand mit dem Onyxring auf den Tisch. Duzil wußte, was der Ring tun konnte, und zog sich in seine ledrigen Flügel zurück, als befürchtete er, daß Dorigen ihre feurige Magie auf der Stelle gegen ihn richten würde.

»Ich kann keine Zwietracht unter meinen Verbündeten gebrauchen«, stellte Aballister amüsiert fest. »Ich habe wichtige Entscheidungen zu treffen – zum Beispiel, wie ich mich nennen soll, wenn ich meine Stellung eingenommen habe.«

Dorigen störte Aballisters übergroße Zuversicht. »Es bleiben immer noch Carradoon und die Erhebende Bibliothek«, sagte sie finster. Es kam ihr so vor, als wäre Aballister bei der Erwähnung der Bibliothek zusammengezuckt, aber sie war sich nicht sicher, denn der Zauberer konnte seine Gefühle gut verbergen.

»Die Menschen in Carradoon werden kampflos aufgeben«, erklärte Aballister. »Das sind Fischer und Bauern, keine Krieger. Du siehst, liebe Dorigen, wir müssen uns allmählich darauf vorbereiten, was nach dem Feldzug kommt. Riatavin ist nicht so weit weg, Westtor ebensowenig. Wir müssen uns als ordentliche, rechtschaffene Herrscher präsentieren, wenn wir von den umliegenden Königreichen akzeptiert werden wollen.«

»Aballister, der Diplomat?« fragte Dorigen. »Ordentlich und rechtschaffen? Das wird Talona nicht gefallen.«

»Schließlich bin ich dem Avatar der Göttin begegnet«, erinnerte Aballister sie in scharfem Ton.

Dorigen brauchte eine solche Erinnerung kaum. Es war genau jene Begegnung gewesen, die Aballister so verändert hatte. Damals war aus seinem einfachen Ehrgeiz, in seiner Kunst zu brillieren, etwas Drängenderes, Verzehrenderes geworden. Es war kein Zufall, daß Dorigen ihre Beziehung zu Aballister nicht lange nach diesem Ereignis abgebrochen hatte.

»Barjin ist tot, und unsere Kleriker sind verstört«, fuhr Aballister fort. »Wir können nicht abschätzen, wie weit Ragnor auf seinem Marsch geschwächt wird. Sollen wir uns etwa gleich nach Beendigung des ersten Feldzugs auf einen längeren Krieg mit den umliegenden Königreichen einlassen?«

»Der erste Feldzug hat noch nicht einmal begonnen«, wagte Dorigen einzuwerfen.

Der Zauberer setzte zu einer scharfen Erwiderung an, hielt sich dann aber zurück. »Natürlich«, stimmte er zu und sah jetzt seinem alten, geduldigen Selbst wieder ähnlicher. »Aber Ragnor steht am Rand von Shilmista und unternimmt bereits Vorstöße in den Elfenwald.«

»Hast du bedacht, welche Folgen sein Marsch möglicherweise haben könnte?« fragte Dorigen. Druzil seufzte und nickte zustimmend, als hätte er sich schon lange gewünscht, daß jemand dem immer arroganteren Zauberer einmal die drohenden Probleme aufzeigte.

»Ragnor ist mächtig«, begann Dorigen, »und der Ogrillon hat wenig Respekt vor Zauberern.«

»Wir könnten ihn schlagen«, stellte Aballister fest.

Dorigen nickte bestätigend. »Vielleicht«, sagte sie, »aber was würde so ein Streit für Burg Trinitatis bedeuten? Ich weiß, daß du um Barjin keine Träne vergossen hast – und dies zu Recht«, fügte sie hinzu, als sie Aballisters Stirnrunzeln bemerkte. »Aber die Niederlage des Priesters kam uns teuer zu stehen. Wenn er und der Fluch die Erhebende Bibliothek in die Knie gezwungen hätten, könnten wir noch während Ragnors Angriff auf Shilmista nach Carradoon marschieren. So aber geht das nicht, denn die Priester der Bibliothek schützen die Stadt. Wenn Ragnor im Elfenwald ohne größere Verluste siegt, wird sein Ansehen beim Pöbel steigen. Er könnte sich bereits fragen, wie die Nachbarreiche einen Ogrillonkönig aufnehmen würden.«

Die offenen Worte trafen Aballister, als hätte Dorigen mit einem Streitkolben auf ihn eingeschlagen. Ganz still saß er in seinem Stuhl und starrte lange geradeaus.

Er wußte die ganze Zeit von dieser Bedrohung, drang unerwartet eine Botschaft in Dorigens Geist. Druzil blinzelte ihr über seine Flügel hinweg zu.

Er wollte sie nicht wahrhaben, fügte das Teufelchen hinzu, *weil er viel zu sehr damit beschäftigt ist, ob er sich nun ›Aballister der Wohltäter‹ oder ›Bonaduce der Eroberer‹ nennen soll.*

Dorigen zweifelte nicht daran, daß das Teufelchen es ernst meinte, aber sie konnte kaum glauben, daß es so kühn war, während sein Meister direkt vor ihm saß.

»An deiner Vormachtstellung in Burg Trinitatis besteht kein Zweifel«, meinte Dorigen, »aber wir müssen Vorsicht walten lassen, denn Barjins Position war einflußreich. Welcher Kleriker wird jetzt diesen Platz beanspruchen, um den Orden zu leiten? Wie stark wird Ragnor werden?«

»Und was ist mit Boygo Rath?« fragte Aballister verschlagen. Er bezog sich auf den dritten, unerfahrensten Zauberer auf Burg Trinitatis, den er und Dorigen bisher immer als überehrgeiziges Kind betrachtet hatten. Sein richtiger Name war Bogo Rath, aber Aballister und Dorigen nannten ihn immer Boygo – auch, wenn er anwesend war. »Und was ist mit dir?« fügte Aballister hinzu.

»Zweifele nicht an meiner Loyalität«, versicherte ihm Dorigen. »Wenn du nicht wärst, würde ich tatsächlich planen, die Herrschaft an mich zu ziehen, aber ich kenne meinen Platz und bin geduldiger, als du vielleicht glaubst. Was Boygo angeht ...« Sie wirkte amüsiert, als ob der Gedanke, ein junger Ehrgeizling wie er könnte einen Aballister Bonaduce herausfordern, einfach zu lächerlich wäre, um ernsthaft in Betracht gezogen zu werden.

Aballisters Lachen bewies, daß er von ganzem Herzen zustimmte. »Also die Kleriker und Ragnor«, sagte der Zauberer, »und keiner von beiden sollte eine zu große Bedrohung darstellen, wenn wir vorsichtig und aufmerksam bleiben.«

»Ragnor ist weit weg«, erinnerte ihn Dorigen.

Aballister warf ihr einen wissenden Blick zu. »Ragnor wird deine Anwesenheit im Lager nur ungern hinnehmen.«

»Ich habe keine Angst vor ihm«, entgegnete Dorigen. Sie klatschte dreimal laut in die Hände. Die Tür ging auf, und ein Mann von fast sieben Fuß Größe trat ein. Unter seinen feinen Seidenkleidern zeichneten sich deutlich feste Muskeln ab, das dichte blonde Haar hing ihm in Zöpfen über die Schultern, und die blaßblauen Augen strahlten. Aballister erkannte ihn nur an seiner bronzefarbenen Haut und der eigentümlichen Tätowierung auf der Stirn, einem Polarwurm.

»Das ist doch wohl nicht etwa …«, setzte der Zauberer an.

»Tiennek«, bestätigte Dorigen, »der Barbar, den ich im fernen Vaasa aus dem Schatten des großen Gletschers entführt habe.«

»Liebe Dorigen«, rief der Zauberer. Seine Stimme verriet echtes Erstaunen, aber auch Mißfallen. »Du hast ihn gezähmt!«

Tiennek knurrte.

»Vielleicht ein bißchen«, antwortete Dorigen, »aber ich wollte seinen Kampfgeist nicht zerstören. Das hätte weder meinen Zwecken gedient noch meinem Vergnügen.«

Aballisters Miene verfinsterte sich. Die Vorstellung seiner einstigen Geliebten in den Armen dieses Riesen paßte ihm nicht, ganz und gar nicht. »Beeindruckend«, gestand er, »aber sei gewarnt, wenn du glaubst, er könnte es mit Ragnor aufnehmen.«

Wieder knurrte Tiennek leise.

»Das sollte keine Beleidigung sein«, fügte Aballister schnell hinzu. Der Zauberer fühlte sich in der Nähe von Dorigens gefährlichem Schoßhündchen nicht sehr wohl. Unter dem Deckel seines großen Schreibpults tastete er nach einem Stab, der den Barbaren zerfetzen würde, falls Tiennek sich zu einem Angriff entschließen sollte.

»Dein barbarischer Gefährte ist zweifellos stark, vielleicht der stärkste Mensch, den ich je gesehen habe«, fuhr der Zauberer fort, »aber ich bezweifle dennoch, daß ein

Mensch Ragnor im Zweikampf besiegen kann. Der Ogrillon würde ihn töten, und dann müßtest du den ganzen Weg zum großen Gletscher erneut zurücklegen, um dir einen neuen zu holen.«

»Auch ich habe den mächtigen Ragnor noch nie als Verlierer gesehen«, räumte Dorigen ein. »Du magst mit deiner Einschätzung recht haben, aber Tiennek wird kein leichter Gegner sein. In seiner Brust schlägt das Herz eines Kriegers vom Weißen Wurm, und ich habe ihm viel mehr als das gegeben. Ich habe ihn dressiert, damit er diese ungezügelte Kraft besser nutzen kann. Ragnor dürfte es schwer haben, ihn zu besiegen, um so mehr, solange ich hinter Tiennek stehe.« Wieder zeigte sie ihren tödlichen Ring.

Aballister dachte lange über Dorigens Behauptung nach, und die Zauberin konnte ihm die Zweifel von seinem blassen, faltigen Gesicht ablesen. In Wahrheit zweifelte sie selbst daran, daß Tiennek sich gegen Ragnor so gut behaupten würde, wie sie es versprochen hatte – oder daß sie, bei aller magischen Kunst, viel Hilfe bieten konnte, wenn Ragnor sich ihrer beider entledigen wollte –, aber nach Shilmista zu gelangen, war einfach zu wichtig für den Erfolg ihres Vorhabens.

»Ragnor könnte so mächtig werden, daß wir ihn nicht mehr beherrschen können«, bemerkte sie. »Immerhin hat er fünftausend Mann unter sich.«

»Wir haben dreitausend«, gab Aballister zurück, »eine starke Festung und die Dienste von drei Zauberern.«

»Willst du einen solchen Krieg?« fragte Dorigen. »Welchen Namen würdest du dir machen, wenn du Ragnor und seine Soldaten bekämpfst?«

Aballister nickte finster und stützte das spitze Kinn auf die knochige Hand. »Dann geh zu ihm«, sagte er schließlich. »Geh nach Shilmista und hilf unserem lieben Ragnor.

Er sollte sowieso einen Zauberer dabeihaben, wenn er mit den Elfen fertig werden will. Ich werde die Kleriker beobachten und unseren nächsten Schritt auf diesem Feldzug vorbereiten.«

Dorigen wartete nicht ab, ob Aballister es sich anders überlegte. Sie verbeugte sich und wollte sich zurückziehen.

»Dorigen«, rief Aballister ihr nach. Sie blieb stehen und ballte insgeheim die Faust, denn sie wußte einfach, daß der gerissene Zauberer ihr einen neuen Stein in den Weg legen würde.

»Nimm Druzil mit«, sagte Aballister. »Wenn das Teufelchen bei dir ist, können wir beide uns von Zeit zu Zeit unterhalten. Ich möchte bei etwas so Wichtigem wie Ragnors Fortschreiten nicht ganz außen vor stehen.«

Dorigen hatte häufig über Druzils Rolle bei Barjins Tod nachgedacht, und sie zweifelte keinen Augenblick daran, daß Aballister das Teufelchen mitschickte, um ebensosehr über sie wie über Ragnor zu wachen. Aber was sollte sie dagegen einwenden? Die Hierarchie auf Burg Trinitatis war genau festgelegt, und Aballister regierte den Zaubererzweig des Triumvirats.

»Eine kluge Entscheidung«, sagte sie.

Klüger, als du ahnst, kam eine neuerliche Einflüsterung von Druzil. Dorigen verbarg ihre Überraschung gut.

Aballister wandte sich dem kleinen Fenster zu und begann, abermals seine Titel vor sich hin zu murmeln, um zu sehen, welcher ihn am besten schmücken würde.

Eine knappe Stunde später verließ Dorigen Burg Trinitatis. Tiennek ging neben ihr, und das Teufelchen flatterte träge hinter ihnen her. Es hatte sich unsichtbar gemacht. Dorigen versuchte, ihre Verachtung zu verbergen, als sie an den neuen Burgmauern vorüberkamen, denn sie fürchtete, daß Druzil seinem Herrn bereits Bericht erstattete.

Ihr gefiel der Anbau nicht, und sie hielt Aballister für töricht, weil er ihn befohlen hatte. Gut getarnt als natürlicher Felsen, hatte Burg Trinitatis jahrelang unbehelligt in dieser eigentlich zivilisierten Gegend überlebt. Reisende über die Nordhänge des Schneeflockengebirges waren direkt an der versteckten Burg vorbeigezogen, ohne auch nur zu vermuten, daß unter ihren Füßen ein wundersamer Komplex aus Tunneln und Zimmern lag.

Aber Aballister, der ja auch die gemeinen Soldaten in der Burg am liebsten über Druzil aufgeklärt hätte, fühlte sich anscheinend unbesiegbar. Sie brauchten die neuen Mauern, hatte er argumentiert, falls die Endschlacht ihre Tore erreichte. Dorigen zog Heimlichkeit vor. Ihr wäre es lieber, wenn der Kampf sich gar nicht erst so weit in den Norden verlagerte. Außerdem erriet sie Aballisters Hintergedanken. Wieder hatte er über den Feldzug hinausgedacht. Er erwartete nicht wirklich, in der Burg angegriffen zu werden, aber er wußte, daß eine eindrucksvolle Festung ihm bei seinen Verhandlungen mit den Nachbarreichen helfen konnte.

Ich teile deine Gedanken, kam Druzils nicht ganz unerwarteter Kommentar. Dorigen fuhr herum. Hektisches Flügelschlagen verriet, daß das Teufelchen wild flatternd seitlich ausgewichen war.

»Das kommt mir auch so vor«, fauchte die Zauberin, »denn ich dachte daran, dich vom Himmel zu pusten!«

»Entschuldige vielmals«, sagte Druzil laut. Er landete vor Dorigen auf dem Boden, wurde sichtbar und sank augenblicklich in eine tiefe Verneigung. »Vergib mir mein Eindringen, aber deine Gefühle waren offensichtlich. Dir gefallen weder Aballisters Pläne noch die Weise, wie er sich seit Barjins Tod verhält.«

Dorigen antwortete nicht und setzte eine strenge Miene auf.

»Du wirst schon noch merken, daß ich kein Feind bin«, versprach das Teufelchen.

Dorigen glaubte ihm kein Wort

☆☆☆

Cadderly wußte, daß seine Zeit gekommen war, sobald Elbereth und Großmeister Avery sein Zimmer betraten. Keiner von beiden lächelte.

»Wir brechen heute nach Shilmista auf«, sagte Elbereth.

»Alles Gute«, witzelte Cadderly.

Elbereth fand das wenig komisch. »Packt Eure Sachen«, befahl der Elfenprinz. »Nehmt wenig mit. Wir haben es eilig, und die Bergpfade sind schwierig.«

Cadderly runzelte die Stirn. Er wollte antworten, aber Avery, der die Spannung zwischen den beiden bemerkt hatte, schnitt ihm das Wort ab. »Ein großartiges Abenteuer für dich, mein Junge!« Der beleibte Großmeister strahlte, als er Cadderly die feisten Hände auf die Schultern legte. »Wird Zeit, daß du etwas von dem Land jenseits unserer Tore siehst.«

»Und was packst du?« fragte Cadderly immer noch sarkastisch.

Seine Worte trafen Avery härter als beabsichtigt. »Ich wollte ja mit«, gab der Großmeister in scharfem Ton zurück, während er mit dem Taschentuch über sein schwitzendes Gesicht fuhr. »Ich habe Abt Thobicus angebettelt, dich begleiten zu dürfen.«

»Abt Thobicus hat abgelehnt?« Cadderly konnte nicht glauben, daß der nachsichtige Abt einem seiner Großmeister etwas abschlagen würde.

»*Ich* habe abgelehnt«, erklärte Elbereth.

Cadderly starrte ihn ungläubig über Averys Schulter hinweg an.

»Ich bin der Prinz von Shilmista«, erinnerte ihn der Elf. »Niemand betritt mein Reich ohne meine Erlaubnis.«

»Warum solltet Ihr Großmeister Avery ablehnen?« wagte Cadderly zu fragen, ohne auf Averys stumme, ziemlich hektische Signale zu achten, das Thema fallenzulassen.

»Wie schon gesagt«, erwiderte der Elf, »wir haben es eilig. Die Pferde können uns nicht über alle Bergpässe tragen, und ich fürchte, daß der Großmeister nicht mithalten kann. Ich werde meine Rückkehr nicht verzögern lassen, und ich möchte keinen erschöpften Mann dem Tod in der Wildnis überlassen.«

Cadderly fiel dazu nichts mehr ein, und Averys beschämter Gesichtsausdruck flehte, nicht weiter zu drängen.

»Nur Ihr und ich?« fragte Cadderly den Elfen in einem Ton, der verriet, daß ihm dieser Gedanke nicht gerade zusagte.

»Nein«, antwortete Avery. »Noch jemand hat auf Prinz Elbereths Bitte hin zugesagt.«

»Großmeisterin Pertelope?«

»Lady Maupoissant.«

Danica! Diese Nachricht traf Cadderly wie ein Tritt ins Gesicht. Wann hatte Elbereth wohl Gelegenheit gehabt, um Danicas Begleitung zu bitten? Seine Danica! Und sie hatte eingewilligt! Hatte sie gewußt, daß auch er mitkommen würde, bevor sie zugestimmt hatte?

»Warum überrascht Euch das so?« fragte Elbereth mit einer Spur Sarkasmus in der melodischen Stimme. »Zweifelt Ihr –«

»Ich zweifle an gar nichts, was Danica angeht«, antwortete Cadderly sofort. Sein Stirnrunzeln wich einem Ausdruck der Verwirrung, als ihm die Mehrdeutigkeit seiner Behauptung aufging.

»Immer mit der Ruhe, Junge«, sagte Avery. »Danica hat

erst zugesagt, als sie erfuhr, daß du Prinz Elbereth begleiten würdest.«

»Wenn Ihr so wollt«, fügte Elbereth hinterlistig hinzu. Jetzt schloß Avery sich Cadderlys finsteren Blicken an, denn beide wußten, daß Elbereths letzte Bemerkung nur darauf abzielte, die Zweifel des jungen Gelehrten zu schüren.

»Wir brechen in einer Stunde auf«, verkündete Elbereth ungerührt. Sein schwarzes Haar und die Silberaugen glänzten im Morgenlicht, das durch Cadderlys Fenster fiel. »Ihr werdet alles mitnehmen, war Ihr bis dahin packen könnt, und stillschweigend alle Mühen ertragen, die daraus resultieren, daß Ihr etwas vergessen habt.« Der große, stolze Elf drehte sich um und verschwand ohne ein weiteres Wort.

»Ich mag ihn immer weniger«, gab Cadderly zu, während er sich Averys Griff entzog.

»Er hat Angst um seine Heimat«, erklärte der Großmeister.

»Er ist eingebildet.«

»Das sind die meisten Elfen«, sagte Avery. »Kommt von ihrem langen Leben. Sie glauben, weil sie so viel mehr erlebt haben als jeder andere, müßten sie zwangsläufig auch weiser sein.«

»Haben sie das, und sind sie das?« fragte Cadderly, dessen Schultern etwas zusammensackten. Daran hatte er bei Prinz Elbereth noch nicht gedacht. Der Elf hatte in seinem Leben mehr gesehen, als es Cadderly je möglich sein würde, und er würde wahrscheinlich noch leben, wenn Cadderlys Körper schon längst zu Staub zerfallen war.

»Für manche mag das zutreffen«, erwiderte Avery, »aber nicht für alle. Die Elfen sind immer unzugänglicher und fremdenscheuer geworden. Sie bleiben unter sich, auf ihrem eigenen Land, und wissen wenig von dem, was jenseits ihrer Grenzen vorgeht. Ich habe Prinz Elbereth vor dreißig Jahren kennengelernt und möchte behaupten, daß ich in dieser Zeit weit mehr gelernt habe als er. Er scheint mir ganz und gar derselbe zu sein wie damals.«

Dann wandte der Großmeister sich zum Gehen. »Ich überlasse dich dem Packen. Ich glaube nicht, daß Elbereth eine Minute länger als eine Stunde warten wird!«

»Ich hätte nichts dagegen, ein paar Jahrhunderte zu leben«, stellte Cadderly fest, als der Großmeister gerade gehen wollte. »Aber andererseits«, fuhr der junge Gelehrte fort, als Avery sich wieder umdrehte, »bin ich gar nicht sicher, ob ich überhaupt schon am Leben bin.«

Avery musterte Cadderly geraume Zeit, denn die unerwarteten Worte hatten ihn überrascht. Seit dem Vorfall mit Barjin war ihm aufgefallen, daß Cadderly sich verändert hatte, aber das hier war der deutlichste Beweis, daß den jungen Mann etwas im Innersten bewegte. Avery wartete, aber dann erkannte er, daß Cadderly nichts weiter sagen würde. Achelzuckend schloß er die Tür.

Cadderly saß reglos auf seinem Bett. Ihm ging alles zu schnell. Warum hatte Elbereth um Danicas Begleitung gebeten? Warum hatte er Barjin töten müssen? Es ging alles zu schnell.

Und er war zu langsam, wie ihm bald klar wurde. Unterwegs würde er genug Zeit zum Nachdenken finden, doch jetzt mußte er sich für die Reise rüsten, ehe Elbereth ihn nur mit den Kleidern auf seinem Leib aus der Bibliothek zerrte.

Er packte ein Bündel mit Ersatzkleidung und seiner Schreibausrüstung und legte auch den magischen Lichtstab dazu, ein enges Rohr, das bei abgenommenem Deckel einen Lichtstrahl warf, den Cadderly mit einer Drehung aus dem Handgelenk enger oder weiter stellen konnte.

Schließlich zog er seinen Reisemantel aus blauer Seide an und setzte den breitkrempigen Hut mit dem roten Band und dem heiligen Symbol des Deneir – Auge über Kerze – auf. Er nahm seinen Wanderstab mit dem Widderkopf und marschierte auf den Gang hinaus.

Auf der Schwelle drehte er sich um, weil ihm noch etwas eingefallen war.

Er starrte seinen Federring an, als ob dieser ihn von dem, was er tun mußte, entlasten könnte. Der Ring enthielt ein winziges Fläschchen mit Drowschlafgift, das er hergestellt hatte. Die Spitze des winzigen Pfeils war ein Widerhaken, der zu einer wirklich schlagkräftigen Waffe wurde, wenn er einmal im hohlen Schaft von Cadderlys Wanderstab saß.

Aber darauf konnte der junge Gelehrte sich nicht verlassen. Wenn er das Blasrohr benutzen wollte, brauchte er Zeit, um den Pfeil einzusetzen, und er war nicht einmal sicher, ob das Gift noch wirkte. Drowgift war oberirdisch nicht lange haltbar. Cadderly hatte sich zwar die größte Mühe gegeben, seinen Schatz zu hüten, indem er die versiegelten Ampullen in einem dicken Kasten aufbewahrt hatte, der mit einem Dunkelheitszauber versehen war, doch seit dem Brauen waren viele Wochen verstrichen.

Widerstrebend ging der junge Gelehrte zum Schrank und legte die Hand auf den Griff. Hilflos sah er sich um, als suche er nach einem Ausweg aus dieser Falle.

Er durfte in seinem Forschungsjahr nicht versagen.

Cadderly öffnete die Schranktür, griff nach einem breiten Lederriemen und schlang ihn sich um. An einer Seite des Riemens befand sich ein flaches, breites Halfter, in dem eine Einhänderarmbrust steckte, wie die Dunkelelfen sie benutzten. Als nächstes nahm Cadderly einen Brustgurt heraus. Es tröstete ihn ein wenig, daß nur drei der explosiven Pfeile übrig waren. Im Gurt steckten noch fast zwei Dutzend weitere Pfeile – er war für über fünfzig ausgelegt –, aber deren Mitte war leer und hohl, noch nicht mit den winzigen Gläschen mit *Wuchtöl* gefüllt, die den drei geladenen ihre teuflische Macht verliehen.

Trotz seiner zwiespältigen Gefühle konnte Cadderly nicht widerstehen. Er klappte das Halfter auf und holte die Armbrust heraus. Es war ein wunderschönes Gerät, das Ivan und Pikel perfekt hergestellt hatten. Diese Schönheit aber verblaßte neben der Erinnerung an Barjins tote Augen, denn dies war die Waffe, die Cadderly an jenem schicksalhaften Tag benutzt hatte. Er hatte auf eine Mumie geschossen, um das untote Monster zu vernichten, das Barjin angriff. Ein Schuß jedoch war durch die brüchtigen Binden der Mumie hindurchgegangen und in der Brust des hilflosen Barjin explodiert.

Cadderly erinnerte sich genau an das Geräusch, mit dem das Gläschen mit der Flüssigkeit im Pfeil zerbrochen war, und an die Explosion. Das laute Echo verfolgte ihn Tag und Nacht.

»Belago hat mich gebeten, dir das hier zu geben«, kam eine Stimme von der Tür. Cadderly drehte sich um und sah überrascht, daß Kierkan Rufo in der Tür stand. Sie waren einmal Freunde gewesen, doch in den letzten Wochen hatte Rufo Cadderly meist gemieden.

Der junge Gelehrte zuckte zusammen, als Rufo ihm ein kleines Keramikgefäß hinhielt, denn er wußte, was darin war. Belagos Alchimiegeschäft war während des Durcheinanders beim Chaosfluch in die Luft geflogen, und der Alchimist hatte geglaubt, das Rezept für das *Wuchtöl* sei in Flammen aufgegangen. Ohne Bedauern hatte Cadderly gelogen und Belago erzählt, daß er sich nicht erinnern könne, wo er es gefunden habe, aber der Alchimist hatte geschworen, es wiederzubeschaffen, weil er Cadderly unbedingt für seinen heldenhaften Kampf gegen den bösen Priester belohnen wollte.

Wieder zog ein resignierter Ausdruck über Cadderlys Gesicht. Er nahm die Flasche und spürte bereits an ihrem Gewicht, daß er mit dem Inhalt noch mindestens zwanzig Pfeile füllen konnte. Er suchte nach einem Ausweg, dachte daran, die Flasche »aus Versehen« fallen zu lassen, überlegte es sich aber sofort anders, weil er an die möglicherweise katastrophalen Folgen dachte.

»Du bist überrascht, mich zu sehen«, sagte Kierkan Rufo mit ausdrucksloser Stimme. Das dunkle Haar klebte ihm am Kopf; die Augen glitzerten wie kleine Punkte schimmernder Finsternis.

»Du hast dich in letzter Zeit wenig blicken lassen«, gab Cadderly zurück und hob den Kopf, um dem größeren Mann ins Gesicht zu sehen. »Bist du wütend auf mich?«

»Ich ...«, stammelte Rufo, dessen kantige Züge sich verlegen verzogen. Er fuhr sich durchs Haar. »Der Fluch hat mir sehr zu schaffen gemacht«, erklärte er.

»Vergiß den Fluch«, riet ihm Cadderly. Er verspürte ein wenig Mitleid, aber nicht viel, denn Rufos Handlungen während des Fluchs waren nicht gerade über jeden Verdacht erhaben gewesen. Der große Kerl hatte sich sogar an Danica herangemacht – und war dafür von ihr zusammengeschlagen worden.

»Wir können uns richtig unterhalten, wenn ich wiederkomme«, sagte Cadderly. »Ich habe keine Zeit –«

»Ich war es, der dich die Treppe heruntergestoßen hat«, gestand Rufo unerwartet. Cadderly verschlug es die Sprache. Mit offenem Mund stand er da. Er hatte Rufo im Verdacht gehabt, aber nie ein Geständnis erwartet.

»Viele haben sich während des Fluchs unklug verhalten«, brachte er nach langem Schweigen heraus.

»Das war vor dem Fluch«, erinnerte ihn Rufo. Tatsächlich hatte diese Handlung die Ereignisse in Gang gesetzt, die schließlich zur Freisetzung des Fluchs führten.

»Warum erzählst du mir das?« herrschte Cadderly ihn an. »Und warum hast du es getan?«

Rufo zuckte verlegen die Schultern. »Dieser Priester, nehme ich an«, flüsterte er. »Er hat mich im Weinkeller erwischt, als du die Geheimtreppe hinunterschautest.«

»Dann vergiß die Sache«, erklärte Cadderly so beherrscht wie möglich. »Soll ich dir vergeben? Na schön, ich tu's. Es ist dir vergeben. Dein Gewissen ist rein.« Cadderly wollte sich an Rufo vorbeidrängen.

Rufo hielt ihn an der Schulter fest und drehte ihn um. »Ich kann nicht um deine Vergebung bitten, ehe ich mir selbst verziehen habe«, erklärte er. Seine gequälte Miene berührte den jungen Gelehrten.

»Wir alle haben Grund, uns selbst zu vergeben«, stellte Cadderly fest, der die Flasche in seinen Händen ansah. In seinem Blick lagen die Vorwürfe, die er sich seit Barjins Tod machte.

»Ich möchte dich begleiten«, sagte Rufo.

Cadderly brachte lange keine Antwort heraus. Rufo steckte heute voller Überraschungen!

»Ich muß meine Selbstachtung wiederfinden«, erklärte der hagere Mann. »Wie du muß ich mich dieser Drohung, oder was es auch ist, bis zum Ende stellen. Erst dann kann ich mir meine Taten vor fünf Wochen vergeben.« Cadderly wollte gehen, aber Rufo hielt ihn entschlossen fest.

»Die Zwergenbrüder sind weg«, erinnerte ihn Rufo. »Und der Druide Newander ist tot. Du könntest Hilfe brauchen.«

»Du fragst den Falschen«, erwiderte Cadderly. »Abt Thobicus –«

»Abt Thobicus hat Großmeister Avery die Entscheidung überlassen«, unterbrach Rufo, »und Avery überläßt sie dir. Ich darf mit, wenn du es erlaubst. Auch Prinz Elbereth ist einverstanden.«

Cadderly zögerte und überlegte einen Augenblick. Nach allem, was geschehen war, war er nicht sicher, ob er Rufo noch traute, aber er konnte den bittenden Ausdruck in diesen dunklen Augen nicht übergehen.

»Du hast noch eine knappe halbe Stunde Zeit, deine Sachen zu packen.« Rufos düstere Miene hellte sich auf.

»Ich habe bereits gepackt.«

Irgendwie überraschte Cadderly nichts mehr.

Elbereth und Danica warteten draußen vor den prächtigen Doppeltüren der Bibliothek. Auch Avery und Pertelope standen mit zwei weiteren Pferden dort – offenbar hatten die Großmeister damit gerechnet, daß Cadderly Rufos Begleitung akzeptieren würde.

Danica warf Cadderly ein strahlendes Lächeln zu, das jedoch sofort verschwand, als sie Rufo aus der Tür treten sah. Ihre vollen Lippen verzogen sich mißbilligend.

Cadderlys einzige Erklärung war ein Schulterzucken, als er das Pferd neben Danicas bestieg.

Das Gesicht der Adeptin wurde weicher, als sie sah, wie Rufo an seinem Sattelzeug herumfummelte. Der Mann war so unbeholfen, und Danica hatte durchaus Mitleid mit ihm. Sie nickte Cadderly zu. Auch sie wollte die Vergangenheit ruhen lassen und sich auf den vor ihnen liegenden Weg konzentrieren.

»Unterwegs und im Elfenwald wirst du vieles zu sehen bekommen«, sagte Pertelope zu Cadderly. Er versuchte, die prüde Kleidung der unkonventionellen Großmeisterin zu übersehen, doch ihre langen Handschuhe schienen an diesem warmen Sommertag einfach fehl am Platz.

»Wundersame Dinge«, fuhr Pertelope fort. »Ich weiß, daß du in der kurzen Zeit außerhalb der Bibliothek mehr lernen wirst als in all den Jahren, die du hier verbracht hast.«

Cadderly sah sie neugierig an, weil er nicht wußte, was sie mit diesen rätselhaften Worten eigentlich sagen wollte.

Pertelope bemühte sich, ein Kichern zu unterdrükken,denn sie wollte den jungen Gelehrten nicht verspotten. »Es gibt im Leben mehr als die Abenteuer anderer, lieber Cadderly, und Leben ist mehr als Bücherlesen. Aber wenn du da draußen etwas Zeit findest ...«, fuhr sie fort, während sie aus ihrer Robe ein dickes Buch hervorzog.

Cadderly erkannte das Buch sofort, denn wie alle Priester seines Ordens hatte er es seit seiner Ankunft in der Bibliothek ausführlich studiert: *Das Buch der Universellen Harmonie,* das heiligste Buch des Deneir.

»Soll mir das Glück bringen?« fragte er verwirrt.

»Du sollst es lesen«, antwortete Pertelope scharf.

»Aber –«

»Ich bin überzeugt, daß du es längst auswendig kannst«, unterbrach ihn Pertelope, »aber ich bezweifle, daß du es je wirklich gelesen hast.«

Cadderly fragte sich, ob er so blöd aussah, wie er sich vorkam. Er konzentrierte sich bewußt darauf, seinen heruntergesackten Kiefer zuzuklappen.

»Worte können auf vielerlei Weise verstanden werden«, sagte Pertelope und reckte sich, um Cadderly einen Kuß auf die Wange zu geben. »Der soll dir Glück bringen«, sagte die Großmeisterin, die Danica zuzwinkerte.

»Ich wünschte, ich könnte euch begleiten!« rief Großmeister Avery plötzlich. »Ach, Shilmista wiederzusehen!« Er fuhr sich mit seinem Taschentuch über die Augen und dann über sein aufgedunsenes Gesicht.

»Es ist Euch verwehrt«, sagte Elbereth kalt, denn das lange Abschiednehmen ging ihm auf die Nerven. Er nahm die Zügel von Temmerisa, seinem strahlendweißen Hengst, und das mächtige Roß setzte sich in Bewegung. Tausend Glöckchen klingelten bei jedem seiner Schritte. Kierkan Rufo reihte sich hinter dem Elfen ein, und auch Danica ritt los.

Cadderly blickte vom *Buch der Universellen Harmonie* zu Großmeisterin Pertelope und lächelte.

»Deine Wahrnehmung der Welt wird sich immer wieder ändern, wenn du älter wirst«, sagte Pertelope leise, so daß die anderen es nicht mitbekamen. »Auch wenn die Worte im Buch dieselben bleiben, wirst du sie anders verstehen. Deneirs Herz ist das Herz eines Dichters, und ein Dichterherz zieht mit den Schatten der Wolken.«

Cadderly hielt das dicke Buch mit beiden Händen fest. Seine Wahrnehmung der Welt und seine Moralvorstellungen hatten sich tatsächlich verändert. Er hatte einen Menschen getötet und hatte irgendwie jenseits der tausend Abenteuer, von denen er in den Sagenbüchern gelesen hatte, sein erstes eigenes erlebt.

»Lies darin«, trug Pertelope ihm mit ernster Stimme auf. Dann hakte sie sich bei Avery ein und zog ihn mit sich zur Bibliothek zurück.

Cadderlys Pferd tat den ersten Schritt, und dann waren sie unterwegs.

Unentschlossenheit

Felkin sah sich nach seinen acht Gefährten um, denn trotz ihrer Begleitung fühlte er sich schrecklich unsicher. Auf Befehl Ragnors, des brutalen, gnadenlosen Ogrillons, waren sie tief ins Innere von Shilmista vorgestoßen. Felkin hatte den Befehl nicht hinterfragt, nicht einmal vor den anderen Goblins, die mitkamen, denn alle Gefahren, die sie im Elfenwald erwarteten, waren nichts gegen das sichere Verhängnis durch Ragnors Zorn!

Jetzt war sich Felkin weniger sicher. Sie hatten nichts gesehen und nichts gehört, aber jeder einzelne des neunköpfigen Goblinspähtrupps spürte, daß sie nicht allein waren.

Sie überquerten einen sandigen Hügel und drangen in dichtes Farnkraut ein, das hoch und grün im Schatten ausladender Ulmen wuchs.

»Was war das?« krächzte ein Goblin, duckte sich verteidigungsbereit und versuchte, mit den Augen einer kaum wahrnehmbaren, davoneilenden Gestalt durch die immer tieferen Schatten zu folgen. Die ganze Gruppe tänzelte nervös, denn sie wußten, daß sie verwundbar waren.

»Still!« schimpfte Felkin, der ihren Lärm mehr fürchtete als jeden eventuellen Späher.

»Was war –?« wollte der Goblin noch einmal fragen, aber ihm wurde das Wort abgeschnitten, als ein Pfeil seine Kehle durchbohrte.

Die acht übrigen Goblins sprangen in Deckung, ließen sich unter den Farn fallen und krochen auf die Ulmen zu. Felkin hörte ein Geräusch wie von einem zurückschnellenden Ast, und der Goblin neben ihm wurde in die Luft gerissen. Keuchend trat er um sich, während sich eine Schlinge um seinen Hals festzog.

Das war zuviel für zwei andere. Sie sprangen auf und rannten auf die Bäume zu. Keiner kam weiter als ein paar Schritte, ehe Pfeile sie niederstreckten.

»Woher kamen die?« rief Felkin seinen Gefährten zu.

»Links!« schrie ein Goblin.

»Rechts!« kreischte ein anderer.

Es folgte eine Reihe Bogenschüsse. Pfeile sausten durch den Farn und trafen die Bäume. Dann war alles still. Der Goblin in der Luft hörte auf zu zappeln und begann, sich langsam im Wind zu drehen.

Felkin kroch zu einem seiner Gefährten, der reglos im Farnkraut lag. »Wir noch fünf«, stellte er fest. Als der andere nicht antwortete, riß Felkin ihn grob herum.

Ein grüner Pfeilschaft stak aus seinem Auge. Das andere Auge starrte blicklos nach oben.

Felkin ließ den Toten fallen und krabbelte wild davon. Mit seiner lärmenden Flucht zog er weitere Schüsse auf sich. Irgendwo seitlich versuchte ein anderer Goblin davonzurennen und wurde mit grausamer Gründlichkeit niedergestreckt.

»Es sind nur noch vier von euch übrig«, sagte eine melodische Stimme in Goblinsprache, jedoch mit dem unverwechselbaren Akzent einer Elfin. »Vielleicht auch nur drei. Wollt ihr rauskommen und offen gegen mich kämpfen?«

»Mich?« wiederholte Felkin leise verwirrt. »Nur eine Elfin?« Seine ganze Gruppe war von einer einzigen Elfin überfallen worden? Mutig steckte der Goblin den Kopf aus dem Farnkraut und sah die Elfenkriegerin mit dem Schwert in der Hand neben einer Ulme stehen. Ihr Bogen lehnte griffbereit am Baum.

Felkin starrte seinen eigenen, groben Speer an, denn er

fragte sich, ob der Wurf wohl gelingen konnte. Einer seiner Gefährten hatte offenbar dieselbe Idee.

Die Elfin ging einfach in die Knie, so daß der Speer harmlos über sie hinwegflog. Schneller, als Felkin sehen konnte, nahm sie ihren Bogen und schoß zwei Pfeile ab. Der törichte Goblin hatte nicht einmal mehr Zeit, ins schützende Farnkraut zu tauchen. Der erste Pfeil durchbohrte seine Brust, der zweite traf ihn in den Hals.

Felkin sah wieder seinen Speer an. Er war froh, daß einer der anderen ihm gezeigt hatte, wie dumm er war. Jetzt waren nur noch er und ein anderer übrig – immer noch zwei gegen einen, wenn sie an die Elfenkriegerin herankamen.

»Felkin!« hörte er es rufen. Er erkannte die Stimme von Rake, einem guten Kämpfer. »Wir wie viele?«

»Zwei!« rief er zurück. Dann schrie er der Elfenkriegerin zu: »Wir zwei, Elfin. Legst du deinen fiesen Bogen weg und kämpfst fair mit uns?«

Die Elfin lehnte ihren Bogen wieder an den Baum und nahm ihr Schwert zur Hand. »Na, dann kommt«, sagte sie. »Es ist schon spät, und mein Essen wartet!«

»Du fertig, Rake?« schrie Felkin.

»Fertig!« erwiderte der andere Goblin eifrig.

Felkin leckte sich die aufgesprungenen Lippen und stellte die Plattfüße in Startposition. Er würde Rake auf die Elfin hetzen und in dem Durcheinander in den Wald rennen. »Fertig?« rief er wieder.

»Fertig!« versicherte ihm Rake.

»Angriff!« brüllte Felkin. Er hörte es rascheln, als Rake weiter rechts aus dem Farn sprang. Auch Felkin sprang auf, rannte jedoch nach links davon, von der Elfin weg. Als er sich noch einmal umsah, mußte er feststellen, daß Rake sich ähnlich vor dem Kampf gedrückt hatte. Die Elfenkriegerin, die ein amüsiertes Lächeln aufgesetzt hatte, griff zum Bogen.

Felkin zog den Kopf ein und hastete in den Schatten. Er rannte, so schnell ihn seine dürren Goblinbeine trugen. Dann kam das ferne Schnellen der Bogensehne und Rakes unablässiger Strom von Flüchen. Felkin faßte wieder Hoffnung, als er merkte, daß die Elfin seinem Begleiter nachsetzte.

Ein qualvoller Schrei ertönte, und Felkin wußte, daß er allein war. Er rannte weiter, wagte nicht, langsamer zu werden. Nur wenige Minuten später hörte Felkin es hinter sich rascheln.

»Nicht totmachen! Nicht totmachen!« schrie er jämmerlich und atemlos immer wieder. Voller Panik blickte er sich wieder um – und rannte gegen eine Eiche.

Er fiel zu einem Häuflein zusammen, das genau in eine von Laub verdeckte Spalte zwischen den riesigen Wurzeln am Fuß des Baumes paßte. Er hörte die Schritte nicht mehr, die ein Stück weiter an ihm vorbeigingen. Er hörte gar nichts mehr.

☆☆☆

»Stehst du mit Aballister in Kontakt?« fragte Dorigen, als sie Druzil nachdenklich vor sich hin starren sah.

Das Teufelchen lachte sie aus. »Warum?« fragte es unschuldig. »Ich habe ihm nichts zu sagen.«

Dorigen schloß die Augen und murmelte einen einfachen Zauberspruch, durch den sie Druzils Behauptung überprüfen konnte. Als sie das Teufelchen wieder ansah, schien sie zufrieden.

»Das ist gut«, murmelte sie. »Du bist kein Vertrauter im üblichen Sinn des Wortes, nicht wahr, lieber Druzil?«

Wieder lachte das Teufelchen mit seiner rauhen, atemlosen Stimme.

»Du scheinst nicht besonders an Aballister gebunden zu

sein«, erklärte Dorigen. »Du behandelst ihn nicht wie deinen Meister.«

»Wirklich, da irrst du dich, Zauberdame«, wehrte sich Druzil, der sich fragte, ob Aballister eine kleine Treueprüfung arrangiert hatte. »Ich bin meinem Meister treu ergeben, denn er war es, der mich aus den Qualen des Abgrunds gerufen hat.«

Dorigen schien wenig beeindruckt, und Druzil drängte nicht weiter. Gerüchten zufolge hatte er zu Barjins Tod beigetragen, doch in Wahrheit hatte das Teufelchen überlegt, ob es sich dem Kleriker anschließen und Aballister ganz verlassen sollte. Dann waren Barjins große Pläne in sich zusammengestürzt. Das Gerücht arbeitete jedoch zugunsten von Druzil. Jetzt behandelten ihn Emporkömmlinge wie Dorigen mit etwas mehr Respekt, und Aballister kam nicht darauf, was sich in den Katakomben der Erhebenden Bibliothek tatsächlich abgespielt hatte.

»Wir haben dasselbe Ziel«, sagte Dorigen, »eine Aufgabe, die uns Talona gestellt hat. Diese ganze Region wird zweifellos an Burg Trinitatis fallen, und wer zu uns gehört, wird viel davon haben – aber wer sich gegen uns stellt, wird um so schlimmer leiden!«

»Soll das eine Drohung sein?« Die schlichte Frage des Teufelchens verblüffte Dorigen.

Sie ließ sich ein wenig Zeit, um ihre Gedanken zu sammeln, dann erwiderte sie: »Wenn du meinst. Wäre denn eine Drohung angebracht?« Sie wirkte unsicherer, als Druzil sie je erlebt hatte.

»Ich bin meinem Herrn und Meister treu ergeben«, erklärte Druzil nachdrücklich, »und damit auch dir, der Zauberin, mit der ich auf Geheiß meines Meisters unterwegs bin.«

Dorigen entspannte sich ein wenig. »Dann laß uns weiterziehen«, sagte sie. »Die Sonne geht auf, und wir sind noch einige Tage von Shilmista entfernt. Mir gefällt die Vorstellung nicht, daß Ragnor unkontrolliert herumrennt.« Sie rief Tiennek zurück, der an einem nahen Fluß Wasser holte, und griff nach ihrem Wanderstab.

Druzil stimmte aus ganzem Herzen zu. Er schlug einmal faul mit den Flügeln und landete auf Dorigens Schultern, wo er seine ledrigen Flügel um sich legte, damit sie ihn vor der Sonne schützten. Seine augenblickliche Lage gefiel ihm. Auf der Reise mit der Zauberdame konnte er sehen, welche Fortschritte der Feldzug der Burg machte, und – was wichtiger war – in Shilmista war er außerhalb Aballisters Reichweite.

Druzil wußte, daß Cadderly, der junge Priester, der Barjin besiegt hatte, Aballisters Sohn war. Und Aballister wußte, daß er es wußte. Das Intrigennetz um den Zauberer schien sich fester zu ziehen, und das Teufelchen wollte nicht zwischen seinen Fäden erstickt werden.

☆☆☆

»Einer von ihnen ist davongekommen«, erstattete Shayleigh Tintagel Bericht, als sie ins Elfenlager zurückkehrte, »aber acht andere sind tot.«

Der Zauberer nickte. Ähnliche Berichte hatte er den ganzen Tag gehört. Nach dem Gemetzel in den Tälern war der Feind zurückgewichen und schickte nun kleine Spähtrupps – meist Goblins – tiefer nach Shilmista hinein. »Vielleicht ist das gut so«, meinte Tintagel und lächelte. »Laßt ihn zu seinen Brüdern zurückkehren und ihnen berichten, daß sie in Shilmistas Zweigen nur der Tod erwartet!«

Auch Shayleigh brachte ein Lächeln zustande, aber in den veilchenblauen Augen der Elfin stand auch Sorge. Die feindlichen Spähtrupps wurden erledigt, aber die Tatsache, daß ihr Anführer die Verluste offenbar hinnahm, bestärkte Shayleigh nur in ihrem Glauben, daß tatsächlich eine riesige Armee den Weg bis zu Shilmistas Nordgrenze gefunden hatte.

»Kommt«, sagte Tintagel. »Laßt uns zum König gehen und sehen, was für Pläne er vorbereitet hat.«

Sie faden Galladel allein auf einer Lichtung, wo er unruhig auf und ab lief. Der Elfenkönig winkte sie zu sich, dann fuhr er mit der schlanken Hand durch das rabenschwarze Haar, das immer noch dicht und glänzend war, obwohl Galladel viele Jahrhunderte erlebt hatte. Er brach die Bewegung ab, als er merkte, daß seine Hand zitterte. Dann warf er einen Blick auf Shayleigh und Tintagel, um sich zu vergewissern, daß sie nichts bemerkt hatten.

»Das Töten geht weiter«, erklärte Tintagel, der den nervösen König beruhigen wollte.

»Wie lange noch?« gab Galladel zurück. »Die Berichte von Monstern, die in unserem schönen Wald gesichtet wurden, reißen nicht ab.«

»Wir werden sie zurückwerfen«, versprach Shayleigh.

Galladel wußte das Selbstvertrauen seiner jungen Kommandantin zu schätzen, aber angesichts der Macht, die sich gegen ihn erhob, schien es ein geringer Trost zu sein.

»Wie lange noch?« fragte er weniger scharf. »Diese schwarze Woge hat den Nordrand überrollt. Unser Feind ist schlau.«

»Er läßt seine Truppen massakrieren«, wandte Tintagel ein.

»Er kann abwarten«, hielt ihm der König entgegen. »Er opfert seine schwächsten Leute, um uns zu beschäftigen. Verdammte Hinhaltetaktik!«

»Bald wird etwas geschehen«, sagte Shayleigh. »Ich

spüre die Spannung. Unser Feind wird seine ganze Macht zeigen.«

Galladel sah sie neugierig an, wußte jedoch, daß er die Intuition der jungen Elfin nicht geringschätzen durfte. Shayleigh war diejenige, die den Hinterhalt in den Tälern vorgeschlagen und geplant hatte, denn sie hatte die ersten, vorsichtigen Vorstöße des Feinds genau durchschaut. Selbstverständlich war der König froh, sie an seiner Seite zu wissen, besonders seit Elbereth, sein Sohn und wichtigster Ratgeber, im Osten war, um von den Priestern der Erhebenden Bibliothek Näheres zu erfahren. Galladel hatte Elbereth nicht weglassen wollen, aber in letzter Zeit hatten seine Befehle bei seinem starrsinnigen Sohn wenig Wirkung gehabt.

»Bald«, sagte Shayleigh wieder, als sie sah, daß die Spannung Galladel fast zerriß.

»Sie marschieren bereits«, kam eine zirpende Stimme von der Seite. Sowohl Galladel als auch Shayleigh drehten sich um und starrten neugierig eine dicke Eiche an.

Sie hörten ein zwitscherndes Gelächter. Unsicher zog Shayleigh das Schwert und trat mutig näher. Tintagel stellte sich seitlich auf, nahm eine Zauberzutat aus der Tasche und bereitete sich darauf vor, schnellstens zuzuschlagen.

»Ach, sagt bloß, ihr habt die Warnungen der Bäume nicht gehört?« ertönte die Stimme wieder, dann sahen sie, wie sich hinter dem Baum etwas bewegte. Eine grazile Frau, deren Haut so dunkel war wie die Rinde der Eiche und deren Haar das Grün der dunklen Eichenblätter wieder aufgriff, spähte hinter dem dicken Baumstamm hervor.

Shayleigh steckte das Schwert weg. »Wir haben nichts gehört, nur die Todesschreie der Eindringlinge«, sagte die Elfin kalt.

»Wer ist das?« wollte Galladel wissen.

»Eine Dryade«, antwortete Shayleigh. »Hammadeen, glaube ich.«

»Oh, du erinnerst dich an mich!« zirpte Hammadeen, die ihre zarten Hände zusammenschlug. »Aber du hast gerade gesagt, du kannst es fühlen!«

Der abrupte Themawechsel der Dryade befremdete die Elfin. »Was fühle ich?« fragte sie.

»Die Aufregung in der Luft!« rief Hammadeen. »Es sind die Bäume, die du reden hörst. Sie haben Angst, und das sollten sie auch.«

»Was soll der Unsinn?« knurrte Galladel und trat neben Shayleigh.

»O nein, kein Unsinn!« gab Hammadeen zurück. »Sie marschieren, die ganze Armee, mehr als die Bäume zählen können. Und sie haben Feuer und Äxte! Oh, ihr müßt sie aufhalten!«

Shayleigh und Galladel tauschten verwirrte Blicke.

»Hört doch!« schrie die Dryade. »Ihr müßt zuhören.«

»Wir hören zu!« brüllte Galladel frustriert.

»Den Bäumen ...«, erklärte Hammadeen. Ihre Stimme wurde leiser, und auch ihr Körper schien zu verschwinden, als sie mit der Eiche verschmolz. Shayleigh rannte hinterher, um die Dryade zu erwischen oder ihr zu folgen, aber die tastenden Hände der Elfin fanden nur die rauhe Rinde der dicken Eiche.

»Dryaden«, murmelte Shayleigh abfällig.

»Den Bäumen zuhören«, fauchte Galladel. Er trat Erde gegen die Eiche und fuhr herum.

Shayleigh war überrascht über die heftige Reaktion des Königs. Es hieß, die Bäume von Shilmista hätten schon oft mit den Waldelfen gesprochen, ja, daß einst sogar die Bäume ihre Wurzeln gelöst hätten, um neben Dellanil Quil'quien zu kämpfen, einem Elfenhelden und König längst vergangener Zeiten. Für die junge Shayleigh waren das nur Legenden, aber der alte Galladel, ein direkter Nachfahre von Dellanil, konnte sich bestimmt noch daran erinnern.

»Wir wissen jetzt, daß unser Feind wieder vorrückt«, setzte Shayleigh an, »in großen Scharen. Und wir wissen, von wo sie kommen werden. Ich werde einen neuen Hinterhalt –«

»Wir wissen nur, was uns eine Dryade gesagt hat!« tobte Galladel. »Willst du unsere gesamte Verteidigung wegen der flüchtigen Worte einer Dryade aufs Spiel setzen, eines Geschöpfs voller Halbwahrheiten und tückischem Charme?«

Wieder fühlte sich die Elfin von Galladels unbeherrschtem Zorn abgestoßen. Die Dryaden waren keine Feinde der Elfen und konnten sich durchaus als wertvolle Verbündete erweisen.

Galladel atmete tief durch. Es sah aus, als hätte er erkannt, daß sein Zorn nicht angebracht war.

»Wir haben nur die Worte von Hammadeen«, fing Shayleigh vorsichtig an, »aber ich zweifle nicht daran, daß unser Feind marschiert. Zwischen hier und der Nordgrenze sind viele Hänge, die man verteidigen könnte. Auch ohne die Warnung der Dryade wäre es sinnvoll, mit Vorbereitungen zu beginnen.«

»Nein«, sagte Galladel fest. »Wir gehen nicht noch einmal hinaus und warten auf den Feind. Wir würden ihn nicht überrumpeln können, und der Versuch könnte in einer Katastrophe enden. Unsere Macht ist in der Mitte des Waldes größer«, fuhr er fort, »und dort können wir dieser großen Armee leichter entkommen, falls sie tatsächlich anrückt.«

Shayleigh war außer sich. »Wenn wir weglaufen, können sie viele Meilen Wald zerstören«, schimpfte sie. »Shilmista ist unsere Heimat, vom südlichsten bis zum nördlichsten Baum!«

»Der Daoine Dun ist nicht weit«, warf Tintagel als Kompromißvorschlag ein. »Die Höhlen dort können uns schützen, und auf dem Hügel ist unsere Macht gewiß sehr groß.«

Shayleigh überlegte einen Augenblick. Sie hätte es vorgezogen, noch einmal anzugreifen, aber sie wußte sehr gut, daß Galladel nicht nachgeben würde. Daoine Dun, der Sternenberg, schien ein vernünftiger Kompromiß zu sein. Sie nickte Galladel zu.

Der Elfenkönig war noch nicht überzeugt. »Es gibt bessere Stellen weiter südlich«, sagte er.

Shayleigh und Tintagel wechselten besorgte Blicke. Beide wünschten, Elbereth wäre nicht gegangen, denn der Elfenprinz dachte ähnlich wie sie. Auch er würde versuchen, das wenige zu erhalten, was von Shilmistas Glanz noch geblieben war. Vielleicht hatte Galladel zu lange gelebt; die Bürde jahrhundertelanger Herrschaft war nicht zu unterschätzen.

»Unser Feind geht in die Tausende, wie die Berichte übereinstimmend sagen«, fuhr Galladel sie an. Offenbar spürte er die Mißbilligung seiner beiden Ratgeber. »Wir zählen nur knapp hundertvierzig und hoffen, daß unser Mut allein diese schwarze Flut zurückdrängen kann. Verwechselt nicht Mut mit Torheit, sage ich, und ich bin immer noch euer König!«

Die jüngeren Elfen hätten den Streit damit verloren, wären aus dem Elfenlager hinter dem Kiefernhain nicht Schreie laut geworden. »Feuer!« erschallten die Rufe.

Ein Elf kam angerannt, um dem König Bericht zu erstatten. »Feuer!« rief er. »Der Feind brennt den Wald nieder. Im Norden! Im Norden!«

Galladel wandte sich von Shayleigh und Tintagel ab, fuhr

sich nervös durch sein rabenschwarzes Haar und verfluchte Elbereth, der fortgegangen war.

»Daoine Dun?« fragte Tintagel zögernd und hoffnungsvoll.

Galladel gab dem Zauberer einen resignierten Wink. »Wie ihr wollt«, ergab er sich teilnahmslos. »Wie ihr wollt.«

☆☆☆

Als Felkin die Augen wieder aufschlug, mußte er gegen die Morgensonne anblinzeln. Der Wald um ihn herum war tödlich still, und es verging eine lange Zeit, bis der Goblin den Mut fand, aus den Blättern zu kriechen. Er überlegte, ob er umkehren und nach seinen Gefährten sehen sollte, verwarf den Gedanken dann aber und machte sich eilig auf zu Ragnors Lager an der Nordgrenze des Waldes.

Etwas später vernahm er erleichtert das Hacken von Äxten. Der Himmel vor ihm wurde heller, das dichte Blätterdach dünner, und plötzlich war Felkin von Ragnors Leibgarde umringt, einem Trupp aus acht riesigen, behaarten Grottenschraten.

Aus sieben Fuß Höhe durchbohrten sie den armen, bibbernden Felkin mit Blicken ihrer bösen gelben Augen.

»Wer bist du?« fragte einer von ihnen und stieß dem Goblin einen Dreizack gegen die Schulter.

Felkin zuckte vor Schmerz und Angst zusammen. Die Grottenschrate machten ihm fast so viel Angst wie die Elfin, die er hinter sich gelassen hatte. »Felkin«, quietschte er, während er unterwürfig den Kopf senkte. »Späher.«

Die Grottenschrate murmelten etwas in ihrer eigenen, kehligen Sprache, dann stieß einer von ihnen Felkin noch kräftiger. »Wo sind die anderen?«

Felkin biß sich auf die Lippe, um nicht vor Schmerz aufzuschreien. Wenn er Schwäche zeigte, würde das die grausamen Ungeheuer nur anregen, ihn noch gemeiner zu quälen. »Im Wald«, flüsterte er.

»Tot?«

Felkin nickte bloß. Dann glaubte er zu fliegen, denn ein Grottenschrat schnappte ihn an den struppigen Haaren und hob ihn hoch in die Luft. Felkin schlug um sich, als er versuchte, an dem sehnigen Arm des Grottenschrats Halt zu finden, aber er wurde unbarmherzig an den Haaren den ganzen Weg zum großen Lager geschleppt. Felkin kämpfte gegen die Tränen, so gut er konnte.

Er merkte, daß sie auf ein großes, von Häuten bedecktes Zelt zuhielten. Ragnor! Die Welt schien sich um den zitternden Goblin zu drehen. Er spürte, wie er ohnmächtig wurde, und hoffte, er würde nie wieder aufwachen.

Er wachte auf, und da wünschte er, er wäre im Wald geblieben und hätte sich der Elfin gestellt.

Ragnor wirkte auf den ersten Blick wenig imposant, denn er saß hinter einem großen Eichentisch auf der anderen Seite des Zelts. Dann stand der Ogrillon auf, und Felkin kroch winselnd rückwärts über den Boden. Der Stoß eines Dreizacks zwang ihn an seinen Platz zurück.

Ragnor war so groß wie die Grottenschrate und zweimal so breit. Seine Züge waren sehr orkisch, denn seine Schnauze ähnelte einer Schweinsnase, und aus dem Unterkiefer ragte ein stoßzahnartiger Zahn über die Oberlippe empor. Seine Augen waren groß und blutunterlaufen, seine Brauen schwer und ständig drohend zusammengezogen. Aber während sein Gesicht dem eines Ork glich, ähnelte sein Körper mehr seinen Ogervorfahren. Er hatte kräftige Glieder mit dicken Muskelsträngen und einen Rumpf wie ein Faß, der ein anstürmendes Pferd aufhalten konnte.

Der Ogrillon machte drei schwere Schritte auf Felkin zu,

griff nach unten und stellte den Goblin mühelos auf die Füße.

»Die anderen sind tot?« fragte er.

»Elfene!« rief Felkin. »Elfene sie töten!«

»Wie viele?«

»Viele, viele!« antwortete Felkin, aber der Ogrillon wirkte wenig beeindruckt. Ragnor legte einen seiner großen Finger unter Felkins Kinn und hob den Goblin auf die Zehenspitzen. Das häßliche Orkgesicht und der stinkende Atem kamen unmittelbar vor Felkins Nase, bis dieser schon befürchtete, wieder ohnmächtig zu werden – auch wenn ihm klar war, daß Ragnor ihn dafür häuten würde.

»Wie viele?« fragte Ragnor wieder langsam und nachdrücklich.

»Einer«, quiekte Felkin, der lieber nicht hinzufügte, daß es eine Frau gewesen war. Ragnor ließ ihn fallen.

»Eine ganze Patrouille von einem einzigen Elf erledigt!« brüllte der Ogrillon die Grottenschrate an. Die haarigen Monster sahen einander an, wirkten jedoch nicht besonders betroffen.

»Du schickst Goblins und Orks«, stellte einer von ihnen fest.

»Zuerst habe ich Grottenschrate geschickt!« erinnerte Ragnor. »Wie viele von denen sind zurückgekehrt?«

Die beschämten Grottenschrate murmelten in ihrer eigenen Sprache Entschuldigungen. »Größere Spähtrupps schicken?« fragte der Wortführer der Schrate schließlich.

Ragnor dachte darüber nach, dann schüttelte er seinen gewaltigen Kopf. »Mit solchen Taktiken können wir den Elfen in den Wäldern nicht das Wasser reichen. Wir sind zahlenmäßig und kräftemäßig überlegen, aber das ist in diesem verfluchten Wald auch alles.«

»Sie kennen die Gegend gut«, stimmte der Grottenschrat zu.

»Und ich zweifle nicht daran, daß sie viele Spione haben«, ergänzte Ragnor. »Nicht einmal den Bäumen traue ich!«

»Wie machen wir dann weiter?«

»Wir marschieren wieder los!« knurrte der frustrierte Ogrillon. Er packte Felkin fest an der Kehle und hob ihn hoch, bis er dicht vor Ragnors häßlichem Gesicht baumelte.

»Die Elfen kennen ihren Wald, also zerstören wir ihren Wald!« knurrte der Ogrillon. »Wir zwingen sie auf offenes Land und zermalmen sie!« Vor Begeisterung über seine eigenen Worte ruckte Ragnors Hand. Es gab ein lautes Knacken, Felkin zuckte wild, dann war er ruhig.

Die Grottenschrate sahen erstaunt zu. Einer von ihnen kicherte, riß sich aber schnell zusammen. Zu spät. Die anderen Schrate brachen in Gelächter aus, und ihr Spott steigerte sich ums Zehnfache, als Ragnor mit einstimmte, nachdem er den Goblin sicherheitshalber ein letztes Mal geschüttelt hatte.

Erste Begegnung

Cadderly saß im schwachen Lichtschein des ausgehenden Lagerfeuers. Vor sich hatte er eine Reihe winziger Fläschchen aufgebaut, daneben eine parallele Reihe leerer Armbrustbolzen. Eins nach dem anderen nahm er die Gläschen und träufelte sehr vorsichtig einige Tropfen aus der Flasche, die Kierkan Rufo ihm gebracht hatte, hinein.

»Was macht er da?« fragte Elbereth, der mit Rufo zusammen am Rand des Feuerscheins stand.

»Pfeile für seine Armbrust«, erklärte der hagere Mann. Sein Gesicht wirkte im Flackern des Feuers eckiger denn je.

Elbereth musterte die zierliche Waffe, die neben Cadderly auf dem Boden lag. Seine Miene war nicht gerade wohlwollend.

»Das ist eine Drowwaffe«, schimpfte er so laut, daß Cadderly es hören mußte. Cadderly blickte auf und wußte, daß der Elfenprinz ihn auf die Probe stellen wollte.

»Macht Ihr gemeinsame Sache mit Dunkelelfen?« fragte Elbereth ohne Umschweife.

»Ich habe noch keinen kennengelernt«, antwortete Cadderly einfach. Er sprach es nicht aus, aber wenn Elbereths Arroganz ein Beispiel für die gute Seite des Elfenvolks sein sollte, hatte Cadderly gewiß kein Bedürfnis, einen von der schlechten Seite kennenzulernen!

»Wo habt Ihr dann diese Armbrust her?« drängte Elbereth, als suchte er nur einen Grund, mit Cadderly zu streiten. »Und warum tragt Ihr überhaupt freiwillig die Waffe einer so grausamen Rasse?«

Cadderly nahm die Armbrust in die Hände. Irgendwie tröstete es ihn, daß sie Elbereth Verdruß bereitete. Er verstand, daß der Elf ihn jetzt rein aus allgemeiner Enttäuschung heraus provozierte, und er konnte seine Sorge um Shilmista wirklich nachfühlen. Aber Cadderly hatte seine eigenen Sorgen und keine Lust auf Elbereths fortwährende Beleidigungen. »Es ist eine Zwergenarbeit«, stellte er klar.

»Fast genauso schlimm«, gab der Elf ohne Zögern zurück.

Cadderlys graue Augen waren nicht so fesselnd wie Elbereths silberne, aber der Blick des jungen Mannes stand dem Elfen an Intensität um nichts nach. Wenn sie mit Waffen kämpften, konnte Elbereth ihn natürlich leicht besiegen, aber wenn der Elfenprinz Ivan und Pikel weiter beleidigte, würde der junge Gelehrte keine Hemmungen haben, mit den Fäusten auf ihn loszugehen. Cadderly war kein schlechter Ringer, denn er war unter Oghmaklerikern aufgewachsen, zu deren wichtigsten Ritualen der waffenlose Zweikampf zählte. Elbereth war zwar fast so groß wie er selbst, aber Cadderly schätzte, daß er mindestens siebzig Pfund schwerer war als der schlanke Elf.

Da Elbereth anscheinend verstand, daß er sein Gegenüber so weit getrieben hatte, wie es ohne Kampf möglich war, fuhr er nicht gleich fort. Seine silbernen Augen gaben jedoch nicht nach.

»Die Umgebung ist sicher«, sagte Danica, die ins Lager zurückkehrte. Sie schaute von Elbereth zu Cadderly und erkannte die Spannung. »Was ist passiert?«

Elbereth drehte sich zu ihr um und lächelte freundlich, was Cadderly mehr beunruhigte als der unnachgiebige Blick, mit dem ihn der Elf bedacht hatte.

»Eine Diskussion über Armbrüste, weiter nichts«, versicherte der Elf Danica. »Ich begreife weder den Wert einer so armseligen Waffe – noch die Ehre.«

Danica warf Cadderly einen mitleidigen Blick zu. Wenn es etwas auf der Welt gab, was den jungen Gelehrten verletzen konnte, dann war das die Armbrust und die Erinnerungen, die sie unweigerlich heraufbeschwor. Unerwartet stellte Cadderly sich beidem.

»Ich habe damit einen Menschen getötet«, knurrte er drohend. Danica sah ihn entsetzt an, und Cadderly erkannte, wie dumm seine Erklärung gewesen war. Wie lächerlich und abstoßend, damit zu prahlen! Er wußte, daß er sich dem Elfen jetzt ausgeliefert hatte, daß Elbereth ihn in diesem Streit leicht vernichten konnte.

Aber der Elf zog es vor, die Diskussion abzubrechen. »Zeit für meine Wache«, sagte er nur und verschwand in der Dunkelheit.

Cadderly schaute Danica an und zuckte entschuldigend die Schultern. Die junge Frau setzte sich ihm gegenüber ans Feuer, wickelte sich in eine schwere Decke und legte sich schlafen.

Cadderly betrachtete die Armbrust. Es kam ihm so vor, als hätte sie ihn erneut verraten. Er wünschte, er hätte bei seinen Zweikampfstunden in der Bibliothek besser achtgegeben, dann hätte er die ungewöhnliche Waffe jetzt vielleicht nicht tragen müssen. Aber während die anderen Kleriker mit dem Streitkolben, dem Stab oder der Keule geübt hatten, hatte Cadderly sich auf seine Spindelscheiben konzentriert – zwei Scheiben, die durch einen Stab verbunden waren, um den eine dünne Schnur gewickelt war. Es war eine praktische Waffe, um kleinere Tiere zu erlegen, und ein lustiges Spielzeug für alle möglichen spannenden Tricks, aber kaum etwas, womit man sich gegen ein Schwert zur Wehr setzen konnte.

Cadderlys Hand fuhr unbewußt zu den Scheiben, die an seinem Gürtel hingen. Er hatte sie ein dutzendmal im Kampf benutzt und hatte Kierkan Rufo damit erledigt, als der ungeschickte Mann unter dem Einfluß des Chaosfluchs mit dem Messer auf Cadderly eingedrungen war. Selbst gegen Rufos kleines Messer hatte Cadderly nur gewonnen, weil sein Gegner sich ablenken ließ. Ein einziger Glückstreffer hatte ihn gerettet.

Cadderly betrachtete auch seinen Wanderstab mit dem geschnitzten Widderkopf am Griff, der auch als Blasrohr verwendbar war. Es war ein teures, wohlausgewogenes Stück, das Cadderly ebenfalls schon im Kampf benutzt hatte. Danica hatte ihm erzählt, daß ein solcher Stab – sie nannte ihn Bo – bei den Mönchen in Tabot, dem Herkunftsland ihrer Mutter, beliebt war. Cadderly hatte wenig Übung damit. Er konnte ihn herumwirbeln und werfen, auch einfache Angriffe abwehren, aber gegen einen erfahrenen Kämpfer wie Elbereth oder gar ein Ungeheuer würde er diese Künste nicht ausprobieren wollen.

Resigniert füllte der junge Gelehrte ein weiteres Gläschen und setzte es sorgfältig an seinen Platz in den hohlen Pfeil. Den geladenen Pfeil steckte er in eine Schleife an seinem Schultergurt; das machte zwölf.

Wenigstens in den ersten paar Kämpfen wollte Cadderly so gut wie Elbereth dastehen. Er haßte es, daß ihm dieser Punkt wichtig war, aber es war nun einmal so.

Die östlichsten Ausläufer von Shilmista waren nicht weit von der Erhebenden Bibliothek, und nur wenige Schritte abseits ihrer rauhen Bergpfade hätten die Reisenden den Wald am zweiten Tag sehen können. Doch Shilmista erstreckte sich von Nord nach Süd über hundertfünfzig Meilen weit, und Elbereth wollte die Berge näher an der Mitte des Waldes verlassen.

Tagelang wanderten die vier Gefährten um hohe Gipfel und durch tiefe Täler. Es war Sommer, selbst in den Bergen, die Luft war warm und der Himmel blau. Jede Wendung des Pfades bot einen neuen, majestätischen Anblick, aber nach einigen Tagen wurde Cadderly selbst das Bergpanorama eintönig.

In diesen ruhigen Tagen nahm er oft das *Buch der Universellen Harmonie* aus dem Gepäck, aber er war so aufgeregt über die bevorstehenden Gefahren und Elbereths wachsende Verbundenheit mit Danica – die beiden kamen prächtig miteinander aus und erzählten sich Geschichten von Orten, die Cadderly nie gesehen hatte –, daß er sich nicht genug konzentrieren konnte, um richtig zu lesen.

Am fünften Tag kamen sie schließlich an die Westhänge. Als sie hinunterblickten, konnten sie das dunkle Blätterdach von Shilmista sehen, eine scheinbar friedliche Decke über dem wachsenden Tumult unter den dichten Zweigen.

»Das ist meine Heimat«, erklärte Elbereth Danica. »Es gibt keinen Ort auf der Welt, der Shilmistas Schönheit gleichkommt.«

Cadderly hatte von vielen wundersamen Ländern gelesen, magischen Ländern, und allen Berichten nach war Shilmista zwar ein passender Wald für ein Elfenvolk, aber nichts Außergewöhnliches. Der junge Gelehrte war jedoch vorausschauend genug, um zu verstehen, wie kläglich seine Behauptungen klingen würden, und klug genug, um Elbereths verärgerte Reaktion vorherzusehen. So behielt er seine Gedanken für sich und beschloß, Danica später auf Shilmistas Schwachpunkte hinzuweisen.

Der steile Abstieg und die vielen Kehren zwangen die Reisenden, die Pferde weiterhin zu führen. Als sie in die tiefergelegenen Ausläufer des Gebirges kamen, wich das Felsgestein lockerem Boden, und hier erwies es sich als Glück für sie, daß sie noch liefen. Auf dem Rücken von Temmerisa, seinem großen Hengst, hätte Elbereth die Spuren bestimmt nicht bemerkt.

Er bückte sich tief, um sie zu untersuchen, und sagte lange nichts.

Cadderly und die anderen schlossen aus dem grimmigen Gesichtsausdruck des Elfen auf den Ursprung dieser Spuren.

»Goblins?« fragte Danica schließlich.

»Ein paar vielleicht«, erwiderte Elbereth, dessen Blick zu seinem geliebten Wald zurückschweifte, »aber die meisten sind zu groß, um von Goblins zu stammen.« Der Elf griff nach dem Langbogen und gab Kierkan Rufo die Zügel seines Pferdes. Dann winkte er Danica zu, ihr Reittier Cadderly zu überlassen.

Der junge Gelehrte war nicht gerade begeistert, als Page herhalten zu müssen, aber es war wirklich sinnvoll, daß Danica und Elbereth die Hände frei hatten, um plötzlichen Angriffen begegnen zu können.

Elbereth ging vor. Er blieb häufig stehen, um neue Spuren zu betrachten. Danica reihte sich hinter den anderen ein und sicherte nach allen Seiten.

Sie erreichten die Baumgrenze, wo sie noch vorsichtiger wurden, denn nun gab es überall reichlich Schatten, in dem sich Ungeheuer versteckt halten konnten.

Temmerisas tausend Glöckchen schellten plötzlich, weil der Hengst leicht scheute. Elbereth war sofort auf der Hut. Tief geduckt sah er sich um. Er überquerte den Pfad, verbarg sich hinter einigen Felsen und spähte den Hang hinab.

Danica und Cadderly schlossen sich ihm an, aber Rufo blieb bei den Pferden. Er schien nur darauf zu warten, blitzschnell auf seinen Braunen springen und fliehen zu können.

»Der Pfad führt direkt unter uns weiter«, erklärte der Elf flüsternd. Er schien sich besonders auf einen riesigen Ahornbaum zu konzentrieren, dessen Zweige über die Straße hingen.

»Da!« flüsterte Danica, die auf denselben Baum zeigte. »Auf dem untersten Ast über der Straße.« Elbereth nickte, und Danica pfiff lautlos durch die Zähne.

Cadderly sah beide verwirrt an. Auch er spähte angestrengt zu dem Baum hin, aber er sah nur dichtes Blattwerk.

»Der Ast biegt sich unter ihrem Gewicht«, stellte Elbereth fest.

»Wessen Gewicht?« mußte Cadderly fragen. Elbereth runzelte die Stirn, aber Danica erbarmte sich und erklärte, was sie bemerkt hatte, bis auch er endlich etwas erkannte. Auf dem untersten Ast kauerten mehrere dunkle Gestalten hoch über dem Weg.

»Orks?« fragte Danica.

»Zu groß für Orks«, überlegte Elbereth. »Orogs.«

Danica zog fragend die Brauen hoch.

»Orogs sind mit den Orks verwandt«, warf Cadderly ein, der schneller sein wollte als der Elf. Orogs waren keine verbreiteten Monster, aber der junge Gelehrte hatte in vielen Büchern von ihnen gelesen. »Größer und stärker als ihre schweinsnasigen Vettern. Es heißt, sie stammten –«

»Was glaubt Ihr, worauf sie warten?« unterbrach Danica, bevor Cadderly sich vollends zum Narren machen konnte.

»Auf uns«, sagte Elbereth finster. »Sie haben unsere Pferde gehört und uns vielleicht auch auf dem offenen Gelände der höher gelegenen Wege gesehen.«

»Gibt es einen anderen Weg?« Noch während er seine Frage aussprach, wußte Cadderly, daß sie lächerlich klang. Danica und Elbereth hatten nicht die Absicht, die Ungeheuer zu umgehen.

Elbereth betrachtete das Gelände allein aus seiner Sicht. »Wenn ich mich den Hang herunterschleiche, während Ihr weiter auf dem Pfad geht«, überlegte er, »könnte ich ein paar von ihnen mit meinem Bogen erwischen.« Er nickte, zufrieden mit seinem Plan. »Also los«, sagte er, »wir müssen weiter, bevor die Orogs Verdacht schöpfen.«

Danica ging zu Rufo zurück, aber Cadderly kam eine Idee. »Laßt mich gehen«, bot er an, wobei ein Lächeln über sein Gesicht glitt.

Elbereth starrte ihn neugierig an, um so mehr, als Cadderly seine winzige Armbrust herausholte.

»Glaubt Ihr, Ihr könntet damit mehr Schaden anrichten als ich mit meinem Langbogen?« fragte der Elfenprinz.

»Würdet Ihr sie nicht lieber auf ebener Erde bekämpfen?« entgegnete Cadderly, der Danica angrinste. Auch Elbereth sah zu der Frau hin, die lächelnd nickte, weil sie Cadderly vertraute. Sie wußte, wie wichtig es ihm war, eine Rolle im Kampf zu übernehmen.

»Ihr geht den Pfad hinunter«, sagte Cadderly. »Wir treffen uns am Baum.«

Elbereth, der noch nicht überzeugt war, drehte sich um, um den jungen Mann zu mustern. »Euren Hut und den Mantel«, sagte der Elf und streckte die Hände aus.

Cadderlys Zögern verriet seine Verwirrung.

»Blau ist keine Waldfarbe«, erklärte Elbereth. »Es leuchtet so hell wie ein Feuer in dunkler Nacht. Wir haben Glück, wenn die Orogs Euch nicht bereits gesehen haben.«

»Das haben sie nicht«, warf Danica ein. Ihr war klar, daß Elbereth den letzten Satz nur ausgesprochen hatte, um Cadderly zu demütigen.

Der Gelehrte reichte Elbereth Hut und Mantel. »Wir sehen uns am Baum«, sagte er schließlich im Versuch, selbstsicher zu erscheinen.

Sein entschlossener Gesichtsausdruck erschlaffte, sobald die anderen außer Sichtweite waren. Was hatte er da nur angestellt? Selbst wenn er es den steilen Hang hinunter schaffte, ohne sich den Hals zu brechen und genug Lärm für alle Orogs des Schneeflockengebirges zu machen, was sollte er tun, wenn sie ihn bemerkten? Wie sollte er sich auch nur gegen einen einzelnen Gegner zur Wehr setzen?

Er schüttelte die finsteren Gedanken ab und machte sich an den Abstieg, weil er wohl keine andere Wahl hatte, wenn er vor Danicas Mandelaugen noch einigermaßen bestehen wollte. Er stolperte, knickte um, stieß sich ein dutzendmal die Zehen an und trat mehrere Steine los, die dann hinunterkullerten. Aber dennoch gelang es ihm, auf eine Höhe mit dem riesigen Ahornbaum zu kommen, ohne die Monster in ihrem Hinterhalt auf sich aufmerksam zu machen. Er kroch in eine Spalte zwischen zwei scharfkantigen Felsen kurz vor dem Pfad. Jetzt konnte er die Orogs deutlich sehen. Fast ein Dutzend hockte nebeneinander auf dem untersten Ast. Sie hielten Netze, Speere und einfache Schwerter bereit. Cadderly konnte ihre Taktik unschwer durchschauen.

Die Ungeheuer rührten sich nicht. Zuerst befürchtete Cadderly, sie hätten ihn entdeckt, aber bald erkannte er, daß die Orogs nur zum Pfad hin blickten. Er wußte, daß seine Freunde bald ankommen mußten.

Er lud die Armbrust, wobei er darauf achtete, den kleinen Abzug langsam und gleichmäßig zu bewegen, damit er kein Geräusch verursachte. Dann zielte er – aber wohin sollte er schießen? Einen Orog konnte er vielleicht vom Baum holen, wenn er gut zielte oder das Glück ihm hold war. Jetzt, wo die Gefahr so nah war und die ganze Verantwortung auf seinen Schultern lastete, kam ihm seine Prahlerei so dumm vor!

Er mußte seinen ursprünglichen Plan durchführen. Elbereth und Danica erwarteten, daß er die Monster vom Baum holte. Er zielte – nicht auf die Orogs, sondern auf die Stelle, wo der dicke Ast aus dem Stamm wuchs. Mit der treffsicheren Armbrust war das kein schwieriger Schuß, aber würde die Explosion reichen? Cadderly legte sicherheitshalber einen zweiten Bolzen bereit.

Die Orogs rutschten nervös hin und her. Cadderly hörte Hufgeklapper auf dem Pfad.

»Deneir sei mit mir«, murmelte er und drückte auf den Abzug. Der Pfeil schoß los, traf den Ast, zerbrach das Gläschen, und die anschließende Explosion ließ den Baum heftig erbeben. Die Orogs hielten sich fest, einer rutschte vom Ast, und zu Cadderlys Erleichterung war ein lautes

Knacken zu hören. Der junge Gelehrte schoß seinen zweiten Pfeil ab.

Der Ast brach auseinander. Ein Orog schrie auf, weil sein Knöchel an der zersplitterten Bruchstelle hängenblieb. Als er fiel, riß er sich das Bein auf.

Als die Orogs aus dem Baum fielen, waren Danica und Elbereth nur noch knapp dreißig Fuß entfernt. Elbereth warf einen besorgten Blick auf die junge Frau, denn nur eines der Ungeheuer schien verletzt zu sein, und alle anderen waren gut bewaffnet.

»Es sind nur zehn!« schrie Danica, die sich hinunterbeugte, um einen Dolch mit Kristallklinge aus dem Stiefel zu ziehen. Lachend spornte sie ihr Pferd an. Temmerisa galoppierte mit dem Elfen hinterher.

Danica drang schnell auf die drei vordersten Monster ein. Kurz bevor sie bei ihnen war, rutschte sie seitlich am Pferd herunter, hielt sich am Sattelgurt fest und zog sich zwischen den Pferdebeinen hindurch. Ihr Roß sprengte durch die verblüfften Orogs, die Danica alle auf der falschen Seite erwarteten.

Die junge Frau kam auf dem Boden auf und rannte sofort weiter. Sie nutzte ihren Schwung, um herumzuwirbeln und dem nächststehenden Orog mit einem Tritt den Hals zu brechen.

Kaum stand sie wieder, schleuderte sie den Dolch. Er drehte sich immer wieder um sich selbst, ein glitzernder silberner Strahl im Sonnenlicht, ehe er sich bis zum Heft ins Gesicht des zweiten Orogs bohrte.

Das dritte Ungeheuer warf seinen Speer und zog ein einfaches Schwert. Es hatte gut gezielt, aber Danica war zu schnell, um sich von einer so plumpen Waffe treffen zu lassen. Sie trat zur Seite und parierte mit dem Unterarm, worauf der Speer harmlos zur Seite abgelenkt wurde.

Der Orog griff an, und Danica hätte fast aufgelacht, weil sie diesem sechseinhalb Fuß großen, zweihundert Pfund schweren Monster so wehrlos erscheinen mußte. Die hübsche, zierliche Frau mit den ungebärdigen Locken, die ihr wild über die Schultern fielen, und dem scheinbar unschuldigen Blick maß gerade eben fünf Fuß.

Schon stand statt Geifer auf den hungrigen Lippen des Orogs. Er kam auf Danica zu und griff nach ihr. Sie erwischte ihn mit einem blitzschnellen Boxhieb, der ihn zwei Schneidezähne kostete. Dann sprang sie zurück, tänzelnd und sehr zufrieden mit diesem Beginn des Kampfes. Schon nach wenigen Sekunden lagen zwei Monster tot oder sterbend am Boden, das dritte stand zitternd da und versuchte, wieder klar zu sehen.

Elbereths Angriff war noch direkter und brutaler. Er begann mit einem Bogenschuß, der einen Orog in die Schulter traf. Dann griff er zum Schwert und schob den anderen Arm durch die Lederriemen seines Schildes. Im Vertrauen auf sein gut dressiertes Streitroß preschte er mitten in den Hauptpulk der Feinde. Seine magische Klinge glänzte in blauem Feuer, als er auf die Ungeheuer einhackte. Zahlreiche schnelle Hiebe der Monster konnten sein guter Schild und die vortreffliche Rüstung abfangen.

Elbereths Schläge waren tödlicher. Die Orogs, die keine Rüstung trugen, konnten sich nicht auf einen Nahkampf mit dem Elfen einlassen, wie das vorderste Ungeheuer, das mit dem Pfeil in der Schulter, erfuhr, als Elbereth seinen Speerstoß beantwortete, indem er ihm den Kopf abschlug.

Temmerisa bäumte sich auf und tänzelte herum, hielt jedoch mit dem vertrauten Reiter perfekt das Gleichgewicht. Ein Orog schlich sich hinter den Schimmel, den Speer hoch zu einem Wurf erhoben, der Elbereth in den Rücken getroffen hätte. Temmerisa keilte mit beiden Hinterläufen aus, traf den Orog vor die Brust und schleuderte ihn mehrere Schritt weit weg. Das Ungeheuer brach mit zerrissenen Lungen zusammen.

Elbereths Kampf wäre jetzt kinderleicht gewesen, denn es blieben nur zwei Gegner (und einer von ihnen konnte kaum stehen, sondern lehnte mit verwundetem Bein an dem riesigen Baum). Doch als der Ast abgebrochen war, war es einem einzigen Orog gelungen, sich im Baum festzuhalten. Mit einem Netz in der freien Hand schwang er sich nun auf einen höheren Ast. Er wartete den richtigen Zeitpunkt ab, dann sprang er auf den Rücken des schlanken Elfen, warf ihm das Netz über und riß ihn zu Boden.

Ein täuschend schneller Schwerthieb zwang Danica zurückzuweichen. Sie wußte, daß sie die Kräfte eines Orogs nicht unterschätzen durfte, doch sie war abgelenkt, denn gerade war Elbereth niedergerissen worden, und Kierkan Rufo beteiligte sich noch gar nicht an dem Kampf. Außerdem war Danica beunruhigt, weil zwei der Orogs in Cadderlys Richtung geflohen waren.

Ein weiterer Schlag hätte sie beinahe umgeworfen; einem dritten konnte sie sich nur entziehen, indem sie sich zur Seite rollte. Der Orog, der wieder zuversichtlicher wurde, rückte näher.

Wieder schlug er zu, aber diesmal wich Danica nicht zurück, sondern stürzte sich auf ihn. Sie blockierte das Schwert ihres Gegners, trat auf ihn zu und hakte ihren freien Unterarm mit solcher Gewalt um den ausgestreckten Arm des Orogs, daß sie dessen Ellenbogen knacken hörte. Sie ließ dem Ungeheuer kaum Zeit aufzuschreien. Während sie immer noch seinen Schwertarm festhielt, schlug sie ihren anderen Arm hoch, so daß ihr Ellbogen dem Orog gegen die Nase krachte.

Der Orog war zu betäubt, um schnell reagieren zu können. Danica spannte die Hand und schlug sie dem Orog fest gegen die Kehle.

Sie tauchte unter dem eingeklemmten Arm ihres Gegners hindurch. Ihr Griff drehte seinen muskulösen Arm dabei halb herum, so daß sie dem Monster gegenüberstand.

Der Orog versuchte, sie zu packen, aber Danica riß den Fuß hoch und traf den Orog einmal, zweimal und ein drittes Mal in rascher Folge am Kinn.

»Cadderly«, flüsterte sie dann und sah sich besorgt um, nur um zu erkennen, daß die beiden flüchtenden Monster ihrem Liebsten schon sehr nahe gekommen waren.

Als der erste Orog auf Cadderly losstürmte, handelte dieser rein instinktiv, ohne die moralischen Konsequenzen zu bedenken.

Ein explosiver Pfeil hielt den Orog auf.

Das überraschte Brüllen des Monsters kam pfeifend, denn der Pfeil hatte ein sauberes Loch in seine Lunge gerissen. Störrisch kam das Ungeheuer trotzdem näher. Cadderly schoß erneut, diesmal in den Bauch.

Der Orog klappte mit qualvollem Knurren zusammen.

»Stirb schon, verdammt«, stöhnte Cadderly, als ein Gegner sich aufrichtete und wieder näher kam. Dieses Mal schoß Cadderly ihm die obere Hälfte des Kopfes weg.

Cadderly selbst blieb fast die Luft weg, und sein Ekel wurde zu blankem Entsetzen, als er aufblickte und den zweiten Orog vor sich aufragen sah, der mit erhobenem Schwert ansetzte, ihn in Stücke zu schlagen. Der junge Gelehrte wußte, daß er keine Zeit mehr für einen zweiten Pfeil hatte, darum griff er nach seinem Wanderstab und warf ihn dem Monster hin.

Der Orog verzog verwirrt das Gesicht, als er den Wanderstab wegschlug, aber Cadderly hatte durch diese Finte Gelegenheit, auszuweichen und sich hinter den Orog zu werfen. Er kugelte sich zusammen, hakte seine Schenkel hinter die Knie seines Gegners, spannte sich an und zog mit aller Kraft.

Einen endlosen Augenblick lang geschah überhaupt nichts, und Cadderly kam sich schon ausgesprochen lächerlich vor. Dann kippte der Orog tatsächlich nach vorn, aber nicht schwer und ohne Schaden davonzutragen. Cadderly krabbelte auf den Rücken des Ungeheuers, schlang ihm einen Arm um seinen dicken Hals und zog mit aller Kraft.

Wenig beeindruckt stand der Orog wieder auf und hob Cadderly einfach mit hoch. Er sah sich in Ruhe nach dem Schwert um, das ihm bei dem Sturz entfallen war, entdeckte die Waffe und ging auf sie zu.

Cadderly wurde klar, daß das Monster mit der Waffe leicht nach hinten stechen konnte, direkt in seinen verwundbaren Rumpf. Erschrocken wollte er loslassen und in Deckung rennen, aber er wußte, daß er niemals rechtzeitig außer Reichweite seines Feindes kommen würde.

»Fall schon, verdammt!« knurrte Cadderly und versuchte noch angestrengter, dem Orog den Hals zuzudrücken.

Zu Cadderlys Erstaunen ließ das Ungeheuer sein Schwert wieder fallen. Als bemerkte er jetzt erst, daß ihn jemand würgte, griff der Orog nach Cadderlys Arm, aber inzwischen hatte er nicht mehr viel Kraft.

Mit geschlossenen Augen klammerte Cadderly sich verzweifelt fest und zerrte mit aller Macht.

Schließlich kippte das Monster vornüber.

Der letzte Orog, der am Baum, bekam seinen rechten Fuß nicht auf den Boden. Er wollte sich seinen Kumpanen anschließen, von denen einer auf dem Elf im Netz lag, während der andere drohend mit dem Schwert wedelte und eine Blöße suchte. Aber sobald sein Zeh sich dem Boden näherte, zuckte er zusammen. Er sah nach oben und entdeckte dort Fleisch von seinem Bein, das grotesk an dem gesplitterten Astansatz hing.

Fluchend hüpfte er auf seinem heilen Fuß von dem dicken Baumstamm weg.

Genau Kierkan Rufo in den Weg.

Rufo ritt auf einem Pferd und hielt das andere neben sich. Sein Sturmangriff kam machtvoll, wenn auch etwas spät. Er hatte den Orog nicht mit seinem eigenen Pferd überrennen wollen – er hatte das reiterlose Pferd extra auf der Baumseite geführt –, aber die unerwartete Bewegung des Orogs hatte diesen genau zwischen die beiden Tiere gebracht.

Das Ungeheuer bekam mehrere Huftritte ab, doch als die Pferde vorbei waren, lebte es noch. Es lag hilflos auf dem Rücken, denn sein Rückgrat war gebrochen. Es konnte nur noch das tropfende Fleisch seines eigenen, zerrissenen Beins im Baum oben anstarren.

Das reiterlose Pferd hatte den abgebrochenen Ast ohne Schwierigkeiten überwunden, aber Rufos Pferd war über den Orog gestolpert, rutschte aus und warf den linkischen Mann in hohem Bogen ab. Rufo spuckte Erde aus, drehte sich um und setzte sich so hin, daß er den Kampf verfolgen konnte. Leider mußte er feststellen, daß sich einer der Orogs, die zuvor Elbereth angegriffen hatten, jetzt einem leichteren Gegner zuwandte: ihm. Mit hungrig zwischen den gelben Zähnen heraushängender Zunge stürmte das Ungeheuer den Pfad entlang und schwang sein riesiges Schwert.

Rufo sah, wie Danica ein weiteres Mal zutrat und ihrem Gegner diesmal das Genick brach. Sie zögerte, blickte zu Elbereth, glaubte aber offenbar, daß der Elf die Situation im Griff hatte, denn sie lief dem Orog nach, der Rufo angriff.

Elbereth fuhr zu dem schweren Orog herum. Die Hand hatte er bereits am Gürtel. Dreimal zuckte sein Arm nach oben, und jedesmal keuchte der Orog. Beim vierten Mal drückte Elbereth mit dem Arm fest gegen das Ungeheuer und begann, sein Handgelenk hin- und herzudrehen.

Das Monster rollte von dem dünnen Stilett des Elfen und sackte auf die Straße, wo es versuchte, seine Eingeweide in den aufgeschlitzten Bauch zurückzuschieben.

Mit einer geschmeidigen Bewegung schlüpfte Elbereth unter dem groben Netz hervor und kam auf die Knie. Gnadenlos stieß er dem jaulenden Orog seinen Dolch ins Bein, damit der nicht wegrennen konnte, solange der Elf sein Schwert holte.

Danica bewegte sich so schnell, daß Rufo ihr mit dem Blick kaum folgen konnte, aber der Orog hatte zuviel Vorsprung. Widerstrebend zog der ungelenke Mann seinen Streitkolben aus dem Gürtel und versuchte, sich in Kampfposition zu stellen. Er hatte noch weniger Erfahrung mit Waffen als Cadderly und konnte nicht hoffen, lange standzuhalten. Schlimmer noch war, daß er sich beim Sturz den Fuß verstaucht hatte und jetzt nach hinten umfiel. Der Orog war fast über ihm – er wußte, daß er sterben würde.

Plötzlich knickte der Kopf des Orogs zur Seite, dann barst sein halbes Gesicht auseinander und bespritzte Rufo und die anstürmende Danica mit Blut und Schleim.

Rufo und Danica starrten sich ungläubig an, bis sie gleichzeitig zur Seite blickten, wo sie Cadderly zwischen den Felsen entdeckten. Er hielt die Armbrust in der Hand, und auf seinem Gesicht spiegelte sich namenloses Entsetzen.

Vom Wesen der Gnade

Cadderly stand einige Momente wie angewurzelt da, zu erschüttert, um selbst das Nahen seiner beiden Freunde zu bemerken. Seine Gedanken galten nur dem, was er gerade getan hatte. Drei Orogs waren durch ihn gestorben.

Es war so einfach gewesen. Cadderly hatte über seine Handlungen nicht einmal nachgedacht, hatte sich ganz seinem Instinkt überlassen – seinem Mordinstinkt –, der ihn sogar gedrängt hatte, den Orog zu vernichten, der auf Rufo zurannte und nicht in Cadderlys Nähe gekommen war. Der Orog war im Visier seiner Armbrust gewesen, und jetzt war er tot.

Es war zu leicht.

Nicht zum ersten Mal in den letzten paar Wochen fragte sich Cadderly, welchen Sinn sein Leben habe, ob er wirklich von Deneir, seinem Gott, berufen sei. Großmeister Avery hatte Cadderly einst einen Anhänger des Gond genannt und sich damit auf eine Sekte erfinderischer Priester bezogen, die beim Bau ihrer gefährlichen Apparate wenig moralische Führung zeigten. Das Wort »Gondjünger« bedrückte den jungen Gelehrten jetzt ebenso wie die toten Augen des Menschen, den er getötet hatte.

Cadderly kam aus seiner Trance und sah Danica, die sich gerade das Gesicht abwischte. Kierkan Rufo hielt Cadderlys Hut mit der breiten Krempe fest und nickte beifällig. Der junge Gelehrte erschauerte, als Danica sich Blut von ihrer glatten Wange wischte. Konnte sie sich wirklich reinwaschen, fragte er sich. Und was war mit ihm? Das Bild der schönen Danica, die mit Schleim bedeckt war, kam ihm auf erschreckende Art symbolisch vor. Cadderly hatte das Gefühl, daß die Welt auf dem Kopf stand, als hätten Gut und Böse die Seiten gewechselt und würden in einem grauen Bereich verschwimmen, der nur auf wilden, elementaren Überlebensinstinkten beruhte.

Die einfache Wahrheit war: Sie hätten den Baum umgehen und diese Metzelei vermeiden können.

In Danicas Gesicht stand Mitgefühl. Sie nahm Rufo den Hut ab und hielt ihn Cadderly hin; dann bot sie ihm ihren Arm. Der erschütterte Gelehrte nahm beides ohne Zögern an. Kierkan Rufo nickte ihm wieder ernst zu, eine Dankesgeste. Es kam Cadderly so vor, als respektierte auch der ungeschickte Rufo seinen inneren Aufruhr.

Sie gingen zu dem großen Baum zurück, gerade rechtzeitig, um zu sehen, wie Elbereth dem zuckenden Orog den Schädel einschlug. Ohne Umschweife zog der Elfenprinz dem Ungeheuer sein Stilett aus dem Bein.

Cadderly wandte sich ab und schob Danica weg, weil er glaubte, sich übergeben zu müssen. Mit ernstem Blick musterte er den Elfenprinzen, dann drehte er sich demonstrativ um und ging fort.

»Was hätte ich denn wohl tun sollen?« hörte er den wütenden Elbereth ausrufen. Danica raunte dem Elfen etwas zu, das Cadderly nicht verstand, aber Elbereth war noch nicht fertig.

»Wenn es *seine* Heimat wäre ...«, hörte Cadderly deutlich. Er wußte, daß diese Bemerkung für ihn bestimmt war, obwohl Elbereth mit Danica redete. Als er sich umsah, nickte Danica dem Elfen zu, die beiden wechselten ein ernstes Lächeln und reichten sich dann herzlich die Hände.

Ein Geräusch am Ahorn erregte Cadderlys Aufmerksamkeit. Er sah den letzten lebenden Orog dort liegen und nach oben blicken. Cadderly folgte seinem Blick zu dem abgebrochenen Aststumpf mit dem bluttriefenden Fleischstück. Entsetzt lief der junge Gelehrte zu dem verwundeten Ungeheuer hin. Er brauchte einen Augenblick, um festzustellen, ob wirklich noch Leben in ihm war, doch es atmete. Seine Brust bewegte sich sehr langsam, und der Atem ging flach und ungleichmäßig. Cadderly zog sein heiliges Symbol vom Hut, Auge über Kerze, und fummelte an einem Beutel an seinem Gürtel herum. Er hörte die anderen hinter sich, achtete jedoch nicht auf sie.

»Was macht Ihr da?« fragte Elbereth.

»Er lebt noch«, erwiderte Cadderly. »Ich habe Sprüche ...«

»Nein!«

Die vorwurfsvolle Schärfe traf Cadderly nicht so tief wie die Tatsache, daß es Danica gewesen war, nicht Elbereth, die ihn angefahren hatte. Er drehte sich langsam um, als erwarte er, ein grausiges Monster zu sehen.

Es waren nur Danica und Elbereth und Rufo. Cadderly hoffte, daß es noch einen Unterschied gab.

»Er ist schon fast tot«, sagte Danica ruhig.

»Verschwendet Eure Sprüche nicht an einen Orog!« fügte Elbereth hinzu, in dessen scharfer Stimme ganz und gar keine Ruhe lag.

»Wir können ihn nicht sterbend hier liegen lassen«, gab Cadderly zurück, der wieder an seinem Beutel herumfummelte. »Dann verblutet er.«

»Ein passendes Ende für einen Orog«, erwiderte Elbereth.

Cadderly sah ihn an. Die Gnadenlosigkeit des finsteren Elfen überraschte ihn immer noch.

»Geht, wenn Ihr wollt«, knurrte Cadderly. »Ich bin Kleriker eines gnädigen Gottes, und ich lasse keinen Verwundeten so zurück!«

Jetzt zog Danica Elbereth weg. Sie hatten ohnehin noch viel zu tun, bevor sie aufbrechen konnten. Ein Großteil ihrer Ausrüstung war überall verstreut, die Waffen steckten noch im Fleisch der Orogs, und das Pferd, das über den abgebrochenen Ast gestolpert war, mußte versorgt werden.

Elbereth verstand und achtete die Gefühle der jungen Frau. Cadderly hatte sich gut geschlagen – das konnte der Elf nicht abstreiten –, und sie konnten sich ohne seine Hilfe auf die Weiterreise vorbereiten.

Als der Elf sich seinen Bogen wieder über die Schulter schlang, hörte er Danica, die dicht neben ihm ihr Bündel aufsammelte, erschrocken nach Luft schnappen.

Elbereth fuhr zu ihr herum und sah dann in dieselbe Richtung wie sie.

Schwarzer Rauch erhob sich über Shilmistas Nordwestrand.

Ohne das Schauspiel in der Ferne wahrzunehmen, arbeitete Cadderly verzweifelt daran, den Blutstrom aus dem zerfetzten Bein des Orogs zu stoppen. Wo sollte er anfangen? Alles Fleisch von der Außenseite des Beins – vom Knöchel bis zum halben Oberschenkel – war weggerissen. Daneben hatte das Ungeheuer noch ein Dutzend andere schwere Wunden, auch Knochenbrüche, davongetragen, als Rufos Pferd es überrannt hatte. Cadderly war nie ein besonders tüchtiger Heiler gewesen, und Klerikermagie fiel ihm nicht leicht. Aber selbst wenn er der beste Arzt der Erhebenden Bibliothek gewesen wäre, hätte er für dieses geschundene Wesen wohl nicht mehr viel tun können.

Gleichmäßig tropfte das Blut aus dem abgerissenen Fleisch am Baum. Eine gezielte Erinnerung, wie es Cadderly vorkam, denn die Tropfen kamen so rhythmisch wie Herzschläge. Dann hörte es auf. Cadderly mußte sich zwingen, nicht nach oben zu sehen.

Wenigstens konnte er dem sterbenden Geschöpf etwas Linderung verschaffen, obwohl das angesichts seiner Handlungen kaum ausreichen dürfte. Er zog ein Stück von dem abgebrochenen Zweig heran und legte es dem Orog unter den Kopf. Dann ging er wieder ans Werk. Er weigerte sich, über die Natur des Verwundeten nachzudenken, weigerte sich, daran zu denken, daß die Orogs ihn und die anderen töten wollten. Er wickelte und verschnürte, pulte mit den Fingern in Löchern herum und war von dem frischen Blut an seinen Händen nicht abgestoßen.

»Junger Mann!« hörte er Elbereth sagen. Cadderly sah sich um, dann wich er erschrocken zurück, weil ein gespannter Bogen in seine Richtung zeigte.

Der Pfeil zischte dicht vor seiner Brust vorbei, traf den verwundeten Orog unterm Kinn und drang bis ins Gehirn. Das Monster zuckte noch einmal, dann lag es still.

»Wir haben keine Zeit für solchen Unfug«, fauchte Elbereth und stürmte an dem sprachlosen Gelehrten vorbei. Er ließ Cadderly nicht aus den Augen, bis er bei dem verwundeten Pferd stand.

Cadderly wollte aufspringen und Elbereth ins Gesicht schlagen, aber Danica war neben ihm, um ihn zu beruhigen und ihm aufzuhelfen.

»Laß es gut sein«, bat die junge Frau. Zornig drehte Cadderly sich zu ihr um, sah aber nur Zärtlichkeit in ihren klaren braunen Augen.

»Wir müssen sofort weiter«, sagte Danica. »Der Wald brennt.«

Mit seinem bereits blutigen Schwert gab Elbereth dem lahmen Pferd den Gnadenstoß. Cadderly bemerkte den traurigen Gesichtsausdruck des Elfen und die Sanftheit, mit der er seine traurige Aufgabe vollbrachte. Ihm fiel auf, daß der Elf für das Pferd mehr übrig hatte als für die Orogs.

Es war Cadderlys Pferd gewesen, und als sie loszogen, lehnte Cadderly Danicas und Rufos Angebote ab, bei ihnen aufzusitzen. Auf Elbereths Angebot, daß der Elfenprinz laufen würde und Cadderly reiten sollte, antwortete er nicht einmal.

Cadderly sah stur geradeaus, ohne von seinen Gefährten Notiz zu nehmen. Innerlich jedoch durchlebte er den Kampf wieder und wieder, und Barjins tote Augen wachten verurteilend über diesem inneren Schlachtfeld.

In der Dämmerung erreichten sie den dichten Wald von Shilmista, und obwohl Elbereth darauf brannte, sein Volk zu finden, baute er rasch das Lager auf. »Wir brechen vor Tagesanbruch auf«, erklärte der Elf streng. »Wenn ihr schlafen wollt, dann tut es jetzt. Es wird keine lange Nacht.«

»Könnt Ihr schlafen?« fuhr Cadderly ihn an. Elbereths Silberaugen verengten sich, als der junge Gelehrte seinen kühnen Vorstoß machte.

»Könnt Ihr es?« fragte Cadderly wieder, und jetzt war seine Stimme gefährlich laut. »Weint Euer Herz über das, was Eure Waffen angerichtet haben? Kümmert es Euch überhaupt?«

Danica und Rufo sahen erschrocken zu, denn sie rechneten beinahe damit, daß Elbereth Cadderly auf der Stelle umbringen würde.

»Es waren Orogs, Verwandte der Orks«, erinnerte ihn Elbereth.

»Wieviel besser sind wir, wenn wir keine Gnade zeigen?« knurrte Cadderly frustriert. »Fließt in unseren Adern etwa dasselbe Blut wie in den Orks?«

»Es ist nicht Eure Heimat«, stellte der Elf nur fest. Seine Stimme triefte vor Sarkasmus. »Hattet Ihr je ein Zuhause?«

Cadderly antwortete nicht, aber er konnte die Frage nicht übergehen. Er wußte wirklich keine Antwort. Bevor er in die

Bibliothek gekommen war, hatte er in Carradoon gelebt, der Stadt am Impresksee, aber an jene ferne Zeit erinnerte er sich nicht mehr. Vielleicht war die Bibliothek seine Heimat; er war nicht sicher, denn er konnte keinen Vergleich ziehen.

»Wenn Eure Heimat in Gefahr wäre, würdet Ihr für sie kämpfen, ohne jeden Zweifel«, fuhr Elbereth fort, als Cadderly nichts sagte. »Ihr würdet gnadenlos alles töten, was Eure Heimat bedroht, und diese Toten nicht bedauern.« Der Elf starrte noch einige Augenblicke in Cadderlys graue Augen, denn er erwartete eine Antwort.

Dann war er fort, in den düsteren Wald getaucht, um die Umgebung auszukundschaften.

Cadderly hörte Danica hinter sich erleichtert aufseufzen.

Der erschöpfte Kierkan Rufo ließ sich fallen und schnarchte fast augenblicklich. Danica hatte dasselbe vorgehabt, aber Cadderly saß, in eine schwere Decke gewickelt, an dem kleinen Feuer. Die Decke konnte sein frierendes Herz nicht wärmen.

Er bemerkte kaum, daß Danica sich neben ihn setzte.

»Du solltest dir nicht so viele Gedanken machen«, meinte sie nach langem Schweigen.

»Sollte ich den Orog sterben lassen?« fragte Cadderly verärgert.

Danica zuckte mit den Achseln. Dann nickte sie. »Orogs sind böse und verschlagen«, sagte sie. »Sie leben, um zu vernichten, und kümmern sich um nichts weiter als um ihre eigenen niederträchtigen Wünsche. Ich bedauere ihren Tod nicht. Und du auch nicht.« Sie warf einen Seitenblick auf Cadderly.

»Es ist Barjin, nicht wahr?« fragte sie mit mitfühlender Stimme.

Ihre Worte trafen ins Schwarze. Ungläubig drehte Cadderly sich zu ihr um.

»Es hatte gar nichts mit dem Orog zu tun«, fuhr Danica unbeirrt fort. »So verzweifelt, wie du ihn versorgt hast, das paßt zu keinem Orkmonster. Es war Schuld, die dich getrieben hat, Erinnerungen an den toten Priester.«

Cadderlys Miene änderte sich nicht, obwohl es ihm schwerfiel, Danicas Behauptungen abzustreiten. Warum hatte ihn der Orog so tief berührt, der doch von Grund auf schlecht war, der ihm das Herz aus der Brust gerissen hätte, wenn er Gelegenheit dazu gehabt hätte? Warum hatte dieser verwundete Orog soviel Mitleid in ihm geweckt?

»Du hast gehandelt und gekämpft, wie es die Situation verlangte«, sagte Danica leise. »Gegen die Orogs wie gegen den Priester. Es war Barjin, nicht Cadderly, der Barjins Tod verursacht hat. Bedaure, daß es soweit kommen mußte. Aber gib dir nicht die Schuld für Dinge, die nicht in deiner Macht standen.«

»Wo liegt der Unterschied?« fragte Cadderly ernsthaft.

Danica legte ihm einen Arm um die Schultern und rückte näher. Cadderly spürte ihren Atem, hörte ihren Herzschlag und sah ihre roten, glänzenden Lippen.

»Du mußt dich selbst so gerecht beurteilen, wie du andere beurteilst«, flüsterte Danica. »Auch ich habe gegen Barjin gekämpft und hätte ihn getötet, wenn ich Gelegenheit dazu gehabt hätte. Wie würdest du über mich denken, wenn das geschehen wäre?«

Cadderly hatte keine Antwort.

Danica kam noch näher und küßte ihn. Dann nahm sie ihn fest in den Arm, doch er fand nicht die Kraft zu reagieren. Ohne ein weiteres Wort ging sie zu ihrer Decke und legte sich hin. Sie lächelte ihn noch einmal an, bevor sie die Augen zumachte und sich ihrer Müdigkeit überließ.

Cadderly blieb noch eine Weile sitzen und betrachtete die junge Frau. Sie verstand ihn so gut, besser, als er sich selbst verstand. Oder war es nur so, daß Danica viel mehr über die Welt wußte als der behütete Cadderly? Sein ganzes kurzes Leben lang hatte er seine Antworten in Büchern gefunden, während die weltgewandte Danica ihre eigenen Erfahrungen machte.

Manche Dinge konnte man anscheinend nicht durch Lesen allein lernen.

Etwas später, als Cadderly schon lag, aber noch nicht schlief, kam Elbereth zurück. Cadderly beobachtete ihn. Der Elf lehnte den Bogen an einen Baumstumpf, schnallte das Schwert ab und legte es neben seine Decken. Dann ging er zu Cadderlys Überraschung zu Danica und steckte ihr zärtlich die Decken um die Schultern fest. Er streichelte ihr übers Haar, um dann zu seinem eigenen Schlafplatz zurückzukehren und sich unter die Myriaden von Sternen zu legen.

Zum zweiten Mal an diesem Tag wußte Cadderly nicht, was er denken oder fühlen sollte.

Angewandte Magie

Was gibt es Neues?« fragte Tintagel Shayleigh, als er sie oben auf dem Daoine Dun, dem Sternenberg, traf. Ein weiterer Tag in Shilmista neigte sich dem Ende zu, ein weiterer Tag kurzer Scharmützel mit rascher Flucht vor der überwältigenden Macht der Angreifer.

»Wir haben fünfzig Goblins getötet«, berichtete Shayleigh, aber kein Lächeln erhellte ihr zartes Gesicht, das trotz der deutlichen Rötung von Tintagels Blitzschlag vor einigen Tagen immer noch schön war. »Und in einem anderen Kampf wurde ein Riese erledigt. Wir haben ein paar Verwundete, aber nichts Ernstes.«

»Das sind gute Nachrichten«, erwiderte der Elfenzauberer und lächelte besonders herzlich, weil er die junge Kämpferin aufheitern wollte. Es war jedoch ein armseliger Versuch, denn Tintagel wußte ebensogut wie Shayleigh, daß Sieg oder Niederlage nicht an der Zahl toter Feinde zu messen war. Die feindliche Armee marschierte tatsächlich, genau wie Hammadeen es gesagt hatte, und ganz gleich, was die Elfen ihnen antaten, sie rückten langsam, aber stetig vor. Und wo sie vorbeizogen, war das Land gezeichnet.

»Sie haben schon hundert Quadratmeilen eingenommen«, sagte Shayleigh finster. »Im Nordwesten brennen sie den Wald nieder.«

Trotz seines bemühten Optimismus war Tintagel im Grunde nicht weniger verzweifelt als Shayleigh. »Die Nacht wird klar und dunkel, denn der Mond ist noch jung«, meinte er hoffnungsvoll und richtete den Blick zum Himmel. »Ob König Galladel zum Daoine Teague Feer aufruft?«

»Zum Sternenreigen?« wiederholte Shayleigh in der Umgangssprache. Geistesabwesend fuhr sie sich mit den schlanken Fingern durch das Haar. Angeekelt verzog sie das Gesicht, denn ihre goldenen Locken waren von Blut und Dreck verschmiert. Shayleigh fühlte sich schmutzig, und vielen Elfen aus Shilmista erging es ebenso. Die Waldbewohner hatten jedoch eine Möglichkeit, solche negativen Gefühle mit einer körperlichen und seelischen Reinigung abzustreifen, einem alten Verjüngungsritual.

Daoine Teague Feer.

»Gehen wir zu Galladel«, sagte Shayleigh, in deren melodischer Stimme zum ersten Mal seit vielen Tagen so etwas wie Hoffnung mitschwang.

Sie fanden den betagten König in einer der Höhlen an der Seite des Berges, der den Elfen Zuflucht gewährte. Aus dieser Höhle lenkte Galladel die Spähtrupps, stimmte die Patrouillenzeiten aufeinander ab und stellte die Gruppen zusammen. Das war wirklich eine aufreibende Arbeit, denn der Elfenkönig mußte stets im Hinterkopf haben, wer aus seinem Volk kampferfahren und wer ein Neuling war, damit jede Gruppe gut gemischt war. Seine Aufgabe wurde noch dadurch erschwert, daß viele Elfen verwundet waren und ruhen mußten.

Sobald sie die fackelerhellte Höhle betraten, sahen Shayleigh und Tintagel, wie schwer diese Bürde auf Galladel lastete. Seine einst straffen Schultern waren nach unten gesackt, und seine Augen lagen in dunklen Höhlen.

»Was wollt ihr?« fauchte der Elfenkönig. Er fuhr mit den Händen ruckartig zur Seite, wobei er aus Versehen mehrere Pergamente vom größten Tisch im Raum warf. Beschämt setzte er dann eine sanftere Miene auf und wiederholte seine Frage in ruhigerem Ton.

»Es ist kurz nach Neumond«, sagte Shayleigh, die hoffte, daß diese Andeutung reichen würde. Galladel starrte sie nur verständnislos an und wollte offenbar wütend werden. Waren die beiden gekommen, um seine kostbare Zeit zu verschwenden?

»Der Himmel ist klar«, fügte Tintagel hinzu. »Eine Million Sterne werden sich zeigen und uns Kraft schenken, damit wir morgen weiterkämpfen können.«

»Daoine Teague Feer?« fragte Galladel. »Ihr wollt tanzen und spielen?«

»Es ist mehr als ein Spiel«, erinnerte ihn Shayleigh.

»Eine Million Sterne erledigen nicht meine Million Aufgaben!« schrie der frustrierte Elfenkönig.

Shayleigh mußte sich auf die Lippe beißen, um nichts zu

sagen. Sie und ein Dutzend andere hatten angeboten, dem König zu helfen, solange sie nicht unterwegs waren, aber Galladel hatte alles auf sich genommen. Er sah es als seine Pflicht an, obwohl er die Bürde ganz offensichtlich nicht allein tragen konnte.

»Verzeiht mir«, sagte der König leise, als er Shayleighs gekränkte Miene sah. »Ich habe keine Zeit für Daoine Teague Feer. Führt das Fest ohne mich durch«, erlaubte er großzügig.

Shayleigh war nicht undankbar, aber die Bitte des Königs war unmöglich. »Nur jemand aus dem Herrschergeschlecht kann Daoine Teague Feer durchführen«, erinnerte sie Galladel. Der Gesichtsausdruck des Königs erklärte Shayleigh und Tintagel vieles. Galladel war alt und müde und machte kein Geheimnis daraus, daß er nicht mehr viel Vertrauen in Shilmistas alte Magie hatte. Für ihn war Daoine Teague Feer tatsächlich nur Spielerei, ein Tanz, dem über die kurzfristige Freude des Tanzens hinaus wenig Bedeutung zukam. Wenn man von der ungläubigen Perspektive des Königs ausging, was machte es dann schon aus, wer die Feier durchführte?

Dennoch konnte Shayleigh ihr Stirnrunzeln nicht verbergen. Ihr König war pragmatisch, fast menschlich geworden, aber sie konnte es ihm kaum verübeln. In ihrer Kindheit, vor nur zwei Jahrhunderten, hatten tausend Elfen in Shilmista getanzt. Der ganze Wald, von Norden bis Süden, hatte von ihrem endlosen Lied widergehallt. Aber diese Tage schienen weit zurückzuliegen. Wie viele von Shilmistas Kindern waren nach Evermeet gezogen, um niemals wiederzukehren?

Tintagel faßte Shayleigh am Ellbogen und nickte zum Ausgang. »Du mußt auf Patrouille«, flüsterte der Zauberer.

Shayleigh war geistesgegenwärtig genug für eine leichte

Verbeugung im Gehen, aber Galladel, der schon wieder über seinen Pergamenten brütete, bemerkte es nicht einmal.

☆☆☆

Eine ähnliche Welle der Enttäuschung zog über das Lager der Invasoren, als die Dämmerung über Shilmista hereinbrach. Ragnors Marsch machte Fortschritte, aber es ging entsetzlich langsam voran, und die Eroberer zahlten einen unglaublich hohen Preis. Die Elfen kämpften besser, als der Ogrillon erwartet hatte. Er hatte geplant, daß zu diesem Zeitpunkt bereits halb Shilmista erobert sein sollte, aber seine Truppen hatten erst zehn bis fünfzehn der hundertfünfzig Meilen hinter sich – und diese Meilen waren noch nicht einmal gesichert! Ragnor befürchtete, daß seine Truppen aus Furcht vor versteckten Bogenschützen mehr nach den Seiten schauten als nach vorne.

Bessere Nachrichten kamen von den Flanken, wo der Widerstand kaum wahrnehmbar gewesen war. Orogs und Orks, die die Ausläufer des Schneeflockengebirges durchstreiften, waren bereits über die Mitte des Waldes hinaus, und ein Stamm Goblins draußen in den Ebenen im Westen hatte schon fast den Südwestpaß am Ende des Waldes erreicht, wo sie ihr Lager aufschlagen und jegliche Verstärkung aus der Stadt Riatavin abwehren sollten.

Aber Ragnor wußte, daß er den Wald nicht gänzlich umzingeln konnte. Wenn die Elfen ihn weiter so hinhielten wie im Moment, würden sie sicher Verbündete finden, bevor der Ogrillon Shilmista erobern konnte. Und was war mit dem Winter? Nicht einmal Ragnor glaubte, daß er diesen Abschaum von Goblinoiden halten konnte, wenn der erste Schnee fiel. Die Zeit arbeitete gegen ihn, und die brutalen Elfen würden ihn auf Schritt und Tritt bekämpfen.

Wenn der Ogrillon noch an den Absichten seiner Feinde gezweifelt hätte, wäre er bei dem Anblick vor ihm eines Besseren belehrt worden. Von der anderen Seite einer tiefen Klamm aus sah Ragnor dem jüngsten Gefecht zu. Eine gemischte Gruppe aus Goblins, Orks und ein paar Ogern war von den Elfen überrascht worden. Ragnors Truppen hatten ein Feld überquert und sich einem dichten Hain genähert, bis ein Pfeilhagel sie in Deckung rennen ließ. Von seiner entfernten Position aus hatte der Ogrillon keine Ahnung, wie viele Feinde seinen Trupp bekämpften, aber er nahm an, daß es sich nur um wenige Elfen handelte. Allerdings verstanden sie eindeutig ihr Handwerk, denn die Orks und Goblins kamen nicht aus ihrem Versteck, und die wenigen tapferen, dummen Oger, die auf die Bäume zugerannt waren, waren mit einem Dutzend Pfeilen im Körper gefallen.

»Hast du den Riesen und eine Gruppe Grottenschrate losgeschickt?« fuhr der Ogrillon seinen Oberleutnant an, einen schwachen, aber schlauen Goblin.

»Jawoll, mein General«, antwortete der Goblin und duckte sich – mit gutem Grund. Ragnors vorherige Handvoll »Oberleutnants« war inzwischen tot, obwohl keiner von ihnen auch nur in die Nähe der Elfen gekommen war.

Ragnor funkelte den Goblin an, der sich noch tiefer duckte, bis er fast mit dem Bauch den Boden berührte. Zum Glück für die armselige Kreatur hatte der Ogrillon noch anderes im Sinn. Ragnor sah auf die ferne Kampfszene zurück und versuchte festzustellen, wie lange sein Riese brauchen würde, um über den Fluß und nahe genug heranzukommen, daß er einen Felsen schleudern konnte.

Ein weiterer Schmerzensschrei durchschnitt die Morgenluft, als noch ein Ork von einem Elfenpfeil getroffen wurde. Ragnors Hand zuckte automatisch zur Seite und traf seinen Oberleutnant so fest, daß der Goblin davonkullerte.

»So sichert man sich treue Untergebene«, erklang eine Frauenstimme hinter Ragnor. Der Ogrillon wirbelte herum. Hinter ihm stand die Zauberin Dorigen mit einem geflügelten Teufelchen auf der Schulter und einem riesigen Menschenmann hinter sich.

»Was macht Ihr hier, Zauberin?« schimpfte der Ogrillon. »Hier ist kein Platz für Euch, und auch nicht für Euren Lieblingsknaben!« Er faßte Tiennek mißtrauisch ins Auge, und Dorigen fürchtete, sie müßte bereits zwischen die beiden treten.

»Glück auf auch Euch«, antwortete die Zauberin. Sie hatte keine herzliche Begrüßung erwartet. Ragnor war schlau genug zu begreifen, daß Aballister sie geschickt hatte, um die Fortschritte der Eroberer zu beobachten.

Ragnor trat drohend auf Tiennek zu, und Dorigen fragte sich ernsthaft, ob sie etwas in ihrem Zauberarsenal habe, das den Monstergeneral aufhalten konnte. Sie fingerte an ihrem Onyxring herum und überlegte, wie lange sie brauchen würde, um sein wütendes Feuer zu entfachen, und ob dieses Feuer den viehischen Ogrillon aufhalten könnte.

»Ich bin hier, weil es mir so befohlen wurde«, sagte sie streng. »Ihr habt Burg Trinitatis vor vielen Tagen verlassen, Ragnor, aber Ihr scheint am Nordrand des Waldes herumzustolpern, ohne daß Ihr für unsere beträchtlichen Ausgaben eindeutige Erfolge vorzuweisen habt.« Ragnor wich ein wenig zurück, und Dorigen verbiß sich ein Lächeln. Sie war überrascht, wie leicht sie den mächtigen Ogrillon eingeschüchtert hatte, denn sie hatte mehr oder weniger geraten, was die militärische Situation anging. Seine Reaktion hatte bestätigt, daß sie ins Schwarze getroffen hatte.

»Wir machen uns Sorgen«, fuhr Dorigen einschmeichelnd fort. »Der Sommer ist fast um, und Aballister will Carradoon einnehmen, bevor der erste Schnee fällt.«

»Also schickt er Euch«, grunzte Ragnor, »damit Ihr dem armen Ragnor helft.«

»Vielleicht«, schnurrte Dorigen vielsagend.

»Du kannst Hilfe brauchen«, fügte Druzil hinzu, der sich gleich wieder unter seine Flügel zurückzog, um den wütenden Blicken des Ogrillons zu entkommen.

»Ich brauche keine Zauberschwächlinge in meinem Lager!« knurrte Ragnor. »Verschwindet und nehmt Aballisters Fledermaus und Euren Knaben mit.« Er wandte sich der Klamm zu und versuchte, einen beschäftigten Eindruck zu machen.

»Es läuft also alles gut?« fragte Dorigen unschuldig und mit freundlich geneigtem Kopf.

Als Ragnor nicht reagierte, wurde die Zauberin direkter – nachdem sie die Komponenten für einen Schutzzauber aus einer ihrer Taschen geklaubt hatte, falls Ragnor ernsthaft wütend werden sollte. »Ihr werdet aufgehalten, Ragnor«, erklärte sie. »Gebt es zu, ehe Ihr fallt wie Barjin.« Der Ogrillon fuhr zu ihr herum, aber sie ließ nicht locker.

Mußtest du darauf anspielen? fragte Druzil telepathisch, denn dem Teufelchen gefiel es überhaupt nicht, wie Ragnor es jetzt anstarrte.

»Und seid Ihr gekommen, um dafür zu sorgen?« zischte Ragnor.

»Ich komme als Botin Talonas«, korrigierte Dorigen, »um einem Verbündeten zu helfen, selbst wenn er zu töricht ist, die Hilfe anzunehmen, die er braucht!«

Dabei sah Dorigen an dem Ogrillon vorbei zu dem Tal und dem Kampf, der nicht in Ragnors Sinn verlief. Sie winkte mit der Hand und sang eine Melodie, bis ein schimmernder, flackernder Block aus blauem Licht vor ihr entstand.

Ragnor trat zaghaft einen Schritt zurück. Dorigen setzte

Druzil auf Tienneks Schulter, machte einen Schritt nach vorn ins Licht und war verschwunden.

Den Bruchteil einer Sekunde später hatte Druzil die Lage so eingeschätzt, daß er hinter ihr durch das Portal sprang.

Instinktiv drehte Ragnor sich um und sah ein ähnliches blaues Feld jenseits des Flusses schimmern. Es verschwand, sobald Dorigen hindurchgetreten war. Das Teufelchen hockte auf ihrer Schulter.

»Ich mag keine Elfen«, flüsterte es und machte sich unsichtbar. »Lästige Biester!«

Dorigen bedachte ihn mit einem Stirnrunzeln, denn sie hatte ihn bei Tiennek lassen wollen. Sie hatte jedoch keine Zeit, sich über das eigenwillige Teufelchen Gedanken zu machen. Sie beobachtete den Kampf, weil sie eine Vorstellung davon bekommen wollte, was hier vor sich ging. Sie sah Orks und Goblins, die weit vor ihr hinter umgekippten Baumstämmen, kleinen Erhebungen und allem Deckung suchten, was sie zu den Bäumen hin abschirmte. Andere Ungeheuer lagen tot oder sterbend da, einige Oger waren mit Pfeilen regelrecht gespickt. Dorigen folgte Druzils Beispiel und machte sich unsichtbar, weil sie die Reichweite der Elfenbogen schlecht einschätzen konnte.

Nicht einmal unsichtbar hätte sie sich in die Nähe der Bäume getraut, da Elfen von Natur aus ein Gefühl für Magie hatten. Die Zauberin überdachte kurz ixhre Möglichkeiten. Dann durchwühlte sie die Taschen ihrer Robe.

»Verdammt!« knurrte sie, bis ihr plötzlich eine Idee kam. Sie griff nach oben, tastete nach Druzil und riß ihm ein Stückchen Fell vom Flügelansatz. Durch diese aggressive Handlung wurde die Zauberin wieder sichtbar.

»Was machst du denn?« beschwerte sich Druzil und grub seine Klauen in Dorigens Schultern. Auch er wurde sichtbar, um jedoch gleich wieder zu verschwinden.

»Sitz still!« befahl Dorigen. Sie fingerte einen Augenblick an dem Haarbüschel herum. Hoffentlich würde es genügen. Für den Zauber brauchte man Fledermauspelz, aber im Moment konnte die Zauberin keinen finden, und sie hatte keine Zeit, auf Jagd zu gehen. Sie suchte sich Deckung hinter einem Baum und bereitete sich vor.

Minutenlang – denn dieser Zauberspruch war weder kurz noch einfach – vollzog die Zauberin leise singend die vorgeschriebenen Bewegungen. Ein weiterer Goblin starb währenddessen, aber im Hinblick auf die zukünftigen Ergebnisse hielt Dorigen ihn für relativ unwichtig.

Dann war es geschafft. Einige Fuß über Dorigen schwebte ein Augapfel in die Luft. Fast augenblicklich wurde er durchsichtig und flog auf das Kommando der Zauberin hin zur Baumgrenze.

Dorigen schloß die Augen und sah durch die losgelöste Kugel. Sie erreichte die Bäume, schaute sich dort überall gründlich um und schwebte an den Elfen vorbei. Sie achtete darauf, daß sich die Kugel rasch bewegte, aber dennoch blickten einige Elfen auf und schauten sich unbehaglich um, als sie vorbeiflog.

Bald kam Dorigen zu dem Schluß, daß alle Elfen – keine große Zahl – in den Bäumen saßen. Das größte Hindernis für die Orks und Goblins war ihre Angst, denn ein mutiger Angriff hätte die wenigen Gegner aus ihren dürftigen Stellungen vertrieben.

»Ich muß mit dem Angriff beginnen«, flüsterte die Zauberin.

Als Ziel wählte sie eine hohe Ulme in der Mitte der Elfenlinie. Der freie Augapfel schwebte so heran, daß die Zauberin ihre Opfer durchzählen konnte. Eine junge Frau mit goldenem Haar und umwerfenden Veilchenaugen drehte sich abrupt um und folgte der schwebenden Kugel.

Dorigen löste sich von der Kugel, zog eine neue Zauberzutat aus der Robe und setzte zu einem neuen Spuk an.

»Runter! Runter!« hörte sie in der Ferne die Elfin schreien. »Zauberer! Sie haben einen Zauberer! Runter mit euch!«

Dorigen führte ihren nächsten Zauber durch, so schnell sie nur konnte. Sie sah eine schlanke Gestalt von dem fernen Baum springen, dann noch eine, doch das kümmerte sie wenig, denn ihr Bann war gesprochen, und der Rest würde nicht entkommen.

Ein winziger Feuerball sauste aus Dorigens Fingern und zischte mit hoher Geschwindigkeit auf den Baum zu. Die Zauberin mußte teilweise aus ihrer Deckung treten, um ihn zu lenken, aber sie wußte, daß die Elfen zu beschäftigt sein würden, um sich um sie zu kümmern.

Der Ball verschwand in den Zweigen der Ulme. Augenblicklich wurde der große Baum zu einer lodernden Fackel.

Die hungrigen Flammen verzehrten rasch alles Brennbare. Äste brachen und fielen neben verkohlte Leichen in feingearbeiteten Kettenhemden.

Dorigens nächster Spruch zielte auf ihre eigenen Truppen.

Zögert nicht länger! brüllte sie mit donnernder, magisch verstärkter Stimme. *Greift an! Tötet sie!*

Die Macht ihres Befehls, in einer Stimme wie Drachengebrüll, ließ die Orks und Goblins auf die Bäume zuhasten. Einige starben durch vereinzelte Pfeile, aber die meisten drangen ins Unterholz ein. Dort fanden sie nur noch einen lebenden Elf, auf den sie einhacken konnten. Da er schon vor dem Eintreffen der Goblins dem Tode nahe gewesen war, leistete er kaum Widerstand. Mit boshafter Freude rissen ihn die Goblins in Stücke.

Genauso zufrieden waren die Ungeheuer, als sie Leichen

fanden, die ersten feindlichen Leichen, die sie seit Beginn des Feldzugs gesehen hatten: schwarz verkohlte Elfen.

Ihr Jubel war Dorigen Dank genug. Sie drehte sich um, beschwor eine neue extradimensionale Tür aus schimmerndem Licht und kehrte zu dem Aussichtsplatz oberhalb des Flusses zurück.

»Ich glaube, sie haben einen verwundeten Elfen getötet«, sagte die Zauberin gelassen, als sie an dem sprachlosen Ogrillon vorbeikam. »Dumm. Er hätte ein wertvoller Gefangener sein können. Ihr solltet Eure blutrünstigen Truppen besser im Zaum halten, General Ragnor.«

Ragnors plötzliches schallendes Gelächter ließ sie herumfahren.

»Habe ich Euch schon in Shilmista willkommen geheißen?« fragte der Ogrillon, und sein stoßzahnbewehrtes Lächeln ging von Ohr zu Ohr.

Dorigen war froh, daß sich die Laune des verdrossenen Heerführers gebessert hatte.

Leise

Der Wald war gespenstisch still. Kein Vogelruf begrüßte den Anbruch des Morgens, kein Tier huschte durch die dichten Zweige über ihnen.

Elbereth schaute alle paar Schritte zu den anderen zurück. Aus seinem Blick sprachen seine Befürchtungen.

»Wenigstens wird in dieser Gegend nicht gekämpft«, meinte Danica tröstend. Sie flüsterte nur, hörte sich in dem stillen Wald aber immer noch laut an.

Elbereth lief zu den anderen zurück. »Die Wege sind frei, aber ich wage nicht zu reiten«, erklärte er leise. »Selbst wenn wir die Pferde so langsam führen wie jetzt, sind ihre Hufschläge viele Schritt weit zu hören.«

Cadderly schnippte mit den Fingern, zuckte bei dem scharfen Geräusch aber selbst zusammen. Ohne auf die überraschten Blicke und Elbereths Stirnrunzeln zu achten, zog der junge Gelehrte sein Bündel von Temmerisa, den er geführt hatte. Sie hatten dem Schimmel die Glöckchen abgenommen, sie fest in Kleider gewickelt und dann in die Satteltaschen gepackt.

»Umwickeln«, sagte Cadderly, der eine dicke Wolldecke herauszog. Die anderen schienen nicht zu verstehen.

»Die Hufe«, erklärte Cadderly. »Wir reißen eine Decke in Streifen ...« Er brach ab, als ihn der forschende Blick des Elfen traf. Elbereth betrachtete ihn neugierig – Cadderly glaubte, in den Silberaugen Bewunderung zu entdecken.

Ohne weitere Worte zog der Elf sein Messer und nahm Cadderly die Decke ab. Nach wenigen Minuten waren sie wieder unterwegs. Die Hufschläge waren immer noch hörbar, aber immerhin gedämpft. Als Elbereth sich wieder umdrehte und anerkennend nickte, stupste Danica Cadderly an und lächelte.

Am späten Vormittag legten sie weit entfernt vom Ostrand des Waldes eine Pause ein. Der Wald war immer noch still. Sie hatten keinerlei Spuren gefunden, ob von Freund oder Feind.

»Mein Volk wird kurze Überfälle ausführen«, erklärte Elbereth. »Wir sind nicht zahlreich genug, als daß wir uns die Verluste in großen Schlachten leisten könnten. Die Elfen werden schnell und leise zuschlagen, den Feind aus der Ferne treffen und verschwunden sein, wenn er sich wehren will.«

»Dann sind unsere Chancen, sie zu finden, wenig vielversprechend«, sagte Danica. »Wahrscheinlicher ist, daß sie uns entdecken werden.«

»Nicht ganz«, erklärte der Elf. »Sie müssen Pferde versorgen und ganz sicher«, die nächsten Worte kamen ihn hart an, »auch Verwundete, die sich an einem sicheren Ort ausruhen müssen. Shilmista hatte Verteidigungsstrategien, auch wenn der Angriff völlig überraschend kam. Wir sind wenige und haben keine mächtigen Verbündeten. Wir haben uns in der Verteidigung unserer Heimat geübt, seit vor vielen hundert Jahren der erste Elf in diesen Wald gelangte.«

»Vorbestimmte Lagerplätze«, überlegte Cadderly.

Elbereth nickte. Er nahm einen Zweig und zeichnete eine grobe Skizze des Waldes auf den Boden. »Dem Rauch nach, der sich erhebt, wird hier oben gekämpft«, sagte er und zeigte auf den Nordteil.

»Dann brauchen wir doch die Hufe nicht zu dämpfen«, warf Rufo ein, »und wir könnten reiten statt laufen.«

»Wir sind mitten im Wald«, fuhr Elbereth fort, der Rufos Vorschlag vorläufig unbeantwortet überging. »Das erste Lager wäre hier gewesen, gleich südlich der Täler, die gut zu verteidigen sind.« Wieder schien der Elf gegen einen Kloß in seiner Kehle anzukämpfen. »Ich nehme an, daß dieses Lager inzwischen aufgegeben wurde.«

»Und das nächste?« fragte Cadderly, einfach weil er glaubte, daß Elbereth einen Augenblick brauchte, um sich zu fassen.

»Hier«, sagte der Elf. Er zeigte auf einen Ort, der nicht weit von ihrer augenblicklichen Position entfernt war. Dann blickte er auf, bis er eine Lücke zwischen den Bäumen fand, durch die man einen ansehnlichen Berg sehen konnte, der sich einige Meilen weiter nördlich aus dem grünen Blätterdach erhob.

»Daoine Dun, der Sternenberg«, erklärte der Elfenprinz. »Seine Hänge sind dicht mit Pinien bewachsen und im Norden und Westen durch Buchendickicht versperrt. Es gibt viele gut versteckte Höhlen. Einige davon sind auch groß genug, um die Pferde unterzubringen.«

»Wie lange brauchen wir bis dorthin?« fragte Danica.

»Wenn wir reiten, geht's schneller«, sagte Rufo.

»Bevor wir uns zum Reiten entschließen«, warf Cadderly ein, um Elbereths Aufmerksamkeit abzulenken, bevor der Elf dem linkischen Mann antworten konnte, »möchte ich wissen, warum der Wald so still ist.«

»Die Spannung ist fast zu greifen«, stimmte Danica zu.

Elbereth nickte. »Ich halte es für besser, daß wir laufen. Trotzdem werden wir den Daoine Dun kurz nach Sonnenuntergang erreichen. Ich gehe voraus, weit vor Euch.«

»Und ich werde seitlich vom Pfad gehen«, bot Danica an, »im Gebüsch versteckt.« Sie sah Cadderly an. »Du kannst zwei Pferde führen.«

Cadderly nickte, und sie trennte sich von der Gruppe. Langsam und so leise wie möglich bahnten sie sich einen Weg durch den Wald. Rufo, der immer wieder anhielt, um seinen Fuß zu massieren, war nicht glücklich, daß er wieder laufen sollte, aber er sandte nur gelegentlich finstere Blicke in Cadderlys Richtung.

Drei Stunden später, als die Sonne im Westen endlich zu sinken begann, flüsterte Danica Cadderly und Rufo zu, die Pferde anzuhalten. Beide waren erstaunt, wie nah ihnen die junge Frau war. Obwohl das Unterholz neben dem Pfad dicht und undurchdringlich aussah, hatten sie vorher keinen Laut von ihr vernommen.

Da kam Elbereth zurück und winkte beiden Männern zu, die Pferde vom Pfad zu führen.

»Goblins«, erklärte der Elf, als sie alle in sicherer Dekkung waren. »Viele Goblins, die nach Osten und Westen ausfächern. Sie konzentrieren sich auf Daoine Dun, aber sie haben Wachen und Bogenschützen am Weg postiert.«

»Können wir sie umgehen?« fragte Cadderly.

»Das weiß ich nicht«, antwortete der Elf ehrlich. »Ich glaube, die Linie ist lang, und wenn wir sie umgehen wollen, müssen wir weit vom Weg abweichen und kommen in Gestrüpp, das unsere Pferde wahrscheinlich nicht durchqueren können.«

Danica schüttelte den Kopf. »Wenn die Linie lang ist«, überlegte sie, »dann ist sie wahrscheinlich nicht stark. Wir könnten mitten hindurchbrechen.«

»Und die Bogenschützen?« erinnerte Rufo.

»Wie viele waren am Weg?« fragte Danica Elbereth.

»Ich habe zwei gesehen«, antwortete der Elf, »aber ich glaube, es waren noch mehr, wenigstens ein paar, die sich in den Büschen versteckt halten.«

»Die hol ich mir«, versprach die Frau.

Elbereth wollte Einwände erheben, aber Cadderly legte ihm die Hand auf den Arm.

Danica zeichnete eine Skizze auf den Boden. »Ihr könnt hier warten«, erläuterte sie. Sie zwinkerte Elbereth zu. »Haltet Euren Bogen bereit!« bat sie, um den Elfen in ihre Pläne mit einzubeziehen.

Sie blieb jedoch geheimnisvoll und sagte nur noch: »Wenn ihr den Häher hört, galoppiert ihr los.« Da keine Erwiderung kam und sie keinen Moment verschwenden wollte, verschwand die junge Frau still ins Unterholz.

»Ich zieh dich rauf, wenn ich vorbeikomme«, versprach Cadderly ihr noch. Danica zweifelte nicht daran.

Elbereth und Cadderly warteten an einer Biegung, die ihnen gestattete, die Goblins in der Ferne zu beobachten. Rufo blieb mit den drei Pferden zurück. Auf den Ruf des Elfen sollte er rasch zu ihnen stoßen. Der scharfäugige, walderfahrene Elbereth zeigte Cadderly, wie Danica lautlos durch die Büsche an der rechten Seite des Weges vordrang. Obwohl sie gerade erst aufgebrochen war, war sie kaum noch zu sehen und verschwand bald völlig, ohne daß ein zitternder Zweig ihre Bewegungen verraten hätte.

Dann bewegte sich plötzlich etwas neben den Goblins. Elbereth hob den Bogen, aber Cadderly hielt den Elfen zurück. Die Bewegung war Cadderly und Elbereth offenbar mehr aufgefallen als den zwei Goblinposten am Weg, denn die Monster drehten sich nicht einmal um.

Wieder war alles still. Den nervösen Gefährten kamen die Sekunden wie Stunden vor.

»Wo bist du?« flüsterte Cadderly den leeren Pfad an. Obwohl er Danicas Fähigkeiten vertraute, fürchtete er einfach um sie. Er hatte seine kleine Armbrust gespannt und mußte sich immer wieder ermahnen, wie er Elbereth ermahnt hatte. »Wo bist du?«

Wie zur Antwort schoß Danica plötzlich hinter der einen Goblinwache hoch. Sie hielt dem Goblin den Mund zu und zog ihn in die Büsche.

Die andere Wache ging in die Knie. Sie umklammerte einen Dolch, der tief in ihrer Brust steckte.

Fast augenblicklich erschallte der Ruf eines Hähers, und Elbereth gab ihn an Rufo weiter. In Sekundenschnelle waren sie losgeritten. Der kraftvolle Temmerisa ließ die einfachen Pferde mühelos hinter sich.

Links von der Straße sprang ein Bogenschütze auf, aber Elbereth schoß schneller, so daß der Goblin zusammenbrach.

Zwei andere Schützen tauchten in den Büschen weiter hinten an der Straße auf. Danica bemerkte sie und rannte vor. Sie warf sich zur Seite und wich einem Pfeil so gekonnt aus, daß sie gleich weiterhetzte und sich dann auf den Bauch warf, um einem anderen Pfeil auszuweichen. Die Ausweichmanöver machten sie nicht langsamer, so daß den Goblins keine Zeit blieb, neu zu laden, ehe Danica sich auf sie stürzte. Waagerecht ausgestreckt warf sie beide über den Haufen.

Cadderly spornte sein Pferd so an, daß er seinen breitkrempigen Hut festhalten mußte, denn er wollte Danica unbedingt erreichen. Er sah, wie die Büsche im Kampf wogten. Ein Goblinarm mit einem Schwert schoß hervor und schlug zu.

»Nein!« schrie Cadderly. Dann verschwand dasselbe Schwert über dem Busch, dieses Mal in Danicas Hand. Als es sich senkte, hörte man den Todesschrei eines Goblins.

Elbereths Pferd bäumte sich auf, als sie an der verwundeten Wache am Weg vorbeikamen. Der Elf versetzte dem Ungeheuer mit seinem Schwert den Todesstoß. Dann bückte er sich tief aus dem Sattel, um Danicas kostbaren Dolch mitzunehmen. Ein Goblin kam auf der anderen Seite aus den Büschen gerannt, um den Elfen anzugreifen.

Kierkan Rufo wandte seine neue Lieblingstaktik an und überrannte die Kreatur.

Danica war wieder am Rand der Straße, wo sie hockend auf Cadderly wartete. Ein weiterer Goblin tauchte auf, der sich mit blanker Klinge auf sie stürzte.

Cadderlys Hut flog nach hinten, tanzte hinter seinem Hals am Ende seines Riemens mit dem Seidenumhang um die Wette. Cadderly zog die geladene Armbrust, denn er wollte auf das Wesen schießen. Vor Ärger über den holprigen Galopp seines Pferdes trieb er sein Reittier noch mehr an, um direkt hinter dem Goblin heranzudonnern. Knurrend drehte sich der Goblin um und fuchtelte mit dem Schwert.

Er sollte es nicht mehr benutzen können. Nur wenige Fuß entfernt ließ Cadderly den Pfeil losfliegen. Ein letzter, langer Galoppsprung seines Pferdes brachte ihn in Reichweite des Schwerts, aber der Goblin stürzte tot ins Gebüsch.

Cadderly war jedoch nicht ohne Schaden davongekommen. Das Aufblitzen des explosiven Pfeils hatte ihn geblendet, so daß er fast den Halt verloren hätte. Dann hatte sich Danica hinter ihn geschwungen, lenkte das Pferd wieder zur Mitte des Wegs und hielt Cadderly aufrecht.

Elbereth und Rufo waren direkt hinter ihnen. Überall um sie herum ertönte Geschrei und Geheul.

»Reitet weiter!« schrie der Elfenprinz, der Temmerisa hochriß und wendete. Wieder sang sein großer Bogen, dann noch einmal, und jeder Schuß ließ einen weiteren Feind tot umfallen.

Rufos Pferd, das nur einen Reiter zu tragen hatte, bekam einige Längen Vorsprung, wodurch Cadderly und Danica zum Hauptziel für jene Goblins wurden, die aus dem Gestrüpp am Weg sprangen. Ein paar schlecht gezielte Speerwürfe gingen vor ihnen nieder, ein Pfeil surrte vorbei, ein anderer kam genau auf Cadderlys Rücken zu.

Danica bemerkte ihn im letzten Moment und warf ihren Arm hoch, um ihn abzufangen.

»Was?« rief Cadderly erschrocken.

»Nichts!« erwiderte Danica. »Weiterreiten!« Sie fand, es sei nicht der richtige Zeitpunkt, um Cadderly den Pfeil zu zeigen, der ihren Unterarm durchbohrt hatte.

Noch wenige Pferdelängen, dann waren sie durchgebrochen. Schnell wie ein Pfeil, schloß Temmerisa auf. In Sekundenschnelle war Elbereth wieder neben ihnen. Er machte ein grimmiges Gesicht, war aber unverletzt.

Eine halbe Meile weiter zügelten sie die Pferde und saßen ab. Erst da bemerkten sie Danicas Verwundung.

Cadderly wäre beinahe umgekippt, als er die beiden blutigen Enden des Pfeils in Danicas zartem Arm sah. Elbereth rannte zu der jungen Frau, worauf Cadderly prompt dasselbe tat.

»Es ist nichts Ernstes«, sagte Danica beruhigend.

»Wie kannst du so etwas sagen?« warf Cadderly ihr vor. Er ging zum Pferd zurück, um sein Bündel zu holen. Dann kam er mit Binden und einem Töpfchen Salbe zurück. Mittlerweile hatte Danica den Pfeil schon aus der Wunde gerissen und sich mit Hilfe ihrer Meditationskünste so tief versenkt, daß sie den Schmerz kaum mehr spürte.

Cadderly versuchte, sie nicht aus ihrer Konzentration zu reißen, als er die Wunde vorsichtig verband. Danicas geistige Kräfte waren wirklich erstaunlich. Einmal hatte Cadderly gesehen, wie sie einen zwei Finger langen Splitter aus ihrem Bein entfernt hatte, ohne ihn auch nur mit den Händen zu berühren, nur durch Konzentration und Muskelbeherrschung. Er verband den Arm, so gut er konnte. Dann zögerte er. In seiner Miene spiegelten sich Unsicherheit und Nervosität.

»Was ist denn?« wollte Elbereth wissen.

Cadderly achtete nicht auf ihn, sondern nahm seinen ganzen Mut zusammen, um Deneir anzurufen. Er murmelte die Worte der einfachen Heilsprüche, eins nach dem anderen, obwohl er in dieser Kunst wenig erfahren war und nicht wußte, wieviel Gutes er damit tat.

Zögerlich – denn er hatte seine Heilsprüche für sich selbst aufheben wollen – trat auch Kierkan Rufo hinzu, um ihm zu helfen.

Bevor er jedoch etwas unternehmen konnte, schlug Danica die Augen auf. »Das ist nicht mehr nötig«, sagte sie ruhig und mit träumerischem Blick. Auf ihrem ebenmäßigen Gesicht stand ein Ausdruck tiefer Zufriedenheit. Elbereth und Cadderly wollten ihr beide widersprechen, aber dann sah Cadderly sich den Verband näher an und stellte fest, daß die Wunde aufgehört hatte zu bluten. Er wußte nicht genau, ob seine Sprüche oder Danicas eigene Konzentration den Blutfluß gestoppt hatten, aber das war ihm auch herzlich gleichgültig.

»Wir müssen weiter«, sagte Danica mit fast schläfriger Stimme, »wie vorher, Elbereth vorn und ich an der Seite.«

Elbereth protestierte. »Ich gehe vor«, stimmte er zu, »aber Ihr bleibt bei den anderen und den Pferden. Wir sind nicht mehr weit vom Daoine Dun. Wenn mein Volk dort sein Lager hat, glaube ich nicht, daß wir noch Feinden begegnen werden.«

Zu Cadderlys Erstaunen widersprach Danica nicht. Da wußte er, daß ihre Wunde weitaus ernster und schmerzhafter war, als sie verraten hatte.

Sie wanderten in die anbrechende Dämmerung hinein. Der Wald wurde immer düsterer und kam Cadderly noch bedrohlicher vor. Er erschrak, als Elbereth plötzlich zwischen den Bäumen verschwand und er ihn aus den Augen verlor. Bald aber war der Elf auf dem Pfad zurück und kam mit zwei anderen zu ihnen. Er stellte sie als seine Vettern vor und berichtete seinen Gefährten erfreut, daß seine Leute tatsächlich nur eine Meile weiter nördlich auf dem Sternenberg lagerten.

Einer der Elfen begleitete sie für den Rest des Weges, der andere kehrte auf seinen Posten zurück.

Ihr Begleiter erzählte Elbereth von den Kämpfen. Cadderly sah, wie der Elfenprinz das Gesicht verzog, als sein Vetter den letzten Überfall beschrieb, in dem ein Zauberer aufgetaucht war und einen Baum in Flammen gesetzt hatte.

»Ralmarith ist tot«, sagte der Elf grimmig, »und Shayleigh ...«

Elbereth fuhr herum und ergriff seinen Vetter an den Schultern.

»Sie lebt«, sagte der Elf sofort, »obwohl sie schwer verwundet ist, und schwer verwundet ist auch ihr Herz. Sie war die letzte, die Ralmarith verlassen hat, und mußte weggezerrt werden.«

Elbereth war nicht überrascht. »Sie ist eine treue Freundin«, stimmte er feierlich zu.

Als sie den Daoine Dun erreicht hatten, suchte Elbereth als erstes Shayleigh auf, obwohl er bald (und oft) hörte, daß sein Vater, der König, ihn zu sprechen wünschte.

Cadderly war erstaunt, wie leicht der Elfenprinz diesen Wunsch zu ignorieren schien, um lieber seine eigenen Pläne zu verfolgen. Es erinnerte den jungen Gelehrten irgendwie an die vielen Situationen, in denen er einem Ruf von Großmeister Avery ausgewichen war. Schnell verdrängte er den Gedanken wieder, weil er sich ganz gewiß noch nicht mit dem arroganten, gnadenlosen Elbereth vergleichen wollte.

Sie fanden die verwundete Kämpferin auf einem Feldbett in einer kleinen Höhle, die zur Versorgung der Verletzten eingerichtet war. Sie war an vielen Stellen dick verbunden, kam Cadderly aber nicht allzu schwer verletzt vor – bis er ihr in die Augen blickte. Dort stand eine solche Trauer, daß der junge Gelehrte glaubte, sie würde nie wieder heilen.

»Wir haben Ralmarith zurückgelassen«, flüsterte die Frau mit erstickter Stimme, sobald Elbereth neben sie trat. »Sie haben ihn getötet, seinen Körper zerstückelt ...«

»Schsch«, versuchte Elbereth sie zu beruhigen. »Ralmarith liegt jetzt bei den Göttern. Fürchte nicht um ihn.«

Shayleigh nickte, mußte aber den Blick abwenden.

Minutenlang saßen sie schweigend da. Ein anderer Elf

trat ein und kümmerte sich sofort um Danicas verletzten Arm.

Die störrische Adeptin wies ihn höflich zurück, aber Cadderly versetzte ihr einen festen Stoß und erinnerte sie daran, daß der Verband gewechselt werden mußte. Mit einem ergebenen Seufzer verschwand Danica mit dem Elfen.

»Wann kannst du wieder kämpfen?» fragte Elbereth Shayleigh schließlich. Beide blickten zu dem Heiler hin.

»Morgen!« sagte die Kämpferin mit fester Stimme. Der Heiler zuckte nur die Schultern und nickte resigniert.

»Dann ruh dich heute nacht gut aus«, sagte Elbereth. »Morgen kämpfen wir zusammen, und zusammen werden wir Ralmarith rächen!« Er wandte sich dem Ausgang zu.

»Du gehst?« fragte Shayleigh erschrocken.

»Es sind Goblins im Süden», erklärte Elbereth. »Ich nehme an, sie versuchen, den Hügel einzukreisen. Das können wir nicht zulassen.« Er sah Danica an. »Sie bleibt bei dir«, sagte er zu Shayleigh. »Eine ausgezeichnete Kriegerin und Verbündete in unserem Kampf.«

»Jagt Ihr die Goblins heute nacht?« fragte Cadderly hinter Elbereth. »Der Tag wäre doch günstiger«, erklärte er, als der Elf sich zu ihm umdrehte. »Goblins kämpfen im Sonnenlicht schlechter.«

»Hier ist Shilmista«, erinnerte ihn Elbereth, als ob das allein alles erklärte. Groß und aufrecht stand der Elfenprinz da, die Lippen zusammengepreßt, einen strengen Blick in den Silberaugen. »Die Goblins sollen sterben, bei Tag und bei Nacht.«

»Ich begleite Euch«, bot Cadderly an.

»Ich kann Euch nicht brauchen«, sagte Elbereth zurück, der sich wieder Shayleigh zuwandte. »Ihr seid kein Elf und könnt im Dunkeln nichts sehen.« Die Kämpferin fragte er: »Wo ist Tintagel?«

»Bei deinem Vater«, erwiderte Shayleigh. »Wir haben um Daoine Teague Feer gebeten, aber bis jetzt lehnt Galladel ab.«

Elbereth dachte kurz über diese Nachricht nach, schien aber entschlossen, sich deshalb keine Sorgen zu machen. Er eilte davon, nicht ohne Cadderly und Rufo zuvor anzuweisen, sich gut auszuruhen und etwas Ordentliches zu essen.

Zehn Minuten später brachen fünfzig Elfen zur Goblinjagd auf. Elbereth ritt an der Spitze, den Zauberer Tintagel neben sich. Um Mitternacht waren sie zurück und berichteten, daß sie hundert Goblins getötet und Dutzende weitere in die Flucht geschlagen hatten. Kein einziger Elf war verwundet worden.

☆☆☆

Cadderly war trotz seiner Erschöpfung zu aufgeregt zum Schlafen. In all den Jahren hatte er viel über Elfen gelesen, war aber nur wenigen begegnet – und auch das nur in der Bibliothek. In Shilmista zu sein, auf einem Berg unter den Sternen, umgeben von Elfen, war etwas vollkommen anderes. Hier herrschte eine Stimmung, eine unheimliche Aura, die auch noch so gut gewählte Worte unmöglich einfangen konnten.

Er wanderte im Lager herum, wo er an jeder Ecke von freundlichem Lächeln auf sonst finsteren Mienen begrüßt wurde, nahm das Glitzern von Haar und Augen der Elfen wahr, das selbst in der Dunkelheit zu sehen war. Alle im Lager hatten viel zu tun, also stellte Cadderly sich gar nicht erst vor, sondern tippte nur an seinen breitkrempigen Hut, wenn er vorbeikam.

Von dem Moment an, als er die Erhebende Bibliothek verlassen hatte, hatte er gewußt, daß diese Reise sein Leben verändern würde, und sich davor gefürchtet. Er fürchtete sich immer noch, denn schon jetzt erschien die Welt ihm viel größer – gefährlicher und wunderbarer zugleich.

Was war mit Elbereth? Cadderly mochte weder den Elfen noch die Art, wie dieser ihn behandelte, aber sein Instinkt sagte etwas anderes. Er erzählte ihm von Ehre und von Treue.

Als Cadderlys Gedanken unweigerlich zu Danica kamen, suchte er sich einen Platz auf einem Felsen an der Nordseite des Berges und stützte das Kinn in beide Hände. Danica hatte anscheinend keine Bedenken, was Elbereth betraf. Sie hatte den Elfen voll und ganz als Freund und Begleiter akzeptiert. Das machte Cadderly mehr zu schaffen, als er sich eingestehen wollte.

Noch lange, nachdem der Elfentrupp zurückgekehrt war, saß Cadderly so da. Am Ende hatte er keine Lösung gefunden.

Daoine Teague Feer

Viele Elfen hatten verblüfft dreingeschaut, als Elbereth das Lager in Begleitung von drei Menschen betreten hatte, denn nach Shilmista kamen kaum Besucher, und mitten im Krieg hatte keiner welche erwartet. Ein anderes Augenpaar jedoch wurde noch weiter aufgerissen – böse gelbe Augen, die von winzigen roten Äderchen durchzogen waren.

Als er Rufo, Danica und besonders Cadderly zu Gesicht bekam, wäre Druzil fast von seinem Ausguck hoch auf der Buche gefallen, von der aus er das Lager überblicken konnte. Das Teufelchen erkannte den jungen Gelehrten sofort und rieb sich instinktiv die Flanke, die Cadderly einst mit einem vergifteten Pfeil erwischt hatte.

Plötzlich fühlte Druzil sich verwundbar, obwohl er doch unsichtbar war und auf einem Baum saß, dessen dünne Äste nicht einmal die biegsamen Elfen erklettern konnten. Er hatte sich dem Lager nicht allzuweit genähert, weil er befürchten mußte, von den Elfen entdeckt zu werden, aber jetzt, wo dieser verflixte junge Mann eingetroffen war, fragte er sich, welche Entfernung sicher sein konnte.

Unverzüglich schickte Druzil seine Gedanken zu Dorigen zurück, die eine Meile weiter nördlich auf ihn wartete. Er ließ die Zauberin ganz in seinen Geist eintreten, damit sie durch seine Augen blicken konnte, während er Cadderlys Weg durch das Lager verfolgte.

Was macht der denn hier? wollte Druzil wissen, als ob er eine Antwort von Dorigen erwartete.

Der? fragten ihre Gedanken ungläubig. *Wer?*

Der junge Priester! gab das Teufelchen sofort zurück. Fast wäre er damit herausgeplatzt, daß Cadderly Aballisters Sohn war, aber dann beherrschte er sich doch noch – nicht zuletzt, weil er warten wollte, bis er bei dieser Nachricht Dorigens Gesicht sehen konnte.

Er kommt aus der Erhebenden Bibliothek. Das ist der, der Barjin besiegt hat! fuhr der kleine Teufel fort. Aus der langen Pause schloß er, daß Dorigen verstanden hatte, wie drängend das Problem war. Druzil erinnerte sich noch gut daran, wie ihn Cadderly mit einem in Schlafgift getauchten Pfeil niedergestreckt hatte. Als er sich die Szene ins Gedächtnis rief, glaubte er, eine amüsierte Reaktion von Dorigen zu spüren, und bedachte sie mit einem Schwall von Flüchen.

Dann kam ihm noch ein Gedanke. Er sah sich im ganzen Lager um, denn er suchte die beiden Zwerge, die Cadderly bei der letzten Begegnung begleitet hatten. Als er sie nicht entdecken konnte, freute er sich und hoffte, daß sie tot wären.

Wer sind die anderen? fragte Dorigen, die langsam ungeduldig wurde.

Das Mädchen gehörte zu dem Priester, auch wenn ich nicht weiß, welche Rolle sie gespielt hat, erklärte das Teufelchen. *Der andere ...* Druzil hielt inne, denn er erinnerte sich an die Beschreibung, die Barjin ihm von dem Tölpel gegeben hatte, der ihm als erstes geholfen hatte: groß und linkisch und mit einem etwas schiefen Gang.

Kierkan Rufo, erklärte Druzil, denn es konnte kaum einen zweiten Priester in der Bibliothek geben, auf den Barjins Beschreibung so genau zutraf. Dorigen drängte nicht gleich weiter, darum beschloß Druzil, ganz offen zu sein.

Ich möchte hier verschwinden, ließ er sie deutlich wissen. Um ihn herum schien das Lager zum Leben zu erwachen. Elfen rannten herum und riefen einander zu, daß Prinz Elbereth zurückgekehrt sei.

Komm zu mir, Druzil, gebot Dorigen. Sie mußte ihren Wunsch nicht zweimal äußern.

☆☆☆

»Ich habe dich schon vor Stunden rufen lassen«, sagte Galladel kalt, als Elbereth schließlich in sein Quartier trat. »Im Frieden kann ich deine Unverantwortl–«

»Ein Goblinheer ist in den Süden des Daoine Dun aufgebrochen«, unterbrach Elbereth. »Hätte ich ihnen gestatten sollen, Stellungen zu bauen und Gräben auszuheben? Jetzt sind sie weg, und der Weg ist frei, falls wir zur Flucht gezwungen sind – wozu es kommen könnte, wenn die Gerüchte von der nahenden Armee aus dem Norden wahr sind.«

Diese Neuigkeit nahm dem betagten König den Wind aus den Segeln. Abrupt drehte er sich zu den vielen Pergamenten um, die über den großen Steintisch verteilt waren.

»Ich brauche deine Unterstützung«, sagte er scharf. »Die Patrouillen müssen abgestimmt werden. Wir müssen wissen, was an Waffen und Nahrung noch bleibt.« Er schob die Papiere herum, um seinen Mißmut zu zeigen.

Elbereth sah seinem Vater mit wachsender Sorge zu. Etwas an Galladels Bewegungen und an seinem Vorgehen war zu menschenähnlich für den Geschmack des Prinzen.

»Der Wald ist unsere Heimat«, sagte Elbereth, als ob allein diese Bemerkung seinen Mangel an Respekt erklären könnte.

Galladel funkelte ihn an, weil er hinter der Antwort eine Beleidigung vermutete.

»Wir müssen raus und kämpfen«, fuhr Elbereth fort, »frei, wie unser Instinkt und die Bäume es uns sagen.«

»Unsere Angriffe müssen geplant werden«, hielt der ältere Elf dagegen. »Unser Feind ist viele Male stärker als wir und gut organisiert.«

»Dann weck den Wald«, sagte Elbereth unbekümmert.

Galladels Silberaugen, die denen seines Sohnes so ähnlich waren, weiteten sich ungläubig.

»Weck die Bäume«, sagte Elbereth wieder, diesmal nachdrücklicher. »Ruf die Verbündeten unserer Vergangenheit, damit wir gemeinsam alle vernichten, die gekommen sind, um Shilmista einzunehmen.«

Galladels leises Lachen war spöttisch. »Du weißt nicht, was du da redest«, sagte er. »Du tust, als wäre das ganz selbstverständlich und leicht zu machen. Selbst in alten Zeiten, als ich, Galladel, ein junger Elf war, folgten die Bäume dem Ruf des Elfenkönigs nicht mehr.«

Elbereth hatte diese Bemerkung nur gemacht, um seinem

matten Vater eine Reaktion zu entlocken. Als er die Traurigkeit sah, die in Galladels Augen kroch, zweifelte er an seiner eigenen Weisheit.

»Die alte Magie ist Vergangenheit, mein Sohn«, fuhr Galladel in gedämpftem Ton fort, »so fern wie die Tage, als die Welt noch den älteren Rassen gehörte. Legenden fürs Lagerfeuer, weiter nichts. Wir werden diesen Krieg gewinnen, aber wir gewinnen ihn mit Blut und Pfeilen.«

»Du hast Boten zur Erhebenden Bibliothek geschickt und um Hilfe gebeten?« fragte Elbereth.

Galladel wurde sichtlich blasser. »Ich habe dich geschickt«, erwiderte er abwehrend.

»Ich wurde geschickt, um Informationen zu beschaffen. Ich wußte nicht, daß ein Krieg ausgebrochen war«, widersprach Elbereth ruhig. Er wußte, daß er recht hatte, aber er wußte auch, daß sein Vater mit seiner Geduld am Ende war. »Die Bibliothek muß um Hilfe gebeten werden, und die Legion in Carradoon muß sich erheben.«

»Schick den Boten«, antwortete Galladel abwesend. Er wirkte sehr müde. »Geh jetzt. Ich muß viel vorbereiten.«

»Da wäre noch etwas«, drängte Elbereth.

Der König warf ihm einen verdrossenen Blick zu, als ob er wüßte, was folgen würde.

»Ein Teil des Volkes bittet um Daoine Teague Feer«, sagte Elbereth.

»Wir haben keine Zeit –«, wollte Galladel protestieren.

»Wir könnten unsere Zeit nicht besser einsetzen«, beharrte der jüngere Elf. »Unser Volk ist schwer verwundet. Es ist vom Blut von Freund und Feind befleckt. Die Leute sehen den Rauch des brennenden Waldes und treffen überall auf Goblins und Orogs. Blut und Pfeile, ja, aber Schlachten werden mit Inbrunst ausgetragen, Vater. Sie werden von denen gewonnen, die bereit sind, im Notfall zu sterben, und von denen, die töten wollen. Unser Geist wird uns tragen, wenn deine Pergamente«, er zeigte verächtlich auf den Steintisch, »es nicht mehr können!«

Galladel zuckte nicht mit der Wimper, antwortete aber auch nicht.

»Daoine Teague Feer wird uns neuen Mut machen«, sagte Elbereth ruhig, weil er die Unterredung wieder auf eine vernünftige Ebene lenken wollte.

»Du bist aus altem Adel«, antwortete Galladel mit unmißverständlichem Ärger und Enttäuschung in der Stimme. »Vollzieh du die Zeremonie.« Dann wandte er sich wieder seinen Pergamenten zu, vertiefte sich in eines davon und vermied es absichtlich, seinen Sohn noch einmal anzusehen.

Elbereth wartete noch einen Augenblick, denn er war innerlich zerrissen. Er wußte, welches der richtige Weg war, doch dieser Weg würde seinen Vater kränken. Galladels Aufforderung, Daoine Teague Feer selbst durchzuführen, hatte vor Sarkasmus getrieft, und wenn Elbereth das Ritual leitete, würde sein Vater sicher nicht begeistert sein. Aber trotz aller Treue zu Galladel mußte Elbereth seinem Herzen folgen. Er verließ die kleine Höhle, um seine Festrobe zu holen und die anderen aufzufordern, die ihren anzulegen.

☆☆☆

»Aballisters Sohn?« Dorigen konnte es kaum glauben. Dieser junge Priester namens Cadderly war der Sohn von Aballister Bonaduce!

»Ich habe in der Bibliothek gegen ihn gekämpft«, krächzte Druzil, der diese bitteren Worte ungern sprach. »Er ist trickreich – sieh dich vor! Und er umgibt sich mit mächtigen Freunden.«

»Weiß Aballister von ihm?« fragte Dorigen, die sich

fragte, was für eine Intrige um sie herum im Gang sein mochte. Hatte Aballister womöglich in den letzten, schicksalhaften Momenten von Barjins Niederlage mit diesem jungen Priester in Verbindung gestanden? War es denkbar, daß der Zauberer seinem Sohn geholfen hatte, Barjin zu besiegen?

Druzil nickte, wobei seine langen Hundeohren nach vorn klappten. »Aballister hat von Cadderly erfahren, als der Priester gegen Barjin kämpfte«, erklärte er. »Aballister war wenig erfreut, seinen Sohn in der Bibliothek vorzufinden. Er wird sich furchtbar aufregen, wenn er erfährt, daß der Schlauberger den Elfen hilft!«

Hundert Möglichkeiten tauchten in Dorigens Kopf auf, wie sie in diesem Krieg gegen die Elfen und bei ihrem eigenen Ringen innerhalb der Hierarchie von Burg Trinitatis die Oberhand gewinnen konnte.

»Du bist sicher, daß dieser Rufo der Tölpel ist, von dem Barjin erzählt hat?« fragte sie begierig.

»Das bin ich«, log Druzil, weil er die aufgeregte Zauberin nicht enttäuschen wollte. Dorigens bernsteingelbe Augen funkelten.

»Kehr zu den Elfen zurück«, befahl Dorigen. Sie mußte ihre Stimme über Druzils Gejammer erheben. »Bereite eine Begegnung mit diesem Kierkan Rufo vor. Wenn er Barjins Trottel war, wird er jetzt auch der meine.«

Druzil stöhnte, aber dann machte er sich gehorsam auf den Weg.

»Und, Druzil«, rief Dorigen, »ich vertraue darauf, daß du dich nicht mit Aballister in Kontakt setzt, oder daß du im Zweifelsfall nichts hiervon erwähnst.«

Druzil nickte. »Was hätte ich davon?« fragte er unschuldig. Dann flog er fort.

Dorigen überlegte sich diese Frage gründlich. Sie wußte,

daß sie dem Teufelchen am ehesten trauen konnte, wenn sie ihm vernünftige Anweisungen gab. Ja, was hätte Druzil davon, wenn er Aballister von den neuesten Entwicklungen erzählte? Es tat der Zauberin gar nicht leid, daß der junge Gelehrte und seine Freunde nach Shilmista gekommen waren, um den Elfen beizustehen. Nachdem Ragnor und seine riesige Armee im Wald Fuß gefaßt hatten und sie an seiner Seite war, hielt Dorigen das Schicksal des Waldes sowieso für besiegelt und beschloß daher, ihren persönlichen Gewinn auf Kosten von Aballisters Sohn zu vergrößern.

☆☆☆

»Heute nacht«, flüsterte Elbereth der verwundeten Kriegerin ins Ohr.

Shayleigh regte sich und schlug verschlafen ein Auge auf.

Cadderly und Danica sahen von der anderen Seite der Höhle zu. Cadderly war immer noch der Ansicht, man hätte Shayleigh besser nicht wecken sollen. Er hatte eingewandt, daß die verwundete Elfin ihren Schlaf brauchte, aber diese Zweifel hatte Elbereth abgetan. Er hatte Cadderly versichert, daß Daoine Teague Feer viel mehr zu Shayleighs Gesundung beitragen konnte als alle Ruhe der Welt.

»Heute nacht?« wiederholte Shayleigh, deren Stimme trotz Benommenheit und Schmerzen melodisch klang.

»Heute nacht sammeln wir Kraft aus den Sternen«, erwiderte Elbereth.

Zu Cadderlys Überraschung fuhr Shayleigh auf der Stelle hoch. Allein die Erwähnung von Daoine Teague Feer schien die Elfin neu zu beleben. Elbereth bat Danica, Shayleigh beim Ankleiden zu helfen, während er mit Cadderly die Höhle verließ.

»Dürfen wir bei dieser Feier zusehen?« fragte Cadderly.

»Oder würdet Ihr lieber unter Euch bleiben?« Elbereths Antwort erstaunte ihn.

»Ihr seid Teil unseres Kampfes geworden«, erwiderte der Elfenprinz. »Ihr habt Euch das Recht verdient, an dem Ritual teilzunehmen. Es ist Eure Entscheidung.«

Cadderly verstand, welche Ehre ihm und seinen Gefährten da zuteil wurde. Er war wirklich überwältigt – und verblüfft. »Vergebt mir, daß ich Euch daran hindern wollte, Shayleigh zu wecken«, sagte er.

Elbereth nickte. »Ich habe wohl bemerkt, wie besorgt Ihr um meine Freundin wart.« Elbereth blickte entschlossen zur Höhle zurück. »Unsere Feinde haben eine mächtige Verbündete gefunden«, sagte er. »Wir können nicht zulassen, daß diese Zauberin auf einem anderen Schlachtfeld auftaucht.«

Cadderly war nicht überrascht über die heftige Reaktion des Elfen.

»Sobald das Fest vorbei ist und meine Leute kampfbereit sind, werde ich die Zauberin jagen, und sie wird mit ihrem Kopf für Ralmariths Tod und Shayleighs Wunden bezahlen. Geht jetzt und sucht Euren anderen Begleiter. Daoine Teague Feer beginnt auf dem Gipfel des Berges, sobald alle anderen versammelt sind.«

☆☆☆

Cadderly, Danica und Rufo saßen neben den versammelten Elfen und unterhielten sich leise. Cadderly erzählte von Elbereths Schwur, die Zauberin aufzuspüren, und es erstaunte ihn nicht, daß Danica gelobte, sie werde dem Elfen bei seiner Jagd helfen.

Mehr und mehr Elfen versammelten sich auf dem Berg; fast das ganze Lager war da – die Wachen hatten beschlossen, sich im Dienst abzuwechseln, damit jeder wenigstens einen Teil der Feier mitbekam. Auffallend war nur das Fehlen von König Galladel. Elbereth entschuldigte seinen Vater mit den vielen Pflichten, die der König hatte. Er würde später herauskommen, wenn er Zeit dazu fände. Das Geflüster um Cadderly und Danica verriet ihnen jedoch, daß die Elfen an der Wahrheit dieser Erklärung zweifelten. Sie waren eher der Meinung, daß der König nicht gekommen war, weil er das Ganze für Zeitverschwendung hielt.

Sobald die Zeremonie begann, waren jedoch alle Zweifel, die dieses Geflüster in dem jungen Gelehrten geweckt hatte, wie weggeblasen.

Alle Elfen standen auf und bildeten einen Kreis. Den Besuchern wurden Hände entgegengestreckt. Rufo lehnte sofort ab, denn ihm war die Sache nicht geheuer. Danica schaute Cadderly an, der ihr ermutigend zunickte, aber sagte, daß er zumindest am Anfang lieber nur beobachten würde. Er nahm seine Schreibsachen und den Lichtstab heraus und strich ein Pergament glatt, denn er wollte einen Augenzeugenbericht des Rituals anfertigen. Allerdings gab er acht, daß er das Licht abschirmte. Obwohl es magisch war, wirkte es im Sternenlicht mitten in dem zauberischen Wald unpassend.

Das Elfenlied begann langsam, fast wie ein Sprechgesang. Die Elfen und Danica hoben Schalen zum Himmel und begannen, im Kreis zu schreiten. Ihr Gehen wurde zum Tanz, der Sprechgesang zum melodischen Lied. Obwohl Cadderly nicht alle Worte verstand, wurden seine Gefühle durch das Lied ebenso angesprochen wie die der Elfen. Süß und traurig zugleich, erzählte das Lied von den Erfahrungen längst vergangener Jahrhunderte und tat mehr über die Elfen kund, als jedes Buch es vermocht hätte. Allmählich begriff Cadderly nun, daß die Elfen ein gefühlvolles Volk waren, dem Schönen zugewandt, eine spirituelle Rasse, die mit ihrer natürlichen Umgebung noch mehr im Einklang stand als jene Menschen, die ihr Leben als Priester des Waldes verbrachten. Cadderly dachte an die drei Druiden, die vor gar nicht langer Zeit in die Erhebende Bibliothek gekommen waren, besonders an Newander, der durch Barjins Hände gestorben war.

Er dachte an Pikel, der so gern ein Druide sein wollte, und stellte betrübt fest, daß der Zwerg niemals dieses Ausmaß an Spiritualität erreichen konnte, so sehr er sich auch von seinen mürrischen, pragmatischen Verwandten unterschied.

Über eine Stunde ging das Lied weiter und endete nicht plötzlich, sondern allmählich, wurde zum Gehen, zum Sprechgesang und verging so unmerklich wie der untergehende Mond. Die Elfen und Danica hielten immer noch ihre Schalen zum Himmel, und Cadderly wünschte nun, er hätte von Anfang an teilgenommen. Gewissenhaft schrieb er alles auf, aber wenn er auf das Pergament blickte, fragte er sich ernsthaft, ob sein Gott es nicht vorgezogen hätte, wenn er Daoine Teague Feer miterlebt hätte, statt darüber zu schreiben.

Elbereth in seiner prächtigen purpurfarbenen Robe ging zu dem Elfen, der ihm am nächsten stand, und nahm dessen Schale. Er begann ein stilles Lied an den Himmel, an die Millionen von Sternen, die das Firmament übersäten, dann griff er in die Schale und warf deren Inhalt nach oben.

Glitzernder Sternenstaub erfüllte die Luft und rieselte über den Elfen neben Elbereth herunter. Seine Augen funkelten, sein glänzendes goldenes Haar schien noch heller zu strahlen, und als der Sternenstaub sich gesetzt hatte, stand er ganz still und leuchtete vor innerer Befriedigung.

Cadderly fand kaum Worte, um diese Veränderung zu beschreiben. Wie vom Donner gerührt, saß er da, während

Elbereth durch den Ring schritt, um die Zeremonie zu wiederholen. Am erstaunlichsten war die Veränderung, die mit Shayleigh vor sich ging. Bevor der Sternenstaub sich über sie senkte, hatte sie kaum noch stehen können. Sie schien mehr damit beschäftigt, nicht umzufallen als mit irgendwelchen klaren Tanzschritten.

Aber dann! Cadderly hatte vielen Heilern in der Erhebenden Bibliothek bei der Arbeit zugesehen, mächtigen Klerikern mit mächtigen Sprüchen, aber nichts davon war mit der Heilung vergleichbar, die bei Shayleigh stattfand. Ihr Lächeln kehrte zurück und war atemberaubend, das Blut in ihrem Haar war verschwunden, selbst ihr verbranntes Gesicht nahm den bräunlichen, seidigen Teint der anderen Elfen an.

Zuletzt kam Elbereth zu Danica, und obwohl der Sternenstaub sie nicht so verwandelte wie die anderen, schien sie danach getröstet und fröhlicher. Mit tiefer Bewunderung sah sie den Elfenprinzen an.

Ein eifersüchtiger Stich durchfuhr Cadderly, aber er konnte ihn nicht aufrechterhalten. Ganz unerwartet nahm Elbereth eine Schale von einem anderen Elfen und kam zu Cadderly herüber. Dieser drehte sich aufgeregt zu Rufo um, doch dieser war verschwunden.

»Du wolltest die Zeremonie aufzeichnen«, sagte der Elfenprinz, der sich vor Cadderly stellte, »und aus der Ferne zusehen, um sie besser zu verstehen.«

»Das war mein Fehler«, gab Cadderly zu.

»Steh auf, mein Freund«, bat Elbereth. Langsam erhob sich Cadderly. Elbereth sah sich nach seinem Volk um. Alle nickten, und Danica lächelte voller Vorfreude. Der Prinz begann mit seinem Gesang und versprengte den Sternenstaub.

Aus diesem Sprühregen heraus war der Anblick noch

herrlicher. Cadderly sah eine Million Sterne eine Million mal reflektiert. Sie griffen nach ihm, vermittelten ihm ein Gefühl der Harmonie des Universums, der Richtigkeit der Natur. Einen kurzen Augenblick vermeinte er, die Welt so zu sehen wie die Elfen, und als es vorüber war, merkte er, daß er Elbereth ebenso bewundernd ansah wie zuvor Danica.

Nie wieder würde er seinem wunderbaren neuen Freund gegenüber Eifersucht empfinden, schwor er sich, und seine plötzliche Entschlossenheit, Shilmista zu retten, stand der aller Elfen im Wald in nichts nach.

☆☆☆

Kierkan Rufo stieg den Hang des Daoine Dun herunter, denn er war sicher, daß sich heute nacht kein Goblin zu nahe an den Zauberberg heranwagen würde. Das Elfenfest hatte ihm wenig bedeutet; wie König Galladel hielt er es für Zeitverschwendung. Rufo wollte einzig und allein aus dem Wald verschwinden und wieder in die Sicherheit der Erhebenden Bibliothek zurückkehren. Er hatte nie ein Krieger sein wollen und nicht vor, zu sterben, um anderen die Heimat zu retten.

Inzwischen hielt er es für unglaublich dumm, daß er seinen Schuldgefühlen nachgegeben und Cadderly angeboten, ja, ihn angebettelt hatte, ihn begleiten zu dürfen.

»Sei gegrüßt, Kierkan Rufo«, sagte eine krächzende Stimme hinter ihm. Rufo fuhr herum und entdeckte eine groteske Gestalt mit Hundegesicht und Fledermausflügeln – ein Teufelchen, das ihn aus wenigen Fuß Entfernung von einem Ast aus anstarrte. Instinktiv wich der hagere Mann zurück und sah sich nach einem Fluchtweg um, aber das Teufelchen hielt ihn rasch zurück.

»Wenn du fliehst oder schreist, werde ich dich töten«,

kündigte Druzil an. Zum besseren Verständnis legte er sich seinen gifttriefenden Stachelschwanz über die Schulter.

Rufo riß sich zusammen und versuchte, unerschrocken auszusehen. »Wer bist du?« wollte er wissen. »Und woher kennst du meinen Namen?«

»Den hat mir ein gemeinsamer Freund verraten«, erwiderte Druzil geheimnisvoll. Er verbarg seine Erleichterung, daß dieser Mann tatsächlich der Priester war, den Barjin so leicht bezaubert hatte. »Ich vergesse Namen niemals, weißt du. Sie sind so wichtig, wenn man künftige Verbündete erwählt.«

»Genug der Rätsel!« fauchte Rufo.

»Wie du willst«, sagte das Teufelchen. »Meine Herrin wünscht dich zu sehen – zum beiderseitigen Nutzen.«

»Eine Zauberin?« erriet Rufo. »Wenn sie mit einem Botschafter verhandeln will –«

»Sie will sich mit dir treffen«, unterbrach Druzil, »nur mit dir. Und wenn du nicht zustimmst, soll ich dich töten. Aber du wirst zustimmen, nicht wahr?« fuhr Druzil fort. »Was hast du zu verlieren? Meine Herrin wird dir kein Haar krümmen, aber was du gewinnst ...« Er ließ diese Andeutung im Raum stehen. In seinen schwarzen Knopfaugen stand ein spöttisches Schimmern.

»Woher kennst du meinen Namen?« fragte Rufo wieder. Er war fasziniert, aber noch nicht überzeugt.

»Triff dich mit meiner Herrin und finde es heraus«, entgegnete das Teufelchen. »Morgen abend, bald nach Sonnenuntergang, werde ich dich holen kommen. Du brauchst nichts mitzunehmen, denn du wirst lange vor Tagesanbruch wieder im Elfenlager sein. Haben wir uns verstanden?«

Rufo zögerte. Er starrte die vergiftete Schwanzspitze an. Zu seinem Schrecken schlug Druzil mit den ledrigen Flügeln, und bevor Rufo auch nur reagieren konnte, war das Teufelchen auf seinen Schultern gelandet. Rufo nickte matt, denn mit dem Giftstachel so dicht an seinem nackten Hals blieb ihm kaum etwas anderes übrig.

Druzil beobachtete ihn noch einen Moment, dann packte er ihn vorn an der Tunika und stieß ein drohendes Fauchen aus. Er sah Rufo tief in die Augen, denn er wollte den Blick des Mannes absichtlich von seinen Handbewegungen ablenken.

»Wenn du morgen abend nicht erscheinst, oder wenn du irgend jemandem von dieser Begegnung erzählst, wirst du zum erklärten Feind meiner Herrin«, warnte Druzil. »Zweifle nicht daran, daß sie für deinen Tod sorgen wird, bevor deine Freunde sie finden, Kierkan Rufo!« Das Teufelchen lachte noch einmal krächzend, dann war es verschwunden.

Rufo blieb wie erstarrt stehen. Er überlegte, ob er sofort zu Elbereth und den anderen gehen sollte, damit ihn die Elfen schützten, aber er hatte Angst vor Zauberkundigen und wollte sich nicht mit einem Teufelchen anlegen, das zweifellos Verbündete in den gefürchteten Unteren Ebenen hatte. Also zog er sich höher in seine Höhle zurück, wo er versuchte, in den Schlaf zu flüchten.

Während er sich auf seinen Decken herumwälzte, bemerkte er nichts von dem kleinen Amulett, das Druzil an einer Innenfalte seiner erdfarbenen Tunika festgesteckt hatte.

Verraten

Am nächsten Morgen sprühte das Elfenlager vor Energie, denn die frisch belebten Elfen brannten darauf, ihre Feinde zu bekämpfen. Cadderly, Danica und Rufo gaben sich Mühe, nicht im Weg zu sein, während das Elfenvolk die Patrouillen neu mit Seilen und Pfeilen ausrüstete.

»Ich begleite Elbereth auf seiner Jagd«, erklärte Danica ihren Freunden. »Für jemanden mit meiner Ausbildung sind Zauberer keine solche Bedrohung.«

»Du weißt doch nicht einmal, ob Elbereth überhaupt loszieht«, warf Cadderly ihr vor. Tatsächlich waren Elbereth und sein Vater in der zentralen Höhle in einen lautstarken Streit verwickelt.

»Elbereth geht, wie er es versprochen hat«, stellte Shayleigh fest. Sie sah viel besser aus als vor dem Ritual. »Genau, wie er heute zu König Galladel gegangen ist, um über den Wert unseres Festes von letzter Nacht zu sprechen. Es heißt, der König wäre nicht froh darüber gewesen, daß Elbereth Daoine Teague Feer durchgeführt hat.« Wie zur Bestätigung hörte man aus der Höhle lautes Geschrei.

Shayleigh ging kopfschüttelnd davon. Sie konnte heute noch nicht auf Patrouille ausziehen, aber ihre Pfleger stimmten überein, daß ihre Heilung nicht mehr lange brauchen würde.

Cadderly wußte, daß Danica ebenso dickköpfig war wie er selbst. »Wenn du gehst, komme ich auch mit«, verkündete er.

Danica schaute ihn stirnrunzelnd an. »Du bist nicht ausdauernd genug«, sagte sie. »Du könntest uns behindern und in Gefahr bringen.«

»Priester haben Möglichkeiten, gegen die Kräfte eines Zauberers anzukommen«, erinnerte Kierkan Rufo sie.

Danica lachte höhnisch. »Willst du etwa auch mit?«

»Ich doch nicht«, versicherte Rufo. »Ich bin nicht hergekommen, um zu kämpfen, und die Elfen haben mehr davon, wenn ich mich da raushalte.«

Sein Eingeständnis konnte Danicas finstere Miene kaum aufhellen. Ihre Abneigung gegen Rufo war unübersehbar.

»Ich werde tun, was ich tun muß«, sagte Cadderly. »Abt Thobicus hat gesagt, daß ich unsere Gruppe anführe. Wenn du mit Elbereth ziehen willst, werde ich dich nicht aufhalten, aber ich muß mitkommen.«

»Ich gehöre nicht deinem Orden an«, erinnerte die junge Frau, »und bin der Bibliothek zu nichts verpflichtet.«

»Wenn du dich Abt Thobicus widersetzt, kannst du nie wieder zurückkehren«, warnte Cadderly, »und die Schriften von Penpahg D'Ahn nicht weiter studieren.«

Danica blickte noch finsterer drein, antwortete aber nicht.

Da kam Elbereth aus Galladels Höhle. Sein Gesicht war zorngerötet. Als er Danica und die anderen sah, wurde es weicher. Rasch ging er auf sie zu.

»Dein Vater ist nicht zufrieden mit dir«, stellte Danica fest.

»Das ist er nie«, erwiderte Elbereth und brachte ein schwaches Lächeln zustande, »aber wir respektieren uns und wissen, daß wir uns lieben.«

Daran zweifelte Cadderly nicht, und es weckte ein hohles, leeres Gefühl in ihm. Er hätte so gerne einen Vater gehabt, und sei es nur zum Streiten!

»Sollst du dich heute irgendwelchen Patrouillen anschließen?« fragte Danica.

»Ich gehe allein auf Kundschaft«, erwiderte der Elfenprinz und sah zum dunklen Wald hin, der sich unter ihnen erstreckte. »Ich muß die Zauberin finden und vernichten, bevor sie noch mehr Schaden anrichtet.«

»Du gehst nicht allein«, sagte Danica. Elbereth wirkte nicht erfreut.

»Danica und ich möchten dich begleiten«, erklärte Cadderly. Widersprüchliche Gefühlte zeichneten Elbereths Gesicht, als er die unerwartete Bitte in Betracht zog.

»Ich werde aber nicht reiten«, sagte er schließlich, »und ich gehe davon aus, daß ich weit hinter die vordersten Linien der Goblins vordringen muß.«

»Um so mehr Grund, nicht allein zu gehen«, sagte Cadderly.

»Vielleicht«, räumte der Elf ein, der Danica genauer ansah. Elbereth konnte wahrlich nicht bestreiten, daß die junge Frau hilfreich sein mochte, wenn es zum Kampf kam. »Und von meinen eigenen Leuten ist keiner entbehrlich«, sagte er, »aber ich kann euch nicht garant–«

»Wir brauchen keine Garantie«, versicherte ihm Cadderly. »Wir begreifen, wie gefährlich es ist.« Er bedachte erst Elbereth, dann Danica mit seinem strahlenden, unbekümmerten Lächeln. »Nimm es als Gegengabe für Daoine Teague Feer.«

Dieser Gedanke rührte Elbereth, und schließlich stimmte er zu, daß die beiden ihn begleiten durften. Er erzählte ihnen, daß außerdem ein Elfenkrieger als Bote zur Erhebenden Bibliothek aufbrechen sollte, um Hilfe anzufordern. Sie oder Rufo dürften sich diesem Elfen gerne anschließen.

»Du kennst unsere Entscheidung bereits«, meinte Danica.

»Und ich kann nicht gehen«, stammelte Kierkan Rufo, der hinzugetreten war, als er seinen Namen hörte. »In die Bibliothek, meine ich.«

Danica sah den linkischen Mann neugierig an. Ihrer Meinung nach hätte es mehr zu Rufos Charakter gepaßt, wenn er davongelaufen wäre. Cadderly gratulierte seinem Ordensbruder zu der tapferen Entscheidung, in Shilmista zu bleiben.

Danica war zu mißtrauisch, um sich dieser Auffassung anzuschließen.

In Wahrheit wäre Rufo nichts lieber gewesen, als mit dem Elfenboten zurückzukehren, aber er wagte es nicht, eine gewisse Begegnung zu versäumen, die er am Vorabend verabredet hatte.

☆☆☆

»Eine kluge Entscheidung«, sagte das Teufelchen, als Rufo kurz nach Sonnenuntergang den Berg herunterkam.

Rufo drehte sich wütend zu ihm um. »Du hast mir ja wohl kaum eine Wahl gelassen«, schimpfte er laut. Druzil sah sich unbehaglich um.

»Folge mir!« befahl er. Er wollte vorsichtshalber so weit wie möglich vom Elfenlager wegkommen und führte Rufo schnell zu dem mit Dorigen verabredeten Treffpunkt. Rufo war überrascht, eine nicht unattraktive Frau vor sich zu haben, wenn sie auch älter war als er und eine deutlich schiefe Nase hatte.

Die Zauberin und der Priester starrten einander lange an. Keiner machte Anstalten, als erster zu sprechen. Schließlich hielt Rufo die Spannung nicht mehr aus.

»Ihr habt mich hergerufen«, brummte er.

Dorigen starrte ihn noch etwas länger an und ließ ihn unbehaglich von einem Fuß auf den anderen treten, ehe sie endlich eine Erklärung abgab. »Ich brauche Informationen.«

»Ihr wollt, daß ich meine Gefährten verrate?« Rufo versuchte, empört zu klingen. »Vielleicht sollte ich umkehren ...«

»Tut nicht so überrascht«, schalt Dorigen. »Ihr habt den Grund dieses Treffens begriffen, bevor Ihr zugestimmt habt.«

»Ich habe nur zugestimmt, weil mir keine andere Wahl blieb«, hielt Rufo dagegen.

»Ihr habt auch jetzt keine Wahl«, sagte Dorigen kalt. »Betrachtet Euch als meinen Gefangenen, wenn das Euer armseliges Gewissen erleichtert. Ich brauche Informationen, Kierkan Rufo, und nachdem Ihr schon Barjin geholfen habt ...« Rufo riß erschrocken die Augen auf.

»Ja, ich weiß, wer Ihr seid«, fuhr Dorigen fort, die das Spiel für gewonnen hielt. »Ihr wart Barjins Marionette, und nun werdet Ihr die meine sein!«

»Nein!« brüllte Rufo, aber als er gehen wollte, sah er Druzils vergiftete Schwanzspitze vor sich. Der unbeholfene Priester sank gleich wieder in sich zusammen.

»Nicht so zornig, guter Mann«, gurrte Dorigen. »Ich habe Euch einen Gefallen getan, auch wenn Ihr das noch nicht begreift. Der Wald ist dem Untergang geweiht, und ebenso alle, die sich auf die Seite der Elfen schlagen.«

»Wozu braucht Ihr dann mich?« fragte Rufo.

»Das hat nichts mit dem Krieg zu tun«, erwiderte Dorigen. Sie überlegte einen Augenblick, wie sie es erklären sollte, ohne zuviel preiszugeben. »Seht es als persönliche Sache zwischen mir und denen, die mit Euch nach Shilmista gezogen sind.«

»Der Elfenprinz?« fragte Rufo.

»Vielleicht«, antwortete Dorigen geheimnisvoll. Sie hielt es für das beste, wenn Rufo weiter im dunkeln tappte. Da sie kein Risiko eingehen wollte, drängte sie gleich weiter. Ihre bernsteinfarbenen Augen glitzerten. »Es spielt keine

Rolle. Ich biete Euch an zu überleben, Kierkan Rufo. Wenn ich meinen Sieg ausrufe, wird Euer Leben verschont werden. Ihr könntet sogar einen Platz in den Rängen meiner Ratgeber finden.«

Rufo schien interessiert, aber nicht überzeugt.

»Und wenn die Elfen irgendwie entkommen sollten und Eure Freunde mit ihnen«, fügte Dorigen hinzu, »dann wird keiner von Eurer Täuschung erfahren, und Ihr habt immer noch nichts verloren.«

»Und wenn ich mich weigere?«

»Muß ich die unangenehmen Einzelheiten beschreiben?« antwortete Dorigen mit so ruhiger, gelassener Stimme, daß es Rufo Schauer über den Rücken jagte. »Oh, ich würde Euch vielleicht nicht sofort töten«, fuhr Dorigen fort. »Nein, es wäre befriedigender, Euch entehrt zu sehen, wenn Eure Taten mit Barjin bekannt werden, wenn alle erfahren, was Ihr im Bibliothekskeller getan habt.« Dorigen genoß es, wie Rufo sich wand, und sie nickte Druzil anerkennend zu, der ihr so wertvolle Informationen geliefert hatte.

»Woher wißt Ihr davon?« fragte Rufo, als ob er ihre Gedanken gelesen hätte.

»Ich habe gewisse Quellen.« Dorigen bestätigte nur das Offensichtliche. »Und glaubt nicht, daß Eure Qualen mit dem Ehrverlust zu Ende wären«, fuhr sie fort, während ihre Stimme einen ausgesprochen boshaften Unterton annahm. »Wenn Eure Demütigung vorüber ist, werde ich Euch töten – beizeiten. Bedenkt, was für ein Leben Ihr vor Euch habt, wenn Ihr mich jetzt enttäuscht, Kierkan Rufo. Bedenkt, wieviel Jahre Ihr hinter jeder Ecke Meuchelmörder befürchten müßt.«

Wieder trat Rufo von einem Fuß auf den anderen.

»Und wißt, daß Euer Grab nicht von der Erhebenden Bibliothek gesegnet werden wird, denn Eure Taten mit Barjin werden ganz ans Licht kommen – ich werde dafür sorgen, daß man Euch nicht so schnell vergessen wird, damit Ihr selbst im Tod noch entehrt seid.«

Das Gewicht ihrer Drohung lastete schwer auf dem linkischen Mann. Nicht nur, weil das gefährliche Teufelchen nur wenige Fuß hinter ihm hockte, sondern auch, weil die Anschuldigungen der Zauberin tatsächlich einen wunden Punkt bei ihm getroffen hatten.

»Aber denken wir doch nicht an so unerfreuliche Dinge«, lockte Dorigen. »Ich verlange sehr wenig von Euch, und danach könnt Ihr Eurer Wege gehen und sicher sein, daß Ihr unbehelligt bleibt, ganz gleich, wie dieser Krieg ausgeht.«

Rufo war selbst überrascht, als die Worte nun ganz leicht über seine Lippen kamen: »Was wollt Ihr wissen?«

☆☆☆

Cadderly kam sich täppisch vor, als er mit seinen unermüdlichen Begleitern durch das Unterholz kroch. Er bedauerte jedoch nicht, daß er sich entschlossen hatte, die zwei zu begleiten, und keiner von ihnen zeigte mehr als ein mißbilligendes Stirnrunzeln, wenn es unter den Schritten des jungen Gelehrten wieder einmal laut knackte.

Sie waren an mehreren Goblin- und Orklagern vorbeigekommen, wo ihre Gegner das Tageslicht verschliefen. Ragnors Truppen hatten nur ein paar nicht besonders aufmerksame Wachen aufgestellt. Elbereths Ziel war genau jener Hain, in dem die Zauberin aufgetaucht war und Ralmariths Tod verursacht hatte. Der Elfenprinz hoffte, dort die Spur aufnehmen zu können.

Sie waren ausgesprochen gut vorangekommen, denn sie hatten sich bis weit über die Dämmerung hinaus ungehindert bewegen können. Als sie Rast machten, wurde der Wald um sie herum still.

Zu still.

Elbereth saß da und betrachtete sein Schwert. »Ich hätte gedacht, es wäre jetzt bereits blutig«, flüsterte er den anderen zu. »Ich habe nicht erwartet, daß wir auf so wenig Widerstand stoßen. Vielleicht sind unsere Feinde nicht so zahlreich, wie sie uns glauben machen wollten.«

Cadderly kam ein unangenehmer Gedanke. »Oder vielleicht ...«, setzte er an, doch er bekam nie die Gelegenheit, seinen Satz zu beenden, denn Elbereth, der im Westen ihres kleinen Lagers eine Bewegung im dichten Gebüsch entdeckt hatte, brachte ihn mit einer Handbewegung zum Schweigen und schlich davon.

Auch Danica war wieder hellwach, doch sie duckte sich tief und sah sich nach Osten um, wo im Schatten ein Zweig zurückgeschnellt war.

»Ich habe ein ungutes Gefühl«, stellte Cadderly fest. Rasch lud er seine Armbrust und nahm die Spindelscheiben in die andere Hand.

»Oger!« rief Elbereth. Cadderly fuhr herum und sah, daß der Elf bereits gegen zwei der gigantischen Wesen antrat. Danica verschwand in den Büschen im Osten, wodurch sie Cadderlys Aufmerksamkeit auf sich zog.

Er drehte sich gerade rechtzeitig wieder um, um zu sehen, wie sich ein Oger mit weit ausgebreitetem Netz auf ihn stürzte. Zehn Ogersätze entfernt stolperte das Monster plötzlich, als Danica aus den Büschen brach und ihre Schulter gegen seine Kniekehle rammte.

Cadderly hörte den gewaltigen Knochen brechen, aber der Oger stand immer noch, wenn auch benommen – bis Danica erneut angriff, hoch in die Luft sprang und ihm einen Doppeltritt gegen die Brust verpaßte. Er flog in ein Brombeerdickicht.

Danica hatte keine Zeit, ihn umzubringen. Eine Gruppe

Orogs mit Orks an der Seite tauchte auf. Danica kämpfte wie besessen, wirbelte herum und trat um sich, so daß ihre Gegner kaum vom Boden aufkamen.

Der erste, der zu Cadderly gelangte, war ein Ork. Der junge Gelehrte hob seine Armbrust, um ihn wegzupusten, entschloß sich aber dann, den Schuß aufzusparen, bis seine Lage wirklich verzweifelt war. Als der Ork sich jetzt langsam näherte und dabei seinen Feind einzuschätzen versuchte, ließ Cadderly seine Spindelscheiben die ganze Schnur hinuntersausen.

Cadderly verstand nicht viel von der Orksprache, aber er hatte beim Lesen einige Worte und Redewendungen mitbekommen. »Guck mal!« sagte er zu dem Ork mit bemüht aufgeregter Stimme und ließ die Scheiben eine weite Schleife beschreiben.

Beinahe hypnotisiert sah der Ork zu.

Cadderly ließ die Scheiben in seine Hand zurückschnellen, führte seine kreisförmige Armbewegung weiter fort und machte einen großen Schritt nach vorn.

Der Ork hob den Kopf, denn er erwartete, die Scheiben in die Luft fliegen zu sehen.

Statt dessen ließ Cadderly sie gerade nach vorn sausen, wo sie seinen Gegner unter dem erhobenen Kinn in die bloßliegende Kehle trafen. Der Ork kippte nach hinten um und griff röchelnd nach seiner zerschmetterten Luftröhre.

Cadderly hatte kaum registriert, daß das Ungeheuer gefallen war, als er hinter sich ein Geräusch hörte. Er fuhr herum und feuerte seine Armbrust auf einen Orog ab, der auf ihn zustürmte. Der Pfeil traf und explodierte, aber das schwergewichtige Monster prallte dennoch gegen Cadderly und riß ihn zu Boden.

Cadderly schlug um sich, bis er mitbekam, daß die Brust des Orogs weit aufklaffte. Er war ziemlich tot.

Elbereth konnte lange Zeit nur parieren und sich der enormen Reichweite der riesigen Oger mit ihren gewaltigen Keulen entziehen. Aus irgendeinem Grund schienen die Monster nicht richtig zuzuschlagen, als ob sie den Elfen nicht gleich zerschmettern wollten.

Nicht, daß der Elf vorgehabt hätte, sich treffen zu lassen.

Ein Ork sprang seitlich, nur einige Fuß von Elbereth entfernt, aus einem Busch und machte sein Netz wurfbereit. Elbereth jedoch war schneller, und sein Seitenhieb schlug dem Monster eine klaffende Wunde ins Gesicht, so daß es davonstolperte.

Hinter dem Elfen war der Kampf voll entbrannt – er hörte einen von Cadderlys Pfeilen losgehen und wußte, daß er sich keine weiteren Verzögerungen mehr leisten konnte. Er wartete auf den richtigen Moment, um dann, wild um sich stechend, zwischen den Ogern durchzubrechen.

Diese Bewegung kam für die Oger so unerwartet, daß sie sich bei dem Versuch, ihm zu folgen, gegenseitig mit ihren Keulen trafen. Eines der unglücklichen Ungeheuer bekam die Keule seines Kameraden auf den Kopf, als es sich bückte, um den Elfen zu packen. Der Oger drehte sich noch zweimal im Kreis, dann fiel er um.

Elbereth hatte sich wieder auf den anderen gestürzt, bevor dieser sich von der Wucht des Schlags und dem Schreck über das Schicksal seines Gesellen erholt hatte. Der Elf sprang direkt vor dem Oger hoch und stieß ihm sein Schwert tief in den Hals. Die magische Klinge bog sich, als sie in die dicke Haut fuhr, aber ihr Stahl erwies sich als stärker als Ogerfleisch.

Das zu Tode getroffene Monster schaffte es noch, im Sterben Elbereth wegzuschlagen, so daß der Elf in das Unterholz zwischen zwei ausladenden Ulmen flog. Elbereth war nicht schwer verletzt, aber als er nach oben sah, hockten im Baum noch mehrere wartende Oger. Verzweifelt wehrte sich der Prinz, als sich das erste Ungeheuer auf ihn fallen ließ.

Danica war bemüht, sich nicht zu weit von ihren Freunden abdrängen zu lassen. Cadderly war immer noch an ihrem Lagerplatz und Elbereth ganz auf der anderen Seite der Lichtung. Die junge Frau trat einen Oger gegen die Kehle und warf einen anderen mit zwei schnellen Schlägen ins Gesicht nieder.

Aber die Gegner waren zu zahlreich. Mit gekreuzten Armen wehrte Danica eine Orogkeule ab, streckte schnell den Arm aus und entwand dem Ungeheuer seine Waffe. Sie riß den Fuß senkrecht nach oben, traf den Orog unterm Kinn und ließ ihn Hals über Kopf nach hinten kullern. Von der Seite stürmte ein Ork heran, und Danica drehte sich blitzschnell um. Ihr Fuß flog schon hoch, um ihn zu treffen.

Da knallte ihr eine Keule ins Kreuz. Der Schlag nahm ihr die Luft. Danica weigerte sich zu fallen und wandte sich störrisch diesem neuesten Ork zu, der sie angriff, aber da brach plötzlich ein Oger aus den Büschen, hielt ihr mit seiner Riesenhand den Kopf fest und drehte ihren Hals gefährlich zur Seite.

Danica wollte sich wehren, doch wieder traf sie die Keule des Orks. Dann ergriffen Orogs ihre Arme und umschlangen sie.

Sie glaubte, ihr Kopf würde platzen, als die große Hand des Ogers noch fester zudrückte und weiter drehte.

Weiter hinten, in der Mitte des Lagers, tropfte warmes Blut über Cadderlys Gesicht und Hals. Bis er sich unter dem toten Orog herausgewühlt hatte, war er von dem abscheulichen Zeug klatschnaß. Er kam auf die Beine und legte einen neuen Pfeil ein.

Eine große Gruppe aus Orogs, Orks und einem einzelnen Oger näherte sich von Osten. Der erschrockene Cadderly wußte nicht, auf wen er zuerst schießen sollte, dann sah er, was der Oger bei sich hatte: Er hielt Danica am Kopf fest, während zwei Orogs ihre Arme gepackt hatten. Der Oger warf einen Blick auf Cadderly und machte einen schnellen Ruck, bei dem sich Danicas Gesicht vor Schmerz verzog.

»Genug!« brüllte ein Ork von etwas weiter hinten. Vorsichtig schob er sich an seinem Ogergefährten vorbei. »Gib auf, oder mein Oger bricht der Kleinen den Hals!«

Cadderly hätte am liebsten die Armbrust gehoben und den arroganten Ork getötet, aber er konnte Danicas gefährliche Lage nicht übersehen. Hilflos sah er zu seiner Liebsten hin. Er dachte an seinen Ring und den vergifteten Pfeil, verwarf diese Idee jedoch. Er hatte nicht einmal seinen Wanderstab dabei, und er bezweifelte, daß die Dosis an dem winzigen Pfeil den großen Oger überhaupt beeinflussen würde.

Dann kam ihm eine andere Idee.

Danica sah ihn neugierig an und warf ihm dann ein sehnsüchtiges Lächeln zu. Cadderly wußte, daß sie verstanden hatte.

Langsam ließ er die Armbrust sinken. Plötzlich jedoch riß er sie wieder hoch und feuerte auf die Schulter des Ogers. Bei der Explosion zuckte der Oger kaum, doch Cadderly wußte, daß er ihn schwer verletzt hatte.

Danica wußte es auch, denn sie merkte, wie sich der Griff des Monsters lockerte. Sie tauchte weg und riß ihrem Häscher die Arme weg, als sie sich fallen ließ. Am Boden duckte sie sich, holte Schwung und schnellte wieder hoch.

Die verblüfften Orogs waren wie vom Donner gerührt, als Danica praktisch über ihnen schwebte. Ehe die Ungeheuer reagieren konnten, hatte die junge Kämpferin schon nach beiden Seiten ausgekeilt. Jeder ihrer Füße traf einen Orog ins Gesicht und ließ ihn davontaumeln.

Danica kam wieder auf dem Boden auf und wirbelte herum. Sie boxte genau auf Schulterhöhe und traf die Lenden des verwundeten Ogers. Das Monster röhrte und wich stolpernd zurück, doch Danica schlug noch einmal zu.

»Haltet sie auf!« schrie der Ork neben ihr. Eine neuerliche Explosion brachte ihn zum Schweigen – mehrere Fuß von seinem vorherigen Standort entfernt.

Nur langsam kamen Orogs auf den jungen Gelehrten zu. Sie fürchteten seine todbringende Armbrust. Cadderly wußte, daß er verloren war, auch wenn er noch gar nicht gemerkt hatte, daß Elbereth nicht mehr kämpfte und daß von hinten eine Horde Orks angerannt kam.

Es fühlte sich wie eine Explosion an, als eine Keule seinen Nacken traf. Seine letzte Wahrnehmung war der Geschmack von Erde in seinem Mund.

Der Nachteil von Fallen

Der Goblin drückte sich lange Zeit rücklings gegen den Baum, hielt sogar die Luft an. Ein Dutzend seiner Kumpane lagen tot am Boden. Es kam ihm vor, als wäre ihr Leben im Handumdrehen erloschen. Der entsetzte Goblin hörte die langsam leiser werdenden Schreie seines einzigen noch lebenden Gefährten, der sich mühte, möglichst weit von dem Schauplatz des Massakers wegzukommen.

Schließlich brachte der verbliebene Goblin den Mut auf, um den Baumstamm herum zu seinen zerstückelten Kameraden hinzuspähen.

Keine Spur von den mörderischen Ungeheuern.

Der Goblin wagte sich ein bißchen weiter hervor und sah sich überall um.

Immer noch nichts.

Er umklammerte immer noch den Stamm, schob sich aber einen Schritt weiter herum.

»Ich wußte, daß du da bist!« schrie ein Zwerg mit gelbem Bart.

Der Goblin wich zurück. Als er den Kopf hob, sah er, wie eine Doppelaxt auf ihn heruntersauste.

Nachdem das erledigt war, sah sich der Zwerg nach seinem Bruder um.

»Hiiilfe!« kreischte der letzte lebende Goblin, der aus Leibeskräften rannte, weil er wußte, daß der Zwerg mit der häßlichen Keule nur wenige Schritte hinter ihm war.

»Ei, ei!« antwortete der Zwerg glücklich.

»Hiiilfe!« Der Goblin rannte schnurstracks auf eine Reihe riesiger Buchen zu, weil er glaubte, zwischen den massigen Stämmen und dicken Wurzeln vielleicht entkommen zu können. Da sah er eine schöne Menschenfrau mit brauner Haut und grünen Haaren, die ihn zu sich winkte. Die Frau zeigte zur Seite, wo ein Tunnel direkt in den einen Baum führte.

Da der Goblin keine Wahl hatte, stellte er keine Fragen. Er senkte seinen grotesken Kopf und stürmte hinein, ohne langsamer zu werden. Er hoffte nur, der Tunnel würde innen nicht schon nach wenigen Fuß abknicken.

Der Goblin traf den Baum wie ein Rammbock. Er prallte zwei Schritte zurück, ohne zu verstehen, daß der Tunnel nichts weiter als eine Dryadenillusion war. Blut floß ihm aus einem Dutzend Wunden in Gesicht und Brust. Fast wäre er ohnmächtig geworden, doch er blieb störrisch stehen, der Narr.

Der Zwerg, der eine Keule schwang, die mehr einem

Baumstamm ähnelte, hielt in seinem Schwung nicht inne. Die Keule traf den Goblin, und der Goblin traf wieder den Baum, diesmal mit noch größerer Wucht. Dieser Aufprall tat jedoch weniger weh, denn das arme Geschöpf war schon tot, bevor es begriffen hatte, was geschehen war.

Pikel Felsenschulter betrachtete das zermalmte Wesen zwischen seiner Keule und der großen Buche. Er fragte sich ernsthaft, wie es einst einem lebenden Goblin geähnelt haben sollte. Dann schaute der Zwerg zu Hammadeen hinüber und stieß ein bewunderndes »Ei, ei!« aus.

Die Dryade reagierte, indem sie errötete und im Wald verschwand.

»Guter Schlag«, stellte Pikels Bruder Ivan fest, als er hinter ihm auftauchte.

Pikel grinste ihn an und kratzte sich am Kopf. Im Gegensatz zu seinem Bruder, der seinen langen Bart in den Gürtel steckte, zog Pikel sich seinen – wie das Haupthaar grün gefärbten – Bart über die Ohren auf den Rücken und flocht ihn mit dem Kopfhaar zu einem langen Zopf zusammen.

»Nur wenige Meilen westlich von hier versehrt ein weiterer Kampf den Wald«, erklang Hammadeens melodische Stimme.

Ivan schüttelte ungläubig den Kopf. »Immer neue Kämpfer!« knurrte er die Dryade an, um dann einen wütenden Blick auf Pikel zu werfen. »Ganz schön blutig, so ein Druidenleben.«

»Hei-jo!« stieß Pikel begeistert aus.

»Wir hatten keinen ruhigen Tag mehr, seit wir diesen stinkenden«, er blickte zu Hammadeen und zog den Kopf ein, »diesen schönen Wald betreten haben.«

Pikel zuckte die Schultern. Er hatte auch keine Erklärung dafür. Die Zwergenbrüder waren wirklich in einen Kampf nach dem anderen geraten, seit sie vor über einer Woche in

Shilmista angekommen waren. Nicht, daß es ihnen etwas ausmachte, gegen solche Gegner anzutreten, aber selbst Ivan machte sich allmählich über die Anzahl der Goblins und Riesen in dem angeblich friedlichen Wald Gedanken.

Die Dryade legte ihr Ohr und ihre sanften Hände an die rauhe Rinde einer Eiche, als ob sie dem Baum zuhören würde. »Der Kampf ist vorbei«, verkündete sie.

»Elfensieg?« fragte Ivan. »Obwohl es mir eigentlich egal ist!« stellte er rasch klar. Ivan war kein Freund der Elfen; für seinen Zwergengeschmack waren sie zu wunderlich und oberflächlich.

»He?« drängte Pikel und stieß seinen Bruder kräftig gegen den Arm, als hätte er Ivan gerade bei einem seltenen Anflug von Mitleid erwischt.

»Sie sind erheblich besser als Orks«, gab Ivan zu, »aber ich würde mit keinem von beiden freiwillig zusammen essen!« Pikel schloß sich mit tiefem Glucksen an, dann wandten sich beide wieder Hammadeen zu.

»Und, haben sie gewonnen?« fragte Ivan noch einmal.

Die Dryade schenkte ihnen nur einen leeren, irgendwie besorgten Blick, hatte jedoch keine Antwort.

»Schätze, wir sollten mal hingehen und sehen, was wir für sie tun können«, sagte Ivan verdrossen. »Wir haben immerhin einen ihrer Toten unter dem brennenden Baum weggeholt – selbst ein Elf hat Besseres verdient, als von den Goblins zum Abendbrot verputzt zu werden!«

Eine gute Stunde später erreichten sie das Schlachtfeld. Pikel sah als erster ein Opfer, einen erschlagenen Ork, in einem dichten Gebüsch.

»Oh!« quietschte der Zwerg entzückt, als er näher trat und noch vier weitere, ähnlich zugerichtete Orks vorfand.

»Oh!« stieß er noch glücklicher aus, als er zwei tote Oger entdeckte, die einige Schritte weiter lagen. Dem einen war die Kehle durchbohrt, dem anderen der Kopf eingeschlagen worden.

»Hier wurde prima gekämpft«, stimmte Ivan zu, der das ganze Gebiet abschritt. Er sah einen toten Ork und einen Orog an einer Stelle liegen, die wie ein kleines Lager aussah, ging aber weiter zu einem Gebiet, wo offenbar noch mehr losgewesen war.

Dort lagen zwei tote Orogs, deren Köpfe fast bis zum Rücken herumgedreht waren, und mehrere Orks und Orogs waren nicht weit von ihnen über den Boden verstreut. Ivan sah sich eine Zeitlang diese Ungeheuer und ihre eigenartigen Wunden an. Keines war von einem Schwert aufgeschlitzt oder von einem Speer oder Pfeil durchbohrt, und selbst die tödlichen knochenbrechenden Treffer stammten von keinem Hammer oder Streitkolben, den der Zwerg je gesehen hatte. Außerdem schien die Tatsache, daß die Hälse beider Orogs auffallend ähnlich verdreht waren, nicht auf Elfenwerk hinzuweisen.

Pikels Ruf ließ den Zwerg herumfahren. Ivans Bruder stand inzwischen am Lager und zeigte aufgeregt auf die Brandwunde eines Orogs. Nur eine Waffe, die Ivan kannte, konnte eine solche Wunde schlagen. Er warf noch einen Blick zu den beiden toten Ungeheuern zurück, denn plötzlich kam ihm Danica in den Sinn.

»Vielleicht Zauberer«, meinte er dennoch, als er zu seinem Bruder ging. »Oder …«

Aber er wurde endgültig eines Besseren belehrt, als Pikel plötzlich den Orog fallen ließ, zu einem Busch rannte und einen bekannten Wanderstab mit Widderkopf herauszog.

»Ui, ui«, sagte Pikel.

»Dryade!« bellte Ivan.

»Es wäre angebracht, in diesem gefährlichen Wald nicht solchen Krach zu machen«, riet Hammadeen, als sie aus einem Baum hinter dem Zwerg auftauchte. Sie zwinkerte Ivan mit sehnsüchtigem Lächeln zu.

»Laß den Quatsch!« knurrte Ivan, aber selbst der grantige Zwerg wurde weich, als Hammadeens entwaffnendes Lächeln einem Stirnrunzeln wich. »Es ist einfach zu wichtig«, erklärte Ivan. »Wer hat hier gekämpft?«

Die Dryade zuckte die Schultern.

»Dann frag deine Bäume!« brüllte der Zwerg. »Waren's Elfen oder Menschen?«

Hammadeen drehte sich ganz kurz um, dann erklärte sie: »Beides.«

»Wo sind sie hin?« fragte Ivan, der sich überall umschaute.

Hammadeen zeigte nach Nordosten, und dann stürmten sie zu dritt, unter Führung der Dryade, in diese Richtung.

Als sie die Häscher einholten, sahen sie erleichtert, daß Cadderly und Danica noch am Leben waren, wenn auch schwer mitgenommen. Danica hatte man an einem Stock festgebunden, den zwei Oger trugen. Die riesigen Monster hatten offenbar reichlich Respekt vor der Frau und hielten gebührenden Abstand, obwohl Danicas Arme und Beine gut gefesselt waren. Einer der Oger hinkte deutlich; der andere war überall zerkratzt und zerschlagen. Die Zwerge konnten leicht erraten, daß diese Ungeheuer das Pech gehabt hatten, an die junge Kämpferin zu geraten.

Hinter ihnen kam Cadderly. Ihm hatte man die Hände auf den Rücken gebunden und eine Kapuze über den Kopf geworfen. Vier Orogs schubsten ihn grob vor sich her. Der letzte in der Reihe war ein Elf, der von einer Horde Orks mitgezerrt wurde. Seine Knöchel waren an ein Stück Holz gefesselt.

»Zu viele«, murmelte Ivan, denn in der Tat umringten mehr als zwanzig eindrucksvolle Gegner ihre hilflosen

Freunde. Er lächelte seinen Bruder an: »Müssen wir eben eine Falle bauen.«

»Ei, ei«, stimmte Pikel zu, und sie rannten los, um einen weiten Bogen um die Karawane zu schlagen. Ein Weilchen später machten sie auf einer kleinen Lichtung halt. Ivan sah sich überall um und kratzte sich den Bart. Er blickte zu einer Ulme mit dicken Ästen auf, zu einem Steinhaufen in einiger Entfernung und dann wieder den Pfad hinunter, auf dem der Zug sich nähern würde.

»Wenn wir ein paar von den Steinen auf den Baum kriegen würden ...«, überlegte der Zwerg. Seine dunklen Augen funkelten, und er klatschte zweimal schnell hintereinander in die Hände. »Rums! Rums! Und zwei Oger weniger!«

»Ui, ui«, flüsterte Pikel warnend und rollte mit den Augen. Ein Kichern aus dem Unterholz bewies, daß die Dryade dieselben Überlegungen anstellte wie der zweifelnde Zwerg.

Ivan hatte keine Zeit, auf Einwände zu hören. Er zerrte seinen Bruder mit, und gemeinsam gelang es ihnen, einen großen Felsen unter den überhängenden Ast zu rollen. Ivan kratzte sich den Bart und überlegte, wie sie den Stein hochhieven sollten, denn an der niedrigsten Stelle war der Ast immer noch acht oder neun Fuß vom Boden entfernt – und das war der unterste Ast der Ulme.

»Du hebst den Stein hoch und kletterst auf meine Schultern«, sagte Ivan. »Pack ihn in die Astgabel, dann klettern wir hoch und machen oben weiter.«

Pikel betrachtete den Stein und den Ast und schüttelte zweifelnd den Kopf.

»Na los!« befahl Ivan. »Willst du, daß Cadderly und Danica als Ogerpicknick enden?«

Unter Ächzen und Stöhnen gelang es Pikel, den zweihundert Pfund schweren Stein bis auf Brusthöhe anzuheben. Ivan legte seinen Helm mit dem Hirschgeweih beiseite, trat hinter Pikel und tauchte mit dem Kopf zwischen den Beinen seines Bruders durch. Der starke Zwerg schob sich mit aller Kraft hoch, bis Pikel schließlich schwankend auf seinen Schultern saß.

»Leg ihn hin! Leg ihn hin!« bettelte Ivan ächzend. Auf seinem schwankenden Platz hatte Pikel jedoch keine Aussicht, den Stein weit genug vom Körper zu schieben, um den dicken Zweig zu erreichen.

»Ich renn drauf zu«, bot Ivan an, der das Dilemma seines Bruders erkannte. Er wich einige Schritte zurück und rannte dann los, damit sein Schwung Pikel helfen konnte.

Pikel strengte sich mächtig an, hielt den Stein auf Armeslänge vor sich und knallte dann gegen den Ast. Ohne das Problem seines Bruders zu bemerken, rannte Ivan weiter, so daß der arme Pikel sich immer weiter strecken mußte. Der Stein fiel hinter dem Ast wieder herunter, genau auf Ivans Kopf zu.

»Hups!« kam Pikels Warnruf. Ivan konnte noch die Arme heben, um das Geschoß abzuwehren, aber dennoch kippte er um, und Pikel hing an den Fingerspitzen vom Ast.

»Uiuiuiui«, jammerte Pikel und fiel, doch er landete einigermaßen weich – auf der Brust seines Bruders.

Die unsichtbare Hammadeen kicherte unüberhörbar, was nicht gerade zu Ivans guter Laune beitrug.

Als sie sich einige Minuten später wieder erholt hatten, versuchten sie, den Felsen mit Hilfe ihrer Seile hochzuziehen. Ein paarmal rutschte er aus der Schlinge, bis sie den Bogen raus hatten, und einmal landete er auf Ivans Fuß. Dann hatten sie ihn schon fest oben, als das Seil riß.

Pikel wackelte mit dem Kopf und schaute nervös den Pfad hinunter, denn die Zeit wurde ziemlich knapp.

»Du bist der Druide!« knurrte Ivan ihn an. »Sag deinem

Baum, er soll sich bücken und das verdammte Ding hochheben.«

Pikel stemmte die Hände in die Seiten und sah ihn entrüstet an.

Ivan versetzte Pikel einen Schlag aufs Auge; Pikel schnappte sich die Hand und biß Ivan in die Fingerknöchel. Kneifend, beißend, tretend – alles, was auf engem Raum möglich war – wälzten sie sich auf dem Boden herum, bis Ivan abließ. Über sein zerklüftetes Gesicht zog sich ein Grinsen, denn ihm war eine Idee gekommen.

»Ich heb dich auf den Baum und werf dir den Stein hoch!« strahlte er.

Pikel sah nach oben, dann grinste er genauso.

Pikel hochzuheben war kein Problem, aber der störrische Felsen war eine andere Sache. Trotz seiner enormen Kraft konnte Ivan den Stein unmöglich so hoch heben, daß Pikel ihn nehmen konnte. Pikel, der allmählich genauso frustriert war wie sein Bruder, drehte sich um, hakte sich mit den Knien am Ast fest und beugte sich so weit wie möglich herunter.

Der Stein traf ihn unsanft vor Gesicht und Brust, aber er schaffte es, auf seinem unsicheren Platz zu bleiben, obwohl er keine Ahnung hatte, wie er sich mit dem schweren Stein aufrichten sollte.

Ivan versprach Hilfe und drängte seinen Bruder weiter. Zu spät fiel ihm auf, daß er genau unter ihm stand.

Pikel hatte sich schon fast aufgerichtet, als seine Beine nachgaben. Ivan schaffte noch einen einzigen verzweifelten Schritt, ehe sein Bruder und der Felsen ihn begruben.

Hammadeens Gelächter erklang lauter.

»Das war's dann!« bellte Ivan und sprang auf. Er packte den Stein, rannte damit auf den Baum zu und warf ihn an die Stelle, wo der Ast aus dem Stamm kam. Der Stein prallte ab, doch Ivan hievte ihn wieder hoch, dann noch einmal und noch einmal.

Pikel saß nur auf der Erde und schaute seinem Bruder ungläubig zu.

Dann blieb der Stein erstaunlicherweise auf der Astgabel liegen und hielt. Ivan drehte sich triumphierend um.

»Sie sind bald da«, stellte er fest und griff nach seinem Seil. »Keine Zeit für einen zweiten Stein.«

»Puh«, flüsterte Pikel in sich hinein.

Sie warfen das Seil über den Ast und kletterten hoch, jeder an einer Seite. Pikel, der weniger Ausrüstung trug als sein Bruder, kam schneller voran, stellte dann seine Sandale auf Ivans Schulter und stieß sich ab. Damit schaffte er das letzte Stück, zog sich rauf und setzte sich hin, ohne daran zu denken, weiter das Seil festzuhalten. Fasziniert sah er zu, wie es vorbeirutschte und Ivan auf den Boden zurückfiel.

Der gelbbärtige Zwerg spuckte Ästchen und Steine aus und fluchte laut – das hätte er wirklich besser wissen sollen!

»Hups«, bot Pikel entschuldigend an.

»Mach das Seil los!« knurrte Ivan. Pikel überlegte sich, ob er seinen wütenden Bruder wirklich in der Nähe haben wollte, und schüttelte den Kopf.

»Mach es los!« brüllte Ivan. »Sonst hau ich den Baum um!« Er hob die Axt auf und machte einen Schritt auf den dicken Stamm zu. Da trat Hammadeen zwischen ihn und sein Ziel.

»Tu das nicht!« warnte die Dryade. Beängstigender für Ivan war jedoch sein Bruder, der Möchtegerndruide, der den Ast bis zur Gabelung heruntergerutscht war, in der der Stein ruhte. Ivan zweifelte nicht daran, daß Pikel ihm den Stein auf den Kopf werfen würde, wenn er den Baum ritzte.

Er verschränkte die kräftigen Arme vor der Brust und

starrte zu Pikel hoch, bis dieser schließlich doch nachgab und das Seil losband. Bald saßen sie gemeinsam auf dem Ast, Ivan ungeduldig und unbequem, aber Pikel, der seinen Platz sehr druidenhaft fand, recht zufrieden.

»Was lachst du da?« wollte Ivan von der lästigen Dryade wissen. Hammadeen tauchte über ihnen auf einem Zweig auf und zeigte nach Norden.

»Die Oger haben einen anderen Weg genommen«, sagte sie. Tatsächlich. Als Ivan und Pikel in den Wald starrten, konnten sie weiter nördlich erkennen, wie die Karawane vorbeizog.

Pikel sah Ivan an, dann den Stein, dann wieder Ivan. Auf seinem engelhaften Gesicht stand ein verdrießlicher Ausdruck.

»Halt –«, setzte Ivan an, hielt jedoch abrupt inne, weil er ganz in der Nähe eine Bewegung in den Büschen sah. Gleich darauf konnte er einen Ork ausmachen, der sich durch die Bäume schob und mit seinem langen Messer Zunder abschnitt. Ivan erkannte, daß der Weg das Ungeheuer in die Nähe der Falle führen würde.

»Lock ihn hier rüber«, flüsterte er Pikel zu.

Sein Bruder quiekte und stieß Ivan einen Finger an die Brust.

»Nein, du!« flüsterte Ivan grimmig und stieß Pikel einfach vom Ast.

»Uiuiuiui!« jammerte der Zwerg, bevor er mit einem Rums auf dem Boden aufsetzte.

Ivan achtete nicht auf seinen Bruder. Ihn kümmerte mehr der Ork, der das Geräusch bemerkt hatte. Langsam schlich er sich heran und hielt sein Messer bereit.

Pikel rollte sich kurz herum, starrte dann zu Ivan hoch, war aber schlau genug, zur anderen Seite der Lichtung zu laufen. Er drehte dem nahenden Ork den Rücken zu, steckte die Hände in die Taschen und begann, unbedarft zu pfeifen.

Das Ungeheuer schlich bis zum Baum, ohne Ivan zu bemerken, der über ihm lauerte. Ein Schritt weiter, noch einer, dann wollte der Ork losstürmen.

Dann war er tot.

Ivan schlang das Seil um den Ast und schwang sich hinunter. Er stellte einen Fuß auf sein zermalmtes Opfer und schlug sich triumphierend mit der Hand an die breite Brust. »Hab doch gesagt, daß es geht!« verkündete er.

Pikel sah den toten Ork an und dann zu dem Ast hinauf. Ein amüsiertes Lächeln umspielte seine Lippen. Ivan wußte, was sein Bruder dachte: Es wäre viel leichter gewesen, einfach hinzugehen und dem Ork den dummen Kopf mit der Axt zu spalten.

»Sag jetzt bloß nix!« knurrte Ivan unheilverkündend. Zum Glück hatte Pikel nie Schwierigkeiten, diesen besonderen Befehl zu befolgen.

»Ich glaube, wir könnten den Stein wieder hochlegen«, fing Ivan an, während er zu der Astgabel blickte. »Wenn ich …«

Pikel sprang ihm an die Kehle, und der Kampf ging weiter. Unbemerkt von den streitenden Zwergen hatte sich ein weiterer holzsammelnder Ork genähert. Er betrat die Lichtung, bemerkte seinen toten Kameraden und beobachtete den Kampf der Titanen. Verlegen schaute er sein armseliges Messer an.

Dann zuckte er die Schultern und ging weiter. Manches vergaß man am besten gleich wieder.

Bewacht

»Cadderly.« Das Wort kam aus großer Entfernung, von jenseits der Bewußtseinsschwelle. »Cadderly«, kam es wieder, drängender.

Der junge Gelehrte bemühte sich, die Augen aufzuschlagen. Er erkannte die Stimme, den liebevollen Blick, die braunen, mandelförmigen Augen. Dennoch brauchte er eine Weile, bis er sich an den Namen der Frau erinnern konnte.

»Danica?«

»Ich hatte schon Angst, du würdest nie mehr aufwachen«, erwiderte Danica. »Du hast wirklich eine schlimme Beule am Hinterkopf.« Daran zweifelte Cadderly nicht; selbst die kleinste Drehung des Kopfes tat ihm weh.

Langsam kam er richtig zu sich. Er war in einem Zelt aus Tierhäuten. Seine Hände waren auf seinem Rücken gefesselt. Danica, ebenfalls gefesselt, saß aufrecht und hatte Cadderlys Kopf und Schultern auf ihren Schoß gebettet. Es waren keine Wachen zu sehen, aber der junge Mann hörte draußen das kehlige Grunzen von Orks und Orogs, und dieses Geräusch führte unweigerlich dazu, daß ihm der Kampf und seine letzte Verzweiflungstat wieder einfielen, bei der er in die Schulter des Orogs geschossen hatte.

»Sie haben uns nicht umgebracht?« fragte er verwirrt. Er bewegte die Hände und spürte, daß er immer noch seinen Federring trug.

Danica schüttelte den Kopf. »Sie hatten wohl den Befehl, es nicht zu tun – strengen Befehl«, erwiderte sie. »Der Ork, der dich niedergeschlagen hat, wurde von den Orogs bestraft, weil er dich so schwer getroffen hat. Alle hatten Angst, du würdest nicht mehr aufwachen.«

Cadderly dachte kurz darüber nach, fand aber keine Lösung für dieses Rätsel. »Elbereth?« fragte er mit deutlicher Panik in der Stimme.

Danica schaute zum rückwärtigen Teil des Zelts. Mit einer gewissen Anstrengung gelang es Cadderly, sich ebenfalls umzudrehen. Elbereth, der Elfenprinz, erschien in diesem Moment ganz und gar nicht königlich. Schmutzig und blutbefleckt saß er da, mit gesenktem Kopf. Man hatte ihm die Arme an die Knie gebunden, und eines seiner Augen war so stark geschwollen, daß er es nicht aufbekam.

Er spürte ihre Blicke und hob den Kopf.

»Es ist meine Schuld«, gestand er. Seine erstickte Stimme war kaum mehr als ein Flüstern. »Ich bin es, den sie gesucht haben, einen Elfenprinzen gegen Lösegeld.«

»Woher willst du das wissen?« versuchte Danica ihn zu beruhigen, aber in ihrer Stimme lag wenig Überzeugungskraft – Elbereths Schlußfolgerung erschien vollkommen logisch. Der Elf ließ den Kopf wieder sinken und schwieg.

»Orogs«, murmelte Cadderly, der seinem Gedächtnis auf die Sprünge helfen wollte. Er hatte einiges über diese Ungeheuer gelesen und suchte jetzt nach Gründen für ihre Lage. Waren er und seine Gefährten vielleicht Gefangene, weil sie in einem schrecklichen Ritual geopfert werden sollten? Sollten sie einem Orog zum Abendessen aufgetischt werden? Keine Erklärung bot viel Trost, und dann zuckte Cadderly erschrocken zusammen, als die Zeltklappe zurückgeworfen wurde.

Es war kein Orog, der aus dem Dämmerlicht hereinspazierte, sondern ein riesiger Mensch mit bronzefarbener Haut und goldenem Haar. Eine seltsame Kreatur war in der Mitte seiner Stirn über seinen eisblauen, stechenden Augen eintätowiert.

Cadderly musterte ihn durchdringend, weil er glaubte,

daß die Tätowierung – er erkannte den Remorhaz, einen Polarwurm - ihm etwas sagen müßte.

Der Hüne starrte Danica so lüstern an, daß es ihr Schauer über den Rücken jagte und in Cadderly die Mordlust weckte. Dann stieß er die junge Frau barsch beiseite. Mühelos ergriff er Cadderly mit einer Hand vorn an der Tunika und zog den jungen Gelehrten auf die Beine.

»Weißer Wurm«, murmelte Cadderly, der unbewußt laut dachte. Seine Worte entsprangen der schieren Überraschung über die Größe des Mannes. Er war fast einen Fuß größer als Cadderly, der selbst schon sechs Fuß maß, und gut hundert Pfund schwerer. Dabei war kein Quentchen Weichheit an seinem mächtigen Körper zu erkennen.

Das Stirnrunzeln des bronzehäutigen Riesen wurde rasch zu einem bedrohlichen Knurren. »Was weißt du vom Weißen Wurm?« fragte er. Er sprach beinahe ohne jeden Akzent, was Cadderly erstaunlich fand. Außerdem trug der Mann aufwendige Kleider aus Seide und anderem guten Material, wie ein Adliger – oder ein Diener am Königshof. Der Mann schien sich in ihnen recht wohl zu fühlen – zu wohl, fand Cadderly, für einen Barbaren.

»Was weißt du?« wollte der Mann wissen. Wieder hob er Cadderly mit einer Pranke vom Boden hoch.

»Das Zeichen auf deiner Stirn«, keuchte Cadderly. »Es ist ein Remorhaz, ein weißer Wurm, ein seltenes Tier, selbst im Norden, und im Schneeflockengebirge und den Leuchtenden Ebenen völlig unbekannt.«

Die finstere Miene des Mannes entspannte sich nicht. Er beäugte Cadderly, als wartete er darauf, daß der junge Priester seine Erklärungen weiter ausführte.

Dann raschelte es an der Tür, und sofort stellte der Hüne Cadderly auf den Boden. Herein trat eine schwarzhaarige Frau, ihren Roben nach eine Zauberin. Sie erinnerte Cadderly etwas an eine jüngere Pertelope, bis auf den Umstand, daß ihre Augen nicht haselbraun, sondern bernsteinfarben waren, und daß sie ihr Haar länger und weniger gepflegt als die ordentlich frisierte Großmeisterin trug. Und während Pertelopes Nase pfeilgerade war, war die der Zauberin offensichtlich einmal gebrochen und für immer seitlich verkrümmt.

»Willkommen, lieber Cadderly«, sagte die Zauberin, was sowohl der junge Gelehrte als auch Danica mit einem überraschten Blick aufnahmen. Selbst Elbereth regte sich. »Hat Euch Euer Besuch in Shilmista gefallen? Ich weiß, daß Kierkan Rufo gern nach Hause ginge.«

Danica zog hörbar die Luft ein, als Rufos Name fiel. Cadderly drehte sich zu ihr um, denn er sah ihren Zorn voraus und wollte ihn vorläufig abwenden.

»Ja, ich kenne Euren Namen, kleiner Priester der Erhebenden Bibliothek«, fuhr die Frau fort, die ihre Überlegenheit genoß. »Ihr werdet schon noch sehen, daß ich vieles weiß.«

»Dann seid Ihr im Vorteil«, wagte Cadderly zu bemerken, »denn ich weiß nichts von Euch.«

»Nichts?« Die Frau lachte. »Wenn Ihr nichts von mir wüßtet, wärt Ihr sicher nicht ausgezogen, mich zu töten.« Diesmal konnten Cadderly und Danica ihr Staunen nicht mehr verbergen.

Cadderly hörte Danica murmeln: »Rufo.«

»Ich möchte nicht sterben, müßt Ihr wissen«, sagte die Zauberin sarkastisch.

Nicht, wie Barjin gestorben ist, vernahm der junge Gelehrte eine Stimme. Er sah sich nach Danica um, doch dann begriff er, daß die Worte telepathisch gewesen waren, keine hörbare Kommunikation. Die unerwartete Verbindung zu dem getöteten Priester ließ tausend Fragen aufkeimen. Cadderly unterdrückte sie jedoch schnell und fragte sich angestrengt, ob jemand oder etwas wirklich mit ihm geredet hatte, oder ob diese innere Stimme seine eigene war, die vernünftigerweise die Zauberin derselben Verschwörung zurechnete wie den toten Priester.

Cadderly sah die ältere Frau von oben bis unten an. Ihr Kleid war völlig unauffällig, ganz anders als Barjins reich geschmückte Klerikerrobe. Der junge Gelehrte reckte den Hals, um einen besseren Blick auf die Ringe der Zauberin werfen zu können. Sie trug drei, von denen einer offenbar eine Inschrift aufwies.

Die Zauberin lächelte ihn an, zwang ihn zum Blickkontakt und steckte dann demonstrativ beide Hände in die Taschen.

»Immer neugierig«, murmelte sie, jedoch laut genug, daß Cadderly sie hören konnte. »Genau wie der andere.«

Dieser vergleichende Satz überraschte Cadderly.

»Ja, kleiner Priester«, fuhr die Frau fort, »Ihr werdet Euch als wertvolle Informationsquelle erweisen.«

Cadderly wollte ihr vor die Füße spucken – sein Zwergenfreund Ivan hätte das sicher getan –, aber er brachte den Mut nicht auf. Seine Miene sprach allerdings Bände.

Aber der verächtliche, kompromißlose Ausdruck wich der Verzweiflung, als die Zauberin ihre Hand wieder aus der tiefen Tasche zog. Sie hielt etwas, das in Cadderlys Augen etwas Grauenvolles war.

Dorigen hob Cadderlys todbringende Armbrust, spannte sie, lud einen explosiven Pfeil und zielte auf Danica. Cadderly hielt die Luft an – scheinbar minutenlang.

»Ihr werdet tun, was ich befehle«, sagte die Zauberin, deren Miene plötzlich eisig geworden war. »Sagt es!«

Cadderly konnte überhaupt nichts sagen, denn er brachte keinen Ton heraus.

»Sagt es!« schrie die Zauberin und deutete wieder mit der Armbrust auf Danica. Für einen Sekundenbruchteil glaubte Cadderly, sie habe den Auslöser bedient, und fast wäre er ohnmächtig geworden.

»Ich werde tun, was Ihr befehlt!« schrie er verzweifelt, sobald ihm klar war, daß die Armbrust nicht abgeschossen war.

»Nein!« brüllte Danica ihn an.

»Eine Informationsquelle«, sagte die Zauberin wieder, und ihre Lippen verzogen sich zu einem beruhigenden Lächeln. Sie sprach ihren bronzehäutigen Diener an. »Mitnehmen.«

Die störrische Danica war augenblicklich aufgesprungen, um sich zwischen Cadderly und den Riesen zu stellen., Sie zerrte an ihren Fesseln, war jedoch nicht in der Lage, die Hände zu befreien, so daß sie statt dessen nach dem großen Mann treten mußte.

Seine Behendigkeit und seine schnelle Reaktion überraschten die junge Frau. Er hatte sich geduckt, noch während Danica den Fuß hochriß, und konnte ihr Bein gut festhalten. Eine leichte Drehung seiner mächtigen Arme brachte die junge Frau aus dem Gleichgewicht, so daß sie vor Schmerz die Zähne zusammenbeißen mußte. Der Hüne schleuderte die Kämpferin beiseite, was ihn nur ein beiläufiges Händezucken kostete.

»Genug!« befahl die Zauberin. »Bring sie nicht um.« Sie bedachte Cadderly mit einem boshaften Lächeln. »Keine Angst, kleiner Priester. Ich werde doch nicht die töten, die mir gestattet, Euch wie eine Marionette zu kontrollieren! Ah, jetzt habe ich, was ich wollte, und obendrein noch einen Elfenprinzen dazu! Ja, ich kenne auch Euch, Elbereth, und zweifle nicht daran, daß Ihr bald wieder mit Eurem Volk vereint sein werdet. Ihr seid ein viel zu gefährlicher

Gefangener, als daß ich Euch behalten würde.« Dorigen lachte höhnisch. »Nun, zumindest Euer Kopf wird bald wieder bei Eurem Vater sein.«

Bei ihren Worten fing Elbereth wieder an, an seinen straffen Fesseln zu zerren. Die Zauberin lachte ihn laut aus. »Mitnehmen!« sagte sie wieder zu dem Krieger und zeigte auf Cadderly.

Der Hüne ergriff Cadderly, bevor Danica reagieren konnte, und nahm ihn in den Schwitzkasten. Die andere Hand des großen Mannes war frei, falls sich die wütende Frau zu einem neuen Angriff entschließen sollte.

»Bleib da«, rief Cadderly hilflos, und Danica gehorchte, weil sie sah, daß der Krieger Cadderly mühelos den Hals brechen konnte.

»Bleib da«, wiederholte der Riese. »Du kommst erst, wenn du gerufen wirst.« Sein laszives Grinsen ließ Danica wieder einen Schauer über den Rücken laufen.

Hinter dem Hünen runzelte die Zauberin die Stirn. Danica erkannte die Eifersucht in ihrem Blick.

Auf das knappe Kommando der Zauberin stellten sich zwei Orogs im Zelt auf, als sie und ihr riesiger Lakai mit Cadderly im Schlepptau abzogen.

Im letzten Tageslicht konnte Cadderly erkennen, daß der schöne Wald von Shilmista verwüstet war. Bäume, die hundert Jahre gelebt hatten, waren umgerissen und zerbrochen. Der junge Gelehrte war überrascht über das Ausmaß seines Entsetzens. In der Erhebenden Bibliothek hatte er selbst Feuerholz benutzt, hatte eine Blume vom Wegrand gepflückt und sie Danica gereicht, ohne einen weiteren Gedanken daran zu verschwenden. Aber an Shilmista war etwas Majestätisches, wie es Cadderly zuvor nie gekannt hatte, eine wilde, natürliche Schönheit, die schon ein Fußabdruck zu stören schien.

Als er die Orogs und Orks durch den Wald trampeln sah, wurde Cadderly das Herz schwer.

Er erkannte einige von ihnen, meist an ihren Wunden – zum Beispiel einen Oger mit deutlichem Hinken und einem dicken Verband um die Schulter. Auch das Ungeheuer bemerkte Cadderly und verzog unheilverkündend das häßliche Gesicht.

Das Zelt der Zauberin lag auf der anderen Seite des Lagers. Von außen sah es wie eine einfache Behausung aus Tierhäuten aus, aber drinnen wurde deutlich, daß diese Zauberin einen Hang zum Luxus hatte. Der Tisch und die vier Stühle waren mit Plüsch bezogen; das Bett war dick und weich – für diese Frau gab es nicht nur eine Decke auf dem Boden. Auf einem Teewagen an der Seite stand silbernes Eßgeschirr.

Der bronzehäutige Riese setzte Cadderly grob auf einen der Stühle.

»Du kannst jetzt gehen, Tiennek«, sagte die Zauberin und ließ sich gegenüber von Cadderly nieder.

Tiennek schien dieser Gedanke nicht besonders zu gefallen. Stirnrunzelnd sah er Cadderly an und rührte sich nicht von der Stelle.

»Los, verschwinde!« schalt seine Herrin und wedelte mit der Hand. »Glaubst du, ich kann mich vor seinesgleichen nicht schützen?«

Tiennek beugte sich zu Cadderly herunter und stieß ein drohendes Knurren aus. Dann verbeugte er sich tief vor seiner Herrin und ging.

Cadderly rutschte ein wenig hin und her, damit die Zauberin merkte, daß ihm seine Fesseln unangenehm waren. Es war Zeit, daß seine Feindin merkte, daß er kein Feigling war, mit dem sie umspringen konnte, wie ihr in den Sinn kam. Cadderly war allerdings nicht sicher, ob er diese Fassade aufrechterhalten konnte, besonders, da Danicas und Elbereths Leben so unmittelbar von ihm abhingen.

Die Zauberin beobachtete ihn lange, dann murmelte sie lautlos ein paar Worte. Cadderly merkte, wie die Fesseln an seinen Handgelenken sich lösten, und bald waren seine schmerzenden Arme frei.

Sein erster Gedanke galt dem Federring. Wenn es ihm gelang, den Pfeil herauszubekommen und die Zauberin damit zu stechen …

Dann verwarf er diesen Plan. Er wußte nicht einmal, ob das Drowschlafgift noch wirkte. Wenn sein Angriff fehlschlug, würde die Zauberin ihn zweifellos hart bestrafen – oder, was wahrscheinlicher war, seine hilflos ausgelieferten Freunde quälen.

»Er ist ausgesprochen kultiviert für einen Barbaren«, versuchte er die Zauberin abzulenken.

Diese lachte spöttisch. »Gute Schlußfolgerungen, wie zu erwarten«, sagte sie, mehr zu sich selbst als zu Cadderly. Wieder ließ ihr Tonfall Cadderly aufmerken.

»Das Zeichen auf seiner Stirn, meine ich«, stammelte Cadderly, der etwas aus der Fassung geraten war. »Tiennek gehört zum Weißen Wurm, einem Barbarenstamm, der im Schatten des Großen Gletschers lebt.«

»Wirklich?« gurrte die Zauberin und beugte sich vor, als wollte sie Cadderlys erstaunliche Enthüllungen noch besser hören.

Der junge Gelehrte erkannte, daß sein Manöver sinnlos war.

Die Zauberin lehnte sich wieder bequem zurück. »Ihr habt recht, kleiner Priester«, sagte sie ernsthaft. »Erstaunlicherweise. Nur wenige in dieser Gegend würden den Remorhaz überhaupt erkennen, geschweige denn ihn mit der Tätowierung eines Barbarenstamms in Verbindung bringen, der nie südlicher vordringt als bis zu den Galenas. Ich gratuliere Euch, wie Ihr mir gratuliert habt.«

Cadderly zog fragend die Brauen hoch.

»Tienneks Manieren sind tatsächlich ungewöhnlich«, erklärte die Zauberin, »weitab von dem, was man von den wilden Kriegern des Weißen Wurms erwarten würde.«

»Ihr habt ihm dieses Benehmen beigebracht«, fügte Cadderly hinzu.

»Es war notwendig, damit er mir ordentlich dienen kann«, erläuterte die Zauberin.

Diese belanglose Konversation machte Cadderly kühn genug, um eine Anschlußfrage zu stellen: »Und so dient er seiner Herrin ...?«

»Dorigen«, sagte die Zauberin. »Ich heiße Dorigen Kel Lamond.«

»Aus?«

Wieder kam ihr spöttisches Lachen. »Ja, Ihr seid wißbegierig«, sagte sie mit wachsender Erregung. »Ich habe viel zu viel Übung mit einem, der Euch viel zu ähnlich ist, als daß Eure Worte mich einwickeln könnten.« Schnell lenkte sie die Unterhaltung ins Beiläufige zurück. »So viele Dinge sind so schnell geschehen, und Cadderly Bo–«, brach Dorigen ab. Sie lächelte, als sie seine Reaktion sah. Ja, erkannte Dorigen, der junge Priester wußte wirklich nichts über seine Herkunft, nicht einmal seinen Nachnamen.

»Vergebt mir bitte«, fuhr Dorigen fort. »Trotz all meines Wissens fürchte ich, daß ich Euren Nachnamen nicht kenne.«

Cadderly sackte zusammen, denn er begriff, daß Dorigen ihn anlog. Was bedeutete diese einzelne Silbe, die die Zauberin versehentlich verraten hatte? Wußte Dorigen etwas über seine Eltern? Aber er beschloß, sich nicht zum Narren halten zu lassen. Das würde Dorigen nur noch mehr Autorität verleihen, etwas, was er und seine Freunde nicht gebrauchen konnten.

»Cadderly aus Carradoon«, antwortete er knapp. »Das ist alles.«

»Wirklich?« neckte Dorigen. Der junge Gelehrte mußte sich Mühe geben, seine Neugier zu verbergen.

Dorigen brach das anschließende Schweigen mit herzlichem Lachen. »Laßt mich ein paar Eurer Fragen beantworten, kleiner Priester«, sagte sie und zeigte in die Luft über ihrer Schulter.

Druzil, das Teufelchen, nahm Gestalt an.

Cadderly erkannte es sofort; es war dasselbe kleine Ungeheuer, das Pikel unten in den Katakomben der Bibliothek vergiftet hatte. Also bestand eine Verbindung zwischen Barjin und dieser Zauberin. Jetzt begriff Cadderly auch die telepathische Stimme, die er zuvor gehört hatte. Sofort blickte er auf Dorigens Hand mit dem Siegelring, den er jetzt erkannte, nachdem er wußte, was darauf abgebildet sein mußte. Der Dreizack mit den Flaschen, die Abwandlung von Talonas heiligem Symbol, das für die Erhebende Bibliothek so schnell zum Zeichen der Zerstörung geworden war.

»Sei mir gegrüßt, kleiner Priester«, sagte das Teufelchen mit rauher Stimme. Druzils gespaltene Zunge zuckte schlangengleich zwischen seinen spitzen gelben Zähnen hervor. Lüstern starrte er Cadderly an, wie ein Oger ein Stück Hammelbraten anstarren würde. »Ich nehme an, es ist dir gut gegangen?«

Cadderly zuckte nicht mit der Wimper, denn er wollte keine Schwäche zeigen. »Und du hast dich von deinem Flug gegen die Wand erholt?« entgegnete er nur.

Druzil knurrte und machte sich unsichtbar.

Dorigen lachte wieder. »Sehr schön«, gratulierte sie Cadderly. »Druzil ist normalerweise nicht so leicht einzuschüchtern.«

Noch immer verzog der junge Gelehrte keine Miene. Er spürte, wie etwas in seine Gedanken eindrang, eine geistige Verbindung, die von dem Teufelchen ausging.

»Laßt ihn ein«, wies Dorigen ihn an. »Er fordert Euch heraus. Habt Ihr Angst zu erfahren, wer der Stärkere ist?«

Cadderly verstand nicht, aber da er immer noch entschlossen war, keine Schwäche zu zeigen, schloß er die Augen und baute seine geistige Verteidigung ab.

Er hörte Dorigen leise singen, hörte Druzil kichern, dann spürte er, wie sich ein Zauber über ihn legte. Sein Geist wurde undurchdringlich schwarz, als hätte man ihn an einen leeren Ort gebracht. Dann erschien in der Ferne ein Licht, eine glänzende, funkelnde Kugel, die auf ihn zuschwebte.

Sein Geist beobachtete neugierig, wie die Kugel sich näherte, ohne daß er die Gefahr begriff. Dann war sie bei ihm, Teil seiner Gedanken, versengte ihn wie eine Flamme! Tausend feurige Explosionen durchzuckten sein Gehirn, tausend brennende, qualvolle Schläge.

Cadderly verzog das Gesicht, warf sich auf seinem Stuhl herum und riß die Augen auf. Durch eine dunkle Wolke sah er die Zauberin, auf deren Schulter das grinsende Teufelchen saß. Der Schmerz wurde schlimmer. Cadderly schrie auf und befürchtete, bewußtlos zu werden – oder zu sterben, was er sich beinahe wünschte.

Wieder schloß er die Augen, versuchte, sich zu konzentrieren und einen Weg zu finden, die Qualen zu mildern.

»Schiebt es weg«, kam aus der Ferne eine Stimme, die Cadderly als Dorigens erkannte. »Nutzt Euren Willen, kleiner Priester, und schiebt das Feuer weg.«

Der junge Gelehrte hörte sie und verstand ihre Worte,

aber er konnte in dem Schmerz kaum einen Anhaltspunkt finden. Er holte tief Luft und hämmerte mit den Fäusten auf den Tisch, um sich irgendwie von dem feurigen Lichtball abzulenken.

Es brannte immer noch. Er hörte Druzils höhnisches Kichern.

Cadderly versuchte, die ihm bekannten Meditationstechniken anzuwenden, versuchte, das Licht auszuschließen, wie er die Außenwelt ausschließen konnte, Stückchen für Stückchen.

Es funktionierte nicht. Druzil lachte wieder höhnisch.

Ärger ersetzte die Leere der Meditation, zerstörte jeden Gleichmut, den der junge Gelehrte bereits aufgebaut hatte. Das Licht wurde sein Feind; er redete sich ein, daß es Danica angreifen würde, sobald es ihn vernichtet hatte.

»Nein!« knurrte er, und plötzlich bewegte sich die Kugel wirklich davon, aus der Leere heraus, die er betreten hatte. Das Feuer flackerte noch eine Weile am Rand, dann verschwand es aus Cadderlys Geist. Der Schmerz war vergangen, und Druzil lachte nicht mehr.

Cadderly bemerkte eine andere Leere, ein anderes schwarzes Loch, und wußte instinktiv, daß es zu dem Teufelchen gehörte, das ihm solchen Schmerz bereitet hatte. Sein Ärger ließ nicht nach; der glitzernde Lichtball bewegte sich auf die Schwärze zu.

»Genug«, hörte er Druzil rufen, worauf Dorigen nur lachte.

Cadderly zwang die Kugel in Druzils Gedanken. Das Teufelchen kreischte auf, was den jungen Gelehrten nur noch mehr anspornte. Er würde keine Gnade zeigen; er würde Druzil das Feuer aufzwingen, bis es das Teufelchen aufgefressen hatte!

Dann war plötzlich alles vorbei. Cadderly fand sich an

dem Tisch gegenüber von Dorigen und Druzil wieder. Das Teufelchen taumelte. Aus vorquellenden Augen starrte es den jungen Gelehrten mordlustig an.

»Ausgezeichnet!« Dorigen klatschte in die Hände. »Ihr seid wirklich mächtig, wenn Ihr Druzil besiegen könnt, der das Spielchen beherrscht. Vielleicht sogar mächtiger als Euer –« Sie brach ab und warf Cadderly einen herausfordernden Blick zu. »Ihr werdet Euch neben mir gut machen.«

Wieder spielte der junge Gelehrte nicht mit. »Ich diene Talona nicht«, erklärte er. »Niemals, um keinen Preis der Welt.«

»Wir werden ja sehen«, erwiderte Dorigen. »Tiennek!«

Augenblicklich war der Barbar bei Cadderly, riß ihm unsanft die Arme auf den Rücken und fesselte seine Hände so fest, daß das Seil ihm ins Fleisch schnitt. Der junge Gelehrte wurde hochgehoben und einfach weggetragen.

Cadderly setzte sich mühsam auf, nachdem der Barbar ihn in das andere Zelt geworfen hatte.

»Wie ist es dir ergangen?« fragte Danica, als der Barbar – nicht ohne der jungen Frau noch einen lüsternen Blick zuzuwerfen – verschwunden war. Sie rutschte zu Cadderly und lehnte ihren Kopf an den seinen.

Cadderly, dem immer noch unzählige Fragen durch den Kopf gingen, antwortete nicht.

Danica warf einen besorgten Blick zu Elbereth.

»All meine Studien umsonst«, klagte sie.

Ungläubig blickte Cadderly sie an.

»Körperstarre«, erklärte Danica. »Wenn ich dieses Stadium erreichen könnte, mein Herz verlangsamen, bis sein Schlagen nicht mehr wahrnehmbar ist ...«

Cadderlys ungläubiger Blick ließ nicht nach.

»Aber ich kann es nicht«, sagte Danica niedergeschlagen.

»Es ist noch zu schwer.« Das klang, als hielte sie ihr Schicksal bereits für besiegelt. Auch Cadderly ließ den Kopf hängen.

»Ich werde diese Zauberin umbringen«, hörte Cadderly den Elfen fauchen.

»Und ich ihren Riesenlakai«, fügte Danica hinzu, die jetzt wieder etwas entschlossener klang. Das tröstete Cadderly, der jetzt mehr über Tiennek wußte, allerdings wenig.

»Er gehört zum Weißen Wurm«, sagte er.

Danica zuckte die Schultern. Das sagte ihr nichts.

»Ein Barbarenstamm im Norden«, erklärte Cadderly. »Kriegerisch, lebt – überlebt – unter lebensfeindlichen Bedingungen. Und Tiennek – so heißt er – ist ein Kura-Winter, ein Elitekrieger, wenn ich mich nicht irre.«

Danica verstand immer noch nicht, wieso das von Bedeutung sein sollte.

»Nimm dich vor ihm in acht«, sagte Cadderly grimmig. »Unterschätze ihn nicht. Um dieses Zeichen auf der Stirn zu bekommen, mußte Tiennek einen Polarwurm töten, einen Remorhaz, mit nur einer Hand. Er ist Elitekrieger aus einem Kriegerstamm.« Die verstörte, besorgte Miene des jungen Gelehrten machte Danica nervöser als jedes seiner Worte.

»Nimm dich vor ihm in acht«, wiederholte Cadderly.

☆☆☆

»Da ist das Lager«, flüsterte Ivan Pikel zu, »auch wenn ich keine Lust habe, nachts im Wald mit Orks zu kämpfen.«

Pikel wackelte zustimmend mit dem Kopf. Zwerge waren mehr an die Dunkelheit tiefer Höhlen gewöhnt – eine ganz andere Situation als ein sternenbeschienener Wald.

»Wir könnten sie kurz vor dem Morgengrauen angreifen«, meinte Ivan schließlich. »Ja, das könnte klappen. Aber es sind zu viele. Wir können nicht einfach losstürmen. Wir brauchen einen Plan.«

»Ui, ui.«

Ivan sah seinen zweifelnden Bruder wütend an, doch seine Miene hellte sich beträchtlich auf, als ihm ein Gedanke kam. Er zog seinen Helm mit dem Hirschgeweih vom Kopf, fischte einen kleinen Hammer aus einer unergründlich tiefen Tasche und begann, den Lack wegzukratzen, der die Geweihstangen an Ort und Stelle hielt.

Pikel wackelte ängstlich mit dem Kopf. Er mochte gar nicht hinsehen.

Ivan hatte bei der Herstellung seines Helms ordentliche Arbeit geleistet, und es dauerte lange, bis er den Lack soweit entfernt hatte, daß er eine Geweihstange abdrehen konnte. Schließlich hatte er sie gelöst und reichte sie Pikel. Danach setzte er den jetzt etwas einseitigen Helm wieder auf.

»Wenn wir losgehen, hältst du ihn hoch und bleibst ganz nah bei mir«, wies Ivan ihn an.

Pikel wartete vorsichtshalber, bis Ivan sich ein Stück entfernt hatte, um die Umgebung auszukundschaften, ehe er wieder »Ui, ui« sagte. Irgendwo hinter ihm im Schatten der Bäume kicherte die unsichtbare Hammadeen.

»Uiuiuiui«, sagte der Hirsch

Obwohl er vollkommen aufgewühlt war, ließ seine Erschöpfung Cadderly schließlich in einen tiefen, traumlosen Schlaf fallen, aus dem ihn erst Danicas Schrei wieder aufschreckte.

Der junge Gelehrte fuhr ruckartig hoch und entdeckte eine riesenhafte Gestalt, die sich über Danica beugte. Sofort wußte er, daß Tiennek zurückgekommen war.

Cadderly wollte seiner Freundin helfen, doch jemand packte roh seine Handgelenke und riß sie schmerzhaft hinter ihm hoch.

»Wenn sie sich wehrt, brichst du dem Priester die Arme«, sagte Tiennek. Mit einem Blick zu Cadderly hörte Danica auf zu zappeln. Tiennek warf sich die junge Frau über die Schulter und ging nach draußen, flankiert von zwei Orogs. Der dritte von ihnen gab Cadderlys Armen noch einen letzten schmerzhaften Ruck und wollte dann ebenfalls das Zelt verlassen. Störrisch stand Cadderly wieder auf, doch der Orog fuhr herum und warf ihn mit einer Ohrfeige zu Boden.

Die Welt drehte sich vor Cadderlys Augen. Er bemerkte Elbereth, der immer noch weiter hinten im Zelt saß und sich heftig, aber vergeblich, wand. Die Handgelenke des Elfen waren so fest an seine Knie gebunden, daß er nicht einmal aufstehen konnte.

Knurrend, denn er konnte sich kaum noch beherrschen, wollte Cadderly sich wieder erheben, doch der Orog trat ihm in die Rippen, so daß er wieder umkippte. Der junge Mann sah sich nach allen Seiten um, nach seinem Federring, nach Elbereth, doch es gab keinen Ausweg. Danica war fort und in Gefahr, und Cadderly hatte keine Möglichkeit, etwas dagegen zu tun.

»Nein!« fauchte er, womit er einen weiteren Tritt von dem Orog erntete. »Nein! Nein!« Aber trotz aller Hartnäckigkeit und trotz seiner Wut klangen Cadderlys Worte hohl, eine lächerliche Rache.

☆☆☆

Danica wehrte sich nicht, solange sie sich auf Tienneks riesiger Schulter befand. Sie würde abwarten, beschloß sie, und warten, bis sie mit dem bronzefarbenen Mann allein war. Jedenfalls hoffte sie, daß sie mit Tiennek allein sein würde. Seine Absichten waren ebenso offensichtlich wie ekelhaft, aber der Gedanke, daß Orogs daneben stehen würden, war ihr vollends unerträglich.

Tienneks Zelt war das dritte und größte im Lager. Es stand in der Mitte des hinteren Teils und diente gleichzeitig als Versorgungslager der feindlichen Truppen. Zu Danicas tiefer Erleichterung ließ der blonde Barbar die Wachen draußen stehen und bahnte sich dann einen Weg durch die Fässer und Kistenstapel zu einem Haufen Decken und Pelze in der Zeltmitte.

Eine Öllampe in der Ecke spendete etwas Licht; in der Luft hing deutlicher Fleischgeruch.

Tiennek setzte Danica ab, sanfter, als die junge Frau erwartet hatte. Er starrte in ihre Mandelaugen und strich über ihr rotblondes Haar.

Mitspielen, mahnte sich Danica, obwohl sich jede Faser ihres Körpers sträubte. »Binde mich los«, flüsterte sie dem riesigen Barbaren zu. »Das ist besser für uns beide.«

Tienneks Riesenhand fuhr über Danicas glatte Wange, fast ohne sie zu berühren, so daß ihr trotz ihres Abscheus Schauer über den Rücken liefen.

»Binde mich los«, flüsterte sie wieder

Tiennek lachte sie aus. Seine sanfte Berührung wurde zu einem eisernen Griff, mit dem er ihr Gesicht festhielt und ihr fast den Kiefer brach. Danica zuckte zurück, konnte sich einen Augenblick losreißen, wurde jedoch sofort zurückgezerrt, diesmal an ihrem dichten Haar.

»Hältst du mich für verr–« Er brach abrupt ab, als Danica ihm das Knie in die Lenden rammte. Sie mußte hochspringen, um ihr Ziel überhaupt erreichen zu können.

Tiennek verzog nur kurz das Gesicht, dann stieß er die Frau zurück. Es gelang ihr, stehen zu bleiben und dem Mann einen Tritt in seinen steinharten Bauch zu verpassen, als er sich näherte.

Tienneks Gesicht nahm einen mörderischen Ausdruck an. Er schien den Tritt gar nicht bemerkt zu haben, aber aus seinem leichten Hinken schloß Danica, daß ihr erster Angriff etwas ausgerichtet hatte.

Diesmal griff Danica sein Knie an, doch sie mußte mitten im Tritt abbrechen und sich ducken, weil Tiennek ihr mit der Faust ins Gesicht schlagen wollte. Sie konnte gerade noch ausweichen, doch die zweite Hand des wendigen Barbaren kam schneller und klatschte gegen ihre Wange.

Das Zelt drehte sich. Danica ging in die Knie. Tiennek hatte sie und konnte mit ihr machen, was er wollte. Solange ihr die Hände gebunden waren, konnte sie gegen einen so mächtigen Krieger nichts ausrichten. Sie zerrte an ihren Fesseln, ohne auf das Brennen zu achten, mit dem das grobe Seil an ihren Handgelenken scheuerte. Mit aller Kraft kämpfte sie um ihre Freiheit.

Viel Zeit verstrich. Danica fühlte, wie ihr das warme Blut über die Hände rann. Warum hatte Tiennek seinen Angriff nicht fortgesetzt?

Danica wagte einen Blick über die Schulter. Der Hüne

humpelte davon. Ihr erster Stoß mit dem Knie hatte seine lüsternen Absichten offenbar durchkreuzt, jedenfalls vorläufig.

Der Barbar rief einen riesigen Orog ins Zelt und befahl ihm, Danica zu bewachen, sie jedoch nicht anzurühren, solange sie nicht zu entkommen suchte. Dann allerdings, erklärte Tiennek mit einem eindeutigen Blick, dürfe der Orog mit der Gefangenen anstellen, was er wollte.

Der Barbar musterte Danica eindringlich. »Gib mir deine Waffen«, befahl er dem Orog. Dieser fuhr zurück und legte abwehrend eine Hand auf sein Schwert.

»Gib sie her!« knurrte Tiennek. »Die da nimmt sie dir ab und tötet dich damit, kein Zweifel.« Mit einem lauten Fluch händigte ihm der Orog sein Schwert und den langen Dolch aus seinem Stiefel aus.

Dann war der bronzefarbene Mann verschwunden, und der Orog kam zu Danica und stellte sich neben sie. Sein stinkender Atem ging kurz und keuchend. »Kleine Pause, Süße«, flüsterte er hoffnungsvoll, denn er hoffte, daß bei seiner Aufgabe ein bißchen Spaß abfallen könnte.

»Könntest du mir auf die Beine helfen?« fragte Danica nach einer Weile unschuldig. Sie vermutete, daß Tiennek vor Tagesanbruch zurück sein würde, bevor Dorigen bemerkte, was geschehen war, und sie wußte, daß die Sonne schon bald aufgehen würde.

Der Orog zog sie unsanft an den Haaren hoch, bis sie stand. »So besser?« knurrte er. Wieder traf sein stinkender Atem Danicas Gesicht.

Danica wußte, daß sie jetzt handeln mußte oder nie. Sie hoffte, ihre Fesseln weit genug gelockert zu haben – es mußte einfach gelingen, denn wenn sie versagte, würden die Folgen einfach unvorstellbar gräßlich sein.

Die junge Frau nahm all ihre Disziplin und all ihren Mut

zusammen. Sie ließ sich fallen, als ob sie umkippte. Der Orog versuchte instinktiv, sie aufzufangen, aber Danicas Beine waren nur gebeugt, und sie sprang an dem überraschten Monster vorbei, zog die Knie bis zur Brust hoch und ihre gebundenen Hände unter den Füßen durch. Noch in der Landung setzte sie zum ersten Angriff an, bei dem sie dem Orog ihren Fuß unters Kinn rammte.

Das Ungeheuer schnappte nach Luft und wich zurück. Danica stand schon wieder. Ihre Hände waren immer noch gefesselt, aber jetzt vor ihr. Der verblüffte Orog war kaum verletzt. Wütend griff er wieder an. Danica verlangsamte seinen Ansturm beträchtlich, indem sie ihm vor die Brust und dann vors Knie trat. Sie ballte die Hände zusammen und schlug das Monster zweimal ins Gesicht. Der Oger konnte nur noch seine Arme vors Gesicht ziehen und versuchen, sich zu schützen.

Wie Danica erwartet hatte, ging er dann zum Gegenangriff über. Ungeschickt stürzte er sich auf sie, erwischte jedoch nur Luft, weil Danica längst zurückgewichen war. Bevor ihr Gegner sich wieder fangen konnte, schlug Danica zu. Sie warf sich direkt über die Schulter des Orogs, überschlug sich dabei und hakte dem Monster die gefesselten Hände um seinen dicken Hals.

Unter dem gnadenlosen Zug kippte der Orog nach hinten. Ein Menschenhals wäre unter dieser Belastung gebrochen. Bald erkannte Danica, daß sie unmöglich lange genug festhalten konnte, um ein so dicknackiges, muskelbepacktes Ungetüm zu ersticken. Der Orog erholte sich bereits wieder und zerrte an Danicas Handgelenken, um das würgende Seil von seinem Hals zu entfernen.

Danica sah ihre Chance entgleiten. Sie sah sich um, sah aber nichts, was einer Keule oder einem Messer glich. Da kam ihr eine verzweifelte Idee. Urplötzlich löste sie ihren

Griff, überließ sich dem Zerren des Orogs und kippte nach vorn, bis sie dem Monster ins Gesicht sah. Wie vorherzusehen, holte der Orog aus.

Danica fing seinen Schwinger ab und riß ihn zur Seite, dann ließ sie sich fallen, drehte sich und ließ den Orog über sich stürzen. Sie warf sich gleichfalls hin, führte seinen Sturz, bis er mit dem Kopf in einem offenen Wasserfaß landete. Das Monster tauchte bis zum Bauch unter, und Danica drückte ein Bein zwischen seine strampelnden Beine und hielt sich mit aller Kraft fest.

Das Ungeheuer war viel stärker als sie, aber Danica rief Kräfte zur Hilfe, die der Orog nicht einmal annähernd verstand. Sie stemmte ihre Beine gegen den Rand des Fasses und klammerte sich zusätzlich mit den Händen fest, um mehr Halt zu haben. Die Hände des Orogs kamen über den Rand, und er zog gewaltig, aber Danica blieb, wo sie war. Ihre festen Beine bildeten die Klammer, mit deren Hilfe sie sich halten konnte.

Ihr Gegner traf sie immer wieder, aber sie erinnerte sich selbst daran, daß er nicht lange durchhalten konnte.

Dennoch kam es der erschöpften, zerschlagenen Frau wie eine Ewigkeit vor, solange der Orog um sein Leben kämpfte und seinen Kopf aus dem Wasser reißen wollte. Ein Knie schlug ihre Nase blutig, ein Fuß kratzte so gewaltsam an ihrem Kopf lang, daß Danica sich schon fragte, ob ihr ein Ohr abgerissen war.

Dann war es vorüber. Beinahe überrascht blieb Danica noch einige Sekunden an ihrem Platz, um ganz sicherzugehen. Ihr war klar, daß Tiennek bald wiederkommen würde. Triefend naß, mit Tränen in den Augen und stark blutender Nase stellte sie fest, welche Seite des Zelts der günstigste Ausgang war und eilte darauf zu. Im Laufen nagte sie an ihren Fesseln.

Der Ork rieb sich die schläfrigen Augen und schaute nach Osten, wo hoffentlich bald die Sonne aufgehen und seine ermüdende Wache beenden würde. Direkt vor ihm, im Süden, lag eine Wiese mit hohem Gras, auf der nur hin und wieder ein Baum stand.

Das Dämmerlicht war noch nicht besonders hell, als der Ork ein fernes Rascheln hörte und dann das Geweih sah, das langsam durch das Gras zog. Zuerst hob das Ungeheuer seinen Speer, weil es dachte, einen feinen Wildbraten in Wurfweite zu haben. Dann zwinkerte er und rieb sich die Augen. Wie konnte ein Hirsch mit einem so großen Geweih in dem nur drei Fuß hohen Gras versteckt sein?

Das Geweih glitt vorwärts, war aber immer noch ein ganzes Stück entfernt. Es näherte sich dem Stamm eines knorrigen Apfelbaums; dann zwinkerte der Ork erneut, als die Geweihstangen an dem Hindernis vorbeikamen – auf jeder Seite eine.

»Molargro«, rief der Ork nach dem Wachhauptmann, einem Orog. Der große, häßliche Orog, der sich am Lagerfeuer die krummen Zehen wärmte, warf dem Posten einen gleichgültigen Blick zu und wandte sich wieder ab.

»Molargro!« rief der Ork wieder, diesmal drängender. Der Orog stand widerwillig auf und kam herüber, ohne auch nur seine ausgelatschten Stiefel anzuziehen.

»Hirsch«, meinte der Ork, als der Orog ankam. Er zeigte auf das näherrückende Geweih.

»Hirsch?« fragte Molargro und kratzte sich den riesigen Kopf. »Puh, bist du blöd«, sagte er kurz darauf. »Was für ein Hirsch sagt denn ›uiuiuiui‹?«

Beide verzogen verwirrt das Gesicht. Sie blickten zu dem Geweih zurück und fragten gleichzeitig: »Uiuiuiui?«

Die Antwort erhielten sie einen Sekundenbruchteil später von Ivans großer Axt und Pikels Baumstammkeule.

Danica, die am Rand des Lagers durch die Büsche schlich, hatte das Zelt der Gefangenen schon fast erreicht, als Alarmschreie ertönten. Zuerst nahm sie an, daß Tiennek den toten Orog gefunden hatte, doch dann hörte sie durch den ganzen Tumult ein »Ui, ui!«, gefolgt von einem schweren Schlag und dem Grunzen eines verwundeten Ogers.

»Wie kann das sein?« fragte sie sich, aber da sie im Moment keine Zeit zum Nachdenken hatte, stand sie auf und rannte das restliche Stück, bis sie vorsichtig unter den lose befestigten Zeltwänden hindurchschlüpfen konnte. Auf halbem Wege hielt sie inne und kroch zur Seite, denn Tiennek und ein Ork betraten hastig das Zelt.

»Bring den Menschen zu Dorigen!« befahl der Barbar, der auf Cadderly zeigte. Dann zog er Elbereths schön geschmiedetes Schwert aus dem Gürtel und grinste böse: »Um den Elfen kümmere ich mich.«

Als Cadderly fortgeschleppt wurde, wollte Danica zuerst wieder hinausschlüpfen, das Zelt umrunden und ihm zur Hilfe kommen. Diesem Drang mußte sie jedoch widerstehen, denn Tienneks Absicht, was Elbereth anging, war unübersehbar. Der Barbar machte einen langen Schritt auf den Elfen zu, aber dann stand plötzlich Danica zwischen ihnen.

»Flieh!« hörte sie Elbereth hinter ihrem Rücken sagen. »Ich akzeptiere mein Schicksal. Stirb nicht für mich.«

Tienneks Schock verschwand so schnell, wie er brauchte, um sein spöttisches Lächeln aufzusetzen. »Der Orog ist tot?« fragte er ohne großes Bedauern. Er nickte, als wäre er nicht im mindesten überrascht.

Danicas Miene wurde weder weicher, noch rührte sie sich aus ihrer geduckten Verteidigungshaltung. Tiennek zeigte mit dem Schwert in ihre Richtung.

»Ein großer Verlust, fürchte ich«, sagte er lauernd.

»Meine Liebe, ich hätte dir Wonnen bereiten können, die du dir nicht vorstellen kannst.«

»Ich bin nicht deine Liebe!« knurrte Danica und trat ihn so hart gegen die Brust, daß er einen Schritt zurückwich.

»Ein großer Verlust«, sagte der Barbar nochmals. Ihm hatte kurz der Atem gestockt, doch ansonsten hatte der Tritt ihm nicht geschadet. Er zog ein kleines Netz aus dem Gürtel, das er über seine freie Hand legte.

Danica umkreiste ihn vorsichtig, denn sie begriff, welche katastrophalen Folgen es haben konnte, wenn sich ihr Fuß bei einem Tritt in diesem Netz verfing. Sie suchte nach Schwächen, doch sie fand keine. Der riesige Barbar hielt das schlanke Elfenschwert, als wäre es für ihn gemacht; er blieb in perfektem Gleichgewicht, während er sich drehte, um mit der jungen Frau Schritt zu halten.

Danica stürmte vor und setzte zum Tritt an, warf sich dann aber plötzlich zu Boden und schlug mit beiden Beinen gegen Tienneks Knöchel. Der Barbar konnte noch einen Fuß zur Seite setzen, stolperte aber tatsächlich, als Danicas Füße schwungvoll den anderen trafen. Er fing sich schnell wieder und kam auf sie zu, denn er wollte auf die kühne Frau einschlagen und gleichzeitig mit dem Netz ihre Tritte abwehren.

Danica war jedoch nicht so dumm, ihren Angriff fortzusetzen. Sie stand schon wieder, bevor Tiennek seinen ersten Schlag landen konnte.

»Ich bin der Stärkere«, spöttelte der Barbar. »Besser bewaffnet und ebenso erfahren. Du hast keine Chance.«

Danica hatte Mühe, sich zu überzeugen, daß der große Mann nicht die Wahrheit sagte. Sie hatte ihm zahlreiche gute Treffer verpaßt, doch er hatte kaum gezuckt. Sie sah, wie leicht er mit dem Schwert umging, und hatte seinen eisenharten Griff bereits zu spüren bekommen.

Dann kam er genau auf sie zugerannt, schlug und stieß brutal zu, während er das Netz um seine zuckende Klinge schwenkte.

Danica duckte sich und rollte weg, wehrte einen Stoß ab, obwohl sie dabei eine Armwunde bekam, und zog sich schließlich weit zurück.

»Flieh!« schrie Elbereth, der vergeblich an seinen Fesseln zerrte. Er rollte sich herum, trat aus, zog mit den Armen, bis sie bluteten, doch die störrischen Seile wollten ihn nicht aus ihrem schmerzhaften Griff lassen.

Danica war froh, daß Tiennek sie weiter verfolgte. Der Barbar hätte sich leicht umdrehen und Elbereth umbringen können, bevor sie nah genug war, sich einzumischen.

»Er stirbt, sobald ich mit dir fertig bin«, erklärte Tiennek, als ob er ihre Gedanken gelesen hätte. »Sobald er zugesehen hat. Sobald ich dich genommen habe!« Elbereths Stöhnen zauberte ein neues Lächeln auf die Lippen des grausamen Barbaren.

Tiennek griff wieder an, aber Danica war auf der Hut. Sie hob einen Fuß, als ob sie geradeaus treten wollte, zielte aber dann zur Seite und ließ dadurch die stützende Mittelstange des Zelts brechen. Über ihnen fiel das Dach in sich zusammen und machte Tienneks Angriff zunichte.

Der Barbar schlug um sich, um die herunterhängenden Häute hoch genug zu heben, falls Danica ihn angreifen wollte, doch die junge Frau war nicht zu sehen.

»Eine ordentliche Jagd!« rief Tiennek aus, der sich nicht einschüchtern ließ. »Und ein Preis, der es wert ist.« Er marschierte los, wobei er vor sich das Zeltdach wegstieß. Danica hätte leicht aus dem eingebrochenen Zelt schlüpfen können, doch damit hätte sie Elbereth hilflos zurückgelassen. Der furchtlose Barbar, der diesen Kampf schon gewonnen glaubte, machte keinen Hehl daraus, wo er sich gerade befand. Und Danica, die verzweifelt etwas suchte, um in diesem ungleichen Kampf zu bestehen, beschloß, das gegen ihn zu verwenden.

☆☆☆

»Du nimmst den da!« befahl Ivan und zeigte auf einen fliehenden Ork.

Pikel trat hinter einem Baum hervor und dem Ork in den Weg. Mit beiden Händen hielt er das schlanke Ende der Keule, holte dann aus, schlug den abwehrend erhobenen Arm des armseligen Orks weg und traf den Kopf seines Gegners so fest, daß der knochige Hals brach. »Ei, ei!«

»Hinter dir!« gab Ivan zurück, und Pikel fuhr herum. Diesmal zermalmte er einen Orkkopf zwischen der Keule und dem Baum. Der Schädel brach mit einem ekelhaften Geräusch.

Daß er seinem Bruder Ratschläge zubrüllte, hielt Ivan nicht von eigenen ungestümen Attacken ab. Er stand auf dem Rücken des gefallenen Ogers und schlug auf die Orogs und Orks ein, die ihn umringten. Der Oger war noch nicht ganz tot, und jedesmal, wenn er stöhnte oder sich bewegte, trat Ivan noch einmal fest zu.

Pure Grausamkeit ersetzte die Taktik, als der Zwerg die Ungeheuer mit tödlichen Schlägen seiner mächtigen Axt in Schach hielt. Einem Ork gelang es, Ivan zu erreichen und dem Zwerg fest die Keule über den Kopf zu ziehen.

Ivan lachte nur, dann warf er seinen Angreifer mit einem Hieb beiseite, bei dem eine Schneide seiner Doppelaxt den Brustkorb des Orks halb durchtrennte.

☆☆☆

Tiennek hörte auf, um sich zu schlagen, und ging langsamer vor, wobei er jeweils das eingestürzte Zeltdach vor sich anhob. »Ich bin kein schwächlicher Kämpfer aus der Zivilisation«, sagte er drohend. »Ich bin Kura-Winter!«

Er spürte eine Bewegung, ein Einsacken des Zeltdaches seitlich von sich und machte einen kurzen Schritt in diese Richtung. Er hob eine Hand so hoch, daß das Dach nicht einsackte, und bückte sich, so tief er konnte.

Er sah Danicas Beine unter den tiefhängenden Häuten, nur wenige Fuß entfernt. Er hatte genug von diesem Spiel, denn er wußte, daß er draußen im Kampf gebraucht wurde.

»Ich kenne deine Tricks!« schrie er, warf das Dach hoch und stürmte mit dem Schwert voran auf Danica zu. Er grinste, denn er wußte, daß seine große Reichweite der Frau keine Gelegenheit lassen würde, sich zu wehren.

Er ahnte allerdings nicht, daß Danica die abgebrochene untere Hälfte der Mittelstange in den Händen hielt, einen unbeholfenen Speer, der länger war als sein Schwert.

Ungläubig riß der Barbar die Augen auf, als er sich auf Danicas Waffe aufspießte.

»Vielleicht nicht alle«, sagte die Frau eisig. Sie trieb die Stange tiefer hinein und drehte daran.

Das Schwert fiel dem Barbaren aus der Hand; das Netz in seiner anderen Hand baumelte lose. Tiennek ging in die Knie, und Danica ließ los.

Der Speer hielt den Riesen in seiner knienden Position. Über ihm sank das Zeltdach herab – ein passendes Leichentuch.

Danica zögerte nicht. Der arme Elbereth, der blind im hinteren Teil des eingestürzten Zelts saß, würde einfach warten müssen. Die junge Frau riß sich zusammen und strampelte sich ins Freie.

Die Dämmerung war schon fast vorbei, es war früher Morgen. Orogs und Orks stolperten verwirrt herum. Nur eine Gruppe lieferte sich einen wilden Kampf mit den Gebrüdern Felsenschulter, die jetzt Rücken an Rücken auf dem gestürzten Oger standen. Cadderly war drüben auf der anderen Seite, wo ihn immer noch der Ork mitzog.

Danica rannte ihrem Freund entgegen, kam dann aber schlitternd zum Stehen, als plötzlich die Zauberin neben dem Zelt auftauchte, das Tiennek benutzt hatte. Dorigen führte einige Gesten aus, hielt etwas, das Danica nicht erkennen konnte, in der ausgestreckten Hand vor sich und sprach die auslösenden Worte.

Danicas Instinkt ließ sie zwischen zwei Bäume abtauchen, noch während der Blitzschlag der Zauberin losging. Er spaltete den einen der kleinen Bäume, prallte von dem anderen ab und versengte ihn dicht über dem Kopf der Frau, die platt am Boden lag. Augenblicklich sprang Danica auf und rannte weiter, aber schon folgte Dorigens zweiter Angriff.

Klebrige Fäden erfüllten die Luft, senkten sich um Danica herab und blieben an den Bäumen und Büschen und allem anderen hängen, um ein dichtes Netz zu bilden. Danica kroch in jede mögliche Richtung und nutzte ihre Schnelligkeit und ihre Beweglichkeit, um immer einen Schritt vor der zuschlagenden Falle zu bleiben.

Dann war sie dem Netz entkommen, wenn auch etwas von ihrem ursprünglichen Kurs abgewichen. Dorigen war nicht mehr weit weg. Danica hörte Flügel schlagen, sah aber nichts. Plötzlich wurde Druzil unmittelbar vor ihr sichtbar. Der Stachelschwanz des Teufelchens traf ihre Schulter.

Die Wunde war lächerlich, nur ein Kratzer, aber die plötzliche kribbelnde Taubheit und das Brennen in Danicas Arm verrieten ihr, daß das Gift seine Wirkung tat. Sie sank rückwärts an einen Baum. Druzil flatterte vor ihr herum, lächelte boshaft und wackelte mit seinem Schwanz, als ob er noch einmal angreifen wollte.

Cadderlys Freude beim Anblick von Ivan und Pikel wurde durch den Umstand getrübt, daß die Zwerge beide Hände voll zu tun hatten und den Ork nicht davon abhalten konnten, ihn zu Dorigen zu schleppen. Das Ungeheuer hielt Cadderlys Arm unnachgiebig fest, obwohl es mehr nach dem Kampf seiner Kameraden schielte als nach seinem Gefangenen.

»Ich bin allein«, murmelte Cadderly. Als der Ork den Griff ein wenig lockerte, sah der junge Mann eine Gelegenheit, sich loszureißen.

Aber sie verstrich, ohne daß Cadderly den Mut aufgebracht hätte, es wirklich zu versuchen. Er hörte eine Explosion an der Seite und sah, wie Dorigen Blitz und Donner zauberte, obwohl er ihr Ziel nicht genau erkennen konnte.

Die nächste Chance bot sich, als sie sich dem Feuer näherten, und diesmal war Cadderly bereit. Er stolperte und fiel dem Ork vor die Füße. Stöhnend tat er so, als ob er sich verletzt hätte. Als das überraschte Ungeheuer nach ihm griff, schwang er seine Beine zwischen die des Orks, umklammerte dessen Knie und schob mit aller Kraft. Der überrumpelte Ork schlug kopfüber neben ihm hin. Kein überwältigender Angriff vielleicht, aber wirksam – um so mehr, als nur wenige Fuß entfernt noch das Lagerfeuer glühte. Funken stoben in alle Richtungen, als der Ork in die Glut fiel. Kreischend kam er wieder hoch und schlug nach den Funken, die an seinen Kleidern hafteten.

Cadderly rappelte sich auf und warf sich von hinten auf seinen Gegner, um ihn noch einmal ins Feuer zu stoßen. Diesmal kam der Ork auf der anderen Seite hoch, rannte davon und kümmerte sich nicht mehr um den jungen Gelehrten.

»Bravo, Jungchen!« hörte Cadderly Ivan rufen. Er drehte sich gerade rechtzeitig um, um zu sehen, wie der Zwerg mit einem wuchtigen Überkopfschlag einen Orog fast in zwei Teile schlug. Cadderly war stolz auf seinen Einfallsreichtum, aber trotz allem befand er sich immer noch unbewaffnet mitten auf einem Schlachtfeld – und seine Hände waren ihm noch auf dem Rücken zusammengebunden! Er schoß zur ruhigsten Seite hinüber, wo er hinter einem Wassertrog Deckung suchte.

☆☆☆

Danica kehrte ihre Gedanken nach innen. Sie stellte sich das Gift als kleines, teuflisches Tier vor, das in ihre Schulter biß. Ihr Werkzeug waren ihre Muskeln, die sie immer wieder anspannte und drehte, um den heimtückischen Eindringling aus der Wunde zu treiben.

Das teuflische Gift war hartnäckig, es nagte und brannte, doch Danica besaß weit mehr Entschlossenheit als jeder normale Mensch. Ihre Muskeln arbeiteten genau aufeinander abgestimmt, schoben das Gift zur Seite, dann wieder ein Stück zurück. Sie stellte sich die offene Wunde als Tür vor, durch welche sie ihren Gegner nach unermüdlicher Anstrengung schließlich hinausdrängte.

Schwindelwellen überrollten sie, als sie die Augen aufschlug. Wieder sah sie Druzil, der immer noch drohend mit dem Stachelschwanz wedelte. Seine Miene war jetzt deutlich weniger eingebildet. Danica folgte dem überraschten Blick des Teufelchens zu ihrer Schulter. Dort rann ihr die schwarze Flüssigkeit, die aus der Wunde gequollen war, den Arm herunter.

Druzils Schwanz peitschte zurück, um dann vorwärts zu schießen, aber Danicas Angriff, ein Faustschlag nach vorn, kam schneller. Das Teufelchen drehte sich wild flatternd im Kreis.

Danica wollte davonlaufen, mußte sich jedoch einen Moment an einem Baum abstützen, um nicht umzufallen. Sie sah, wie die Zauberin das verdatterte Teufelchen aufsammelte und mit einem weiteren Spruch begann. Diesmal streckte sie ihre geschlossene Faust Danica so entgegen, daß ein Onyxring deutlich zu sehen war.

Danica zwang sich vorwärts, ignorierte ihre Benommenheit und konzentrierte sich nur darauf, Dorigen zu erreichen.

Aber die Zauberin änderte urplötzlich ihren Plan und murmelte statt dessen ein paar kurze Sätze. Schimmerndes blaues Licht erschien, Dorigen und Druzil traten hindurch und waren verschwunden.

☆☆☆

Die sechs verbliebenen Orogs hatten nicht die Absicht, den Kampf mit den brutalen Zwergen fortzusetzen. Sie ergriffen gemeinsam die Flucht, doch Ivan und Pikel blieben ihnen auf den Fersen. Sobald die Ungeheuer die Lichtung überquert hatten, kletterten sie auf einen Baum, denn sie glaubten, daß die Zwerge mit ihren Rüstungen es beim Klettern schwerer haben würden.

Ivan und Pikel blieben vor dem Baum stehen. Pikel hopste herum und versuchte, einen Zweig zu erreichen, um sich hochzuziehen. Ivan hatte etwas anderes im Sinn. Er legte den Kopf seiner großen Axt zwischen seine Füße, spuckte in beide Hände, nahm die Waffe wieder hoch und schritt auf den Stamm zu.

»Mh-mh«, knurrte Pikel, der Möchtegerndruide, schüttelte den Kopf und hielt die Arme schützend vor den kostbaren Stamm.

»Was? Bist du meschugge?« schrie Ivan. »Sind verdammt große Orks da oben, Brüderchen. Verdammt groß!«

»Mh-mh.« Pikels Tonfall war kompromißlos.

Der Streit war eine Sekunde später gelöst, als Cadderly in der Ferne ein schimmerndes blaues Feld sah, aus dem Dorigen trat und einen Spruch auf das Lager richtete.

»Achtung, die Zauberin!« schrie der junge Gelehrte. Pikel konnte gerade noch erwidern: »He?«, bevor der Zauber losging und Baum und Zwerge in einen Feuerball tauchte.

Cadderly sprang hinter dem Trog hervor und rannte zu seinen Freunden.

Pikel tauchte als erster aus dem Scheiterhaufen auf. Seine Kleider und sein Gesicht waren rußgeschwärzt, sein Bart war angesengt und stand wild in alle Richtungen ab. Ivan folgte ähnlich aufgelöst. Schlimmer dran waren die Orogs, die in den Zweigen des blattlosen, verbrannten Baums geröstet worden waren.

»Bumm!« sagte der Druidenzwerg. Ivan kippte vornüber auf den Boden.

Cadderly wollte auf ihn zulaufen, doch Pikel hielt den jungen Gelehrten zurück, indem er eine Hand ausstreckte und zu dem großen Zelt ganz hinten zeigte. Dort kam gerade Danica aus dem Unterholz getaumelt.

Cadderly rannte zu ihr, während Pikel sich um seinen Bruder kümmerte.

Danicas Gesicht wirkte so blaß, so zart, daß Cadderly vor Wut fast aufgeschrien hätte. Die junge Frau versicherte ihm, daß es ihr gutginge – oder gehen würde –, aber dann sank sie ihm in die Arme und schien kurz vor einer Ohnmacht zu stehen.

Voller Schuldgefühle fragte sich der junge Gelehrte, wieso bei allen Neun Höllen er sie an diesen furchtbaren Ort inmitten eines Krieges gebracht hatte.

Enthüllungen und unwillige Verbündete

Cadderly sah die schwarze Flüssigkeit, die aus Danicas Wunde quoll, und machte sich noch mehr Sorgen. Er hatte gesehen, wie der Stich des Teufelchens Pikel zu Fall gebracht hatte. Ohne den Heilzauber eines Druiden wäre der Zwerg gestorben. Wie konnte ein Mensch ein Gift überleben, das stark genug war, einen Zwerg zu überwältigen?

Danicas Arm zuckte. Noch mehr von dem schlimmen Zeug floß heraus, vermischt mit ihrem Blut. Ihr Atem ging langsamer, so daß Cadderly es mit der Angst bekam, bis er merkte, daß sie sich mit Hilfe einer Konzentrationstechnik beruhigte. Dann schlug sie die Augen auf und lächelte ihn an. Ohne daß er den Grund begriff, wußte er, daß sie es schaffen würde.

»Ein tückischer Stich«, flüsterte sie. »Und es brennt ...«

»Ich weiß«, antwortete Cadderly liebevoll. »Ruh dich aus. Der Kampf ist gewonnen.«

Danica schaute an Cadderly vorbei. Sie konnte ein Kichern nicht unterdrücken. Der junge Gelehrte drehte sich um und verstand, denn Ivan und Pikel rannten – von Kopf bis Fuß mit Ruß verschmiert – durch das Lager und durchsuchten die Leichen ihrer Feinde.

Danica setzte sich auf, atmete tief durch und schüttelte heftig den Kopf. »Das Gift ist raus«, erklärte sie mit plötzlich wieder fester Stimme. »Ich habe es besiegt, es aus meinem Körper gezwungen.«

Cadderly war so erstaunt, daß ihm die Worte fehlten. Er schüttelte langsam den Kopf und schärfte sich ein, Danica unbedingt später zu fragen, wie sie das geschafft hatte. Aber das hatte Zeit bis später, bis friedlichere Umstände herrschten. Im Moment hatte Cadderly andere Sorgen.

»Dorigen ist entkommen«, sagte er. Danica nickte und begann, an den Fesseln an ihren Handgelenken zu arbeiten.

»Verstehst du nicht?« fuhr Cadderly fort, der sich in seine Erregung hineinsteigerte. »Sie hat meine Armbrust. Die Waffe ist in die Hände eines Feindes gefallen!«

Danica wirkte nicht sonderlich besorgt. »Wir sind am Leben und wieder frei«, sagte sie. »Das ist alles, was zählt. Wenn du wieder in einen Kampf gerätst, wirst du auch ohne diese Waffe einen Weg zum Sieg finden.«

Danicas Vertrauen in seine Genialität rührte Cadderly, aber sie hatte ihn nicht verstanden. Er fürchtete nicht um sich selbst. »Sie hat die Armbrust«, sagte er wieder. »Und die explosiven Pfeile.«

»Wie viele?«

Cadderly dachte kurz nach, überlegte, wann er Pfeile verschossen hatte, und wie viele er während seines Aufenthalts in Shilmista nachgemacht hatte. »Sechs, glaube ich«, sagte er. Dann seufzte er erleichtert auf. »Aber die Flasche mit dem restlichen Wuchtöl hat sie nicht. Die habe ich im Elfenlager gelassen.«

»Dann sei unbesorgt«, meinte Danica, die seine Bedenken immer noch nicht begriff.

»Sei unbesorgt«, wiederholte Cadderly sarkastisch, als ob sein Problem auf der Hand läge. »Sie hat sie – verstehst du nicht, was das heißt? Dorigen könnte sie nachbauen lassen, eine neue …« Er brach ab, denn er verstand die Reaktion seiner Freundin nicht. Danica zeigte hinter ihn. Wieder sah er über die Schulter.

Nicht einmal die Zwerge waren zu sehen. Cadderly begriff nicht.

»Der Baum«, erklärte Danica. »Sieh dir den Baum an.«

Cadderly tat, was sie gesagt hatte. Die stolze Ulme, die noch vor wenigen Minuten im Grün des Spätsommers geleuchtet hatte, war nun ein verkohltes Skelett. An zahlreichen Aststümpfen brannten noch kleine Feuer. Aufsteigende Hitze ließ die Luft um und über dem Baum flimmern. Verkohlte Orogs lagen übereinander und schienen an den schwarzen Gliedern ineinanderzuschmelzen.

»Glaubst du, eine Zauberin, die zu so entsetzlicher Zerstörung fähig ist, wäre von deiner winzigen Armbrust beeindruckt?« erklärte Danica ruhig. »Wäre die Armbrust – in Dorigens Augen – den Aufwand wert?«

»Sie hat damit auf dich gezielt«, wandte Cadderly ein, doch noch bevor Danica das Gesicht verzog, wußte er, daß diese Drohung mit der Armbrust nur ihm gegolten hatte.

»Deine Armbrust ist eine gute Waffe«, sagte Danica sanft, »aber eine so mächtige Zauberin wie Dorigen braucht so etwas nicht.«

Cadderly konnte diese Schlußfolgerung nicht widerlegen, aber er konnte auch nicht darüber hinwegsehen, daß eine von ihm ersonnene Waffe gegen einen Unschuldigen erhoben werden könnte, vielleicht gar gegen jemanden, der ihm nahestand. Wieder war die Armbrust für ihn ein Symbol des Wahnsinns, der ihn umgab, der überhandnehmenden Gewalt, die er nicht kontrollieren und vor der er sich nicht verstecken konnte.

☆☆☆

Für Ivans Begriff war die Beute etwas mager, und der störrische Zwerg gab erst auf, nachdem er das gesamte Lager abgegrast hatte. Er schickte Pikel zu einem Zelt weiter drüben, während er zu dem eingestürzten Zelt ging, aus dem Cadderly und Danica gekommen waren.

Mit der freien Hand klopfte er gegen die eingesackten Häute und benutzte seine Axt, um so viel von dem Dach hochzuhalten, daß kein Monster sich auf ihn stürzen konnte. Zuerst stieß er auf Tienneks Leiche, die immer noch von dem einfachen Speer auf den Knien gehalten wurde.

»Ich wette, das hat weh getan«, sagte Ivan, als er die grausame Wunde sah. Er wußte nicht, ob dieser Mann Freund oder Feind gewesen war, darum durchsuchte er ihn nicht. Allerdings hob er das schöne Schwert auf, das neben der Hand des Toten lag, und murmelte fast entschuldigend: »Das brauchst du nicht mehr.« Dann arbeitete er sich weiter unter dem Zeltdach hindurch.

»Noch einer«, sagte der Zwerg überrascht, als er kurz darauf fast auf den armen Elbereth getreten wäre. »Und der lebt noch«, fügte er hinzu, als Elbereth sich fauchend von ihm wegwand.

Ivans Gesichtsausdruck wurde grantig, als er bemerkte, daß er einen Elfen vor sich hatte, aber sein Abscheu übertraf nicht die Abneigung, die deutlich im Gesicht des Prinzen geschrieben stand.

»Du hast mein Schwert«, sagte Elbereth grimmig, während er dem Zwerg fest in die dunklen Augen starrte.

Ivan schaute zu seinem Gürtel. »Das stimmt!« entgegnete er, ohne zum Schwert zu greifen oder auf den Elfen zuzukommen.

Elbereth wartete, so geduldig wie möglich. »Ich bin immer noch gefesselt«, sagte er. Seine Stimme bebte vor Zorn.

Ivan starrte ihn lange durchdringend an. Schließlich nickte er bedächtig. »Das stimmt!« bestätigte er und ging weiter. Vor dem Zelt stieß er beinahe mit Cadderly und Danica zusammen.

»Wo ist Elbereth?« fragte Cadderly überrascht, als Ivan allein herauskam.

»Was denn für ein Elbereth?« antwortete der Zwerg frech.

Cadderly hatte keinen Sinn für Geplänkel. »Ivan!«

Der Zwerg riß die Augen auf, bis sie wie zwei leuchtende Kreise in seinem schwarzen Gesicht erschienen. »Das ist ein nettes ›Glückauf‹, du undankbarer –«

»Vielen, vielen Dank!« unterbrach Danica, die erleichtert war, den Zwerg zu sehen, aber auch den immer wütenderen Gelehrten besänftigen wollte. Sie trat zu ihm hin, umarmte den schmutzigen Zwerg ohne Zögern und küßte ihn sogar auf die behaarte Wange – was einen sauberen Fleck in der Rußschicht hinterließ.

»Schon besser«, brummte Ivan, in dessen normalerweise schroffe Stimme sich unvermittelt Zärtlichkeit einschlich, als er Danica ansah.

»Und wo ist jetzt Elbereth?« fragte Danica ruhig.

Ivan deutete mit seinem dicken Daumen über die Schulter. »Hat miese Laune, der da drin«, erklärte er. Danica lief auf das zusammengebrochene Zelt zu. Cadderly wollte ihr folgen, aber Ivan trat ihm auf den Fuß, um ihn aufzuhalten.

»Ich hab immer noch kein Dankeschön aus deinem Mund gehört«, grummelte der Zwerg.

Cadderlys Miene zeugte von echter Zuneigung. Er bückte sich schnell und küßte Ivans andere Wange, worauf der Zwerg eine wilde Schimpftirade vom Stapel ließ. »Übergeschnappter Kindskopf!« Empört wischte er sich die feuchte Stelle ab. »Übergeschnappter Kindskopf!« Cadderly hatte endlich etwas zu lächeln, als er ihm zuhörte.

Die Erleichterung des jungen Mannes war jedoch von kurzer Dauer, denn Danica zog ihn unter das Zelt und führte ihn zu Tienneks Leiche. Sie hob das Dach so hoch, daß Cadderly einen guten Blick darauf hatte.

»Von meiner Hand gefällt«, erklärte Danica, aus deren

Stimme kein Stolz sprach. »Ich habe ihn umgebracht, verstehst du? Ich habe getan, was ich tun mußte, wozu dieser Barbar mich gezwungen hat.«

Cadderly schauderte, doch er verstand nicht, worauf Danica eigentlich hinauswollte.

»Genau wie du mit dem bösen Priester«, sagte sie, um deutlicher zu werden.

»Was hat Barjin damit zu tun?« wollte Cadderly wissen. Das schon vertraute Bild der Augen des toten Priesters trat aus den Tiefen seines Unterbewußtseins.

»Du selbst bist es, der Barjin mitbringt, wohin du auch gehst«, erklärte sie, »ein Geist, der durch jeden deiner Gedanken spukt.«

Cadderlys Gesicht spiegelte seine Verwirrung wider.

»Wie bei dem verwundeten Orog in den Bergen«, sagte Danica jetzt in weicherem Ton. »Laß den toten Barjin hinter dir, ich bitte dich. Seinen Tod hat er selbst verursacht. Du hast nur getan, was du tun mußtest.«

»Ist es dir egal, daß du diesen Mann getötet hast?« fragte Cadderly fast anklagend.

»Es ist mir nicht egal«, fauchte Danica, »aber ich weiß, wenn ich noch einmal die Wahl hätte, wäre Tiennek genauso tot wie jetzt. Kannst du von Barjin etwas anderes sagen?«

Cadderly dachte an die Ereignisse in den Katakomben der Erhebenden Bibliothek zurück. Es kam ihm vor, als wären sie erst heute morgen geschehen, aber sie waren auch hundert Jahre her, beides zugleich. Er wußte keine Antwort auf Danicas gut gezielte Frage, und sie wartete auch nicht darauf. Ihr war wieder eingefallen, daß Elbereth gefesselt und wahrscheinlich gedemütigt seiner Rettung harrte. Cadderly folgte der jungen Frau auf dem Fuß. Sein Blick blieb allerdings an Tienneks Leiche hängen, bis ihm das herunterhängende Dach die Sicht versperrte.

Elbereth verzog keine Miene, obwohl Danica und Cadderly lange brauchten, bis sie ihn befreit hatten. Er wollte keine Schwäche eingestehen, wollte nicht zeigen, wie demütigend seine hilflose Gefangenschaft gewesen war. Nur in seinen Silberaugen glühte die Wut. Als er frei war, eilte er aus dem eingestürzten Zelt. Wütend brach er durch die Häute.

Ivan und Pikel standen an der Klappe von Dorigens Zelt. Ivan betastete Danicas Dolche mit den Kristallklingen, bewunderte den goldenen Tigergriff des einen und den silbernen Drachengriff des anderen. Pikel hielt eine dicke purpurfarbene Robe hoch, während er vergeblich versuchte, Cadderlys Spindelscheiben in seine knubbelige Hand zurückspulen zu lassen. Zu Füßen der Zwerge lagen Cadderlys Bündel und sein Wanderstab.

Für Cadderly und Danica war unschwer zu erraten, wohin Elbereth wollte.

»Mein Schwert!« schrie der Elfenprinz den Zwerg an und hielt Ivan die schlanke Hand entgegen. Als der Zwerg nicht sofort reagierte, riß Elbereth Ivan das Schwert direkt aus dem Gürtel.

»Ist sowieso ein mickriges Ding«, meinte Ivan zu Pikel. »Bricht bestimmt gleich kaputt, wenn ich einmal damit zuschlage.«

Augenblicklich lag Elbereths Schwertspitze an Ivans dickem Hals.

»Nett von dir«, erwiderte der Zwerg.

»Ui, ui«, machte Pikel.

»Wenn du weiter so rumspielst, tust du dir noch weh«, fügte Ivan schlicht hinzu. Unnachgiebig starrten er und der Elf sich an.

So standen sie eine unbehaglich lange Weile da, Wille gegen Wille, kurz vor dem Ausbruch von Gewalt.

»Dafür haben wir keine Zeit«, sagte Cadderly gereizt, während er sein Gepäck überprüfte. Zu seiner großen Erleichterung waren sowohl das *Buch der Universellen Harmonie* als auch sein Lichtrohr noch da. Es fehlte tatsächlich nichts von seinen Sachen, wenn man von der Armbrust absah.

Danica mischte sich direkter ein. Sie stieß Elbereths Schwert einfach weg und trat zwischen die beiden, die sie abwechselnd mit ihrem kompromißlosen Blick beschämte.

»Haben wir nicht schon genug Feinde?« schimpfte sie. »Eine ganze Armee von Ungeheuern umgibt uns, und ihr zwei wollt gegeneinander kämpfen?«

»Ich habe noch nie viel Unterschied zwischen einem Ork und einem Zwerg gesehen«, fauchte Elbereth.

»Ei«, antwortete ein verwundeter Pikel.

»Dann siehst du sehr richtig, wer dir überlegen ist«, gab Ivan zurück.

»Ei«, sagte Pikel mit bewunderndem Blick auf Ivan.

Elbereth holte tief Luft. Danica sah, wie er sein Schwert fester umklammerte.

»Sie haben uns gerettet«, erinnerte Danica den Elfen. »Ohne Ivan und Pikel wären wir immer noch Dorigens Gefangene – oder wir wären tot.«

Bei dieser Bemerkung runzelte Elbereth die Stirn. »Du hättest den Barbaren auf jeden Fall besiegt«, hielt er dagegen, »dann wären wir frei gewesen.«

»Wie viele Orogs und Orks wären Tiennek zu Hilfe gekommen, wenn die Zwerge sie nicht vor dem Zelt in einen Kampf verwickelt hätten?« warf Cadderly ein.

Elbereths Blick war immer noch finster, aber er schob doch das Schwert in die Scheide. »Wenn das hier vorbei ist ...« warnte er Ivan.

»Wenn das hier vorbei ist, bist du wahrscheinlich nicht

mehr da«, raunzte Ivan zurück, und die Selbstgefälligkeit in seiner Stimme verriet, daß er mehr wußte als die anderen.

Er ließ sie etwas schmoren, ehe er eine Erklärung bot. »Wie viele seid ihr, Elf?« fragte er. »Wie viele gegen die Armee, die in euren Wald marschiert?«

»Jetzt zwei mehr«, antwortete Cadderly. Er sah sich nach allen Seiten um, damit jeder zuhörte. »Dieser Kampf – dieser Krieg – geht über Shilmista hinaus, fürchte ich.«

»Woher willst du das wissen?«

»Dorigen dient Talona«, erwiderte Cadderly. »Wir haben es schon vermutet, als Elbereth die Handschuhe der Grottenschrate brachte, bevor wir hierherkamen. Jetzt steht die Verbindung eindeutig fest.« Er sah Pikel an. »Erinnerst du dich an das Teufelchen, das dich gestochen hat?«

»Ei«, antwortete der Zwerg und rieb sich die Schulter.

»Eben dieses Teufelchen war bei Dorigen in ihrem Zelt«, erklärte Cadderly. »Sie und Barjin hängen irgendwie zusammen, und wenn sie erst die Bibliothek angegriffen haben und jetzt den Wald, dann ...«

»Dann ist der ganze Landstrich in Gefahr«, brachte Danica seinen Satz zu Ende. »Und die schlimmsten Befürchtungen der Großmeister bewahrheiten sich.«

»Darum wirst du kämpfen, und dein Bruder auch«, sagte Cadderly zu Ivan. »Wenn nicht für die Elfen, dann für alle anderen.«

Ivans dunkle Augen wurden schmal, doch er erhob keinen Widerspruch gegen die Logik seines Freundes.

»Wir sollten hier anfangen«, fuhr der junge Gelehrte fort, der unbedingt ein Bündnis zustande bringen wollte. »Wir können unseren Feinden nicht gestatten, in Shilmista Fuß zu fassen, und die Gebrüder Felsenschulter wären für unsere Aufgabe eine enorme Hilfe.«

»Na schön, Elf«, sagte Ivan, nachdem er auf Pikels zustimmenden Blick gewartet hatte. »Wir helfen dir da raus, so undankbar du auch bist.«

»Glaubst du, ich würde eine solche Hilfe ann...«, fing Elbereth an, aber Danica brachte ihn mit einem Blick zum Schweigen.

»Dann kämpft gut«, sagte Elbereth daher. »Aber zweifle nicht daran, Zwerg: Wenn das hier vorbei ist, dann reden wir zwei noch einmal über unsere Begegnung im Zelt.«

»Du wirst nicht mehr dasein«, sagte Ivan wieder.

»Warum sagst du das dauernd?« fragte Cadderly.

»Weil ich den Feind gesehen habe, Jungchen«, antwortete Ivan verdrossen. »Es sind Hunderte, sag ich dir. Glaubst du, die Elfen könnten so viele schlagen?«

Elbereth wandte sich kopfschüttelnd ab.

»Da«, sagte Ivan, der zu einem Baum zeigte, wo er die versteckte Hammadeen erspäht hatte. »Wenn du mir nicht glaubst, dann frag die kleine Fee da drüben!«

Genau das tat Elbereth, und als er von seinem Gespräch mit Hammadeen zurückkam, war sein Gesicht bleich.

»Wir können nicht hierbleiben«, sagte Danica, um den Elfen aus seinen Gedanken zu rütteln. »Verfolgen wir die Zauberin?«

»Nein«, entgegnete Elbereth abwesend. Sein Blick schweifte weit in den Süden. »Am Sternenberg wurde gekämpft. Ich muß zu meinem Volk.«

»Das wäre auch besser«, stimmte Cadderly zu. »Dorigen ist zu gefährlich. Sie hat Spione –«, er brach ab, weil er auf Danica aufmerksam wurde, die den Namen ihres fehlenden Gefährten flüsterte und mit der Faust die Handfläche schlug. Cadderly wollte allerdings nicht glauben, daß Kierkan Rufo – bei all seinen Fehlern – die böse Zauberin freiwillig mit Informationen versorgte.

Aber er mußte auch zugeben, daß er in letzter Zeit wirklich kaum noch wußte, was er glauben durfte.

☆☆☆

Dorigen näherte sich Ragnors Lager nur zögernd, denn sie wußte nicht, wie der brutale Ogrillon reagieren würde, nachdem der Kampf nun eine so unerwartete Wendung genommen hatte. Sie war fort gewesen, um Cadderly und seine Freunde zu jagen, während Ragnor seinen Angriff auf das Elfenlager durchgeführt hatte. Doch selbst ohne ihre Hilfe hatte der Ogrillon die Elfen überwältigt und meilenweit nach Süden getrieben.

Dorigen verfluchte ihre eigene Dummheit. Sie hatte Ragnor die Position des Gegners verraten. Sie hätte vorher wissen müssen, daß der eingebildete Schlächter angreifen würde, besonders wenn sie nicht in der Nähe war, um an dem Sieg teilzuhaben.

Jetzt befand Dorigen sich in einer ungünstigen Position, denn während die Züge des Ogrillons von Erfolg gekrönt waren, hatte sie selbst ein Desaster erlebt. Dennoch ging sie zu Ragnor. Ihre magischen Kräfte waren für heute nahezu erschöpft, und sie brauchte Ragnor, auch wenn er sie nicht brauchte.

»Wo sind meine Soldaten?« war das erste, was der bullige Ogrillon ihr entgegenbellte, als sie sein Zelt betrat. Ragnor warf einen verschlagenen Blick auf seine Elitetruppe aus Grottenschraten. Ihm fiel auf, daß er Dorigen zum ersten Mal ohne ihre Barbareneskorte sah. »Und wo steckt dieser Muskelprotz, der sonst immer bei Euch ist?« fragte er.

»Wir haben mächtige Feinde«, antwortete Dorigen abwehrend. Sie erhob ihre Stimme laut genug, um die hämisch kichernden Grottenschrate zum Schweigen zu bringen. »Ihr solltet Euch Eures vorläufigen Sieges nicht zu sicher sein.«

»Vorläufig?« brüllte der Ogrillon, so daß Dorigen sich fragte, ob sie ihn womöglich zu sehr provoziert hatte. Fast erwartete sie, daß er sich auf sie stürzte und sie in Stücke riß.

»Zwei Dutzend Elfen sind gefallen!« fuhr der Ogrillon fort. »Sechs davon habe ich persönlich getötet!« Ragnor spielte mit einer grausigen Halskette, an der zwölf Elfenohren baumelten.

»Zu welchem Preis?« fragte Dorigen.

»Das spielt keine Rolle«, gab Ragnor zurück. Doch an seinem Zusammenzucken hatte Dorigen erkannt, daß das Elfenlager nicht einfach überrannt worden war. »Die Elfen sind wenige, meine Truppen sind viele«, fuhr der Ogrillon fort. »Ich könnte auch ein paar tausend Tote verschmerzen, wenn Shilmista in meine Hände fällt.«

»*Meine* Hände?« fragte Dorigen kühl. Zum ersten Mal, seit sie das Zelt betreten hatte, sah sie in seinen Augen einen Hauch von Unsicherheit.

»Ihr habt Euch um Eure Privatangelegenheiten gekümmert«, warf Ragnor ihr etwas zurückhaltender vor. »Es war Zeit zum Angriff, also schlug ich los. Ich nahm jeden Soldaten mit, den ich entbehren konnte. Ich habe den Angriff selbst geführt und trage die Narben der Schlacht!«

Dorigen senkte respektvoll den Kopf, um den blutrünstigen Kommandanten zu beschwichtigen. Ragnor hatte ihr viel mehr erzählt, als er beabsichtigt hatte. Er hatte eindeutig abgewartet, bis sie fort war, ehe er seinen Angriff auf die Elfen führte. Und die Unvorsichtigkeit, mit der der Ogrillon kundgetan hatte, daß er den Sieg für sich selbst beanspruchte und nicht für Burg Trinitatis, warf die Frage auf, wie weit Ragnors frischerworbene Unabhängigkeit ihn noch treiben würde.

Dorigen hatte kein Verlangen, in der Nähe des Ogrillons zu sein, wenn er beschloß, daß er Burg Trinitatis überhaupt nicht mehr brauchte.

»Ich begebe mich zur Ruhe«, sagte sie und verneigte sich wieder. »Laßt Euch von mir zu Eurem großen Sieg gratulieren, mächtiger General.« Ragnor konnte nicht verhehlen, mit welcher Befriedigung er diese Worte vernahm. Dorigen hielt es für besser, sich zurückzuziehen, und verließ das Zelt. Es kam ihr seltsam vor, daß ein so gnadenloser Schlächter wie Ragnor so anfällig für Schmeicheleien sein konnte.

»Er hat es mit der Angst zu tun bekommen«, stellte Druzil fest, der auf Dorigens Schulter hockte. Das Teufelchen wurde sichtbar. »Er hat befürchtet, du würdest die Schlacht an dich reißen, so daß er überflüssig wäre.«

»Ich hoffe, er glaubt immer noch, daß ich ihm von Nutzen sein kann«, erwiderte Dorigen. »Es wird ihm nicht gefallen, wenn er erfährt, wie viele Soldaten ich verloren habe.«

»Erwähne sie einfach nicht«, schlug Druzil vor. »Ich glaube sowieso nicht, daß Ragnor zählen kann.«

Dorigen drehte abrupt den Kopf, um das Teufelchen anzusehen. »Unterschätze den Ogrillon nicht!« knurrte sie. »Jeder Fehler könnte unserem Leben ein schnelles Ende setzen.«

Druzil fauchte und grummelte, konnte aber nichts Rechtes dagegensetzen. »Was planst du denn?« fragte er, nachdem er lange genug gewartet hatte, daß Dorigens Zorn abkühlte.

Die Zauberin blieb stehen, um über diese Frage nachzudenken. »Ich werde sehen, wo ich mich nützlich machen kann«, antwortete sie.

»Hast du Aballisters Sohn aufgegeben?« Das Teufelchen klang überrascht.

»Niemals!« schimpfte Dorigen. »Dieser Cadderly aus Caradoon ist gefährlich, und seine Freunde ebenso. Wenn dieser Kampf vorbei ist, wird der kleine Cadderly sich als wertvoll erweisen, ganz gleich, wie Ragnor sich entscheidet.« Sie starrte ins Leere, als ob ihr plötzlich etwas Wichtiges eingefallen wäre.

»Hast du immer noch Kontakt zu Kierkan Rufo?« fragte sie.

Druzil kicherte, was dank seiner rauhen, leisen Stimme fast wie ein Husten klang. »Kontakt?« wiederholte er. »Man könnte auch sagen, ich kann in ihn hineinkriechen. Kierkan Rufo trägt das Amulett. Sein Geist steht mir offen.«

»Dann lausche seinen Gedanken«, wies Dorigen ihn an. »Wenn Cadderly aus dem Elfenlager zurückkehrt, will ich es erfahren.«

Druzil grummelte wie üblich und machte sich unsichtbar. Aber Dorigen, die viel zu sehr mit der Intrige beschäftigt war, die sie entwickeln wollte, achtete wenig auf seine Nörgeleien.

☆☆☆

»Bevor ihr es euch in den Kopf setzt, zum Berg zurückzukehren«, sagte Ivan schroff, »hätten mein Bruder und ich da noch was, was ihr sehen solltet.«

Elbereth sah den Zwerg neugierig an, denn er fragte sich, welche grausame Überraschung Ivan diesmal für ihn bereithielt. Aber als sie schließlich in dem kleinen Zwergenlager ankamen, das ungefähr eine Meile abseits von ihrem Weg lag, warf Elbereth Ivan einen überraschten Blick zu. Unter einem Steinhügel lag eine teilweise verbrannte Elfenleiche, die Elbereth sofort als Ralmarith erkannte, seinen Freund, der beim ersten Angriff der feindlichen Zauberin umgekommen war.

»Wie ist es dazu gekommen?« wollte der Elf wissen. Er schwankte zwischen Argwohn und Erleichterung.

»Haben wir den Goblins abgenommen«, sagte Ivan, der darauf achtete, jeden Anflug von Mitleid aus seiner Stimme zu verbannen. »Haben gedacht, selbst ein Elf hat Besseres verdient, als im Bauch eines Goblins zu landen.«

Elbereth wandte sich Ralmarith zu und sagte nichts mehr. Danica kniete sich neben ihn und legte ihm einen Arm um die schmalen Schultern.

»Die zwei verstehen sich aber ganz gut, was?« meinte Ivan zu Cadderly. Der junge Gelehrte mußte sich auf die Lippen beißen, um seine Gedanken nicht auszusprechen – nein, um sie aus seinem Geist zu drängen. Er mußte Danica und ihrer Liebe vertrauen, das wußte er, denn ihre Situation war zu gefährlich für eine Rivalität zwischen ihm und Elbereth.

Danica nickte Ivan und Pikel mehr als einmal zu und versuchte, den Elfen zu einem Dank zu bewegen. Elbereth jedoch reagierte nicht. Er nahm nur flüsternd Abschied von dem Toten und setzte dann sorgfältig die Steine wieder auf den Hügel. Er würde Ralmarith in dem Wald zurücklassen, den der tote Elf so geliebt hatte.

Shilmista war verdächtig ruhig, als die fünf Gefährten zum Daoine Dun vorrückten. Einmal machten sie eine kurze Rast, während Elbereth vorlief, um die Gegend auszukundschaften und nach Hammadeen oder einem anderen Waldbewohner Ausschau zu halten, der ihm Neuigkeiten erzählen könnte.

»Du mußt Elbereth entschuldigen«, sagte Cadderly zu Ivan, weil er die Gelegenheit nutzen wollte, den Friedensstifter zu spielen.

»Was denn für ein Elbereth?« fragte Ivan hochnäsig, ohne von seiner Arbeit aufzublicken. Er war gerade dabei, sein

Geweih wieder am Helm zu befestigen. Der Zwerg verzog das Gesicht und zog die Schraube an, so fest er konnte, da er keinen Lack dahatte, um den Sitz zu verstärken.

»Er ist der Prinz von Shilmista«, fuhr Cadderly fort und ignorierte den Starrsinn seines Feundes. »Und Shilmista könnte sich als Eckpfeiler für unseren Widerstand erweisen.«

»Ich würde nicht so viel Hoffnung auf unseren Widerstand setzen«, gab Ivan grimmig zurück. »Deine Handvoll Elfen wird nicht viel gegen die Armee ausrichten können, die da aufmarschiert ist.«

»Wenn du das wirklich glauben würdest, wärst du nicht bereit gewesen mitzukommen«, stellte Cadderly fest. Er glaubte, einen Spalt in der eisernen Fassade des Zwergs gefunden zu haben.

Das ungläubige Grinsen, das Ivan aufsetzte, ließ diesen Gedanken verfliegen. »Ich bin keiner, der sich die Chance entgehen läßt, ein paar Orks den Schädel einzuschlagen«, warf ihm der Zwerg vor. »Und ihr brauchtet mich – du und das Mädchen und mein Bruder.«

Gegen Ivans scheinbar unendlichen Mißmut kam Cadderly nicht an, darum ließ er ihn sitzen. Kopfschüttelnd sah er Danica und Pikel an. Kurz darauf kam Elbereth ins Lager zurück und gab bekannt, daß der Weg zum Berg frei sei.

Der Daoine Dun war nicht, wie Cadderly ihn in Erinnerung hatte. Der einst wunderschöne Sternenberg war aufgerissen und verbrannt, das dichte Gras unter dem Ansturm der Monsterfüße zertrampelt, die saftigen Bäume umgeknickt oder schwarz. Noch schlimmer war der Gestank. Schwärme von Aasvögeln flogen auf, als die Gefährten sich näherten, denn die Toten – darunter eine ganze Anzahl Elfen – waren einfach zum Verrotten liegengelassen worden.

Angesichts von Elbereths Entsetzen brachte nicht einmal Ivan einen Kommentar heraus. Statt dessen rief er Pikel zu sich, und zusammen begannen sie, ein Gemeinschaftsgrab auszuheben.

Der Elfenprinz wanderte auf dem Schlachtfeld umher, untersuchte die Elfenleichen und sah nach, ob er die Identität der Gefallenen feststellen konnte. Die meisten waren jedoch verstümmelt worden, und der stoische Elf sah Danica und Cadderly, die ihm auf seiner schweigenden Totenwache folgten, nur mit traurigem Kopfschütteln an.

Sie begruben die gefallenen Elfen. Danica dankte den Zwergen, der sture Elbereth jedoch nicht. Dann suchten sie den ganzen Berg ab. Elbereth hielt sich an die Bäume, weil er genauer erfahren wollte, was geschehen war und wo seine Freunde und Feinde sich jetzt befanden. Ivan und Pikel widmeten sich vor allem der Durchsuchung von Höhlen. In einer fanden sie einige halb zerfleischte Pferdekadaver. Zum Glück war Temmerisa nicht darunter.

In einer anderen Kammer, der Höhle, die Galladel als Hauptquartier genutzt hatte, machten sie eine in Cadderlys Augen bemerkenswerte Entdeckung. Zahlreiche Bücher und Schriftrollen lagen über den Boden verstreut, als ob der Elfenkönig eilig aufgebrochen wäre und schnell entschieden hätte, was er mitnehmen und was er zurücklassen sollte. Die meisten Schriftstücke waren bedeutungslose Notizen, aber in einer Ecke fand Cadderly ein uraltes, in schwarzes Leder gebundenes Buch, das die Hochelfenrunen für die Buchstaben »D«, »Q« und »q« trug. Cadderly ergriff das Buch mit bebenden Händen, denn er ahnte bereits, um was es sich handelte. Begierig löste er die Schnalle und schlug es auf.

Die Tinte war verblichen, und die Seite war mit vielen Symbolen beschrieben, die Cadderly nicht verstand. Immerhin fand Cadderly den Namen, den er erwartet hatte: Dellanil Quil'quien, der alte König von Shilmista und einer der legendären Helden des Waldes.

»Was hast du entdeckt?« kam Elbereths Ruf vom Eingang zur Höhle. Er stand neben Danica; Ivan und Pikel waren bereits zum nächsten Loch weitergegangen.

»Das hier hat dein Vater bestimmt nicht absichtlich zurückgelassen«, erklärte Cadderly, der sich umdrehte und den schwarz eingefaßten Band hochhielt. »Es ist das Buch von Dellanil Quil'quien, ein unschätzbares Werk.«

»Ich bin eher überrascht, daß mein Vater es überhaupt mitgebracht hat«, erwiderte Elbereth. »Das Buch bedeutet ihm wenig. Die Schrift ist uralt und enthält viele Symbole, die wir in Shilmista nicht mehr verstehen. Es hat wenig Wert für uns. Nimm es mit in deine Bibliothek, wenn du willst.«

»Sicher täuschst du dich«, sagte Cadderly. »Dellanil Quil'quien zählt zu euren größten Helden. Seine Taten, seine Magie könnten sich in diesen furchtbaren Zeiten als beispielhaft erweisen.«

»Wie ich schon sagte«, antwortete Elbereth, »wir können das Werk nicht einmal mehr lesen. Auch du nicht. Viele der Symbole sind schon vor Jahrhunderten in Vergessenheit geraten. Kommt jetzt«, drängte er seine Gefährten. »Wir müssen weiter. Während wir hier reden, kann mein Volk schon in die nächste Schlacht verstrickt sein, und ich möchte nicht länger als notwendig an diesem Ort der Vernichtung bleiben.« Der Elf trat in die Nachmittagssonne hinaus. Danica wartete am Eingang auf Cadderly.

»Du behältst das Buch?« fragte sie, als sie sah, daß er es in sein Bündel steckte.

»Ich bin anderer Meinung als Elbereth, was seinen Wert

angeht«, antwortete Cadderly. »Dellanils Schriften könnten etwas enthalten, das uns in unserem Kampf weiterhilft.«

»Aber du kannst es nicht einmal lesen«, sagte Danica.

»Wir werden ja sehen«, gab Cadderly zurück. »In der Bibliothek habe ich schon viele Bücher entziffert. Jetzt habe ich wenigstens eine Aufgabe, die ich beherrsche – so wie du, wenn du vor einem Gegner stehst.«

Für Cadderly war es, als hätte sein Gott ihm das Buch gesandt. Er glaubte nicht wirklich, wagte nicht zu hoffen, daß er etwas Wichtiges darin finden könnte, selbst wenn es ihm gelang, die unbekannten Runen zu übersetzen. Aber daß er nun an ihrem gemeinsamen Ziel, den Wald zu retten, mitarbeiten und dabei seine ganz persönlichen Fähigkeiten einsetzen konnte, machte die Schritte des jungen Gelehrten gleich etwas energischer.

Am allerwichtigsten war, daß die Arbeit an dem Buch von Dellanil Quil'quien ihm etwas Abstand von der Gewalt verschaffen würde. Er sehnte sich nach den alten Zeiten, bevor Barjin in die Erhebende Bibliothek gekommen war, als Abenteuer nur Worte in alten Büchern waren.

Vielleicht würde dieses Werk die rauhe Wirklichkeit aussperren, die den jungen Gelehrten so plötzlich eingeholt hatte.

Ein hohes Ziel

Eine Meile östlich können wir durchbrechen«, erklärte Danica, als sie sich wieder zu den anderen gesellte, die in einem kleinen Tannendickicht Deckung gesucht hatten.

»Dort ist die feindliche Linie nicht tief. Wir werden durch sein, bevor sie überhaupt merken, daß wir da waren.«

Der Plan fand Cadderlys Zustimmung, aber Ivan und Pikel schienen wenig erfreut, daß sie so weit marschiert waren und vielleicht nicht einmal die Chance bekommen sollten, einen Orogschädel einzuschlagen. Die Gefährten waren vom Daoine Dun aus viele Meilen ohne Zwischenfall gelaufen, nur die Spuren ihrer Feinde – abgehackte und angesengte Bäume auf Schritt und Tritt – waren leider deutlich zu sehen gewesen. Schließlich waren sie an einem schnellfließenden Fluß auf den Feind gestoßen. Die Linie schien sich über die gesamte Breite des Waldes zu erstrecken. Elbereths Volk hatte sich offenbar in den schützenden Uferbänken des Flusses verschanzt und gehalten.

Elbereth ging nicht sofort auf Danicas Plan ein. Auch er war auf Kundschaft gegangen und hatte dabei etwas entdeckt, daß den gesamten Verlauf des Krieges ändern konnte.

Etwas westlich von ihrer Position, auf einer hohen Böschung über dem Fluß, wo man das Land nach Süden hin überblicken konnte, lag ein feindliches Lager mit Zelten – die einzigen Zelte, die Elbereth bisher erspäht hatte. »Ich glaube, ich habe das Lager der Anführer entdeckt«, erklärte er Danica.

»Zweifellos gut bewacht«, warf Cadderly ein, der Danicas Mandelaugen aufleuchten sah.

»Vielleicht«, antwortete Elbereth, der dem besorgten jungen Gelehrten wenig Beachtung schenkte, »aber nicht mehr als jede andere feindliche Stellung.«

»Bis auf die Lücke, die Danica gefunden hatte«, erwiderte Cadderly, dessen Wunsch nach einer Wiedervereinigung mit den übrigen Elfen ohne weitere Kämpfe deutlich aus seiner fast verzweifelten Stimme klang.

»Keine Bange«, flüsterte Ivan Cadderly zu. »Mein Brüderchen und ich machen uns eigene Lücken.«

»Was meinst du, Danica?« fragte Elbereth. Cadderly war sich nicht sicher, ob es ihm gefiel, daß der Elfenprinz, der nie etwas anderes als seine eigene Ansicht gelten ließ, jetzt Danica nach ihrer Einschätzung fragte.

Danicas sarkastisches Lächeln verriet Cadderly, was sie antworten würde, bevor sie den Mund aufmachte.

»Es wäre wahrscheinlich ziemlich aussichtslos«, fing sie an, aber in ihrer Stimme lag keine Furcht. »Verzweifeltes Vorgehen in einer verzweifelten Lage.«

»Ei, ei!« stimmte Pikel herzlich zu. Cadderly bedachte den Zwerg mit einem Stirnrunzeln.

Elbereth kniete sich rasch hin und wischte ein paar Fichtennadeln weg. Er nahm einen Stock, um eine Karte von dem Gebiet mit der Böschung zu zeichnen.

»Wir sind nur zu fünft«, erinnerte Cadderly, obwohl ihm niemand zuhörte.

»Ich habe gehört, daß der Anführer Ragnor heißt«, fing Elbereth an, »ein riesiges Ungeheuer, Mischling, wie meine Späher glauben. Man erkennt ihn an einem Stoßzahn, der über seine Oberlippe hinausragt.«

»Wunderbar«, murmelte Cadderly finster. Diesmal schenkte Ivan ihm genug Aufmerksamkeit, um ihn gegen das Schienbein zu treten.

»Wenn dieser Ragnor im Lager ist, können wir erwarten, daß er jeden Krieger zwischen sich und uns stellt, den er auftreiben kann.«

»Wunderbar«, sagte Cadderly wieder. Danica versetzte ihm einen festen Rippenstoß. Der junge Gelehrte bekam allmählich das Gefühl, daß er es nicht einmal bis zum feindlichen Lager schaffen würde, wenn er weiter solche Kommentare abgab.

»Und war für Ungeheuer hast du gesehen?« fragte Ivan, der sich tiefer als alle anderen über die grobe Karte beugte.

Elbereth wirkte regelrecht überrascht über das Interesse des Zwergs. »Grottenschrate, hauptsächlich«, antwortete der Elf. »Ehrlich gesagt, hätte ich offensichtlichere Wachen erwartet, Oger zumindest und vielleicht den einen oder anderen Riesen.«

Cadderly zuckte zusammen, behielt aber seine Gedanken für sich. Die großen, starken Orogs waren wie ein Schock für ihn gewesen, und schon beim Anblick der Oger war ihm fast schwindelig geworden. Wie würde er wohl reagieren, wenn er sich einem echten Riesen gegenübersah?

»Wieso kannst du dann sicher sein, daß es das Lager des Anführers ist?« fragte Danica.

Elbereth dachte kurz nach, dann schüttelte er den Kopf. »Es ist eine Vermutung«, gestand er. »Ich habe sonst nirgendwo Zelte an der Linie gesehen, nur einfache Unterstände aus Zweigen. Und diese Böschung ist wirklich der beste Platz für einen Anführer, um die Lage im Süden zu beobachten.«

»Vielleicht ist es Dorigens Lager«, warf Cadderly ein.

»Wie auch immer«, strahlte Ivan, »wir geben dem Abschaum mal was zum Nachdenken.«

Wieder zeigte sich Elbereth überrascht über das Interesse des Zwergs.

»Ich weiß nicht, wie wir uns am besten nähern sollten«, gab der Elf ehrlich zu. »Wenn wir uns so nah wie möglich heranschleichen, finden wir vielleicht eine passende Möglichkeit zum Angriff.«

»In welcher Reihenfolge?« fragte Ivan.

Elbereth sah ihn verständnislos an.

»Das hab ich mir doch gedacht«, stellte der Zwerg fest.

»Du bist so einer, der lieber auf eigene Faust arbeitet, als daß er eine Truppe anführt. Geh zur Seite, Elf, ich hab einen Plan für dich.«

Elbereth rührte sich nicht vom Fleck.

»Hör mal, du störrischer Sohn einer Weide«, knurrte Ivan, der mit seinem knubbeligen Finger auf Elbereth zeigte, »ich weiß, daß du an meiner Freundschaft zweifelst – und das solltest du auch, denn ich zähle dich nicht zu meinen Freunden. Und wenn wir mit dem Kämpfen fertig sind, dann haben wir zwei noch was zu erledigen. Glaub bloß nicht, daß ich das vergesse! Und ich schere mich keinen Pfifferling um deine Leute oder deinen stinkenden Wald.«

Pikels Grollen bremste Ivans wachsenden Schwung.

»Na ja, mein Brüderchen mag deinen Wald«, sagte Ivan, um den aufgebrachten Amateurdruiden zu beruhigen. Dann wandte er sich wieder Elbereth zu. »Aber trotz all deiner Verdächtigungen solltest du niemals an meiner Freundschaft zu Cadderly und Danica zweifeln. Wenn die da reinwollen, dann kämpfen ich und mein Brüderchen neben ihnen, und ich wette, daß meine Axt mehr Köpfe abschlägt als dein mickriges Schwert!«

»Das werden wir ja sehen«, erwiderte Elbereth. Trotz seines Stolzes mußte der Elfenprinz eingestehen, daß er tatsächlich mehr daran gewöhnt war, allein vorzugehen, und daß Ivan vielleicht besser gerüstet war, die Strategie dieses Angriffs vorzugeben. Sein grimmiger Gesichtsausdruck wurde nicht sanfter, aber er rückte von der Karte ab, um dem Zwerg Platz zu lassen.

Ivan beugte sich tief über die Skizze, grunzte und zupfte an seinem immer noch rußigen Bart. »Wie tief ist der Fluß hinter der Böschung?« fragte er.

»Reicht mir vielleicht bis zur Taille«, antwortete der Elf.

»Hmm«, murmelte der Zwerg. »Und es ist auch ein

bißchen zu hoch für einen Fluchtweg. Wir müssen sie gut erwischen und uns schnell nach Osten durchschlagen, wo du«, er zeigte auf Danica, »eine Lücke entdeckt hast.«

»Unser Leben ist nicht wichtig«, sagte Elbereth. »Wenn wir den Anführer der Feinde töten können, spielt es keine Rolle, ob wir entkommen oder nicht.«

Cadderly fiel die Kinnlade herunter.

»Dein eigenes Leben mag unwichtig sein«, gab Ivan ihm recht, »aber der Rest von uns würde seine Haut doch ganz gerne noch behalten, vielen Dank.«

Cadderlys Stoßseufzer sprach Bände.

»Aber wenn wir sie gut und schnell erwischen, gelingt uns auch die Flucht«, fuhr Ivan fort. »Wir wären besser dran, wenn du uns mit deinem Bogen den Weg freischießt, Elf, aber ich könnte den Grottenschraten auch einen oder zwei Hämmer aufs Auge drücken. Ich hab's mir so gedacht: Du, Elf, führst uns mit Danica zusammen an. Ihr beide seid die schnellsten und solltet euer Glück mit dem Anführer versuchen. Cadderly kommt als nächster und hält nach beiden Seiten Ausschau, wo er am meisten gebraucht wird.«

Cadderly bemerkte, daß Ivan ihn damit höflich anwies, aus dem Weg zu bleiben – nicht, daß es ihm etwas ausgemacht hätte.

»Ich und mein Brüderchen bilden die Nachhut«, fuhr Ivan fort. »Dann braucht ihr keine Angst zu haben, daß euch ein Grottenschrat von hinten anfällt.«

Elbereth betrachtete die Zeichnung und fand an Ivans Plan wenig auszusetzen. Er schien vernünftig zu sein, obwohl der Elf etwas überrascht war, daß der Zwerg ihm den Angriff auf Ragnor einräumte. Elbereth hatte angenommen, daß Ivan diesen Ruhm für sich beanspruchen würde.

»Nehmen wir mal an, Dorigen ist noch da«, warf Cadderly ein, der sich für die ganze Sache immer noch nicht begeistern konnte.

»Dann könnten wir unseren Feinden um so mehr Schaden zufügen«, erwiderte Elbereth.

»Ich beherrsche viele Kampftechniken, die dazu gedacht sind, mit Zauberern fertig zu werden«, fügte Danica hinzu, um Cadderly den Trost zu bieten, den er offensichtlich brauchte. »Nach meiner ersten Begegnung mit Dorigen glaube ich, daß die Zauberin wenig bereithalten wird, was mir schaden kann.«

»Wenn du nicht gerade damit beschäftigt bist, Grottenschrate oder andere Monster zu bekämpfen«, warf Cadderly ihr vor. »Dann wärst du ein leichtes Ziel für einen von Dorigens Blitzschlägen.«

»Das ist deine Sache«, beschloß Ivan. »Du hältst Ausschau nach der Zauberin. Wenn du sie siehst, pustest du sie mit deiner niedlichen Armbrust um.«

»Die habe ich nicht«, sagte Cadderly.

»Dann nimm deinen Stock oder dieses Spielzeug, das an einer Schnur tanzt«, sagte Ivan.

»Dorigen hat meine Armbrust«, sagte Cadderly am Rande der Panik. Keiner der anderen schien seine diesbezüglichen Ängste zu teilen. Einträchtig sahen sie Ivan an, damit dieser mit dem Schlachtplan fortfuhr.

»Sie hat meine Armbrust und ein paar von den magisch geladenen Bolzen!« sagte Cadderly wieder und noch verstörter.

»Wenn Dorigen sich mehr mit dieser Waffe als mit ihren Sprüchen beschäftigt, um so besser für uns«, sagte Danica, deren ruhiger Tonfall Cadderlys Ängste verspottete.

»Wir hoffen einfach, daß sie mit dem Ding nicht so gut schießt wie du, Jungchen«, fügte Ivan hinzu. Ähnlich unbesorgt ging er an seinen Plan zurück. »Ich glaube, daß die

Dämmerung der beste Zeitpunkt zum Losschlagen ist. Dann ist es nicht mehr ganz so hell, aber unsere menschlichen Freunde werden noch nicht durch die Dunkelheit behindert.«

Elbereth sah zu Danica, die zustimmend nickte.

»Wenn du mit dem Anführerdienst fertig bist, holen ich und Pikel dich da wieder raus«, erklärte Ivan Elbereth. »Wir hauen dir einen Weg frei, daß selbst dein Pferd da durchkäme.«

»Ganz bestimmt«, sagte Danica, und selbst Elbereth, der vor kurzem noch so wütend auf den Zwerg gewesen war, machte keinen sarkastischen Kommentar.

»Also, los mit uns«, sagte Ivan, der seine große Axt aufnahm. Er winkte Elbereth, der vorangehen sollte.

Die Gruppe bezog Position unter den weitverzweigten Ästen einer Fichte und wartete, bis das letzte Tageslicht vergangen war. Cadderly saß am Westrand des Schattens und versuchte, jeden letzten Lichtschimmer auszunutzen, denn er konzentrierte sich fest auf ein aufgeschlagenes Buch. Zuerst dachte Danica, er würde immer noch versuchen, das Buch von Dellanil Quil'quien zu übersetzen, aber dann sah sie, daß er das *Buch der Universellen Harmonie* hielt, das heilige Buch von Deneir.

»Es gibt Zaubersprüche, die uns nützlich sein könnten«, erklärte Cadderly auf ihren fragenden Blick hin.

Danicas Miene verriet ihre Überraschung. Sie hatte noch nie erlebt, daß Cadderly sich an Klerikermagie versuchte, die über einfache Heilsprüche hinausging.

»Ich habe mein ganzes Leben im Orden des Deneir verbracht!« protestierte Cadderly, der sich damit einen Klaps von Ivan und ein ausdrückliches »Schschsch!« von Pikel einhandelte.

Cadderly wandte sich wieder seinem Buch zu. »Es gibt

einen Stillespruch«, flüsterte er, »der Dorigen behindern könnte, wenn sie während des Kampfes auftaucht und zaubern will.«

Danica wirkte nicht sonderlich überzeugt, und dagegen konnte Cadderly wenig einwenden. Er hatte bereits kleinere Zeremonien durchgeführt, hatte einmal heiliges Wasser geweiht (in das er die Flasche mit dem gefürchteten Chaosfluch gelegt hatte), aber in Wirklichkeit hatte er nie großen Wert auf Klerikermagie gelegt. Er war in erster Linie Jünger des Deneir, des Gottes der Kunst und Literatur, weil er von dessen Sekte in der Erhebenden Bibliothek großgezogen worden war, und weil Deneirs Gebote so gut zu Cadderlys intelligentem, freundlichem Wesen paßten. Cadderly hatte fast genauso viel Zeit mit den Priestern des Oghma, des Gottes des Wissens, verbracht und sah sich insgeheim weder als Priester des einen noch des anderen – sehr zum Verdruß von Großmeister Avery.

»Es ist Zeit«, flüsterte Ivan. Cadderly prägte sich den Stillespruch schnell noch ein letztes Mal ein und hoffte, daß er die Kraft dafür aufbringen konnte, falls es nötig wurde. Voller Sorge – hätte er nicht besser Heilsprüche üben sollen? – steckte er den Band in sein Bündel zurück.

Vorsichtig näherten sie sich dem grasbewachsenen Hang, der zu der Böschung mit den Zelten hinaufführte. Danica ließ sie rasten und verschwand im Unterholz. Kurz darauf war sie zurück.

»Posten«, erklärte sie, als sie sich wieder zu ihnen gesellte.

»Grottenschrat?« fragte Elbereth.

»Goblin.«

»Toter Goblin«, murmelte Ivan, der Danica anerkennend zuzwinkerte, und Pikel fügte ein fröhliches »Hihi« dazu.

Hinter einer Reihe dichter Büsche direkt unterhalb des

feindlichen Lagers hockten sie sich nieder. Auf dem grasbewachsenen Hang war es herausfordernd ruhig. Eine Gruppe Grottenschrate lief scheinbar ziellos umher, und durch die offene Klappe eines der seitlichen Zelte konnten die Gefährten andere herumhuschen sehen. Es war das oberste Zelt gleich neben der Böschung, das die Aufmerksamkeit der Gefährten auf sich zog. Obwohl es etwas kleiner war als die beiden anderen, war es bei weitem das beste, so daß kaum noch Zweifel bestanden, wo der Anführer der Feinde stecken mußte – falls dies tatsächlich Ragnors Lager war.

»Jetzt oder nie«, flüsterte Ivan Elbereth zu. Der Elf nickte entschlossen. Dann sah er Danica an, und sie brachen durch die Büsche und rannten mit aller Kraft den Hang hinauf.

Danica ließ den Elfen rasch hinter sich. Die ersten zwei Grottenschrate traf sie, bevor diese überhaupt ahnten, daß sie angegriffen wurden.

Elbereth rannte an Danica vorbei, als der zweite Grottenschrat zur Seite flog. Der Elf warf sich auf ein drittes Ungeheuer, das ähnlich überrascht war, aber noch Zeit gefunden hatte, einen langen Speer bereitzuhalten, um seine Angreifer abzuwehren.

Der Elf dachte nicht an den Schrat, sondern nur an die Klappe zu dem Zelt, das er für Ragnors hielt. Er bemerkte kaum, daß ein Speer auf ihn gerichtet war.

Sein Schwert zuckte hoch und zerschlug die grobe Waffe des Grottenschrats, bevor sie ihr Ziel erreichte. Elbereth rannte einfach an dem verblüfften Ungeheuer vorbei, stach ihm aber dabei noch das Schwert ins Knie, damit er ihn nicht verfolgen konnte.

Der unglückselige Schrat umklammerte seine Wunde, stand aber versehentlich Danica im Weg, die dem Elfen folgte. Ohne viel langsamer zu werden, trat sie ein einziges

Mal nach ihm, traf ihn am Kinn und streckte ihn damit lang am Boden hin.

Im ganzen Lager wurde Alarm geschlagen; aus beiden seitlichen Zelten stürzten Grottenschrate und Goblins und verteilten sich über den Hang.

»Mehr, als wir dachten!« knurrte Ivan.

Cadderly hielt seine Spindelscheiben und den Wanderstab bereit, hoffte aber, daß er nicht gezwungen sein würde, sie zu benutzen. Verzweifelt sah er sich um, denn er rechnete beinahe damit, daß Dorigen auftauchen würde. Er versuchte, während des wachsenden Tumults rundherum den Stillespruch im Kopf zu behalten.

Danica und Elbereth wichen weiter auseinander, und plötzlich waren Ivan und Pikel dicht hinter Cadderly in Kämpfe verstrickt. Er sah sich nach allen Seiten um, denn Grottenschrate begannen, die kleine Gruppe einzukreisen. Und immer noch drangen Feinde aus den Zelten.

Elbereth und Danica achteten nicht auf die Ereignisse hinter ihnen. Sie hatten nur ihr Ziel im Auge, und ihre Schritte wurden schneller, als ein brutal aussehendes Ungeheuer aus dem schönen Zelt trat. Beide wußten sofort, daß Ragnor gekommen war, um sie in Empfang zu nehmen – riesig und schrecklich mit seinem legendären einzelnen Stoßzahn über der Lippe.

Er stand ganz oben auf der Böschung, grinste böse und winkte sie zu sich.

Danica jedoch erkannte, daß sie es nicht schaffen würden. Eine Gruppe aus drei Grottenschraten kam angerannt und würde gleich zwischen ihrem Anführer und den Angreifern stehen. Danica war zuversichtlich, daß sie vorbeilaufen konnte, wenn sie unbeirrt weiterstürmte, aber Elbereth würde dann keine Chance haben, zu Ragnor zu gelangen.

»Lauf weiter!« schrie sie dem Elfen zu und stellte sich den Grottenschraten.

Ihr Angriff kam von oben, so daß die Ungeheuer gezwungen waren, ihre Speere zu erheben, doch dann warf sie sich ins Gras, glitt zur Seite und ließ alle drei über sich fallen.

Elbereths erster Impuls war, zu ihr zu laufen, weil sie zwischen so mächtigen Feinden gefangen war, doch der Elf wich nicht von seinem Kurs ab, weil er erkannte, daß Danica ihr Ziel um seinetwillen gewählt hatte. Er erinnerte sich daran, daß ihre Leben nichts zählten, denn die Vorteile, die Ragnors Tod mit sich brächte, wogen viel mehr.

Falls der Ogrillon Angst hatte, zeigte er sie nicht. Elbereth kam schnell herangestürmt, schwang sein Schwert, stieß zu und nutzte all seinen Schwung, um so schnell zuzuschlagen, daß Ragnor nicht parieren konnte.

Blut quoll aus der Schulter des Ungeheuers. Ein weiterer Schlag riß ihm die Wange auf. Dennoch grinste Ragnor, und Elbereths erster Schwung war rasch vorüber.

Jetzt war der Ogrillon an der Reihe.

☆☆☆

Cadderly hatte noch nie so perfekte Zusammenarbeit gesehen. Die Zwergenbrüder standen etwas erhöht, aber damit waren sie immer noch nicht auf Augenhöhe mit den riesigen Grottenschraten, die sie zu viert angriffen.

Das schien wenig auszumachen.

Ivan schlug mit seiner Axt um sich, ohne irgend etwas zu treffen. Ein Grottenschrat folgte dem Schlag, doch dann verstand Cadderly, daß der Angriff des Zwergs nichts als eine Finte gewesen war, denn plötzlich unterbrach Pikel seinen eigenen Kampf und folgte dem Schlag seines Bruders mit einem tiefen Stoß seiner Baumstammkeule.

Das Knie des angreifenden Grottenschrats wurde zerschmettert. Cadderly fand, er ähnelte jetzt einem stolzierenden exotischen Vogel, von dem er einst gelesen hatte. Mit gequältem Zucken wich das Ungeheuer zurück.

Ivan war in der Zwischenzeit nicht untätig gewesen. Er folgte dem Schwung seines mächtigen Hiebes, trat gegen seinen gebückten Bruder und übernahm Pikels Platz bei den anderen beiden Monstern. Die überraschten Grottenschrate schienen kaum zu begreifen, was hier geschah – die Bewegungen der Zwerge waren so aufeinander abgestimmt –, und sie verstanden auch nicht sofort, daß ihr neuer Gegner einen anderen Kampfstil hatte.

Sie hatten die Arme ausgestreckt, was gut dazu taugte, sich gegen Pikels weit ausholende Keulenschläge zu verteidigen, aber gänzlich nutzlos gegen Ivans Toben war. Der Zwerg stürmte auf sie los, stieß mit seinem Geweihhelm zu, biß, trat mit seinen schweren Stiefeln und hackte mit der Doppelaxt ungebremst drauflos.

Einer der Schrate war gefallen, der andere rannte davon, bevor Cadderly überhaupt Luft holen konnte.

»Ei!« jubelte Pikel begeistert, als er sah, wie sein Bruder kurzen Prozeß mit den Gegnern machte. Dabei drehte er dem letzten Grottenschrat absichtlich den Rücken zu.

»Hinter dir!« schrie Cadderly, der nicht wußte, daß der Zwerg die Lage im Griff hatte.

Der Grottenschrat hob den Speer über seinen Kopf und sprang los, aber Pikel bückte sich tief, lief rückwärts und rammte ihm sein Hinterteil in die Knie. Das Ungeheuer konnte kaum das Gleichgewicht halten, wäre sogar fast über den Zwerg gestürzt – und hätte das auch besser tun sollen, denn Pikel ging auf ein Knie, faßte die Keule am schmalen Ende und stieß sie dem Grottenschrat senkrecht zwischen die Beine, so daß es ihn vom Boden hob.

Als der Schrat schließlich wieder unten war – er konnte noch stehen, sah aber ziemlich mitgenommen aus –, war Pikel hinter ihm und hielt die Keule wieder anders. Der Zwerg legte sein ganzes beträchtliches Gewicht in den Schlag und drosch dem Grottenschrat die Keule ins Kreuz.

Das atemlose Ungeheuer wollte aufjaulen. Als das nicht ging, sank es statt dessen auf die Knie, umklammerte seinen gepeinigten Rücken und sah zu, wie die Welt sich drehte.

»Ich wünschte, wir hätten genug Zeit, ein paar von denen fertigzumachen«, grollte Ivan, als er und Pikel höher kletterten. Von beiden Seiten drangen viele weitere Grottenschrate auf sie ein, und man hörte überall Alarmschreie, nicht nur auf dem Grashang, sondern in der ganzen Umgebung.

Cadderly umklammerte seine Waffen und schaute sich weiter nach Dorigen um, obwohl er allmählich einsah, daß die vermißte Zauberin ihr geringstes Problem war.

☆☆☆

Jeder Schlag der Grottenschrate schien die krabbelnde Frau nur um Haaresbreite zu verfehlen, und wie sehr sich Danica auch krümmen mußte, um den Angriffen auszuweichen, es gelang ihr immer wieder zu kontern. Ein Grottenschrat schrie höhnisch auf, weil er dachte, er hätte seine Beute endlich, doch dann hatte er Danicas Fuß im Gesicht.

Danica sprang auf die Beine, obwohl ein Grottenschrat vor ihr kniete. Sofort stellte sie ihn sich als Steinblock vor und rammte dem Monster ihren Kopf in die Brust. Rippen – ein Dutzend vielleicht – brachen mit einem einzigen, scheußlichen Krachen.

Dann waren es nur noch zwei.

»Noch ein Elfenkopf für meine Trophäensammlung!« lachte Ragnor. Elbereth hob seinen Schild, um das schwere Schwert des Ogrillons abzuwehren, aber unter dem furchtbaren Gewicht dieses unglaublich kraftvollen Schlages wurde sein Arm taub.

»Neben deinen Verwandten wirst du dich gut machen!« prahlte Ragnor und schwenkte seine Kette aus Elfenohren. Weil er glaubte, daß Elbereth durch den schauerlichen Anblick abgelenkt war, trat Ragnor vor. Elbereth, der wirklich entsetzt war, konnte dem Schlag des Ogrillons noch durch einen Satz nach hinten ausweichen, rutschte im dichten Gras jedoch aus, kam aber schnell wieder hoch, wich Ragnors zweitem Angriff durch einen Schritt nach vorn aus und trieb dem Ogrillon das Schwert in den Oberschenkel. Es war ein guter Gegenangriff, nur packte Ragnor jetzt den Elfen mit der freien Hand und schleuderte ihn mit unglaublicher Kraft rückwärts auf den Boden.

Das schwere Schwert sauste nieder, grub sich aber tief in die weiche Erde, weil Elbereth gewandt zur Seite rollte.

Während Ragnor sein Schwert wieder herauszog, kam der Elf wieder auf die Beine. Elbereth sah sich rasch um und stellte fest, daß die Gegner von allen Seiten auf seine Gefährten eindrangen. Wenn sie auch nur annähernd siegreich sein wollten, mußte er Ragnor schnell erledigen. Bei einer kurzen Musterung des Ogrillons kam ihm das jedoch unwahrscheinlich vor. Geschwindigkeit und Beweglichkeit sprachen für Elbereth, aber Ragnor wurde mit allem fertig, was der Elf gegen ihn aufbringen konnte. Dieses Ungetüm zu besiegen würde Zeit kosten, viel Zeit, bis das schwere Monster niederging. Immer wieder würde er zustoßen müssen, bis Ragnor das Blut aus hundert tiefen Wunden rann.

Elbereth fluchte leise. Er stieß erneut mit dem Schwert

zu, und als er dann zu nah an seinem Gegner war, um die lange Klinge zu nutzen, schlug er wütend mit dem edelsteinverzierten Schwertgriff auf Ragnor ein.

☆☆☆

»Keine Zeit!« fluchte Ivan, der einsah, daß sein Plan bei so vielen Grottenschraten, Goblins und nun auch noch einem Haufen Orogs, die von überallher am Fuß des Hügels auftauchten, nicht aufgehen konnte. Er drehte sich zu Pikel um und zwinkerte ihm zu: »Plan zwei!«

»Ei, ei!« stimmte Pikel aufatmend zu.

Cadderly wollte schon fragen, was »Plan zwei« zu bedeuten habe, als Pikel auf ihn zustürmte und ihn mitriß. Mit dem verdatterten jungen Gelehrten im Schlepptau rannte Pikel den Hügel hinauf.

☆☆☆

Ragnor und Elbereth verharrten in ihrer tödlichen Umklammerung. Die Schläge des Elfen hatten die Schweineschnauze des Ogrillons in alle möglichen Richtungen verformt. Dicke Blutfäden überzogen das Gesicht des Ungeheuers. Doch immer noch ließ Ragnors teuflisches Grinsen nicht nach.

Schließlich landete eine Riesenhand auf dem Nacken des Elfen, und Elbereth wurde auf Armeslänge weggerissen. Das war immer noch zu nah für irgendwelche wirkungsvolle Schwerthiebe, aber Ragnors Schwertarm, den Elbereth mit seiner Schildhand umklammerte, schwebte gefährlich über dem Kopf des Elfen. Elbereth fürchtete, daß der Ogrillon ihm den Schwertgriff auf die Hand schmettern würde.

Seine Ängste vervielfachten sich, als Ragnor einen geheimen Knopf am Handschutz seiner Waffe drückte und eine zweite Klinge aus dem Heft seines Schwertes herausschoß, ein glänzendes Stilett. Seine drohende Spitze hing höchstens einen Fingerbreit über Elbereths Kopf.

Elbereth versuchte sich loszureißen, trat Ragnor immer wieder gegen Knie und Lenden. Der Ogrillon indessen grinste nur und zwang seinen Riesenarm herunter.

Etwas traf Elbereth in die Seite. Er sah die plötzliche Verwirrung auf Ragnors Gesicht, dann drehte sich die Welt um ihn. Er landete unsanft in dem seichten Fluß und verrenkte sich dabei einen Knöchel und ein Knie. Dann verstand er, was geschehen war, denn er hörte Ivan um sich schlagen und prusten.

»Du hast mich aus meinem Kampf gerissen!« brüllte Elbereth und griff zum Schwert. »Ich hätte –«

»Sterben können«, brachte Ivan seinen Satz zu Ende. »Hör mit dem Gejammer auf, Elf«, sagte der Zwerg mit verächtlichem Spott. »Und gib mir meinen Helm, ja?«

Elbereth plusterte sich grollend auf und suchte nach der passenden Antwort, aber zu Ivans Überraschung bückte er sich dann und zog den treibenden Helm aus dem Wasser. Er machte sogar ein paar Schritte flußabwärts, um eine der Geweihstangen zurückzuholen, die sich gelöst hatte.

Cadderly kam als nächster strampelnd die Böschung herunter, mühsam um sein Gleichgewicht ringend. Er und Pikel fielen nur wenige Fuß neben ihren Begleitern in den Fluß. Cadderly kam hoch, spie eine Fontäne Flußwasser aus und hustete. Immerhin hatte er seine Sinne weit genug beisammen, sein kostbares Bündel über Wasser zu halten und den Kopf seines kleinen, benommenen Gefährten zu stützen.

Pikel versuchte, seinen Dank auszudrücken, was jedoch damit endete, daß er Cadderly statt dessen Wasser ins Gesicht prustete.

»Da ist sie!« hörten sie Ivan rufen und blickten nach oben, wo Danica über den Rand der Böschung purzelte. Halb fallend, halb laufend kam sie das Ufer herunter, hielt sich mit einer Hand an Wurzeln fest, preßte den anderen, verwundeten Arm jedoch fest an den Körper. Irgendwann während des Kampfes war Danicas Pfeilwunde wieder aufgeplatzt. Ihr Ärmel und die Seite ihrer Tunika waren blutdurchtränkt.

Dennoch gelang ihr ein kontrollierter Abstieg, bei dem sie nicht so unsanft wie die anderen im Wasser landete und spielend leicht die beiden Grottenschrate hinter sich ließ, die sie verfolgten. Die Monster rückten hartnäckig weiter vor, suchten aber beim Abstieg eifrig mit den Händen nach Halt.

Ein Pfeilhagel surrte aus den Bäumen hinter der jenseitigen Uferbank. Jeder Schuß traf die schutzlosen Ungeheuer an der Böschung. Danica mußte aus dem Weg springen, als die beiden haarigen Gestalten an ihr vorbeirollten.

Die Gefährten allerdings jubelten nicht, denn aus den Bäumen kam ein weiterer Pfeil gesaust, der sich in Ivans Bein grub und den erschrockenen Zwerg umwarf. Bevor Ivan sich fassen konnte, lasteten Schwerter auf seinen Schultern, an jeder Seite seines dicken, aber dennoch verletzlichen Halses eins. »Ui, ui«, murmelte Pikel, der das Mißverständnis gut genug verstand, um hinter Cadderly in Deckung zu gehen.

Alte Weisheit

»Halt! Halt!« rief Elbereth, der platschend aus dem Fluß sprang und die beiden Elfen wegschob, die Ivan ihre Schwerter an die Kehle hielten. »Er ist kein Feind!«

Dieser Ausspruch überraschte den Zwerg. »Danke, Elf«, sagte er, zog aber dabei eine schmerzhafte Grimasse. Der Pfeil mit dem schwarzen Schaft hatte seinen dicken, muskulösen Schenkel fast bis zur Hälfte durchbohrt.

Die beiden Elfen griffen Ivan unter die Arme und schleppten ihn vom Fluß weg. »Schnell weg hier!« sagte einer. »Wenn wir im Freien bleiben, kommt der Feind uns nach.« Keiner der erschöpften Gefährten brauchte eine zweite Aufforderung, denn trotz des rauschenden Wassers konnten sie immer noch hören, wie Ragnor hinten auf dem Hügel seinen Soldaten wütend Anweisungen zubrüllte.

Besonders Elbereth sah sich nach der Böschung um. Noch nie war er im Kampf besiegt worden, aber er mußte sich eingestehen, daß Ragnor ihn getötet hätte, wenn der Zwerg ihn nicht aus dem Kampf gerissen hätte.

Elbereth und seine Begleiter wurden auf einer kleinen Lichtung von willkommenen Gesichern begrüßt – Shayleigh und Tintagel, die Elbereth bereits unter den Toten vom Daoine Dun gewähnt hatten. Sie lächelten nicht, als sie zu den Gefährten traten. Beim Anblick – und Gestank – der Zwerge runzelten sie sogar die Stirn.

»Gut, daß du zurück bist«, sagte Shayleigh, deren Stimme niedergeschlagener klang, als Elbereth sie je gehört hatte. Lange starrte er sie durchdringend an. Erst jetzt begann er zu verstehen, welch vernichtende Niederlage sie auf dem Daoine Dun eingesteckt hatten.

»Es gab viele Tote«, fügte Tintagel ähnlich zurückhaltend hinzu.

Elbereth nickte. »Wer kümmert sich um die Verwundeten?« fragte er. »Lady Maupoissants Arm muß frisch verbunden werden, und«, er sah Ivan einen Augenblick forschend an, »mein Freund wurde von einem Pfeil getroffen.«

Ivans Augen wurden groß, als der Elfenprinz ihn Freund nannte.

»Hui«, flüsterte Pikel.

»Pah! Das ist nur eine Kleinigkeit, Elf«, knurrte Ivan, aber als er sich den stützenden Elfen entzog und einen Schritt zu gehen versuchte, wurde ihm schwindlig vor Schmerz. Er stellte fest, daß sein Bein ihn nicht tragen wollte.

Danica war augenblicklich neben dem Zwerg und hielt ihn mit ihrem heilen Arm aufrecht. »Komm«, sagte sie mit bemühtem Lächeln. »Wir lassen uns zusammen verarzten.«

»Zwei alte, gebrochene Landstreicher, he?« grinste Ivan.

»Nicht so gebrochen wie die Feinde hinter uns«, betonte Danica. Ihr fiel auf, daß Shayleigh und Tintagel immer noch die Stirn runzelten, und sie hätte sie fast angeknurrt, als sie mit Ivan vorbeihumpelten.

»Die Zwerge sind als Verbündete zu behandeln«, befahl Elbereth, »denn das sind sie, und kein Elf sollte anders von ihnen denken.«

»Auf wessen Befehl?« kam eine Stimme von der Seite, die Elbereth als die seines Vaters erkannte, noch bevor er sich nach dem Elfenkönig umdrehte.

»Hast du das Kommando über die Truppen übernommen?« schnarrte Galladel, als er zu seinem Sohn trat. »Ist es dein Recht, unsere Verbündeten auszuwählen?«

Danica und Ivan blieben stehen, um zuzuhören. Cadderly und Pikel zuckten nicht mit der Wimper, aber Cadderly legte Pikel eine Hand auf die Schulter, um den Zwerg zu beruhigen.

Elbereth glaubte eigentlich nicht, daß der Ausbruch seines Vaters auch nur eine Antwort wert war, aber er wußte, daß Galladels Ärger nur größer werden würde, wenn er sich ihm nicht sofort stellte. »Ich hielt unsere Lage nicht für günstig genug, freiwillig geleistete Hilfe abzulehnen«, sagte er.

»Ich habe nie behauptet, daß ich dir helfen wollte, Elf«, bellte Ivan, der die ganze Sache wieder so hindrehen mußte, daß seine Zwergenseele sie akzeptieren konnte. »Mein Brüderchen und ich haben nur auf Cadderly und Danica aufgepaßt, nicht auf dich!«

»Ei, ei!« bekräftigte Pikel.

»Aha«, sagte Galladel, der erst den einen Bruder anfunkelte, dann den anderen. »Dann paßt auf Cadderly und Danica auf, und haltet euch von meinem Volk fern.«

»Vater«, begann Elbereth scharf.

»Und von dir will ich kein Wort hören, Elfenprinz von Shilmista!« schimpfte Galladel sarkastisch. »Wo war Elbereth, als der Daoine Dun überrannt wurde? Wo war mein Sohn, als sein Volk abgeschlachtet wurde?«

Zum ersten Mal, seit er Elbereth kannte, kam der Elfenprinz Cadderly sehr klein vor. Der junge Gelehrte blickte an dem Elfen vorbei zu Danica und sah ihre Mandelaugen feucht glänzen. Diesmal wurde er nicht von Eifersucht übermannt, denn er teilte Danicas Mitgefühl.

»Geh wieder fort, wenn du willst«, knurrte Galladel. »Dann bist du vielleicht nicht gezwungen, unsere letzten Momente mitzuerleben – die Zerstörung unserer Heimat.« Der Elfenkönig drehte sich um und ließ seinen Sohn einfach stehen.

Elbereth stand lange schweigend in den tiefer werdenden Schatten.

»Sie werden nicht bei Nacht angreifen«, bot Tintagel den Gefährten an, um vielleicht die trübe Stimmung aufzuhellen.

»Die Dunkelheit begünstigt die Goblins«, sagte Cadderly, mehr, um das Gespräch fortzusetzen, als um zu widersprechen.

»Nicht in Shilmista!« erwiderte der blauäugige Elfenzauberer, der sich zu einem Lächeln zwang. »Unsere Feinde haben gelernt, die Dunkelheit zu fürchten. Sie greifen nur tagsüber an. So wie am Daoine Dun.« Tintagels Stimme wurde leiser, als er die schicksalhafte Schlacht erwähnte.

Elbereth sagte nichts. Er senkte nicht das Haupt, neigte nicht sein stolzes Kinn, als er langsam davonschritt.

☆☆☆

Die Nacht war ausgesprochen kalt für den Spätsommer, so daß Cadderly weit hinter der Frontlinie ein Feuer gestattet wurde. Er nahm seinen Lichtstab und das Buch von Dellanil Quil'quien zur Hand und begann, an der Übersetzung zu arbeiten. Er war entschlossen, zu tun, was in seinen Kräften stand, um den Elfen beizustehen.

Bald jedoch wurde er abgelenkt, denn nicht weit von ihm trällerte ein Nachtvogel seine Melodien.

Cadderly kam ein Gedanke. Er legte das alte Buch weg und rief sich den Stillespruch ins Gedächtnis, den er sich am Abend eingeprägt hatte. Es war kein leichter Spruch für ihn; Cadderly hatte von Anfang an gewußt, daß er eine Herausforderung darstellte. Obwohl er froh war, daß Dorigen nicht in Ragnors Lager aufgetaucht war, wünschte er fast, daß er Gelegenheit gefunden hätte, sein Können zu beweisen.

»Warum nicht?« überlegte der junge Gelehrte und schlüpfte vom Feuer weg. Dann stellte er den Lichtstrahl enger, um den Vogel genau ausmachen zu können.

Er sprach die Runen sehr exakt, obwohl er sich bei der Betonung nicht sicher war. Immerhin würde er kein Wort aus dem vorgeschriebenen Spruch vergessen. Sekunden vergingen. Cadderly spürte, wie eine unbekannte Energie in ihm aufstieg.

Sie wuchs an Kraft und Dringlichkeit, forderte ihn auf, sie loszulassen. Und das tat er. Die letzte Silbe stieß er mit aller Entschlossenheit aus, die er in seine Stimme legen konnte.

Er hielt einen Moment inne. Der Nachtvogel war plötzlich verstummt. Der ganze Wald war still.

Cadderly ballte siegreich die Faust. Er ging zu dem alten Buch zurück und hatte ein besseres Gefühl, was seine Rolle in den bevorstehenden Kämpfen anging.

Seine Begeisterung war jedoch schnell verflogen, als Danica sich dem Feuer näherte. Die Lippen der jungen Frau sprachen einen Gruß, aber kein Laut drang aus ihrem Mund. Verwirrt sah sie sich um.

Cadderly verstand und schlug beschämt die Hände vors Gesicht.

Auch sein Seufzer war nicht zu vernehmen, ebensowenig wie das Knistern des Feuers, wie er jetzt merkte. Er griff nach einem Stock und schrieb in die Erde: »Geht vorbei.« Dann bedeutete er Danica, sich neben ihn zu setzen.

»Was ist passiert?« fragte Danica einige Minuten später, als das Prasseln der Flammen zurückgekehrt war.

»Ich habe mal wieder meine Nutzlosigkeit bewiesen«, entgegnete Cadderly. Er trat gegen sein Bündel mit dem *Buch der Universellen Harmonie*. »Ich bin kein Priester des Deneir. Ich bin überhaupt kein Priester. Selbst die einfachsten Sprüche kommen mir ungeschickt von den Lippen und landen dann nicht dort, wo ich es beabsichtigt habe. Ich wollte einen Vogel zum Schweigen bringen und habe statt dessen mich selbst verstummen lassen. Wir sollten froh sein, daß die Zauberin im letzten Kampf nicht aufgetaucht ist. Dann wären wir nämlich alle umgekommen, und man hätte noch nicht einmal unsere Todesschreie gehört.«

Trotz Cadderlys Grabesstimme, trotz aller widriger Umstände und trotz der Schmerzen in ihrem verletzten Arm mußte Danica bei dieser Vorstellung laut lachen.

»Am besten sollte ich selbst die einfachsten Heilsprüche vermeiden«, fuhr Cadderly fort, »weil ich weiß, daß sie eine Wunde möglicherweise verschlimmern, statt sie zu heilen!«

Danica wollte ihn trösten, wollte ihm sagen, daß er der intelligenteste Mensch sei, dem sie je begegnet war, und zudem der angesehenste junge Priester der Erhebenden Bibliothek. Aber sie konnte für seine Problemchen kein Mitgefühl aufbringen – nicht, während über Shilmistas altem Forst das drohende Verhängnis lastete.

»Selbstmitleid steht dir nicht«, bemerkte sie trocken.

»Selbsterkenntnis«, stellte Cadderly richtig.

»Möglich«, gab Danica zu, »aber im Augenblick völlig unwichtig.«

»Mein ganzes Leben –«, setzte Cadderly an.

»Ist nicht verschwendet«, unterbrach Danica, bevor der junge Gelehrte noch tiefer in seiner Verzweiflung versinken konnte. »Dein ganzes Leben? Dein Leben fängt gerade erst an.«

»Ich hatte gedacht, ich könnte als Priester des Deneir leben«, klagte Cadderly. »Aber das scheint nicht meine Bestimmung zu sein.«

»Wie willst du das wissen?« schimpfte Danica.

»Genau«, kam eine Stimme. Sie schauten auf und sahen überrascht, daß Kierkan Rufo sich dem Feuer näherte.

Danica hatte Rufo fast vergessen, und als sie ihn jetzt sah, kam ihr Zorn zurück. Cadderly spürte dies und legte ihr eine Hand auf die Schulter, weil er befürchtete, sie werde Rufo anspringen und würgen.

»Einige der höchstrangigen Mitglieder unseres Ordens haben kaum Erfahrung mit Sprüchen«, fuhr Rufo fort, der sich auf der anderen Seite des kleinen Feuers auf einen Baumstumpf setzte und Danicas kaltem Blick gezielt auswich. »Deine Freundin, die Großmeisterin, zum Beispiel. Selbst die einfachsten Sprüche versagen oft, wenn Großmeisterin Pertelope sie ausspricht.«

Rufos kantige Gesichtszüge wirkten im flackernden Feuerschein noch schärfer, und Cadderly bemerkte ein Zittern in seiner Stimme. Der junge Gelehrte achtete jedoch wenig darauf, denn Rufos Worte waren ihm wichtiger.

»Und das soll wahr sein?« fragte Cadderly. »Pertelope zählt zu unseren Großmeistern. Wie hätte sie bis zu diesem Rang aufsteigen können, wenn sie nicht einmal die einfachsten Sprüche zustande bringt?«

»Weil sie eine Gelehrte ist wie du«, erwiderte Rufo, »und zweifellos in Deneirs Gunst steht, auch wenn diese Gunst sich nicht in Form von Klerikermagie zeigt. Großmeisterin Pertelope hat ihren Titel wirklich verdient.«

»Woher willst du das wissen?« fragte Danica. Ihr brannten viele Fragen an Rufo auf den Nägeln, besonders was seinen Kontakt mit Dorigen anging.

»Ich habe Avery einmal darüber reden hören«, antwortete Rufo, der beiläufig klingen wollte, obwohl seine Stimme bei jedem Wort zitterte. »Und danach habe ich einfach aufgepaßt.«

Cadderly bemerkte, daß in diesem Gespräch sehr viel mehr vor sich ging, sowohl aus Danicas wie aus Rufos Sicht. Viel mehr als ein kleiner Schlagabtausch. Die Zeit, die verstrich, trug wenig zur Lösung der Spannung bei, sondern schien sie noch zu erhöhen. Dennoch fand Cadderly das, was Rufo über Pertelope erzählte, irgendwie tröstlich. Er durchforschte die Erinnerung an seine eigenen Erfahrungen mit der Großmeisterin und mußte zustimmen, daß er selten erlebt hatte, daß Pertelope überhaupt zu zaubern versuchte.

Rufo erhob sich steif. »Ich bin froh, daß ihr zurück seid«, sagte er etwas angestrengt. Aus seinem Bündel zog er Cadderlys Seidenumhang und den breitkrempigen Hut, der allerdings etwas verbeult war. »Ich bin froh«, sagte Rufo wieder. Er verbeugte sich kurz und verschwand, wobei er beinahe noch über den Baumstumpf gestolpert wäre.

»Überrascht, uns zu sehen, hm?« stellte Danica fest, als Rufo außer Hörweite war. »Jedenfalls war unser Freund ein wenig nervös.«

»Kierkan Rufo ist immer nervös«, erwiderte Cadderly, dessen Stimme zum ersten Mal, seit er den Mißerfolg seines Stillespruchs festgestellt hatte, wieder ruhig klang.

»Du hältst es also für Zufall«, murmelte Danica. »Und ist es auch Zufall, daß Dorigen ihn kennt?«

»Sie könnte Rufo aus derselben Quelle kennen, die ihr von mir erzählt hat«, überlegte Cadderly.

»Allerdings«, stimmte die junge Frau zu, und ihr trockener Tonfall gab Cadderlys Worten einen Unterton, der sie wie eine Anklage gegen ihren ungeschickten Gefährten klingen ließ. »Allerdings.«

☆☆☆

Cadderly erwachte kurz nach dem Morgengrauen von Kampfgeräuschen. Er holte die Spindelscheiben aus dem Gepäck, ergriff seinen Wanderstab und rannte los, aber der Kampf war vorüber, bevor er den Schauplatz erreicht hatte. Wieder hatten die Elfen einen neuen Vorstoß der Feinde erfolgreich zurückgeworfen.

Trotz dieses Erfolges waren jedoch weder Danica noch Elbereth oder die Zwerge erfreut, als Cadderly zu ihnen stieß.

»Tut mir leid«, entschuldigte sich der junge Gelehrte stammelnd. »Ich habe geschlafen. Keiner hat mir gesagt …«

»Keine Angst«, entgegnete Elbereth. »Du hättest bei diesem Kampf wenig ausrichten können. Elfenschützen haben den Feind zurückgedrängt, bevor allzu viele über den Fluß gelangen konnten.«

»Und die, die es bis hierher schafften, wünschten sich bald, sie wären umgekehrt!« fügte Ivan hinzu, der trotz seiner Beinwunde munter wirkte. Demonstrativ streckte er Cadderly seine blutige Axt entgegen. Pikel war derweil damit beschäftigt, ein Büschel Goblinhaare aus einem feinen Riß in seiner Keule zu entfernen.

Cadderly übersah nicht, welchen anerkennenden Blick Elbereth den Zwergen zuwarf, obwohl der Elf sich bemühte, dies zu verbergen. »Geh jetzt und ruh dich aus«, sagte Elbereth zu Danica. Dann sah er sich um, um anzudeuten, daß seine Worte für alle galten. »Ich muß mich mit meinem Vater beraten. Heute früh werden unsere Späher zurückkehren und genauere Schätzungen der Stärke der feindlichen Truppen abliefern.« Der Elf verneigte sich und war verschwunden.

Ivan und Pikel sanken fast augenblicklich in Schlaf, nachdem sie an Cadderlys kleinen Lagerplatz zurückgekehrt waren. Die Zwerge waren die ganze Nacht aufgeblieben und hatten einigen der toleranteren Elfen gezeigt, wie man eine ordentliche Barrikade errichtet und mit einfallsreichen Fallen vervollständigt.

Auch Danica legte sich zur Ruhe, und Cadderly vertiefte sich nach einer kurzen Mahlzeit wieder in das Buch von Dellanil Quil'quien. In der Nacht war seine Übersetzung langsam vorangegangen. Er glaubte, die Bedeutung einer einzigen Rune herausgefunden zu haben, aber hundert weitere magische Symbole waren ihm nach wie vor ein Rätsel.

Elbereth kam später, um nach ihnen zu sehen. Er wurde von Tintagel und Shayleigh begleitet. Die finstere Miene des Elfenprinzen erlaubte einen treffenden Schluß darauf, was die zurückgekehrten Späher berichtet hatten.

»Unser Feind ist besser organisiert und vorbereitet, als wir angenommen hatten«, gestand Elbereth.

»Und die feindliche Zauberin ist heute morgen zurückgekehrt«, fügte Shayleigh hinzu. »Sie hat einen Feuerstrahl geworfen und einen armen Späher damit erwischt. Er lebt, aber unsere Heiler glauben nicht, daß er den Tag übersteht.«

Automatisch warf Cadderly einen Blick auf sein Bündel mit dem *Buch der Universellen Harmonie*. Welche heilenden Geheimnisse mochte er darin entdecken? Ob er die Kraft finden konnte, den verwundeten Elfen zu helfen?

Beschämt sah er weg, weil er zugeben mußte, daß es unmöglich war. Er war kein Kleriker des Deneir, das hatte er sich in der letzten Nacht bewiesen.

»Was ist mit Verbündeten?« fragte Danica. »Hat die Erhebende Bibliothek auf unseren Ruf reagiert?«

»Es gibt keine Nachricht über Hilfe von außen«, antwortete Elbereth. »Wir glauben, daß die Bibliothek sowieso nicht genügend Hilfe schicken könnte, selbst wenn sie rechtzeitig einträfe.«

»Was bedeutet das für uns?« fragte Cadderly.

»Galladel spricht davon, Shilmista zu verlassen«, sagte Elbereth mit gepreßter Stimme. »Er redet oft von Evermeet und sagt, daß unsere Tage in diesen Reichen vorüber sind.«

»Und was meinst du?« fragte Danica mit beinahe anklagendem Unterton.

»Es ist noch nicht an der Zeit«, antwortete der stolze Elf aufrecht. »Ich werde Shilmista nicht den Goblins überlassen, aber …«

»Aber unsere Hoffnungen hier schwinden immer mehr«, antwortete Shayleigh. Cadderly fiel auf, wieviel Trauer in ihren Veilchenaugen stand.

»Wir können einen so starken Feind nicht bekämpfen«, gab die Elfenkriegerin zu. »Viele Goblins werden sterben, das stimmt, aber unsere Zahl wird immer weiter abnehmen, bis wir verschwunden sind.«

Zu seiner eigenen Überraschung brach Cadderly die anschließende Stille. »Ich habe mit der Übersetzung des Buches von Dellanil Quil'quien begonnen«, sagte er entschlossen. »Dort werden wir unsere Antworten finden.«

Elbereth schüttelte den Kopf. »Dir bleibt nicht viel Zeit«, erklärte er, »und wir erwarten uns nicht soviel wie du von dem alten Werk. Die Magie des Waldes ist nicht mehr wie früher – in dieser Hinsicht hat mein Vater recht, befürchte ich.«

»Wann wirst du entscheiden, was wir tun sollen?« fragte Danica.

»Später, aber heute noch«, erwiderte der Elfenprinz. »Obwohl ich das Treffen für reine Formalität halte, denn die Entscheidung ist bereits gefallen.«

Es gab nichts mehr zu sagen, aber so viel mehr zu tun. Die drei Elfen verschwanden. Danica fiel wieder auf ihre Decke zurück, wo sie sich herumwälzte und vergeblich weiteren Schlaf suchte. Cadderly widmete sich wieder dem alten Buch.

Er verbrachte noch eine Stunde damit. Zwei einfache Runen, die fast auf jeder Seite auftauchten, frustrierten ihn. Wenn diese beiden soviel Zeit in Anspruch nahmen, wie sollte er dann hoffen, das Werk an einem einzigen Tag vollständig zu übersetzen?

Er legte das Buch weg und streckte sich erschöpft aus. Er gab sich geschlagen, aber er haßte sich wegen seiner Unzulänglichkeit. Cadderly, der Priester? Anscheinend nicht. Cadderly, der Kämpfer? Wohl kaum. Cadderly, der Gelehrte?

Vielleicht, aber dieses Talent erschien ihm plötzlich in der wirklichen, gewalttätigen Welt so überaus nutzlos. Cadderly konnte die Abenteuer von tausend alten Helden erzählen, von Taten aus längst vergangenen Kriegen berichten und ein verlorenes Zauberbuch neu schreiben, das er nur einmal gesehen hatte. Aber er konnte nicht die schwarze Flut vom schönen Shilmista abwenden, und nun schienen seine anderen Talente nicht mehr zu zählen.

Der Schlaf übermannte ihn, und mit diesem gnädigen Schlaf kam ein Traum, den Cadderly nicht erwartet hatte.

Er sah Shilmista unter dem Licht eines Himmels von früher, unter Sternenlicht mit lila, blauen und hellgelben Strahlen, die weich durch das dichte Blätterdach drangen. Dort tanzten die Elfen, zehnmal so viele wie heute, die dem Lied des größten Königs von Shilmista folgten.

Die Worte waren Cadderly fremd, obwohl er die heute gebräuchliche Elfensprache fließend sprach. Noch fremder aber war die Reaktion des Waldes um die Elfen, denn die Bäume selbst vibrierten von Dellanils Lied, als antworteten sie dem Elfenkönig. Nur ein leiser Lufthauch regte sich in diesem alten Bild, doch die großen, alten Äste wiegten sich im Takt zu den anmutigen Bewegungen der Waldbewohner.

Dann war die Vision verflogen, und Cadderly setzte sich auf, denn das durchdringende Schnarchen von Ivan und Pikel hatte ihn geweckt. Der junge Gelehrte schüttelte den Kopf und legte sich wieder hin, um den verlorenen Augenblick zurückzuholen. Seine Träume verblichen rasch, waren nur noch wie ein Nebel, aber er erinnerte sich deutlich an die Heiterkeit und den Zauber.

Hastig stürzte er sich auf das schwarz gebundene Buch. Wieder begrüßten ihn die unbekannten Runen, aber diesmal verwarf Cadderly seine Notizen und seine praktische, logische Vorgehensweise. Er fühlte, wie Dellanil in seinem Traum gefühlt hatte, und ließ seine Seele tanzen wie die Elfen und die Bäume getanzt hatten, deren Lied in ihm nachklang.

☆☆☆

»Raus!« fluchte Kierkan Rufo, der mit dem Arm gegen einen Baumstamm schlug. »Ich habe getan, was du wolltest, jetzt laß mich in Ruhe!« Ängstlich sah der hagere Mann sich um, ob er zu laut gesprochen hatte. Die Elfen schienen überall zu sein, und Rufo zweifelte nicht daran, daß jeder von ihnen ihn gern mit einem Pfeil durchbohrt hätte, falls er den Ursprung von Rufos Qualen erkennen sollte.

Er war allein im Wald, zumindest äußerlich, und das war schon so, seit er sich am Abend zuvor von Cadderly und Danica getrennt hatte. Rufo fand keinen Schlaf – eine teuflische Stimme in seinem Kopf ließ es nicht zu. Schon wirkte der linkische Mann erschöpft und gehetzt, denn er konnte sich Druzils telepathischen Einflüsterungen nicht entziehen.

Was hast du zu verlieren? schnurrte die rauhe Stimme des Teufelchens. *Du hast die ganze Welt zu gewinnen.*

»Ich weiß nicht, was sie vorhaben, und wenn ich es wüßte, würde ich es dir auch nicht sagen«, beharrte Rufo.

O doch, das würdest du. Druzil war sich sehr sicher. *Und das wirst du auch noch.*

»Niemals!«

Du hast deine Freunde schon einmal verraten, Kierkan Rufo, erinnerte ihn Druzil. *Wie gnädig wäre der Elfenprinz, wenn er von deiner Schwäche erführe?*

Rufo begriff, daß Druzils Frage eine eindeutige Drohung beinhaltete.

Aber denk doch nicht an so unangenehme Dinge, fuhr der kleine Teufel fort. *Hilf uns jetzt. Wir werden siegen – das ist ja offensichtlich –, und du wirst reich belohnt werden, sobald die Schlacht gewonnen ist. Erzürne uns, dann wirst du bezahlen.*

Rufo merkte nicht, was er tat, bemerkte nicht einmal den scharfen Schmerz. Entsetzt blickte er in seine Hand, die ein Büschel seiner glatten schwarzen Haare hielt.

Ein verzweifelter Versuch

Wir bitten vielmals um Verzeihung«, sagte Danica leise, als sie und Cadderly den kleinen Platz hinter dem dichten Hain betraten, der die Außenwelt abhielt. Hier waren die Anführer der Elfen versammelt – Galladel und Elbereth, Shayleigh, Tintagel und einige andere, die Danica und Cadderly nicht kannten. Ihre Gesichter waren finster, und obwohl sich Galladel nicht sofort zu der Unterbrechung äußerte, konnten beide Freunde sehen, daß der Elfenkönig über ihr Auftauchen nicht beglückt war.

»Ich habe das Werk übersetzt«, verkündete Cadderly, der das Buch von Dellanil Quil'quien so hoch hielt, daß alle es sehen konnten.

»Wo habt Ihr das her?« wollte Galladel wissen.

»Er hat es auf dem Daoine Dun gefunden«, erklärte Elbereth, »und jetzt hat er es mit meiner Erlaubnis.«

Galladel funkelte seinen Sohn an, der sich jedoch Cadderly zuwandte. »Du hattest nicht einmal Zeit, den ganzen Band zu lesen«, stellte der Elfenprinz fest. »Wie willst du es dann übersetzt haben?«

»Das habe ich auch nicht«, erwiderte Cadderly vorsichtig. »Ich meine ...« Er legte eine Pause ein, um die richtigen Worte für das zu finden, was er erreicht hatte, und auch, um gegen Galladels einschüchternden Blick zu bestehen.

»Ich habe die Bedeutung und die Feinheiten der alten Runen enträtselt«, erklärte Cadderly. »Die Symbole sind jetzt verständlich. Wir können das Buch zusammen lesen und schauen, welche Geheimnisse es bereithält.«

Einige der Elfen, besonders Elbereth und Shayleigh, wirkten wie gebannt. Elbereth stand auf und kam zu Cadderly. In seinen Silberaugen funkelte neu erwachende Hoffnung.

»Was erhofft Ihr Euch Wertvolles aus diesen Seiten?« fragte Galladel scharf. Sein verärgerter Tonfall ließ seinen Sohn wie angewurzelt stehenbleiben. Über Cadderlys Gesicht glitt ein verwirrter Ausdruck, denn eine solche Reaktion hatte er nicht erwartet.

»Ihr bringt uns trügerische Hoffnung«, fuhr der Elfenkönig mit unnachgiebigem Zorn fort.

»Mehr als das«, wandte Cadderly ein. »In diesem Werk habe ich einen höchst bemerkenswerten Bericht gefunden, wie König Dellanil Quil'quien die Bäume von Shilmista erweckt hat, und wie diese Bäume den Ansturm einer Goblinarmee aufhielten!« Die Parallele zu ihrer gegenwärtigen Lage war so offensichtlich, daß Cadderly sich nicht vorstellen konnte, daß man diese Nachricht nicht freudestrahlend aufnehmen würde. Aber Galladel wirkte noch weniger beeindruckt als zuvor.

»Ihr erzählt uns nichts, was wir nicht schon wüßten!«

fauchte der Elfenkönig. »Glaubt Ihr, keiner von uns hätte das Buch von Dellanil gelesen?«

»Ich dachte, die Runen wären in Vergessenheit geraten und unverständlich«, stammelte Cadderly. Danica legte ihm eine Hand auf die Schulter. Der junge Gelehrte konnte ihren Trost gut gebrauchen.

»Inzwischen schon«, erwiderte Galladel, »aber auch ich habe das Werk gelesen, vor Jahrhunderten, als diese Runen noch nicht so ungebräuchlich waren. Ich könnte sie immer noch entziffern, wenn ich die Zeit und die Lust dazu hätte.«

»Du hast gar nicht vorgehabt, die Bäume zu wecken?« fragte Elbereth seinen Vater ungläubig.

Galladels Blick durchbohrte seinen unverschämten Sohn. »Du redest davon, als ob es ein einfacher Zauberspruch wäre.«

»Es ist kein Spruch«, warf Cadderly ein, »sondern eine Anrufung, ein Ruf, der die Kräfte des Waldes erweckt.«

»Kräfte, die es nicht mehr gibt«, fügte Galladel hinzu.

»Wie kannst du –«, setzte Elbereth an, aber Galladel schnitt ihm das Wort ab.

»Dies ist nicht der erste Krieg, der über Shilmista gekommen ist, seit ich die Herrschaft übernommen habe«, erklärte der Elfenkönig. Plötzlich wirkte er alt und verletzlich, sein Gesicht blaß und hohl. »Und ich habe den Bericht von Dellanils Schlacht gelesen, genau wie Ihr«, sagte er freundlich zu Cadderly.

»Wie Ihr war ich damals, vor all den Jahren, voller Hoffnung und glaubte an die Magie von Shilmista. Aber die Bäume sind meinem Ruf nicht gefolgt«, fuhr der Elfenkönig fort, wozu zwei betagte Elfen neben ihm bestätigend nickten. »Nicht ein einziger. Viele Elfen starben, als die Eindringlinge abgewehrt wurden, zu viele, denn ihr König war zu beschäftigt, um sich an dem Kampf zu beteiligen.«

Cadderly kam es so vor, als ob die Schultern des alten Elfen noch tiefer sackten, als er sich an jene tragische Zeit erinnerte.

»Diese Anrufung gehört zu einem anderen Zeitalter«, sagte Galladel, und seine Stimme wurde wieder resoluter. »Zu einem Zeitalter, als die Bäume die heimlichen Wächter des Waldes von Shilmista waren.«

»Aber sind sie das nicht mehr?« wagte Shayleigh einzuwerfen. »Hammadeen forderte uns auf, ihr warnendes Lied zu hören.«

»Hammadeen ist eine Dryade«, erklärte Galladel, »und viel mehr auf die Pflanzen eingestimmt, als jeder Elf es jemals sein könnte. Sie würde das Lied jeder Pflanze auf der ganzen Welt vernehmen. Laßt euch von ihren vielsagenden Worten keine falsche Hoffnung einflößen.«

»Wir haben kaum eine Wahl«, erinnerte Elbereth seinen Vater.

»Die Anrufung wird nicht funktionieren«, beharrte Galladel in einem Ton, der deutlich zeigte, daß er das Gespräch für beendet hielt. »Gelehrter Cadderly, wir danken Euch«, sagte er ein wenig herablassend. »Eure Bemühungen sind wirklich lobenswert.«

»Komm«, flüsterte Danica Cadderly ins Ohr und zog ihn an der Hand davon.

»Nein!« wehrte sich Cadderly und wand sich von ihr los. »Was wollt Ihr tun?« fuhr er Galladel an. Er näherte sich dem Elfenkönig, der auf der anderen Seite der Lichtung saß, und stieß den schockierten Elbereth einfach zur Seite.

»Viele sagen, daß die Armee gegen Shilmista für die Elfen einfach zu groß ist«, fuhr Cadderly fort. »Viele sagen, daß nicht rechtzeitig und ausreichend Hilfe eintreffen wird, um den Wald zu retten. Wenn das alles stimmt, was wollt Ihr dann unternehmen?«

»Um das zu besprechen, haben wir uns hier versammelt – nur wir«, antwortete der Elfenkönig streng.

»Und was hat die Versammlung hier beschlossen?« gab Cadderly zurück, der sich jetzt nicht mehr einschüchtern ließ. »Wollt Ihr weglaufen und den Wald den Eindringlingen überlassen?«

Galladel stand auf und begegnete Cadderlys entschlossenem Blick mit einem ebenso unbeugsamen. Der junge Gelehrte hörte, wie Danica an seine Seite eilen wollte, um ihn wegzuziehen, aber zu seiner Überraschung hinderte Elbereth sie daran.

»Die meisten werden gehen«, gab Galladel zu. »Einige«, er sprach das Wort gefühllos aus und sah dabei betont zu Elbereth hin, »wollen bleiben und kämpfen, weil sie entschlossen sind, den Feind zu behindern und zu bestrafen, bis sie genauso tot sind wie ihre Elfenbrüder.«

»Und Ihr geht in die Erhebende Bibliothek?« fragte Cadderly. »Und dann weiter, vielleicht nach Evermeet?«

Galladel nickte bekümmert. »Unsere Zeit in Shilmista ist vorbei, junger Priester«, gestand er, und Cadderly konnte erkennen, daß diese Worte den Elfenkönig zutiefst schmerzten.

Er konnte das durchaus nachfühlen, und er zweifelte nicht an der Wahrheit von Galladels Behauptungen, aber die Handlungen der Elfen würden noch andere Folgen haben, die diese offenbar nicht in Betracht gezogen hatten. Vorläufig hing das Schicksal der ganzen Region von ihnen ab. »Als Gesandter der Erhebenden Bibliothek kann ich Euch versichern, daß Ihr und Euer Volk dort willkommen seid, solange Ihr bleiben wollt«, antwortete Cadderly. »Aber da ich gesehen habe, wie die Bibliothek und nun Shilmista heimgesucht wurden, muß ich Euch bitten, es Euch noch einmal zu überlegen. Wenn der Wald fällt, dann, fürchte ich, werden auch die Menschen in den Bergen und im Osten am See fallen. Wir können dem Feind nicht so einfach das Feld überlassen.«

Galladel schien kurz vor dem Überkochen zu stehen. »Ihr wollt uns also opfern?« knurrte er. Sein Gesicht befand sich nur wenige Fingerbreit vor Cadderlys. »Ihr wollt das Leben meines Volkes hingeben, damit ein paar Menschen vielleicht überleben können? Wir schulden euch nichts, sage ich! Glaubt Ihr, wir geben unser Heimatland leichten Herzens auf? Ich habe schon in Shilmista gelebt, bevor Eure geliebte Bibliothek überhaupt gebaut war!«

Cadderly wollte einwenden, daß Galladels eigene Worte bewiesen, daß Shilmista es wert war, dafür zu kämpfen, und daß jede Möglichkeit, auch der Versuch, die Bäume zu wecken, ausgeschöpft werden sollte, bevor die Elfen von hier flohen. Aber er fand keine Worte mehr, die er Galladels Zorn entgegensetzen konnte, nichts, was den aufgebrachten Elfenkönig besänftigt hätte. Als Danica wieder versuchte, ihn zum Rand des Hains zu ziehen, sträubte er sich nicht.

»Ich dachte, ich könnte ihnen helfen«, sagte er zu ihr, ohne noch einen letzten Blick auf Galladel zu werfen.

»Wir alle wollen helfen«, sagte Danica liebevoll. »Darum sind wir ja so enttäuscht.«

Schweigend gingen sie davon und konnten noch lange hören, wie in dem Hain hinter ihnen gestritten wurde. Als sie sich im Lager wieder zu Kierkan Rufo und den Zwergenbrüdern gesellten, hatte Cadderly das Gefühl, das Gewicht der ganzen Welt laste auf seinen Schultern.

Eine Stunde später traten zu ihrer Überraschung Elbereth, Shayleigh und Tintagel zu ihnen.

»Du bist sicher, daß du die Runen entziffert hast?« fragte Elbereth direkt. Forschend sah er den jungen Gelehrten an.

»Ich bin sicher«, antwortete Cadderly, der aufsprang, weil er schon ahnte, was der kühne Elfenprinz im Sinn hatte.

Die Mienen von Shayleigh und Tintagel verrieten, wie unwohl sie sich bei diesem Unternehmen fühlten.

»Was hat der Rat beschlossen?« wollte Danica wissen. Sie stellte sich neben Cadderly und starrte den Elfenprinzen an.

Elbereth wich keinen Schritt zurück. »Mein Vater hat entschieden, daß mein Volk den Wald verläßt«, gestand er. »Wir verlassen das Land im Tausch für unser Leben, und niemals werden wir zurückkehren.«

»Galladel hat es sich mit seiner Entscheidung nicht leichtgemacht«, betonte Tintagel. »Dein Vater hat in den letzten Tagen viele Elfen sterben sehen.«

Diese Bemerkung traf Elbereth, wie Tintagel, der offensichtlich wenig von der Absicht des Elfenprinzen hielt, es anscheinend beabsichtigt hatte.

»Ihr Tod wird umsonst sein, wenn wir Shilmista dem Feind überlassen«, erklärte der Elfenprinz. »Wir haben immer noch Möglichkeiten, und ich gehe erst, wenn diese ausgeschöpft sind.«

»Du willst die Bäume wecken«, stellte Cadderly fest.

»Ei, ei!« flötete ein glücklicher Pikel, der solche druidenhafte Magie nur zu gern erleben wollte.

Alle drei Elfen warfen dem Zwerg mit den runden Schultern einen drohenden Blick zu.

»Ei«, zirpte Pikel und senkte den Blick.

»Mit deiner Hilfe«, sagte Elbereth zu Cadderly, »werden wir die Magie längst vergangener Zeiten neu entdecken. Wir werden den Wald gegen unsere Feinde wenden und sie in ihre Berglöcher zurücktreiben!«

Cadderly war bei diesem Gedanken ganz aufgeregt, sah aber, daß außer ihm, Elbereth und vielleicht noch Pikel keiner ernsthaft auf ein Gelingen dieses Plans setzte.

»Dein Vater glaubt nicht daran«, erinnerte Danica den Elfenprinzen.

»Er wäre gegen diesen Versuch«, fügte Shayleigh hinzu.

»Wie können wir gehen, ohne es versucht zu haben?« fragte Elbereth. »Wenn wir scheitern, folgen wir Galladels Plan, und was hätten wir verloren? Wenn es gelingt, wenn der Wald zum Leben erwacht, wenn große Bäume als Verbündete neben uns schreiten ...«

Tintagel und Shayleigh gelang ein einigermaßen hoffnungsvolles Lächeln. Danica blickte zweifelnd zu Cadderly. Immerhin war sie bereit, ihn zu unterstützen.

»Ich kann dir jederzeit die Worte erklären«, sagte Cadderly entschlossen. »Gemeinsam werden wir das Lied von Dellanil Quil'quien finden und die Bäume an unsere Seite rufen!«

Die drei Elfen machten sich wieder auf den Weg, und Cadderly nahm zufrieden das alte Buch zur Hand und schlug es an der entsprechenden Stelle auf.

Danica wollte ihm sagen, daß es vergeblich sei, wollte ihn warnen, welche schlimmen Folgen ein Fehlschlag für die schon jetzt geschwächte Kampfmoral der Elfen haben würde. Aber als sie ihren Freund so entschlossen und konzentriert in dem Buch lesen sah, fehlten ihr die Worte.

Keiner von ihnen bemerkte, wie Kierkan Rufo heimlich davonschlüpfte.

☆☆☆

Die Elfen ziehen ab? kam die telepathische Stimme und verriet die Aufregung des Teufelchens. *Welche Barrieren werden sie zurücklassen? Und was ist mit dem kleinen Cadderly? Erzähl mir von Cadderly!*

»Laß mich in Ruhe!« schrie Rufo zurück. »Du hast genug von mir erfahren. Geh und frag einen anderen.« Der ungelenke Mann konnte fühlen, wie das Teufelchen in der Ferne lachte.

»Die Elfen ziehen ab«, gab Rufo zu. Er hoffte, er könnte die wichtigeren Neuigkeiten mit etwas überdecken, was der Feind sowieso bald genug herausfinden würde.

Und das ist alles? kam die erwartete Frage.

»Das ist alles«, antwortete Rufo. »Ein paar bleiben zurück, um euren Vormarsch aufzuhalten, aber der Rest zieht ab, um niemals wiederzukehren.«

Und was ist mit Cadderly?

»Er geht mit ihnen, zurück nach Hause, in die Bibliothek«, log Rufo. Er wußte, wenn er etwas anderes verriete, würde er unweigerlich an der nächsten Verschwörung beteiligt sein.

Wieder hörte er das ferne, krächzende Gelächter. *Du hast mir nicht alles gesagt,* kamen die Gedanken des Teufelchens, *aber indem du versucht hast, einen Teil zu verbergen, hast du mir mehr verraten, als du wolltest. Ich bleibe bei dir, Kierkan Rufo, auf Schritt und Tritt. Und wisse, daß dein Widerstand bei unserer Zusammenarbeit aufgedeckt werden wird, sobald unser Feldzug beendet ist und du vor meiner Herrin stehst. Geh und überleg dir noch einmal, was du tust und was du sagst. Denk an den Weg, der vor Kierkan Rufo liegt.*

Rufo spürte, wie die Verbindung abriß, dann war er allein. Gehetzt stolperte er durch den Wald.

☆☆☆

Danica freute sich über die Veränderung, die über Cadderly gekommen war, wie auch immer dieser verzweifelte Versuch ausgehen würde. Sie wußte, daß Cadderly ein sensibler Mensch war. Die Gewalt, die ihm aufgezwungen worden war, frustrierte ihn ebenso wie die Zerstörung so vieler wunderbarer Dinge, sowohl im schönen Shilmista wie zu Hause in der Erhebenden Bibliothek. Danica zweifelte nicht an seiner Bereitschaft, auf jede erdenkliche Weise zurückzuschlagen. Sie standen in dem Hain, in dem die Elfen zuvor Rat gehalten hatten, denn sie wollten ihren Versuch geheimhalten, falls er fehlschlug, wie Galladel prophezeit hatte. Als Danica sah, wie Cadderly und Elbereth sich auf die Zeremonie vorbereiteten und wie der junge Gelehrte dem Elfen bestimmte Betonungen und Bewegungen beibrachte, hätte sie am liebsten selbst daran geglaubt, daß die Bäume von Shilmista erwachen und den Wald retten würden.

Tintagel, Shayleigh und Pikel, der neben Danica stand, schienen ähnliche, unausgesprochene Hoffnungen zu hegen. Ivan hingegen stieß nur einen unablässig murmelnden Nörgelstrom aus, denn er fand, daß sie alle draußen sein sollten »und Orks verprügeln«, anstatt ihre Zeit damit zu verschwenden, Bäume zu rufen, »die keine Ohren haben«!

Ein paar andere Elfen tauchten auf, als Elbereth mit dem Lied begann, einem gleichmäßigen, melodischen Singsang, der unter dem geheimnisvollen abendlichen Blätterdach genau zu passen schien.

Pikel wurde beinahe schwindelig. Er begann zu tanzen – für einen Zwerg anmutig, doch in einem Elfenwald etwas fehl am Platz. Dennoch konnten Tintagel und Shayleigh ein Lächeln nicht unterdrücken, als sie den Druidenfreund mit seinem grün gefärbten, geflochtenen Bart tanzen sahen. Bei jeder Drehung hüpfte der Zopf auf seinem Rücken.

Dann trat Galladel zwischen Shayleigh und Danica. Sein Stirnrunzeln bedrohte die magische Aura so sicher wie jeder Goblinangriff.

»Stört sie nicht, ich bitte Euch«, flüsterte Danica dem Elfenkönig zu, und zu ihrer Überraschung nickte er ernst und verhielt sich ruhig. Er warf einen mißbilligenden Blick auf

Pikel, dann konzentrierte er sich wieder auf seinen Sohn, der ganz in dem alten Lied aufging.

Danica bemerkte, daß Tränen in die Augen des Elfenkönigs traten, und sie wußte, daß Galladel sich selbst sah. Er erinnerte sich an jenen Tag vor Jahrhunderten, als es ihm mißlungen war, die Bäume zu wecken, und dieser Fehlschlag viele Elfen das Leben gekostet hatte.

Elbereths Lied griff nach Shilmista. Danica verstand die Worte nicht, aber sie schienen auf den Wald zu passen, fast überirdisch und noch elfengleicher, als Daoine Teague Feer ihr vorgekommen war. Jetzt waren viele Elfen um die kleine Lichtung versammelt. Ohne jedes Geflüster untereinander lauschten sie dem zauberischen Ruf ihres Prinzen.

Dann – scheinbar viel zu plötzlich – war Elbereth fertig. Er stand in der Mitte der Lichtung. Cadderly trat neben ihn, und mit allen, die versammelt waren, warteten sie mit angehaltenem Atem, ob Shilmista reagieren würde.

Es kam nichts, nur das Heulen der Wölfe und das jammervolle Stöhnen des Abendwinds.

»Bäume haben keine Ohren«, murmelte Ivan eine ganze Weile später.

»Ich hatte doch gesagt, daß es nicht geht«, warf Galladel ihnen vor, nachdem die aufgebaute Spannung durch den Kommentar des enttäuschten Zwergs zusammengebrochen war. »Seid ihr mit eurem Unsinn fertig? Können wir jetzt endlich dazu übergehen, unser Volk zu retten?«

Der Blick, mit dem Elbereth Cadderly bedachte, war voller Bedauern. »Wir haben es versucht«, meinte der Elfenprinz. »Wir haben es versucht.« Er drehte sich um und ging langsam zu seinem Vater.

Zutiefst erschüttert stand Cadderly in der Mitte der Lichtung und verfolgte noch einmal mit seinem Lichtstrahl die Worte in dem alten Buch.

»Es war einen Versuch wert«, sagte Danica, als sie und die Zwergenbrüder zu ihm traten.

»Allerdings«, kam eine zwitschernde Stimme, die sie sofort erkannten. Gleichzeitig drehten alle sich um und sahen Hammadeen, die Dryade, neben einer Fichte stehen, genau gegenüber der Stelle, wo Galladel und die anderen gerade abgezogen waren.

»Was weißt du?« rief Cadderly, der auf die Dryade zulief. »Du mußt es uns sagen! Die Bäume haben nicht auf den Ruf reagiert, und du weißt den Grund.«

»Oh, aber sie haben ihn gehört!« gab Hammadeen zurück, die glücklich in die Hände klatschte. Sie verschwand hinter der Fichte, um kurz darauf hinter einem anderen Baum, viele Fuß von dem aufgebrachten jungen Mann entfernt, wieder aufzutauchen. »Wirklich!«

»Und, marschieren sie unseren Feinden auch schon entgegen?« hauchte Cadderly, der es kaum glauben mochte.

Hammadeen Gelächter strafte seine Hoffnung Lügen. »Natürlich nicht!« zirpte die Dryade. »Diese Bäume sind zu jung. Sie haben nicht die Kraft der Alten. Ihr seid am falschen Ort, begreift ihr das nicht?«

Cadderlys Niedergeschlagenheit spiegelte sich auch in Danicas und Pikels Mienen. Ivan knurrte nur etwas, schnaufte und stürmte davon.

»Aber die Bäume in dieser Gegend des Waldes haben das Elfenlied gehört«, tröstete Hammadeen, um sie aufzuheitern, »und sie freuen sich darüber.«

»Da werden sie auch viel von haben«, fluchte Ivan beim Abmarsch.

Danica sprach aus, was die drei Zurückgebliebenen dachten, als sie flüsterte: »Und wie werden sie sich freuen, wenn sie die Orkäxte schlagen hören?«

Hammadeen hörte auf zu lachen und verschmolz mit der Fichte.

Später in dieser Nacht waren die vier Gefährten gemeinsam mit Kierkan Rufo auf dem Weg nach Süden. Viele Elfen begleiteten sie, obwohl das schöne Volk nicht direkt auf den Wegen lief, wie man es Cadderly und seinen Freunden geraten hatte. Vielmehr huschten sie seitwärts durch die Schatten, aufmerksam trotz ihrer Müdigkeit, und wer nicht ritt, der hielt sich meist an die Bäume und stieg lautlos durch die hohen, überlappenden Äste.

Shayleigh gesellte sich zu den Wanderern und stieg vom Pferd, um neben ihnen zu laufen. Aber ihre Anwesenheit konnte sie kaum trösten, besonders, als allen auffiel, daß sie Cadderly nicht in die Augen sehen konnte.

»Hinter uns wird wieder gekämpft«, sagte die Elfenfrau, »und so wird es auf dem ganzen Weg durch Shilmista sein.«

»Blöde Orks«, murmelte Ivan, und das war die einzige Antwort der Gruppe.

»Diesmal sieht es so aus, als hätte König Galladel recht gehabt«, fuhr Shayleigh fort.

»Wir hatten nichts zu verlieren«, entgegnete Cadderly etwas schärfer als beabsichtigt.

»Aber wir«, sagte Shayleigh. »Denn die Nachricht von unserem Mißerfolg machte die Runde. Alle Elfen wissen, daß Shilmista sich nicht mit uns erheben wollte. Unsere Herzen sind schwer. Nur wenige werden bei Elbereth bleiben, der immer noch den Feind aufhält.«

Sowohl Cadderly als auch Danica wollten etwas sagen, aber Ivan reagierte schneller.

»Nein, das tut ihr nicht!« schimpfte der Zwerg. »Ihr bleibt nicht hier, genauso wenig wie mein Brüderchen und ich.«

»Ei«, sagte Pikel traurig.

»Es ist nicht unser Wald«, brüllte Ivan weiter. »Und wir

können absolut nichts tun, um die Ungeheuer aufzuhalten! Viel zu viele von den Mistviechern!«

Daraufhin zog Shayleigh ab, und Danica und Cadderly konnten sich nicht einmal aufraffen, ihr Lebewohl zu sagen.

Ein Wald, für den der Kampf sich lohnt

Während ihres langen, unerfreulichen Marsches bemerkte Danica, wie ihr Freund sich veränderte. Es fing damit an, daß Cadderly sich nach allen Seiten umsah. Mit Tränen in den grauen Augen starrte er in Shilmistas Schatten. Aber dann wich die Trauer einem so gewaltigen Zorn, daß der junge Gelehrte kaum noch richtig durchatmen konnte. Immer wieder ballte er die Hände zu Fäusten.

Er entzog sich der Rückzugslinie und nahm sein Bündel vom Rücken, ohne Danica, Rufo oder den Zwergenbrüdern etwas zu erklären, als sie zu ihm kamen.

»Bißchen was zu lesen für unterwegs?« fragte Ivan, als er sah, daß Cadderly das alte Buch von Dellanil Quil'quien hervorholte.

»Es hätte funktionieren müssen«, erwiderte Cadderly fest. »Die Worte waren richtig. Jede Silbe war genau so, wie König Dellanil sie vor Jahrhunderten ausgesprochen hat.«

»Natürlich war es so«, sagte Danica. »Niemand in ganz Shilmista zweifelt daran, daß du dir größte Mühe gegeben hast und daß dein Herz am Wald hängt.«

»Schmeichelei?« fuhr Cadderly zurück. So wütend hatte er seine Freundin noch nie angefahren.

Danica wich entgeistert einen Schritt zurück

»Ei«, stöhnte Pikel.

»Du hast kein Recht, so zu ihr zu sprechen«, sagte Ivan, der laut mit dem Axtstiel in seine offene Hand klatschte.

Cadderly nickte zustimmend, wollte jedoch nicht, daß die Scham seine wachsende Entschlossenheit untergrub. »Die Anrufung muß funktionieren«, erklärte er. »Es gibt keine andere Hoffnung für Shilmista.«

»Du hast den Waldgeist doch selbst gehört«, meinte Ivan. »Du bist am falschen Ort, Jungchen. Shilmista wird deinem Ruf nicht folgen.«

Cadderly sah sich die Bäume an, die ihn enttäuscht hatten, denn er suchte nach einem Ausweg aus der scheinbaren Endgültigkeit der Worte der Dryade. Da kam ihm ein Gedanke. Er war so einfach, daß keiner von ihnen darauf gekommen war.

»Das hat Hammadeen nicht gesagt«, meinte Cadderly zu Ivan, dann drehte er sich um, um auch die anderen in seine Erkenntnis einzuweihen.

Danica legte neugierig den Kopf schief. »Die Worte der Dryade waren doch ganz klar«, widersprach sie.

»Hammadeen hat gesagt, wir wären am falschen Ort«, entgegnete Cadderly. »Daraus haben wir geschlossen, daß Shilmista der falsche Ort ist. Hammadeen sagte, daß die Bäume im Umkreis den Ruf vernommen haben. Wie groß mag der Umkreis sein, den sie gemeint hat?«

»Was faselst du da?« fragte Ivan nach. »Was kann es denn noch für Orte geben?«

»Denk doch mal nach, wo wir waren, als Elbereth das Lied abgelesen hat«, drängte Cadderly.

»Auf der Lichtung«, erwiderte Ivan sofort.

»Aber die Bäume dieses Hains!« sagte Cadderly. »Denk an die Bäume.«

»Ich kann keinen Baum von einem anderen unterscheiden«, protestierte der Zwerg. »Frag mein Brüderchen, wenn du wissen willst –«

»Nicht die Art«, erklärte Cadderly, »sondern ihr Alter.«

»Das Lager war von jungen Bäumen umgeben«, erkannte Danica. »Selbst die Fichten im weiteren Umkreis waren nicht besonders hoch.«

»Ja, zu jung«, erläuterte Cadderly. »Diese Bäume hat es noch nicht gegeben, als Dellanil die alten Worte anstimmte, noch nicht einmal, als Galladel den Wald zu wecken versuchte. Es gab sie nicht, als Magie die Luft von Shilmista tränkte.«

»Macht das einen Unterschied?« fragte Danica. »Ein magischer –«

»Dies ist kein magischer Spruch«, unterbrach Cadderly. »Es ist ein Ruf an einen einst wachsamen Wald. Die neuen Bäume sprechen vielleicht noch so, daß eine Dryade es hören kann, aber sie haben die Fähigkeit verloren, neben den Elfen zu schreiten. Aber die ältesten, jene aus Dellanils Zeit, können es vielleicht noch.«

»Falls es noch welche gibt«, betonte Danica.

»Unwahrscheinlich«, mußte Kierkan Rufo ergänzen, denn er fürchtete, daß Cadderlys neueste Enthüllung sie alle länger im Wald festhalten würde, als ihm lieb war.

»Oh, natürlich gibt es sie noch«, kam eine Stimme von der Seite. Ein Elf, den keiner von ihnen kannte, stieg wenige Fuß weiter aus dem Unterholz und lächelte angesichts von Ivans finsterem Gesicht und der Verblüffung der anderen.

»Vergebt mir, daß ich gelauscht habe«, sagte der Elf. »Eure Unterhaltung war so interessant, daß ich sie nicht unterbrechen wollte, und ich habe mich jetzt nur bemerkbar gemacht, um euch zu verraten, daß in Shilmista wirklich noch Bäume aus den Tagen von König Dellanil stehen: ein

Hain mit riesigen Eichen, westlich von hier. Der Ort heißt Syldritch Hain, Hain der Uralten Bäume.«

»Ist König Galladel im Syldritch Hain gewesen, als sein Versuch der Anrufung fehlschlug?« fragte Cadderly, der die Antwort bereits erahnte, aber auf eine Bestätigung brannte.

Der Elf dachte einen Augenblick nach. »Nein, ich glaube kaum. Aber auch König Dellanil war nicht im Syldritch Hain, als er die Bäume rief.«

»Bitte hol Elbereth, und beeile dich«, sagte Cadderly, der die letzte Aussage des Elfen ignorierte. »Vielleicht sind Shilmistas Tage doch noch nicht gezählt.«

Der Elf nickte kurz und war im Handumdrehen im Unterholz verschwunden.

»Du glaubst doch wohl nicht …«, setzte Ivan langsam an.

»Aber natürlich tue ich das«, erwiderte Cadderly schlicht.

»Er hat gerade gesagt, daß Dellanil –«, wollte Danica einwenden.

»Glaubt nur nicht, daß ihr etwas über diesen alten Wald wißt«, unterbrach Cadderly. »Vielleicht haben die Bäume damals miteinander gesprochen, nachdem Dellanil sein Lied begonnen hatte. Vielleicht haben die Bäume die Nachricht in ganz Shilmista verbreitet.«

Ivans Blick spiegelte seine Zweifel wider. Selbst Pikel, der bei ihrem ersten Versuch, die Bäume zu wecken, so hoffnungsvoll gewesen war, runzelte die Stirn.

»Es wird klappen«, grollte Cadderly sie so entschieden an, daß nicht einmal Ivan etwas dagegen einzuwenden suchte. Danica hakte sich bei ihrem Liebsten ein und zwinkerte ihm aufmunternd zu.

Kurz darauf traf Elbereth in Begleitung von Shayleigh und Galladel ein. Die drei hatten bereits von Cadderlys jüngster Entdeckung gehört, und besonders Galladel wirkte wenig erfreut.

»Syldritch Hain«, sagte Cadderly, sobald sie angekommen waren, um dem pessimistischen Elfenkönig gar keine Zeit zu lassen, ihm den Schwung zu nehmen. »Im Syldritch Hain wird die Anrufung klappen.«

»Woher willst du das wissen?« gab Elbereth zurück, obwohl der Elfenprinz gefesselt schien.

»Und wir können es uns nicht leisten, kostbare Zeit zu verschwenden«, fügte König Galladel scharf hinzu. »Ihr habt gesehen, welche Verzweiflung Ihr mit Euren falschen Hoffnungen verursacht habt, Priester. Es wäre besser – für alle Beteiligten –, wenn Ihr jetzt nach Hause gehen würdet.«

»Nach Hause«, wiederholte Cadderly sehnsüchtig. Seine Bemerkung zielte auf Elbereth. »Was für eine Vorstellung! Ein Ort, den man verteidigt, heißt es. So jedenfalls wurde es mir, der ich nie ein wahres Zuhause hatte, einst erklärt.«

Danica zuckte zusammen und riß Cadderly am Arm, als Elbereth auf die beiden zustürmte.

»Was weißt denn du schon?« zürnte der Elfenprinz. »Glaubst du, wir verlassen Shilmista leichten Herzens?«

»Ich glaube nicht, daß die meisten von euch überhaupt gehen wollen«, gab Cadderly zurück, der Elbereths kaltem Blick unbeugsam standhielt. »Und vielleicht braucht ihr das auch nicht. Vielleicht …«

»Hütet euch vor seiner gespaltenen Zunge!« schrie Galladel. »Jetzt verstehe ich Euch, junger Priester«, brüllte der Elfenkönig und drohte Cadderly anklagend mit dem Finger. »Ihr seid gekommen, um uns zu ermutigen, diesen hoffnungslosen Kampf fortzuführen. Wir sollen geopfert werden, damit Euer kostbares Heim gerettet werden kann.«

»Die Bibliothek ist nicht mein Heim«, murmelte Cadderly, aber seine Worte gingen in dem anschließenden Sturm der Entrüstung unter, den Ivan und Danica auf den Elfenkönig herabregnen ließen, unterbrochen von einem »He!« von Pikel und ein paar strengen Worten von Elbereth.

Als alle sich wieder beruhigt hatten, verschwendete Cadderly keinen zweiten Gedanken an Galladels Anklage. Er sah Elbereth – und nur Elbereth – an, als er seinen Vorschlag machte. »Die Anrufung muß funktionieren«, sagte er. »Ich bin fest davon überzeugt. Das hier ist kein Täuschungsmanöver, um die Elfen zur Schlachtbank zu führen. Es ist die Hoffnung, daß eure Heimat nicht unter den monströsen Schatten unserer Feinde fällt, daß die Elfen noch mein ganzes Leben lang in diesem herrlichen Wald tanzen mögen.«

»Der Syldritch Hain liegt im Nordwesten«, erklärte Elbereth. »Um dorthin zu gelangen, muß ich erneut die feindlichen Linien durchqueren, und diesmal noch weit tiefer. Wenn die Anrufung versagt …«

»Du wirst nicht allein gehen«, gelobte Cadderly mit einem schnellen Blick auf Galladel.

»Er wird überhaupt nicht gehen!« grollte der Elfenkönig.

»Was meinst du, Elbereth?« Cadderly versuchte, den Blick des Elfenprinzen festzuhalten. Er sollte das finstere Gesicht seines Vaters nicht ansehen. »Damals im Schneeflockengebirge sagtest du, du würdest für Shilmista kämpfen und jeden Eindringling gnadenlos umbringen. Du hattest recht mit deiner Vermutung – ich bin heimatlos –, aber ich werde mit dir gehen, mit dir kämpfen und mit dir sterben, wenn es sein muß, für diese letzte Chance für den Wald.«

»So wie ich«, versicherte Danica.

»Scheint so, als müßten wir mal wieder spazierengehen, Brüderchen«, warf Ivan ein. Pikel wackelte zustimmend mit dem Kopf.

Elbereth sah einen nach dem anderen an. Mit jeder Sekunde wurde sein Lächeln breiter. »Du hast mir Hoffnung geschenkt, Freund«, sagte er zu Cadderly. »Ich werde die Worte im Syldritch Hain sprechen, und dann soll der Wald über sein Schicksal beschließen.«

»Und über deins«, fauchte Galladel. »Was willst du tun, wenn die Bäume nicht erwachen? Man wird dich im Freien erwischen, wo du schutzlos von unseren gnadenlosen Feinden umringt bist. Ich hatte gehofft, ich würde meinen Sohn nie sterben sehen, aber nie hätte ich geglaubt, daß seine eigene Dummheit seinen Tod verursachen könnte!«

Shayleigh, die schon so lange ihre immer bittereren Gedanken heruntergeschluckt hatte, brach nun doch noch ihr Schweigen. »Keine Dummheit!« rief sie. »Mut. Viele werden dich begleiten, Prinz Elbereth, und ihr Leben deiner Hoffnung und dem Wald anvertrauen.«

»Das wäre unklug«, gab Elbereth zurück, jedoch mehr aus praktischen Gründen und nicht, weil er irgendwelche Zweifel an der alten Anrufung hegte. »Eine kleine Gruppe könnte kampflos durchschlüpfen.«

»Dann werden wir auf deine Rückkehr warten«, versprach Shayleigh. »Mit den Bäumen aus dem Syldritch Hain neben uns werden wir den Feind von unserem Land vertreiben!«

»Ich bin immer noch König von Shilmista«, erinnerte sie Galladel, der etwas abseits von den Verschwörern stand.

»Wollt Ihr mitkommen und die Anrufung sprechen?« fragte Cadderly, der genau wußte, daß Galladel dazu ganz bestimmt keine Lust hatte. Danica neben ihm japste angesichts seiner Unverfrorenheit.

»Für diese Bemerkung könnte ich Euch erschlagen«, knurrte Galladel ihn an.

»Das glaube ich kaum«, stellte Ivan fest, dessen Axt an seiner Schulter bereitlag.

»Und dich, Zwerg«, schimpfte der Elfenkönig. »Wenn das hier vorbei ist ...«

»Ach, seid still und nehmt Euch ein Beispiel an Eurem Sohn«, schnappte Ivan. Galladel warf allen einen mörderischen Blick zu, drehte sich um und stürmte davon.

»Wie kannst du es wagen, so mit dem König von Shilmista zu sprechen?« schalt die erstaunte Danica Cadderly, obwohl sie offenbar weniger aufgebracht war, als ihre Worte vermuten ließen.

Cadderly sah von ihr zu Elbereth, weil er im Augenblick mehr daran interessiert war, was der Elf von ihm hielt. Elbereth sagte nichts, nickte aber anerkennend.

»Du hast auch bei meinem Vater Hoffnungen geweckt«, sagte er ernsthaft. »Ich zweifle nicht daran, daß König Galladel unter denen sein wird, die unsere Rückkehr aus dem Syldritch Hain erwarten, weil sie zusammen mit dem Wald kämpfen wollen, um unser Land von den scheußlichen Eindringlingen zu säubern.« Dann folgten Elbereth und Shayleigh ihrem König, denn es gab viele Pläne zu schmieden.

☆☆☆

Kierkan Rufo wußte nicht, was er von Danicas Annäherung und ihrem finsteren Gesicht zu halten hatte. Da er ein neues telepathisches Eindringen dieses verfluchten Teufelchens gespürt hatte, war er allein losgegangen und hatte sich von Cadderly und den anderen entfernt.

»Also werde ich allein in die Bibliothek zurückkehren«, sagte der eckige Mann unsicher zu der näher kommenden

Frau. »Und allen erzählen, wie tapfer ihr seid, du und Cadderly, und in der Hoffnung, daß in diesem alten Eichenwald, diesem Syldritch Hain, von dem die Elfen so ehrfürchtig sprechen, alles gutgeht.«

»Deine Hoffnungen auf unseren Erfolg sollten lieber ehrlich sein«, gab Danica zurück, »denn du begleitest uns.«

Bei dieser Ankündigung wäre Rufo fast gestolpert. »Ich?« schreckte er zurück. »Was hättet ihr davon? Ich bin doch kein Kämpfer und kenne mich im Wald überhaupt nicht aus.«

»Ich bestehe nicht darauf, weil wir etwas davon hätten«, erklärte Danica. »Ich fürchte die Konsequenzen, wenn wir dich hierlassen.«

»Wie kannst du so etwas sagen?« plusterte Rufo sich auf.

»Wie könnte ich zögern?« warf Danica ihm vor. »Ich traue dir nicht, Kierkan Rufo. Wisse das und wisse, daß du uns begleiten wirst.«

»Das werde ich nicht tun!«

Rufo bekam ihre Bewegung nicht einmal mit, doch plötzlich lag er auf dem Rücken, blickte zu den Sternen und spürte einen brennenden Schmerz in den Kniekehlen. Danica beugte sich mit finsterem Gesicht über ihn.

»Du wirst nicht zurückbleiben«, sagte sie schlicht. »Sieh es ein, wenn dir dein Leben lieb ist.«

☆☆☆

Als die Sonne ihren Aufstieg im Osten begann, hatten Elbereth, Shayleigh und vierzig weitere Elfen ihren Weg zu Cadderly und seinen Gefährten zurückgefunden.

»Es ist beschlossen«, erklärte der Elfenprinz. »Wir drei – du und ich und Danica – gehen zum Syldritch Hain.«

»Ähem«, räusperte sich Pikel.

Elbereth sah Cadderly und Danica an.

»Sie haben Euch – uns – das Leben gerettet«, erinnerte Cadderly den Elfenprinzen. »Und ich würde mich wirklich sicherer fühlen, wenn die Brüder Felsenschulter bei mir wären.«

»Warum wollt ihr mitkommen?« fragte Elbereth Ivan. »Diese Reise könnte unter einem schlechten Stern stehen, und selbst wenn es nicht so ist, springt für euch wenig dabei heraus.«

»Mein Brüderchen mag Bäume«, antwortete Ivan ohne das geringste Zögern.

Elbereth zuckte resigniert die Achseln. Cadderly glaubte zu sehen, wie der Elf ein anerkennendes Lächeln unterdrückte. »Dann werden wir fünf –«

»Sechs«, stellte Danica richtig.

Selbst Cadderly sah sie neugierig an.

»Kierkan Rufo besteht darauf mitzukommen«, erläuterte Danica. »Er hat Angst, nur mit den Elfen, die er nicht versteht, im Wald zurückgelassen zu werden.«

Dieser Gedanke wirkte absurd – Rufo war bereits zuvor bei den Elfen zurückgeblieben –, aber als Cadderly den hageren Mann ansah, nickte dieser bedrückt.

»Also sechs«, sagte Elbereth.

»Und aus deinem eigenen Volk hat sonst keiner den Mumm?« fragte Ivan.

»Vielleicht sollte ich mir auch an Elbereth ein Beispiel nehmen, sobald alles vorbei ist«, antwortete Shayleigh streng, bevor Elbereth etwas sagen konnte. Sie versuchte, drohend dreinzuschauen, brachte das aber angesichts von Ivans amüsiertem Kichern nicht fertig.

»Mein Volk wird dort sein«, erklärte Elbereth. »Mein gesamtes Volk. Sogar mein Vater. Sie werden nicht weit von uns sein, unsichtbar in den Wipfeln. Sie sollen die Feinde so ablenken, daß wir es bis zum Syldritch Hain schaffen, und sie werden zur Entscheidungsschlacht bereit sein, wenn der Ruf verklingt.«

Vor allem an Cadderly gewandt, fuhr Elbereth fort:

»Ihr müßt das Risiko begreifen. Wenn die Bäume meinem Ruf nicht Folge leisten, dann werden viele, vielleicht alle von Shilmistas Elfen sterben. Mit diesem Wissen solltest du mir noch einmal sagen, ob du den alten Worten vertraust.«

»Wenn die Bäume nicht antworten, dann ist auch mein Leben verwirkt«, erwiderte der Gelehrte, um seine Behauptungen zu untermauern. »Genau wie Danicas, das mir wichtiger ist als mein eigenes.«

Danica warf dem jungen Gelehrten einen langen Seitenblick zu. Er gab ihn nicht zurück, denn er konzentrierte sich auf Elbereth, aber sie wußte, daß er spürte, wie sehr sie die Veränderung schätzte, die ihn erfaßt hatte.

Sie brachen gleich nach dem Frühstück auf, sechs Gefährten, umgeben von Elfen, die überall herumhuschten und den Weg frei machten.

Kierkan Rufo war nicht glücklich, obwohl er klug genug war, seine Klagen für sich zu behalten. Die gnadenlose Danica hatte ihm keine Wahl gelassen, also war er mitgekommen.

Und mit ihm, in seinem Geist, auch Druzil, das Teufelchen.

☆☆☆

Dorigen erfuhr die Nachricht von ihrem Aufbruch schon eine Stunde später. Sie saß in ihrem Zelt in Ragnors Lager und versuchte zu entscheiden, welchen Weg sie einschlagen sollte.

»Sie haben schon einmal versucht, die Bäume zu wecken«, erinnerte Druzil sie, um sie aus ihrem offensichtlichen Zwiespalt zu reißen. »Warum sollten wir glauben, daß es diesmal besser klappt?«

»Wir wären gut beraten, alles zu fürchten, worin dieser junge Gelehrte und seine schlauen Freunde verwickelt sind«, entgegnete Dorigen.

»Wir können sie erwischen«, sagte Druzil und rieb sich eifrig die feisten Händchen.

»Er ist bloß ein Junge, und seine Freunde sind die unwahrscheinlichste Heldengruppe, die es je gab.«

»Er ist ein Junge, der dich im mentalen Wettstreit fast vernichtet hätte«, erinnerte ihn Dorigen, »und der einen Elfenprinzen zu seinen Freunden zählt und eine Frau, die Blitzschlägen ausweichen kann! Muß ich dich auch noch an die starken Zwerge erinnern? Oger, ein Dutzend Orogs ...«

»Genug, genug«, räumte Druzil ein, der nichts mehr von jenem katastrophalen Kampf hören wollte. »Ich hatte nur gehofft, daß wir vielleicht eine Möglichkeit finden, unseren Vorteil zurückzugewinnen. Ihr Vorhaben könnte uns allen gefährlich werden. Ich hatte daran gedacht –«

»Du hast recht«, unterbrach Dorigen, die sich entschlossen erhob. »Die Sache ist zu wichtig, als daß wir an die lächerlichen Zwistigkeiten in Burg Trinitatis denken dürften.«

»Du gehst zu Ragnor?« fragte Druzil. »Was wird aus dem jungen Priester?«

»Ja, das tue ich«, antwortete Dorigen. »Was Cadderly betrifft, werden wir beide einen Weg suchen, ihn zu überwältigen, wie es ursprünglich geplant war. Wenn das nicht möglich sein sollte, muß er mit den anderen sterben.«

Sie rauschte aus dem Zelt und ließ Druzil mit seinen Gedanken allein. »Menschen«, murmelte das Teufelchen

Gefahr zwischen den Linien

Wenn ihr am Birkendickicht ankommt, schlägst du dich nach links, kamen Druzils telepathische Anweisungen. *Die Soldaten haben Befehl, dir nichts zu tun.*

Kierkan Rufo sah sich ängstlich nach allen Seiten um, denn er befürchtete, der kalte Schweiß auf seiner Stirn würde ihn verraten. Die anderen schienen nicht auf ihn zu achten. Sie waren alle nervös, selbst Ivan, denn sie schlichen in dem sicheren Wissen vorwärts, daß sie von Feinden umgeben waren. Irgendwo hinter ihnen und auch im Norden hörten sie Kampflärm, daher wußten sie, daß Shayleigh und Tintagel alle Hände voll zu tun hatten, der heimlichen Gruppe freie Bahn zu verschaffen.

Rufo überlegte, was es mit dem Birkendickicht auf sich habe. Elbereth hatte den Ort erst vor kurzem erwähnt und gesagt, daß sie in einer knappen Stunde daran vorbeikommen würden. Rufo lief die Zeit davon.

☆☆☆

Danica kroch vorwärts. Sie hielt ihre Kristalldolche fest umklammert. Weiter drüben sah sie Elbereth auf ähnliche Weise kriechen und auf eine Goblinwache zwanzig Fuß entfernt zuhalten, auf die Danica es ebenfalls abgesehen hatte.

Es mußte schnell und leise vonstatten gehen. Sie konnten die Goblins überall riechen, aber sie wollten möglichst jeden Kampf vermeiden. Diese drei aber waren leider im Weg, und die Freunde hatten keine Zeit, sie zu umgehen. Zu viele Gefechte spielten sich um die Gruppe ab, zu beiden Seiten und hinter ihnen. Bald würden Shayleigh, Tintagel und die anderen Elfen in große Bedrängnis geraten, wenn der Feind sich in diesem Teil des Waldes zusammenzog, und Elbereths Gruppe mußte ohne Verzug zum Syldritch Hain gelangen – Pech für die drei Goblinwachen!

Danica blickte zu Elbereth, der jetzt wenige Fuß hinter seinem Goblin bereitstand. Der Elf nickte ihr zu, zuerst zuzuschlagen, weil Danicas Aufgabe schwieriger sein würde.

Sie umklammerte ihre Dolche, spürte die goldene Tigerskulptur in der einen Hand und den Silberdrachen in der anderen. Tief geduckt verschränkte sie die Handgelenke vor ihrem Bauch, so daß die Dolchklingen nach oben und außen zeigten.

Die Goblins standen mit dem Rücken zu ihr, nur zwei Sprünge entfernt. Ahnungslos unterhielten sie sich.

Danica sprang zwischen sie. Sie konnten nur noch ein einziges Mal Luft holen, bevor die junge Frau ihnen mit einer einzigen Bewegung die Arme wegschlug und die Dolche von unten ins Kinn trieb. Die Goblins zuckten. Einer hob noch schwach die Hand, um nach Danicas Handgelenk zu greifen.

Ein Schrei seitlich von ihr ließ Danica herumfahren. Elbereths Goblin stand mit dem Gesicht zu ihr. Er hatte die Waffe fallen lassen und die Arme weit ausgebreitet. Das Gesicht des heftig zuckenden Ungeheuers war verwirrt und schmerzverzerrt.

Danica verstand, als Elbereths Schwertspitze von hinten durch die Brust des zu Tode getroffenen Goblins drang.

Gemeinsam schlossen sich die beiden Kämpfer wieder den anderen an und erklärten, daß der Weg jetzt frei sei.

»Wir müßten es ohne weitere Zwischenfälle bis zum Birkendickicht schaffen«, erklärte Elbereth leise. »Der Syldritch Hain liegt weniger als eine Meile westlich davon.« Elbereth hielt inne und sah Kierkan Rufo forschend an, der zitternd dastand. Schweißperlen liefen über sein Gesicht.

»Was ist denn?« fragte der Elf.

»Wenn du nicht den Mumm hast …«, setzte Ivan an, aber Danica bedeutete ihm schnell, still zu sein.

»Ich kriege ihn nicht aus meinen Gedanken«, gestand Rufo verzweifelt. Der hagere Mann sah sich nach allen Seiten um. Seine dunklen Knopfaugen schossen entsetzt hin und her, als erwartete er, daß sich alle Ungeheuer der Welt auf ihn stürzten.

»Er weiß von unseren Plänen«, erklärte Rufo und versuchte vergeblich, sein Zittern zu unterdrücken. Er stotterte ein paar unzusammenhängende Worte, dann war es mit seiner Beherrschung aus. »Er weiß es!« schrie Rufo so laut, daß die anderen sich erschrocken duckten und nach allen Seiten blickten. »Meinetwegen werdet ihr alle sterben!«

»Bringt ihn zum Schweigen!« flüsterte Elbereth und huschte ein paar Schritte vor, um sicherzugehen, daß keine Feinde in der Nähe waren.

Danica und Cadderly ergriffen Rufos Arme und zogen ihn auf den Boden.

»Wer weiß was?« hakte Cadderly nach, während er Danica ansah. Ihre finstere Miene vermittelte Cadderly das Gefühl, daß sie Rufo bald den Kopf einschlagen würde.

»Es ist nicht meine Schuld«, erklärte Rufo. »Ich habe mit aller Kraft versucht, ihm zu widerstehen – dem Teufelchen!«

»Ui, ui«, murmelte Pikel und sprach damit aus, was alle dachten.

»Du hast versucht, dem Teufelchen zu widerstehen, aber du kannst es nicht«, drängte Cadderly. »Auf welche Weise? Du mußt es mir sagen.«

»In meinem Kopf!« gestand Rufo, der jetzt darauf achtete, nur noch zu flüstern. »Das Teufelchen kennt meine Gedanken, erfährt Dinge von mir, obwohl ich ihm nichts verraten will.«

Cadderly warf Danica einen verwirrten Blick zu. »So etwas habe ich noch nie gehört«, sagte er. »Soviel ich weiß, beherrscht Dorigens Teufelchen tatsächlich die Telepathie.« Er wandte sich Rufo wieder zu. »Aber in deine Gedanken einzudringen und dort zu bleiben, ohne daß du einverstanden bist?«

»Wenn du lügst ...«, drohte Danica und hob die Faust.

»Außer ...«, murmelte Cadderly, der sich sein glattes Kinn kratzte und alle möglichen alten Geschichten durchging, die ihm vielleicht erklären konnten, was hier vor sich ging. Als er die anderen wieder ansah, merkte er, daß ihn alle wartend anstarrten.

»Bist du dem Teufelchen je begegnet?« fragte Cadderly Rufo.

»Einmal«, gab der Mann zu. Die zweite Begegnung, die mit Dorigen, wollte er unter allen Umständen geheimhalten.

»Und hat das Teufelchen dir etwas mitgegeben?« fragte Cadderly. »Etwas Persönliches vielleicht? Oder hat es dich berührt oder deine Sachen in die Finger bekommen?« Er schaute zu Ivan und Pikel und nickte.

»Was?« Mehr konnte Rufo nicht mehr stammeln, bevor die Zwerge seine Knöchel packten und ihn am Boden festhielten. Dann begannen sie, den Mann systematisch abzusuchen und Cadderly alles hinzuhalten, was sie fanden. Wenn er den Kopf schüttelte, flog das Ding weg.

Pikel wollte gerade Rufos Tunika aufreißen, als der Zwerg etwas bemerkte. »Ei, ei!« quietschte er.

»Wo hast du das her?« fragte Ivan drohend.Cadderly und Danica kamen näher, um einen Blick auf das Fundstück zu werfen.

»Woher hast du dieses Amulett?« fragte Cadderly. Er wußte, daß ihre Suche beendet war, denn dieses Amulett

– in Gold gefaßt und mit einem hinreißenden Smaragd in der Mitte – überstieg Rufos magere Mittel bei weitem.

»Was für ein Amulett?« erwiderte der ungelenke Mann verblüfft.

»Dieses hier«, erklärte Cadderly. Er löste es von der Tunika und hielt es Rufo vor die Nase.

Nicht einmal Danica zweifelte an Rufos Verwirrung. Ohne weiter nachzudenken, reichte Cadderly das Amulett Ivan, und der Zwerg zwinkerte seinem Bruder zu, zog einen Frosch aus der Tasche und befestigte das Schmuckstück an einer losen Hautfalte des Tiers.

»Jetzt hat das Teufelchen etwas zu denken«, erklärte der Zwerg. »Bloß muß ich mir nun leider ein neues Abendessen fangen!«

»Damit konnte das Teufelchen in deine Gedanken eindringen«, erläuterte Cadderly über das leise Gekicher Danicas und der Zwerge hinweg. »Ohne es bist du frei – außer, wenn du ihn freiwillig wieder einläßt.«

»Und das würdest du doch nicht tun, nicht wahr?« fragte Danica mit plötzlichem Grimm. Sie ergriff Rufo an der Schulter und drehte ihn unsanft um, damit er ihr in die funkelnden Augen starren konnte.

Rufo riß sich los und versuchte, ein gewisses Maß an Würde wiederzuerlangen. »Ich habe meine Schwäche eingestanden«, sagte er. »Man kann mir jedenfalls keine Schuld geben …«

»Keiner hier beschuldigt dich«, antwortete Cadderly, sprach aber mehr zu Danica als zu Rufo. »So. Du hast gesagt, du hättest uns verraten. Was weißt du?«

»Das Birkendickicht«, sagte Rufo zögernd. »Ich hatte die Anweisung, aus dem Weg zu gehen, wenn der Feind angreift.«

Cadderly schaute zu Elbereth hin, der sich davon überzeugt hatte, daß keine Feinde in der Nähe waren, und nun wieder neben ihnen stand. »Hast du gehört?« fragte der junge Gelehrte.

Elbereth nickte ernst. »Der Wald ist sonderbar ruhig«, erwiderte er. »Ich hatte schon den Verdacht, daß Unheil droht.« Sein Blick durchbohrte Rufo unnachgiebig. »Jetzt verstehe ich. Wieviel hast du dem Teufelchen verraten?«

Cadderly wollte den Elfen beruhigen, aber er verstand, daß Elbereths Befürchtungen weit über die Sicherheit ihres kleinen Trupps hinausgingen. Das ganze Volk des Elfen war nach Westen gezogen und würde gefährlich ausgeliefert sein, wenn der Feind von seinen Bewegungen wußte.

»Ich weiß es nicht«, antwortete Rufo, der den Blick senkte. »Es ist ... war schwierig, etwas zu verbergen ...«

»Wir müssen davon ausgehen, daß das Teufelchen von Rufo eine ganze Menge erfahren hat«, warf Cadderly finster ein. »Wo wir sind, und wo die Elfen stehen.« Elbereths Zusammenfahren ließ Cadderly kurz innehalten. »Sollte einer von uns zurückgehen, dein Volk suchen und sie warnen?« bot der junge Gelehrte an.

Elbereth dachte einen Augenblick darüber nach. Er war wirklich hin- und hergerissen. »Nein«, antwortete er schließlich. »Das Beste, was wir für mein Volk tun können, ist, unsere Aufgabe schnell zu Ende zu bringen. Wir können das Birkendickicht umgehen und dem Hinterhalt ausweichen, obwohl uns dieser Weg natürlich Zeit kosten wird.«

»Und die Zeit kostet noch mehr Elfen das Leben«, mußte Danica hinzufügen, deren Blick immer noch unnachgiebig auf dem ungelenken Mann ruhte.

»Ich wollte doch gar nicht mitkommen«, fing Rufo verteidigend an. Aber er konnte seinen Ärger nicht aufrechterhalten und endete matt: »Ich wußte, daß das Teufelchen folgen würde.«

»Um so schlimmer, wenn du zurückgeblieben wärst«, fauchte Danica, »denn dann hätten wir nie von deinem Verrat erfahren.«

»Genug davon«, forderte Cadderly. »Wir können nicht ändern, was geschehen ist, und wir dürfen unsere Zeit nicht mit Streiten vertun.«

»Einverstanden«, nickte Elbereth. »Wir werden nach Süden ziehen und dann wieder nach Westen, sobald die Luft rein ist. Und du«, sagte er drohend zu Rufo, »wenn das Teufelchen irgendwie wieder in deine Gedanken zurückfindet, sagst du es sofort!« Dann lief der Elf los. Danica reihte sich gleich hinter ihm ein, dann kam Rufo, flankiert von den Zwergen, die ihn auf Schritt und Tritt argwöhnisch beobachteten.

Cadderly zögerte noch, bevor er sich ihnen anschloß. Der Frosch, dem Ivan das Amulett angehängt hatte, saß immer noch vor dem jungen Gelehrten auf dem Boden. Cadderly wußte, daß er ein Risiko einging, als er sich bückte, das Amulett löste und es an eine Falte seines eigenen Mantels steckte. Aber es war ein Risiko, das er bewußt auf sich nahm. Er hatte Druzil schon einmal mental bekämpft, und damals hatte er gesiegt. Wenn das Teufelchen wieder mit Rufo Kontakt aufnehmen wollte, würde Cadderly es erwarten.

Danica und Elbereth bemerkten einige feindliche Wachen, die in den Büschen hockten, und wichen ihnen jedesmal aus, um nicht aufzufallen. Wenn es irgend ging, wollten sie keinen weiteren Kampf, denn aus Rufos Geständnis entnahmen sie, daß der Feind für den Hinterhalt eine größere Truppe in diese Gegend geschickt hatte.

Cadderly spürte das telepathische Eindringen.

Wieso braucht ihr so lange? kamen die Gedanken. Cadderly erkannte sofort, daß sie von dem Teufelchen stammten. *Die Soldaten sind bereit und werden ungeduldig.*

Zur Antwort konzentrierte sich Cadderly auf ein Bild der Gegend, in der sie gewesen waren, als sie das Amulett bei Rufo gefunden hatten, eine Stelle etwas östlich des Birkendickichts. Er konnte nur hoffen, daß Druzil nicht merkte, daß seine Gedankenmuster sich von Rufos unterschieden. Als die nächsten Worte des Teufelchens ihn erreichten, atmete er etwas auf.

Gut, sagte Druzil. *Ihr seid schon fast da. Wenn deine Freunde wieder aufbrechen, bleibst du dicht bei ihnen, bis du die Birken siehst, dann gehst du runter und schleichst dich zur Seite. Die Herrin Dorigen würde dich gerne noch einmal sprechen.*

Dann war Druzil plötzlich wieder aus Cadderlys Gedanken verschwunden. Der junge Gelehrte umklammerte das Amulett.

»Cadderly?« hörte er in der Ferne. Er riß die Augen auf – er hatte nicht gemerkt, daß sie zugefallen waren –, und er sah seine Gefährten mit neugierigen Gesichtern um sich herumstehen.

»Es ist nichts«, versuchte er zu erklären. Elbereth ergriff seine Hand und öffnete sie mit Gewalt.

»Du hättest das verdammte Ding liegenlassen sollen«, schimpfte der Elf.

»Ich habe keine Angst vor dem Teufelchen«, gab Cadderly zurück. Sein zuversichtliches Lächeln ließ die anderen erleichtert aufatmen. Dieses Lächeln war jedoch plötzlich verschwunden, als Cadderly Rufo ansah, denn schließlich hatte er von Druzil etwas Neues erfahren. Du bist also Dorigen begegnet, dachte der junge Gelehrte, aber er behielt seine Gedanken für sich. Er befürchtete, wenn er verriete, was das Teufelchen ihm gesagt hatte, würde es mehr Streit geben, als die Gruppe jetzt verkraften konnte.

»Gehen wir weiter«, bat Cadderly. »Wir haben unsere Feinde in die Irre geführt. Sie sitzen immer noch im Birkendickicht und lauern auf uns, aber sie werden ungeduldig.«

Elbereth übernahm sofort die Führung. Danica folgte ihm auf dem Fuß, Cadderly und die anderen im Pulk hinterher.

»Du hast nicht zufällig meinen Frosch mitgebracht?« fragte Ivan hoffnungsvoll und rieb sich den Bauch. Cadderly schüttelte nur lächelnd den Kopf.

Etwas später bog Elbereth wieder nach Westen ab. Der Elf drängte sie weiter und schlüpfte immer wieder vor und neben ihnen in die Schatten. Er hatte es sehr eilig. Sie stiegen einen Hang hinunter und erreichten ein Gebiet, in dem weniger Unterholz zu finden war als bisher. Dicke Eichen beherrschten die Gegend, und obwohl sie nicht viel größer waren als die anderen Bäume in Shilmista, konnte Cadderly ihr Alter spüren und auch eine lastende Wachsamkeit, als würde er von allen Seiten beobachtet.

Er wußte, daß sie den Syldritch Hain erreicht hatten. Er lief zu einer der Eichen und betastete ihre rauhe Rinde, die das Verstreichen der Jahre und der Tod der Jahrhunderte gehärtet hatte. Welche Geschichten hätten diese Bäume ihm zu erzählen! Cadderly glaubte, daß die Eichen wirklich reden konnten und würden, wenn er die Zeit und Geduld hätte, sich hinzusetzen und zu lauschen.

Auch Pikel schien vom Zauber dieses uralten Hains erfaßt zu sein. »Ei!« rief der Zwerg immer wieder aus, während er glücklich von einer Eiche zur nächsten hüpfte. Eine umarmte er so fest, daß die Rinde des Baums Abdrücke in seinem Gesicht hinterlassen hatte, als er sich wieder umdrehte.

»Wir sind im Syldritch Hain«, verkündete Elbereth, obwohl er sah, daß seine Gefährten – außer vielleicht Ivan und Rufo – das bereits erkannt hatten. Danica nickte, dann kletterte sie auf die höchste Eiche, die sie finden konnte, und schaute nach Osten zurück, um zu sehen, welches Unwetter sich dort zusammenbraute.

Cadderly holte ehrfürchtig das Buch von Dellanil Quil'quien hervor, denn an diesem Ort schien der Band viel mehr Bedeutung zu haben. Angespannt blickte er zu Elbereth und schlug die Seiten mit der alten Anrufung auf. Wieder spürte er die wilde Macht der Bäume, ihr inneres Leben, das sich so sehr von allen Bäumen unterschied, die er je gekannt hatte. Er wußte ohne jeden Zweifel, daß es recht gewesen war, den Elfenprinzen zu überzeugen, an diesen Ort zu kommen. Er wußte auch, daß seine Worte der Wahrheit entsprachen, als er sie nun wieder für alle aussprach: »Es wird klappen.«

☆☆☆

Temmerisa stieg, und Shayleigh sprang aus dem Sattel. Um sich herum sah sie nur Bäume, aber ihr Gedächtnis sagte ihr, daß hier keine Bäume stehen sollten.

»Tintagel?« rief sie leise. Zur Antwort regte sich einer der Bäume, wurde zu dem Elfenzauberer und trat vor, um Shayleigh zu begrüßen.

»Glückauf«, antwortete Tintagel, der trotz der gefährlichen Lage lächelte.

Shayleigh gab das Lächeln zurück und sah sich unter den unnatürlichen Bäumen um. »Wie viele?«

»Siebenundzwanzig«, antwortete der blauäugige Zauberer. »Es ist mein mächtigster Zauberspruch; damit sollten wir den Feind überraschen können. Wie gefällt er dir?«

Shayleigh malte sich das Erstaunen auf den Gesichtern der Orks und Goblins aus, wenn siebenundzwanzig Illusionsbäume sich wieder in Elfenkrieger zurückverwandelten. Ihr breites Grinsen beantwortete Tintagels Frage.

»Wie steht es an den anderen Fronten?« fragte der Elfenzauberer.

Shayleighs Lächeln schwand. »Nicht gut«, gab sie zu. »Unsere Feinde sind weiter nach Süden vorgestoßen, als wir gedacht hatten. Und die Monster im Osten haben unsere Bewegung mitbekommen und schwenken wieder nach Westen. Wir haben jetzt Späher losgeschickt, die überprüfen sollen, ob die im Südwesten nach Osten ziehen, um sich mit den anderen zu vereinigen, oder ob uns noch ein Fluchtweg offensteht.«

Tintagel überlegte, was diese ernste Nachricht zu bedeuten habe. Als sie geplant hatten, den Syldritch Hain zu erreichen, hatten sie gewußt, daß ihr Erfolg wahrscheinlich von Heimlichkeit abhängen würde. Jetzt aber hatte der Feind anscheinend irgendwie durchschaut, was sie vorhatten, und das ließ ihn einiges befürchten.

Die Spannung löste sich nicht, als etwas später mehrere Elfen unter Führung von König Galladel heranritten.

»Der Süden ist versperrt«, verkündete der Elfenkönig in hochmütigem Ton. »Damit ist endgültig erwiesen, was für eine Torheit es war hierherzukommen.«

Shayleigh wich dem anklagenden Blick des Elfenkönigs nicht aus. Nur wenige Elfen in Shilmista, am lautesten Galladel, hatten gegen den Plan gestimmt. Aber der Großteil des Volkes, einschließlich Shayleigh, war so entschlossen gewesen, daß der Elfenkönig dem verzweifelten Plan schließlich zugestimmt hatte.

Selbst wenn der Feind sie umzingelte, glaubte Shayleigh fest daran, daß es richtig gewesen war, auf Shilmistas Magie zu vertrauen. Sie glaubte auch, daß ihr geliebter Wald es wert sei, für ihn zu sterben.

»Wir werden den schwächsten Punkt in ihrer Linie finden, wenn sie vorrücken«, überlegte Galladel. »Wenn wir schnell und nachdrücklich vorgehen, können wir vielleicht durchbrechen.«

»Als wir hierherzogen, wußten wir, daß unser Erfolg davon abhängt, daß Elbereth den Syldritch Hain erweckt«, erinnerte Tintagel. »Wenn wir nicht den Mut haben, es durchzustehen, hätten wir gar nicht erst kommen dürfen.«

Galladel funkelte ihn an. »Wir sind knapp hundert«, sagte er, »und haben nur eine Handvoll Pferde. Die Armee unserer Feinde geht in die Tausende und hat Riesen und Oger in ihren Reihen.«

»Dann laßt den Kampf beginnen«, ergänzte Shayleigh. »Laßt unsere Feinde antreten, einen nach dem anderen. Wenn alles vorbei ist, wird Shilmista wieder den Elfen gehören!«

»Wenn alles vorbei ist«, grollte Galladel, »wird es Shilmista nicht mehr geben.«

Wenn Magie die Luft erfüllt

Warum dauert es so lange? kam der telepathische Ruf, aber Cadderly hatte keine Zeit für die Einflüsterungen des Teufelchens. Er warf das Amulett auf die Erde und stellte den Fuß darauf. Dann nahm er Dellanils Buch hoch und blätterte weiter, um seine Übersetzung ein allerletztes Mal zu überprüfen, bevor er Elbereth die Worte vorsprach.

Wo seid ihr? rief Druzil wieder, aber das war fern, und Cadderly konnte es leicht beiseite schieben. Dennoch erkannte der junge Gelehrte, wie drängend Druzils Gedanken waren, und wußte, daß das schlaue Teufelchen nicht nachgeben würde.

»Wir müssen uns beeilen«, beschwor Cadderly Elbereth. »Unsere Feinde werden bald mitbekommen, daß wir sie umgangen haben.«

Elbereth strich langsam mit den Händen über die Rinde der Eiche neben sich, um aus der Festigkeit des Holzes Kraft zu schöpfen. Er war am angespanntesten von allen. Wenn der Ruf fehlschlug, würden sie wahrscheinlich alle umkommen, aber Elbereth hatte noch mehr zu verlieren. Die Grundlage seiner Existenz, die Magie von Shilmista, stand in Frage. Wenn die Bäume seinem Ruf diesmal nicht antworteten, würde sich die traurige Überzeugung seines Vaters – daß die klare Luft von Shilmista nicht mehr von Magie erfüllt war – bewahrheiten. Und das wäre für Elbereths ganzes Volk der Untergang.

Cadderly hielt ihm das aufgeschlagene Buch hin. »Bist du bereit?«

»Feuer im Osten!« rief Danica aus der Krone eines nahen Baumes. Ihre Gefährten am Boden hörten die Zweige rascheln, als Danica rasch herunterstieg. »Da rückt eine schnelle Armee heran.«

Cadderly nickte Elbereth zu, um den Elfen wieder auf sich aufmerksam zu machen. *»Seide plein una malabreche«*, fing der Gelehrte langsam an.

Elbereth streckte seine Hände dem Wald entgegen und ging um die nächsten Eichen herum, während er die Worte nachsprach. *»Seide plein una malabreche.«*

»Kommt mit«, flüsterte Danica den Zwergen und etwas zögernd auch Rufo zu. »Wir halten die Feinde in Schach, während Cadderly und Elbereth die Anrufung durchführen.«

»Oh«, maulte ein enttäuschter Pikel.

»Was denn für ein Elbereth?« fragte Ivan, aber sein trockenes Lächeln glättete Danicas Stirnrunzeln rasch wieder. Sie bezogen um den Syldritch Hain Stellung, hofften jedoch, daß ihre Freunde fertig sein würden, bevor der Feind eintraf.

Keiner von ihnen wagte es, seine Ängste auszusprechen, was geschehen würde, wenn die Anrufung wirkungslos bliebe.

☆☆☆

Das große weiße Pferd trug Shayleigh mühelos, sprang über Gestrüpp und glitt zwischen dicht stehenden Bäumen hindurch. Shayleigh zügelte Temmerisa viele Male, weil sie König Galladel und den sieben übrigen Elfenreitern nicht zu weit vorauseilen wollte. Der Schimmel befolgte ihre Kommandos, doch an den bebenden Muskeln an Temmerisas glänzendem weißen Hals erkannte Shayleigh, daß ihr Pferd mit aller Kraft losgaloppieren wollte.

Eine Horde Orks verfolgte den Elfentrupp. Wild und hungrig rannten sie heulend hinter ihnen her. Diese hundert Orks allein entsprachen schon der Zahl aller im Wald verbliebenen Elfen, und rundherum waren noch unzählige ihrer bösen Vettern. Bald würden sie diese kleine Gruppe Elfen umzingelt haben, dann konnte das Töten beginnen.

So dachten jedenfalls die Orks, und so hatten es Galladel und Shayleigh und die übrigen Elfen auch beabsichtigt.

Shayleigh führte sie in ein breites Waldstück mit niedrigen Büschen und jungen Bäumen. Die Elfenreiter gaben sich besondere Mühe, den jungen Bäumchen hier auszuweichen, ließen ihre Pferde fast im Schritt gehen und gewannen keinen Vorsprung vor der Orkarmee, die schnell von hinten aufschloß.

Dann erreichten die Elfen das andere Ende des Hains, wo

der Wald unter dem Blätterdach älterer Bäume wieder dunkler wurde. Hier trieben sie ihre Pferde in den Schatten, machten halt und wendeten.

Ohne die Gefahr zu bemerken, stürmten die dummen Orks in das offene Gelände.

Tintagel wartete, bis alle geköderten Ungeheuer innerhalb seiner teuflischen Falle waren. Dann trat der Zauberer aus seiner Baumgestalt heraus, und auch siebenundzwanzig weitere Bäume nahmen wieder ihre Elfengestalt an. Von überall her hackten sie auf die nichtsahnenden Orks ein, so daß jeder Elf mehrere der abscheulichen Ungeheuer erschlug, bevor sie überhaupt begriffen, was geschehen war.

Shayleigh hielt Temmerisa nicht länger zurück. Der mächtige Hengst brach aus den Schatten und zertrampelte einen Ork, während die Kriegerin auf seinem Rücken sich tief über den Sattel legte und mit blitzendem Schwert auf jedes Monster einschlug, das ihr zu nahe kam.

Galladel und die anderen folgten auf dem Fuß. Sie umkreisten das offene Waldstück, um alle Orks zu töten, die zu fliehen versuchten. Die unseligen Ungeheuer warfen sich zu Boden, rollten sich weg und versuchten davonzurennen, doch es gab einfach keinen Ausweg.

Gnadenlos spannten sich die Elfenbogen; Elfenschwerter bissen tief in Orkfleisch.

In Sekundenschnelle war es vorbei. Orkleichen bedeckten die freie Fläche. Keiner der Elfen fühlte sich jedoch als Sieger, und keiner von ihnen lächelte. Sie wußten, daß die Schlacht soeben erst begonnen hatte. Schreie aus einem anderen Kampf drangen von Osten heran, und weiter nördlich hatte der Feind Feuer gelegt. Es war kein trockener Sommer gewesen, so daß die Feuer nicht durch den Wald rasten, aber sie wurden von vielen, vielen Feinden eifrig genährt.

Eine andere Elfengruppe, die von den Flammen vertrieben worden war, rannte auf die Lichtung. Riesige Orogs verfolgten sie.

»In den Schatten!« rief Shayleigh, und die meisten aus Tintagels Truppe liefen bereits unter die Bäume, denn sie wußten, wenn sie im Freien erwischt wurden, waren sie des Todes.

Shayleigh schaute nicht zu ihrem König zurück, um Anweisungen einzuholen. Für die feurige Elfenkämpferin war die Strategie hier klar ersichtlich. In all dem Durcheinander der sich ausbreitenden Schlacht und dem Rauch hatte sie deutlich einen neuen Feind ausgemacht.

»Los, Temmerisa!« schrie sie, und das mutige Pferd, das offenbar ganz und gar mit seiner tapferen Reiterin im Einklang stand, jagte in wildem Galopp den Orogs nach, die die Elfen verfolgten.

Einer der anderen Reiter wollte Shayleigh folgen, aber Galladel hielt ihn zurück.

»Wir acht bleiben zusammen«, sagte der Elfenkönig streng. »Der Kampf wird voll ausbrechen, und wenn Elbereths Versuch die Bäume nicht erweckt, müssen wir uns irgendwie auf dem schnellsten Weg aus Shilmistas blutigen Tiefen entfernen.«

Die anderen Reiter erkannten aus Galladels finsterem Ton, daß ihr König nicht viel Hoffnung in den Versuch seines Sohnes setzte. Und in dieser düsteren Zeit, da der Wald vor Rauch und Monstern kaum mehr zu sehen war, da Kampfschreie von überall her kamen und Hunderte, vielleicht Tausende feindlicher Soldaten sie zu umzingeln suchten, brachte keiner von Galladels berittenen Begleitern den Mut auf, dem furchterfüllten König zu widersprechen.

»*Teague!*« schrie Cadderly.

»*Teague!*« hörte er Elbereth wiederholen.

Unwillkürlich warf der junge Gelehrte einen Blick über die Schulter, weil er nicht weit von sich Kampflärm hörte. »Konzentrieren!« knurrte er, mehr für sich als für Elbereth, und zwang seinen Blick auf das Buch von Dellanil Quil'quien zurück, wo er den nächsten Satz für die Anrufung des Waldes suchte.

»*Teague!*« wiederholte Elbereth noch mehrere Male, denn er war allmählich fast so verzweifelt wie Cadderly. Sein Volk starb, während er durch einen Eichenhain tanzte; er konnte nicht überhören, daß nur wenige hundert Fuß weiter sein Schwert gebraucht wurde.

Cadderly sah, daß der Elfenprinz aus der Trance zurückkam. Der junge Gelehrte warf das Buch hin – irgendwie errietet er, daß er es nicht brauchen würde. Die alten Worte waren ein Teil von ihm geworden, oder vielmehr stand ihre Bedeutung so kristallklar vor ihm, daß er den Pfad ihres Liedes seinem Herzen überlassen konnte.

»Was machst du denn …?« hörte er Ivan stammeln, Kierkan Rufo fügte etwas hinzu, das Cadderly nicht mehr vernahm, und Pikel piepste ein »Häh?« dazwischen.

Cadderly verdrängte sie alle aus seinem Geist. Er lief zu Elbereth, ergriff die Hände des Elfenprinzen, wobei er die rechte erst vom Schwertgriff losreißen mußte.

»*Teague immen syldritch fae*«, sagte der junge Gelehrte mit Nachdruck. Ob es seine Stimme war oder sein ernster Gesichtsausdruck, wußte er nicht – jedenfalls hatte er Elbereths volle Aufmerksamkeit wiedergewonnen. Auf seine Forderung hin hatte der Elfenprinz den nahen Kampf wieder verdrängt. Er nahm das Lied wieder auf, und Cadderly fuhr fort, immer ein paar Worte vor dem gebannten Elfen.

Der junge Gelehrte spürte, wie eine Kraft in ihm aufkeimte, wie seine Seele erwachte und eine nie erahnte Stärke zum Vorschein kam. Seine Worte kamen schneller – so schnell, daß unmöglich jemand mit ihnen mithalten konnte.

Und dennoch wurde auch Elbereth von einem ähnlichen inneren Drang erfaßt und von der Magie mitgerissen, die sich hier aufbaute. Perfekt wiederholte er jede Zeile, die Cadderly sprach, imitierte Betonung und Aussprache des jungen Gelehrten so genau wie das Echo in den Bergen.

Dann sprachen Elbereth und Cadderly gemeinsam die Worte der Anrufung. Gleichzeitig drangen sie aus ihren Mündern.

Es war unmöglich, das wußte Cadderly. Keiner von ihnen kannte die Sätze gut genug, um sie auswendig herzusagen. Aber der junge Gelehrte zweifelte nicht daran, daß ihre Worte perfekt klangen, daß es genau jene Silben waren, die Dellanil Quil'quien an jenem mystischen Tag vor vielen Jahrhunderten gesprochen hatte.

Sie näherten sich dem Ende; ihre Sätze wurden langsamer, wie es die abschließenden Runen verlangten. Cadderly ergriff Elbereths Hände, um sich zu stützen, weil er die Macht nicht mehr aufrechterhalten konnte.

Elbereth, der ähnlich erschüttert war, hielt mit aller Kraft fest.

»*A intunivial dolas quey!*« riefen sie gemeinsam. Die Worte wurden von einer Macht aus ihren Herzen gerissen, die ihren Geist vollständig erfüllte. Hinterher lehnten sie sich schwer aneinander, sanken gemeinsam in das dichte Gras.

Cadderly war ein wenig schwindlig – er war sich nicht ganz sicher, ob er einen Augenblick weggetreten war –, und als er Elbereth ansah, erkannte er bei dem Elfen dieselbe Mischung aus Erschöpfung und Verwirrung. Ihre Gefährten umstanden sie, selbst Kierkan Rufo. Alle blickten sie besorgt an.

»Alles klar, Jungchen?« hörte Cadderly Ivan fragen, aber der junge Gelehrte antwortete nicht.

Mit Hilfe der Zwerge gelang es ihm, auf die Beine zu kommen, während Danica und Rufo Elbereth beim Aufstehen halfen. Der Wald war still, bis auf das fortwährende Waffengeklirr der fernen Kämpfe.

»Es hat nicht funktioniert«, stöhnte Elbereth, nachdem eine ganze Weile vergangen war.

Cadderly hob die Hand, um den Elfen zum Schweigen zu bringen. Er erinnerte sich, wie die Vögel vor der Anrufung in den Zweigen gezwitschert hatten, aber jetzt war nichts mehr zu hören. Vielleicht hatten seine und Elbereths Schreie sie verscheucht, vielleicht waren sie vor dem näherkommenden Kampf geflohen, doch Cadderly war anderer Meinung. Er spürte, daß die Stille im Syldritch Hain ein Vorspiel war, trügerische Ruhe.

»Was ist denn?« fragte ihn Danica, die neben ihn trat. Sie musterte sein Gesicht noch einen Augenblick, dann fragte sie wieder: »Was ist denn?«

»Spürst du es?« erwiderte Cadderly schließlich und sah sich unter den großen Eichen um. »Wie die Energie ansteigt?« Fast ohne es zu bemerken, bückte er sich, hob das hingeworfene Amulett auf und steckte es in eine tiefe Tasche. »Spürt ihr es?« fragte er wieder, drängender.

Danica spürte es wirklich, ein Erwachen, eine wachsende Aufmerksamkeit um sie herum, als ob sie beobachtet würde. Sie schaute Elbereth an, der sich ebenfalls erwartungsvoll umsah.

»Ei«, bemerkte Pikel, aber seine Feststellung traf auf taube Ohren.

»Was ist denn?« brummte Ivan, der sich unwohl fühlte. Er nahm seine Axt und sprang im Kreis herum, wobei er die Bäume argwöhnisch betrachtete.

Hinter Kierkan Rufo erbebte die Erde. Der ungelenke Mann fuhr herum und sah, wie eine gigantische Wurzel durch die Erde brach. Es begann zu rascheln, als die Zweige einer riesigen Eiche schwankten, und das Geräusch schwoll an und vervielfachte sich, denn zahlreiche andere Bäume schlossen sich an.

»Was haben wir getan?« fragte Elbereth, dessen Stimme erstaunt und eingeschüchtert klang.

Cadderly war zu fasziniert, um zu antworten. Noch mehr Wurzeln brachen durch den Boden, weitere Zweige schüttelten und bogen sich.

Ivan sah sich voller Panik um. Er hielt seine Axt, als wollte er losrennen und den nächsten Baum umhauen. Neben ihm hopste Pikel begeistert auf und ab, denn er war hingerissen von diesem Schauspiel druidischer Magie. Er hielt den Waffenarm seines nervösen Bruders fest und wackelte vor Ivans Gesicht mit einem Finger hin und her.

Die Gefährten bemerkten nicht einmal, daß sie sich eng aneinanderdrängten, Rücken an Rücken.

Der erste Baum, der hinter Rufo, löste sich von der Erde und machte einen gleitenden Schritt auf sie zu.

»Tu doch was!« sagte der entsetzte Mann zu Elbereth.

Alle Furcht fiel von dem Elfenprinzen ab. Er sprang vor Rufo und rief: »Ich bin Elbereth, Sohn des Galladel, Sohn des Gil-Telleman, Sohn des Dellanil Quil'quien! Krieg herrscht in Shilmista, eine große Armee, wie sie seit den Tagen meines Urgroßvaters nicht mehr gesehen wurde! Darum habe ich euch gerufen, Hüter von Shilmista, damit ihr neben mir schreitet und unsere Heimat säubert!«

Ein weiterer großer Baum gesellte sich zu dem ersten, die anderen folgten ihnen. Elbereth übernahm die Führung, um sofort in den Kampf zu ziehen, aber Ivan klopfte dem Elfen anerkennend auf die Schulter und drehte ihn um.

»Schön gesagt, Elf«, meinte der offensichtlich erleichterte Zwerg. Elbereth lächelte finster und sah Danica an, die still neben Cadderly stand. Beide, der junge Gelehrte und die Frau, lasen die zögernde Absicht des Elfenprinzen auf seiner Miene, und praktisch gleichzeitig lächelten sie und nickten zustimmend. Elbereth gab das Lächeln zurück und zog Ivan neben sich an die Spitze des Zuges. Gemeinsam machten sich die unwahrscheinlichen Verbündeten auf den Weg. Pikel, der sich mehr für das hinreißende Schauspiel der marschierenden Bäume als für alles, was vor ihnen lag, interessierte, folgte ihnen.

Kierkan Rufo schaute sich ängstlich um, denn er wußte nicht, wo sein Platz war. Nachdem er sich einigermaßen sicher sein konnte, daß die großen Eichen ihm nichts tun würden, begann seine Angst vor den Bäumen zu schwinden, und er kletterte in eine der Eichen, so hoch er konnte, höher hoffentlich, als ein Goblin seinen Speer werfen konnte.

Cadderly hielt Danica zurück, während die Waldkolonne, einige Dutzend uralter Bäume, vorbeizog.

»Dorigen wußte, wo wir hinwollten«, erklärte er, als das Dröhnen der marschierenden Bäume nachließ. »Und aus irgendeinem Grund will sie mich gefangennehmen.«

Danica wies auf eine Mulde im Schatten, wo sie und Cadderly sich versteckten. Wenn die Zauberin nicht in den nächsten paar Minuten auftauchte, würden sie Elbereth und den anderen nacheilen.

☆☆☆

Eine Gruppe Orogs starrte neugierig auf das Spektakel, ohne zu wissen, was sie von den anrückenden Eichen zu halten hatten. Sie schubsten einander, kratzten sich die struppigen Haare und erhoben in fast komischer Drohgebärde ihre Speere vor den Bäumen.

Sie verstanden mehr – zumindest, daß diese riesigen Bäume ihnen nicht freundlich gesonnen waren –, als sie einen Elfen und zwei Zwerge von den untersten Ästen des vordersten Baumes springen sahen. Die Orogs heulten einstimmig auf, einer schleuderte seinen Speer, aber noch immer schienen sie nicht zu wissen, wie sie diesen Aufmarsch abwehren sollten.

Ivan, Pikel und Elbereth stürmten auf sie zu und stürzten sich in den Kampf.

Der vorderste Baum hatte jedoch eine größere Reichweite. Er ließ seine riesigen Äste auf die Ungeheuer herunterkrachen und schlug sie zu Brei. Nur wenige Orogs entkamen den Ästen und rannten davon, ohne sich noch einmal umzusehen.

»He, das ist aber gar nicht lustig!« brüllte Ivan, denn bis er und seine Begleiter die Orogs erreicht hatten, konnte kein einziger von ihnen noch Widerstand leisten.

Er packte Pikel am Arm. »Komm, Brüderchen!« schrie Ivan. »Laß uns ein paar Goblinköpfe spalten!«

Pikel warf noch einen sehnsüchtigen Blick auf die wandernden Eichen, von denen er sich nicht trennen mochte. Aber es waren wirklich noch viele Gegner da, und Ivan brauchte nicht lange, um seinen ebenso kampflustigen Bruder zu überzeugen, daß das Spiel eben erst begonnen hatte.

Elbereth sah, wie die beiden in die Schatten rannten, wo sie sofort auf eine kleine Gruppe Goblins stießen. Nach wenigen Augenblicken rannten die letzten beiden Goblins schnellstens in den Wald, dicht gefolgt von Ivan und Pikel.

Der Elfenprinz brachte ein schmales Lächeln zustande und begann zu hoffen, daß der Tag noch zu gewinnen war.

Lang lebe der König

Die Schlacht ist schon im Gang«, flüsterte Danica Cadderly ins Ohr. »Wir müssen hinterher.«

Cadderly hielt sie fest und zog sie tiefer in den Schatten. Er spürte etwas und wußte instinktiv, daß Gefahr im Verzug war. Unbewußt schob der junge Gelehrte eine Hand in die Tasche seines Reisemantels und schloß seine Finger um das winzige Amulett.

»Druzil«, flüsterte er, über sein eigenes Wort überrascht. Danica sah ihn neugierig an.

»Das Amulett funktioniert in beide Richtungen«, erkannte Cadderly. »Ich weiß, daß das Teufelchen in der Nähe ist. Und wenn es da ist ...«

Wie auf Kommando trat Dorigen auf die Lichtung, die die Baumarmee hinterlassen hatte. Cadderly und Danica duckten sich noch tiefer, aber die Zauberin konzentrierte sich anscheinend mehr auf die Bäume, von denen sie die letzten noch abmarschieren sah.

Danica zeigte nach Westen, dann stahl sie sich heimlich davon, um die Zauberin zu umrunden. Warnend hielt Cadderly das Amulett hoch, um sie daran zu erinnern, daß Dorigens teuflicher Gefolgsmann wahrscheinlich gleichfalls anwesend war, und zwar unsichtbar.

»Was habt ihr getan?« rief Dorigen, und Cadderly wurde fast ohnmächtig vor Schreck, weil er glaubte, daß sie ihn anrief. Ihr Blick hing jedoch an den marschierenden Bäumen. Sie stieß eine Faust in die Luft und schrie: *»Fete«*, das Elfenwort für *›Feuer‹*.

Ein Feuerstrahl schoß aus Dorigens Hand – Cadderly glaubte, daß er womöglich aus einem Ring kam –, eine brennende Linie, die sich meterweit erstreckte und den letzten Baum des Zuges erfaßte.

»Fete!« wiederholte die Zauberin, und die Flammen ließen nicht nach. Sie bewegte ihre Hand und änderte den Winkel des Flammenstrahls, damit das Feuer den ganzen Baum umlodern konnte. Die große Eiche drehte ihren schwerfälligen Stamm um, wodurch sie unabsichtlich kleinere Feuer in die Bäume neben sich überspringen ließ. Mit einer langen Wurzel griff sie nach Dorigen, aber die Zauberin senkte die Hand und brannte sie komplett weg.

Cadderly stockte der Atem vor Entsetzen, als er sah, wie zerstörerisch Dorigen vorging. Er sah nach rechts, nach Westen, wo er Danica vermutete und hoffte, daß seine Geliebte herauskommen und Dorigens Brandschatzung beenden würde. Danica war tatsächlich gut in den Büschen hinter der Zauberin versteckt, konnte jedoch nicht so leicht zu ihr gelangen. Drei Orogs waren aus dem Schatten getreten und hatten sich verteidigend hinter und neben der Zauberin aufgebaut.

Der Baum knackte und brach splitternd in einem Funkenhagel auseinander. Dorigen beendete ihren Angriff, hielt jedoch die Faust geballt und suchte offensichtlich hinter dem Rauch und den Flammen nach ihrem nächsten Opfer.

Cadderly wußte, daß er das nicht zulassen durfte.

Wieder hob Dorigen die Faust und begann, die auslösenden Runen zu sprechen, doch sie brach ab, weil sie seitlich durch einen merkwürdigen Anblick abgelenkt wurde. Ein Lichtstrahl schoß aus dem schattigen Unterholz und wiegte sich langsam hin und her. Mit ausgestreckter Faust ging die Zauberin langsam hinüber, um nachzusehen.

Ihr Gesicht nahm einen verwunderten Ausdruck an, als sie sich der schattigen Mulde näherte. Dort rollte ein Rohr, die Quelle des Lichtstrahls, in einem hellblauen, breitkrempigen Hut hin und her, der auf der Seite lag. Den Hut erkannte Dorigen nicht, aber das zylindrische Ding hatte sie schon einmal gesehen – im Gepäck des jungen Priesters Cadderly.

Dorigen wußte, daß sie verwundbar war, daß sie sich vor dem jungen Priester in acht nehmen mußte, aber der Stolz war immer eine ihrer größten Schwächen gewesen.

Nicht weit entfernt, hinter einen Baumstamm geduckt, schraubte Cadderly seinen Federring ab, zog den Widderkopf von seinem Wanderstab und legte den Pfeil ein. Er gab sich größte Mühe, ihn nicht dem Sonnenlicht auszusetzen, aber er war nicht gerade voller Zuversicht, als er seine Lippen an das Blasrohr setzte und auf Dorigen schoß.

»Wo seid Ihr, kleiner Priester?« rief Dorigen. Sie drehte sich um, um ihren Orogwachen ein Zeichen zu geben. Dann zuckte sie zusammen, denn etwas Kleines, Spitzes hatte sie an der Wange getroffen.

»Was ist das?« stammelte sie, als sie den gefiederten Pfeil herauszog. Fast hätte sie über das winzige Ding laut gelacht.

»Verdammt«, stöhnte Cadderly, der sah, daß sie stehen blieb. Dann gähnte die Zauberin herzhaft und rieb sich die Augen.

Cadderly wußte, daß ihm seine Chance entglitt. Er sprang hinter dem Baum hervor und rannte auf seine Feindin zu.

Als die Orogs ihre Herrin in Gefahr sahen, heulten sie und stürmten vor, um den jungen Gelehrten aufzuhalten. Statt seiner fanden sie plötzlich Danica vor, und jeder bekam eine Faust oder einen Fuß zu spüren, noch ehe sie erfaßt hatten, was hier geschah.

Dorigen schien sie allerdings nicht zu brauchen. Ihre immer noch geballte Faust richtete sich gegen Cadderly – jetzt konnte er erkennen, daß es der Onyxring war, den sie an dieser Hand trug. Er würde sie unmöglich rechtzeitig erreichen können, und er besaß keine andere Waffe, mit der er die Entfernung hätte überbrücken können.

Dorigen begann zu sprechen – Cadderly hörte ihre Worte, als würden sie sein Verhängnis verkündigen.

☆☆☆

»Wo willst du dich verstecken, Elfenkönig?« überbrüllte Ragnor die Schreie der Sterbenden.

Galladel zügelte sein Pferd und wendete abrupt, wie auch der Rest seiner Kavallerietruppe.

»Da!« rief einer der Elfen, der auf eine Lücke in einer Reihe Buchen zeigte. Dort stand Ragnor in all seinem bösen Glanz, und seine Eliteleibwächter fächerten halbkreisförmig um ihn aus. Ihre scharfzinkigen Dreizacke glitzerten grausam. Galladel führte den Angriff der Elfen an, und die sieben übrigen Reiter blieben tapfer an seiner Seite.

Der König kam jedoch zum Halten, als er feststellte, daß er und seine Truppe Ragnors Verteidigungsring nicht durchbrechen konnten. Irgendwie mußte er zu dem Ogrillon gelangen, er mußte einen entscheidenden Schlag in diesem ungleichen Kampf landen.

»Du bist Ragnor?« schrie Galladel in verächtlichem Ton. »Ein Heerführer, der sich hinter seinen Schergen versteckt, der sich duckt, während andere in seinem Namen sterben?«

Das Gelächter des Ogrillons ließ Galladels Provokation platzen. »Ich bin Ragnor!« verkündete das Ungetüm. »Der Shilmista für sich beansprucht. Komm, armseliger Elfenkönig, und gib deine Krone dem, der sie verdient!« Der Ogrillon griff über die Schulter und zog sein riesiges, schweres Breitschwert heraus.

»Tut es nicht, mein König«, riet einer aus Galladels Eskorte.

»Gemeinsam können wir den Ring durchbrechen«, meinte ein anderer.

Galladel hob die schlanke Hand, um sie zur Ruhe zu bringen. Der Elfenkönig dachte an sein früheres Versagen, an die Zeit, als er vergeblich versucht hatte, die Bäume zu wecken. Viele Elfenleben hatte das gekostet. Ja, er war müde und wollte nur noch nach Evermeet ziehen. Aber der Elfenkönig von Shilmista war auch edel, und nun sah er seine Pflicht deutlich vor Augen. Er trieb sein Pferd ein paar Schritte vor, befahl seinen Begleitern jedoch zurückzubleiben.

Ragnors Grottenschrate wichen auseinander, so daß Galladel vorwärts preschen konnte. Er wollte den Ogrillon zermalmen, ihn mit seinem mächtigen Streitroß einfach überrennen und den Eindringling zertreten. Seine Pläne zerbarsten abrupt, als ein Riese einen gigantischen Felsblock aus dem Wald schleuderte, der Galladels Pferd an der Flanke traf und das arme Tier zu Boden warf.

Die Eskorte des Elfenkönigs brüllte auf und galoppierte los, doch die Grottenschrate und der Riese traten ihnen schnell entgegen. Als Galladel sich erschüttert, aber nicht ernstlich verletzt von dem Pferd löste und wieder auf die Beine kam, sah er sich allein dem mächtigen Ragnor gegenüber.

»Jetzt ist der Kampf gerecht!« knurrte Ragnor, der unaufhaltsam vorrückte.

Galladel hielt sein Schwert bereit. Wieviel größer erschien der viehische Ogrillon ihm jetzt, wo sein Pferd tot neben ihm lag.

Cadderly ging fest davon aus, daß er längst gebraten sein würde, ehe er Dorigen erreichte. Die Zauberin wollte das auslösende Wort sprechen, gähnte aber statt dessen, weil das Schlafgift sich tückisch seinen Weg bahnte.

Cadderly zögerte nicht. Er griff sofort an, beschrieb einen Rundumschlag mit seinem Wanderstab, den er dabei mit beiden Händen hielt. Er erwischte Dorigen seitlich am Kopf und warf sie zu Boden. In seinem ganzen Leben hatte Cadderly noch nie so fest auf jemanden eingeschlagen.

Dorigen lag reglos vor seinen Füßen. Ihre Augen waren geschlossen, und aus einem Riß, den der Widderkopf ihr am Ohr beigebracht hatte, tröpfelte Blut.

Dieser Anblick machte Cadderly nervös. Seine Gedanken kehrten zurück zu den tragischen Ereignissen vor einigen Wochen. Barjins tote Augen beobachteten den jungen Gelehrten, als er nun auf Dorigen niedersah und betete, daß sie nicht tot sein möge.

☆☆☆

Danica stieß keine solchen Gebete für den ersten Orog aus, den sie zu Fall brachte. Sie hatte ihn mitten in die Kehle getroffen und wußte, daß seine Luftröhre zerquetscht war. Er würde bald ersticken. Die beiden anderen allerdings kämpften trotz der Wunden, die Danica ihnen zugefügt hatte, voller Wildheit. Mit ihren gut gearbeiteten, rasiermesserscharfen Schwertern trieben sie die junge Frau bald Schritt für Schritt zurück.

Ein Schwert sauste knapp über ihren Kopf, als sie sich duckte. Sie trat gerade nach vorne, traf das Ungeheuer am Oberschenkel, mußte aber zurückweichen, weil das andere ihr hart zusetzte. Eins, zwei, drei kamen die schnellen Schläge des Orogs, der die ausweichende Frau jeweils nur um Haaresbreite verfehlte.

Dann war Danica wieder aufgesprungen und balancierte auf den Zehenspitzen. Der Orog, den sie getreten hatte, war nicht mehr so schnell wie sein Kumpan, und so kam Danica zu ihrer Chance.

Ihr augenblicklich einziger Gegner stieß mit seinem Schwert nach ihr. Schneller, als die Waffe sie erreichen konnte, ging Danica in die Hocke, bis sie fast auf dem Boden saß. Dann kam sie abrupt wieder hoch und schoß auf ihren Angreifer zu. Die Finger ihrer rechten Hand waren fest gegeneinandergedrückt. Ihr linker Arm wischte das Schwert des Orogs beiseite, so daß das Monster wehrlos war. Ihr tödlicher rechter Arm, den sie eng an die Brust gepreßt hielt, schoß in die Blöße hinein, um Danicas offene Handfläche mit aller Kraft, die die junge Frau aufbringen konnte, in die Höhlung in der Brust des Orogs zu rammen.

Das Ungeheuer sprang zwei Fuß hoch, landete japsend wieder auf den Füßen, dann fiel es tot um.

Der letzte Orog, der auf die junge Frau eindringen wollte, sah seinen gestürzten Kameraden neugierig an. Dann änderte er urplötzlich die Richtung und rannte jaulend auf die Bäume zu.

Danica wollte ihn verfolgen, doch dann fiel sie überrascht auf die Knie, weil etwas nur wenige Fuß neben ihr vorbeisauste. Sie verstand, als ein Pfeil den Orog in den Rücken traf und explodierte, womit er das Ungeheuer bäuchlings zu Boden warf. Noch einmal schnappte der Orog nach Luft, dann lag er ganz still.

Danica schaute sich um. Dort stand Cadderly, in der Hand seine Armbrust, die er der bewußtlosen Zauberin abgenommen hatte. Seine Miene war so streng und wütend, daß Danica ihn beinahe bedrohlich fand.

Die junge Frau erriet, welche Gefühle den armen Cadderly zerrissen; sie verstand die Schuld und die Verwirrung, die ihn dazu gebracht hatten. Aber jetzt war keine Zeit für Schwäche. »Mach sie fertig«, wies Danica ihn kalt an. Sie sah sich schnell um, um sicherzugehen, daß keine Feinde mehr in der Umgebung wären, dann rannte sie den Bäumen nach, die sich in die große Schlacht gestürzt hatten.

Cadderly blickte auf die bewußtlose Zauberin hinunter. Er verabscheute, was er zu tun hatte.

☆☆☆

Als Elbereth die Prozession aus dem Syldritch Hain herausgeführt hatte, hatte er seine Kräfte zusammenhalten wollen, um die feindlichen Linien zu durchstoßen, damit er sich seinem Volk anschließen könnte, aber als er das Schlachtfeld erreichte, erkannte er, wie töricht sein Plan war.

Es gab keine Linie zu durchstoßen, keine klare Gruppe seines Volkes, der er sich anschließen konnte. Heute regierte in Shilmista das Chaos, eine wilde Hatz von Elfen und Goblins, Riesenbäumen und Riesen.

»Frohes Kämpfen, Elf!« waren die letzten Worte, die Elbereth von Ivan vernahm, der mit Pikel im Bogen aus den Bäumen hervorlief, als der Elfenprinz daranging, sich einen Grottenschrat vorzuknöpfen, der gerade an einem Brombeergesträuch vorbeilief.

Als Elbereth schließlich mit seinem Gegner fertig war, waren die Bäume bereits vorbeigezogen und hatten sich aufgeteilt. Viele zogen zu den Feuern im Norden, andere zum Schlachtgebrüll im Osten, und die Zwerge waren nirgendwo zu sehen. Weil Elbereth zu viel zu tun hatte, um sie zu suchen, blies er in sein Horn. Er hoffte, daß bald jemand auf seinen Ruf antworten würde.

Schnell wie der Wind kam Temmerisa innerhalb von Sekunden angestürmt. Shayleigh hatte die Zügel fest in der

Hand. Das Pferd überrannte einen Goblin und sprang über mehrere andere, die durch das Dickicht krochen.

»Die Bäume!« schrie Shayleigh, der die Worte vor hoffnungsvollem Staunen fast im Hals steckenblieben. Über ihre Schulter sah sie eine Eiche, die gerade einen Trupp Orks zusammenschlug. »Shilmista ist zum Leben erwacht!«

Shayleigh sprang aus dem Sattel. »Nimm Temmerisa«, sagte sie schnell zu Elbereth.

»Das Pferd ist in guten Händen«, erwiderte der Prinz. »Ich habe nur gerufen, um mich zu vergewissern, daß Temmerisa und seine Reiterin noch leben.«

»Nimm ihn!« beschwor Shayleigh den Elfenprinzen. »Suche deinen Vater. Ich habe gehört, daß er gegen Ragnor kämpft, und wenn das stimmt, wird er seinen Sohn an seiner Seite brauchen!«

Sie mußte sich nicht weiter anstrengen, um Elbereth zu überzeugen. Er ergriff die Zügel und schwang sich in den Sattel. »Wo sind sie?« rief er.

»An der Buchenreihe!« gab Shayleigh zurück. Sie wollte Elbereth noch vor den Grottenschraten der Leibwache warnen, ließ es aber sein, weil sie feststellte, daß der Elfenprinz, der bereits auf seinem mächtigen Roß davonstob, schon zu weit weg war.

Temmerisa donnerte durch den Wald. Elbereth sah Dutzende kleiner Gefechte, wo sein Schwert nützlich gewesen wäre, aber er hatte keine Zeit. Galladel kämpfte mit Ragnor! Dieser Gedanke bohrte sich wie eine spitze Nadel in das Herz des Elfenprinzen. Er erinnerte sich an seine eigene, schmerzhafte Begegnung mit dem starken Ogrillon, einen Kampf, den er verloren hätte. Und Elbereth war als Schwertkämpfer angesehener als sein Vater.

Der Elf duckte sich unter einem niedrigen Ast hindurch

und riß Temmerisa scharf durch eine schmale Lücke zwischen zwei Ahornbäumen herum. Dann trieb er das Pferd zu einem weiten Sprung über einen Brombeerbusch. Er fühlte den Schweiß auf Temmerisas muskulösem Hals, hörte, wie die Lungen des stolzen Hengstes pumpten, um sich genug Luft für eine solche Anstrengung zu verschaffen.

Noch ein Sprung, noch eine Wendung, dann ein gerader Galopp, und Temmerisa schien der Aufgabe gewachsen zu sein. Er jagte mit aller Kraft voran, denn er spürte die Eile seines geliebten Herrn.

Elbereth nahm den Riesen aus dem Augenwinkel wahr, sah den geschleuderten Felsen ankommen. Er riß Temmerisa fest an den Zügeln, so daß das Pferd seitlich auswich, dem Angriff aber nicht ganz entkam. Unter der Wucht des Aufpralls ging der weiße Hengst in die Knie, kam aber sofort wieder hoch und setzte zäh seinen Weg fort.

»Das zahlen wir dem Biest heim«, versprach Elbereth, der seinem kostbaren Hengst den Hals klopfte. Temmerisa schnaubte, senkte den großen Kopf und galoppierte weiter.

☆☆☆

Ivan und Pikel bemühten sich nach Kräften, in der Nähe der marschierenden Bäume zu bleiben. Jeder Ork, jeder Goblin, den die Zwerge trafen, hielt sie jedoch auf, während die Eichen einfach weiterschritten und die entsetzten Ungeheuer auseinandertrieben, wohin sie auch kamen.

Die Zwerge hörten von überall her die Elfen jubeln, obwohl sie nur wenige von Elbereths Volk sehen konnten. Was ihnen wenig ausmachte. Die Brüder waren jedenfalls mehr darauf versessen, ihre Feinde zu finden, als Verbündete zu treffen, die sie eigentlich gar nicht brauchten.

Dann waren die Bäume weit vor ihnen. Sie marschierten

stetig weiter, fächerten sich auf, und die Felsenschulterbrüder waren ganz allein.

»Ui, ui«, bemerkte Pikel, der schon ahnte, was kam. Und tatsächlich tauchten Dutzende von Gegnern auf, die sich vor den vorbeiziehenden Bäumen versteckt hatten, Dutzende von Ungeheuern, deren einziges Ziel im Augenblick die Zwergenbrüder waren.

»Fertig machen zum Kämpfen«, sagte Ivan zu Pikel. Seine Worte waren ziemlich überflüssig. Pikel zermalmte einen Ork, noch während Ivan sprach.

Dann schnappte er sich seinen Bruder und rannte zur Seite, unter die tiefhängenden, dicken Äste einiger Fichten. Ivan verstand, was Pikel vorhatte, sobald die Gegner näher kamen, denn die Enge und die schlechte Sicht begünstigte die zahlenmäßig unterlegenen Zwerge.

Dennoch fand Ivan bei jedem Schlag seiner Axt, ob gezielt oder nicht, ein neues Ungeheuer, und ein Dutzend weitere standen dahinter, um sofort nachzurücken.

☆☆☆

In seinem sicheren Hochsitz kam Kierkan Rufo sich sehr schlau vor. Der linkische Mann hatte nicht die Absicht, eine andere Rolle als die des Beobachters einzunehmen, und sah zufrieden zu, wie die armen Goblins und Orks und Orogs vor der unglaublichen Kraft seiner Eiche flohen.

Er änderte plötzlich seine Meinung, als die Eiche auf einen anderen Feind stieß: zwei Riesen, die nicht so feige und nicht so klein waren. Der Baum erzitterte gewaltig, als ein Felsen gegen seinen Stamm prallte. Er schwang einen Ast nach dem vordersten Riesen, traf ihn auch fest, aber anstatt tot umzufallen, ergriff der Riese den Ast und zog.

Über sich hörte Rufo das lebende Holz aufreißen und dachte, er würde ohnmächtig werden.

Ein anderer Ast wollte auf den Riesen einschlagen, aber der zweite Gegner erreichte den Stamm und hielt sich mit furchterregender Kraft daran fest. Der Riese zog und zerrte, und die riesige Eiche wankte erst zur einen Seite, dann zur anderen.

Noch mehr Zweige schlugen auf den entfernteren Riesen ein, peitschten ihn durch. Das Ungeheuer erwischte einige und zerbrach diese mit seinen gewaltigen Händen, doch die Schläge setzten ihm sehr zu. Bald ging der Riese in die Knie, und kurz darauf schlug die Eiche ihn zu Boden.

Ein weiterer dicker Ast, der niedrigste des ganzes Baums, wickelte sich um den Körper des zweiten Riesen und umfaßte den Gegner in einer unentrinnbaren Umklammerung.

Kierkan Rufo stellte fest, daß er den Baum anfeuerte, als der Riese um Luft rang. Der ungeschickte Mann hielt den Kampf für gewonnen. Er glaubte, daß seine Eiche diesen Gegner erledigen und weiterziehen könnte, zu sichereren und kleineren Gegnern.

Der keuchende Riese sank so tief, wie er auf seinen dicken, stammähnlichen Beinen kam, dann stieß er sich mit letzter Anstrengung hoch und zur Seite.

Eine der Eichenwurzeln brach ab, so daß der Baum umkippte, um sich nie mehr zu erheben. Er hing in tödlicher Umklammerung mit seinem sterbenden Gegner fest. Weitere Zweige krümmten sich zum Stamm, um das Schicksal des Riesen zu besiegeln.

Rufo war sicher, daß er sich ein Bein gebrochen hatte, obwohl er es nicht sehen konnte, weil es unter einem Ast festhing. Er wollte um Hilfe rufen, erkannte jedoch, wie dumm das wäre. Es waren viel mehr Feinde als Verbündete in der Nähe, die ihn hören konnten.

So kratzte er etwas Erde weg, bis er eine flache Kuhle gegraben hatte, zog dann möglichst viele kleine, blattreiche Zweige über sich und lag ganz still.

☆☆☆

Als Danica das Chaos erreichte, blieb ihr vor Staunen der Mund offenstehen. Noch nie hatte die junge Frau eine solche Verwüstung erlebt. Sie sah den Baum mit dem Riesen umkippen. Dann ging weiter hinten ein zweiter Baum zu Boden, dem Grottenschrate zugesetzt hatten.

Danica schaute sich um, weil sie Angst um Cadderly hatte. Diesmal konnte sie ihn nicht beschützen – sie wußte nicht einmal genau, ob sie sich selbst schützen konnte. Mit resigniertem Achselzucken und einem sehnsüchtigen Blick zu der Stelle, wo sie den jungen Gelehrten zurückgelassen hatte, brach die junge Frau auf. Sie wußte, daß es nicht lange dauern konnte, bis sie einen Feind fand.

Ein triumphierendes »Ei, ei!« ließ ihren Kopf zu einer Gruppe dicker Fichten herumfahren. Ein Grottenschrat hetzte verzweifelt hinaus, gefolgt von einer fliegenden Keule. Die Waffe traf ihn an den Beinen und warf ihn auf den Boden. Bevor er aufstehen konnte, kam Pikel angerannt, hob seine Keule auf und zerschmetterte dem Schrat den Kopf. Der Zwerg sah zu Danica auf. Seine weißen Zähne blitzten durch die Geiferschicht, die sein Gesicht bedeckte.

Trotz des Irrsinns und der Gefahr ringsumher erwiderte Danica sein Lächeln und zwinkerte dem Zwerg zu. Genau wie Pikel nahm sie an, daß es ihr Abschiedszwinkern war.

Pikel tauchte wieder zwischen die Fichten, und Danica bückte sich tief und zog ihre zwei Dolche heraus. Dann ging sie auf die Jagd.

Cadderly mühte sich mit dem *Buch der Universellen Harmonie* ab, aus dem er sich eine Lösung für die Aufgabe erhoffte, die Danica und die wahnwitzige Situation auf seine Schultern geladen hatten. Dorigen lag reglos unter ihm. Sie stöhnte nur hin und wieder leise.

Wichtiger war der wachsende Lärm der Schlacht. Cadderly wußte, daß er nicht viel länger zögern durfte. Er mußte sich zu seinen kämpfenden Freunden gesellen, und selbst wenn er dies nicht tat, würde die Schlacht wahrscheinlich schon viel zu bald bei ihm angelangt sein. Er hatte seine Armbrust frisch geladen – ihm blieben nur noch fünf Pfeile – und griffbereit auf der gestürzten Zauberin liegen.

Die Seiten des großen Buches verschwammen vor seinen Augen. In seiner Panik konnte er die Worte kaum lesen, geschweige denn etwas Wertvolles darin finden. Dann wurde er ganz von dem Text abgelenkt, denn er hatte plötzlich das sichere Gefühl, daß er nicht allein war. Er brauchte einen kurzen Moment, um sich ganz auf dieses Gefühl zu konzentrieren.

Langsam griff Cadderly nach unten und nahm die Armbrust zur Hand. Er fuhr herum, ließ sich von all seinen Sinnen führen, da die Augen ihm nichts halfen, und feuerte.

Der explosive Pfeil traf den Stamm eines jungen Baumes, den er zerfetzte. Gleich daneben hörte Cadderly plötzlich Lederschwingen flattern.

»Du kannst dich nicht vor mir verstecken, Druzil!« rief der junge Gelehrte. »Ich weiß, wo du bist!«

Das Flügelflattern zog zum Wald hinüber und wurde immer leiser. Cadderly konnte nicht verhindern, daß ein überlegenes Grinsen über sein Gesicht glitt. Druzil würde ihm nicht mehr in die Quere kommen.

Dorigen stöhnte und rührte sich. Benommen versuchte

sie, sich aufzustützen. Cadderly zielte mit der Armbrust auf sie und lud einen neuen Pfeil.

Seine Augen weiteten sich vor Schreck, als er merkte, was er tat. Wie konnte er auch nur daran denken, die hilflose Frau zu töten, wie konnte er daran denken, seine verdammte Waffe zu dieser ruchlosen Tat zu benutzen? Barjins Augen starrten ihn aus dem Schatten an.

Er legte die Armbrust weg, nahm sein Buch, klappte es zu und umklammerte es fest mit beiden Händen.

»Das hattest du sicher nicht im Sinn, als du es mir gegeben hast«, sagte er zu der abwesenden Großmeisterin Pertelope. Dann knallte er Dorigen den schweren Band auf den Hinterkopf, so daß sie wieder flach auf den Boden fiel.

Cadderly wollte schnell fertig werden, bevor die Zauberin wieder zu sich kam. Er zog drei Ringe von Dorigens Händen: ihren Siegelring mit dem Zeichen dieser Sekte der Talona, einen goldenen mit einem glänzend schwarzen Onyx (das war derjenige, der Cadderlys Vermutung nach die magischen Flammen ausgespuckt hatte) und einen goldenen, der mit vielen kleinen Diamantsplittern besetzt war. Als nächstes kam die Zauberrobe, die Cadderly in sein Gepäck stopfte. Er fand einen dünnen Stab, der an einer Klinge in Dorigens Unterkleidern hing, und durchsuchte alle Taschen und Beutel ihrer restlichen Kleidung, um sicherzugehen, daß sie keine magischen Gegenstände oder Spruchzutaten mehr besaß.

Als er damit fertig war, stand er neben der hilflosen Frau, starrte sie an und fragte sich, was er als nächstes tun sollte. Manche Zauber erforderten keine Materialkomponente, andere nutzten kleine, alltägliche Dinge, die fast überall zu finden waren. Wenn er Dorigen so zurückließ, konnte sie immer noch eine Rolle in der tobenden Schlacht übernehmen, konnte aufwachen und sie alle töten. Vielleicht würde sie Danica umbringen, einfach durch ein paar gemurmelte Silben.

Voller Zorn griff Cadderly bei diesem Gedanken nach seinem Wanderstab und zog die Hände der Zauberin neben ihr auf den Boden. Wütend holte er aus und schlug Dorigen auf die Finger, erst die einer Hand, dann der anderen, bis ihre Hände schwarzblau und gräßlich geschwollen waren. Die ganze Zeit stöhnte die betäubte Zauberin nur leise und versuchte nicht einmal, ihre Hände wegzuziehen.

Cadderly sammelte seine Sachen auf, zog den Gurt mit den verbliebenen Bolzen über die Schulter und ging los, ohne recht zu wissen, wohin.

☆☆☆

Schließlich erblickte Elbereth seinen Vater, der auf der kleinen Lichtung gegen Ragnor kämpfte. Der Elfenprinz wußte, daß es ihn Zeit kosten würde, die vielen anderen Kämpfe zu umgehen, um in Galladels Nähe zu kommen, und er sah auch, daß Ragnor rasch die Oberhand gewann.

Er sah, wie sein Vater zu einem verzweifelten Vorwärtshieb ausholte. Ragnor hielt den Arm des Elfenkönigs fest und holte seinerseits mit dem Schwert aus. Galladel wollte ihn aufhalten, indem er den Ogrillon am Handgelenk festhielt. Das alles kam Elbereth entsetzlich bekannt vor. Er wollte eine Warnung rufen, hätte sich umbringen können, weil er seinem Vater nichts von der Lieblingstaktik des Ogrillons erzählt hatte.

Das Stilett sprang aus Ragnors Schwertgriff, genau über Galladels ungeschütztem Kopf, und Elbereth konnte nur zusehen.

Sie rangen noch einen Moment miteinander, ehe Ragnor seinen Riesenarm befreite und ihn senkte.

Plötzlich, so plötzlich, war Elbereth König von Shilmista.

Bilder aus der Hölle

Das mächtige Pferd stürmte voran. Mutig trug es seinen Reiter zu dem Anführer der Feinde. Grottenschrate traten vor, um Reiter und Pferd aufzuhalten, aber Temmerisa senkte den Kopf und galoppierte mitten hindurch. Die Schrate stoben auseinander wie abgefallene Blätter.

Temmerisa geriet ins Stolpern, als eines seiner Vorderbeine sich an einem gestürzten Ungeheuer verfing. Aus einem schützenden Gebüsch kam ein Dreizack geflogen, der den Hengst in die Seite traf und den Ansturm des stolzen Rosses beendete. Wild um sich tretend fiel das Pferd, denn die teuflische Waffe war mit Gift bestrichen gewesen.

Elbereth rollte sich aus dem Knäuel heraus und sah entsetzt zu, wie Temmerisa stiller wurde.

Als der Elfenprinz sich umschaute, sah er den Weg zu Ragnor frei vor sich liegen.

»Komm schon, Elf«, fauchte der Ogrillon, der Elbereth von ihrer früheren Begegnung wiedererkannte. »Ich habe dich schon einmal geschlagen. Diesmal werde ich dich töten!« Nur um seinen Gegner noch mehr aufzubringen, trat er gegen den Elfenleichnam zu seinen Füßen.

Trotz all seiner Selbstsicherheit erschrak der Ogrillon allerdings über die rohe Wildheit von Elbereths Angriff. Das Schwert des Elfen hackte und peitschte wütend auf Ragnor ein und kam hartnäckig zurück, nachdem der Ogrillon den ersten Angriff gerade so eben abgewehrt hatte.

»Ich räche meinen Vater!« schrie Elbereth.

Ragnor lächelte verschlagen. Der Elfenkönig war sein Vater gewesen? Was für Siege konnte Ragnor heute einheimsen!

Elbereth ließ nicht nach. Ragnor beschränkte sich auf die Verteidigung. Er hatte schon tausend Schlachten durchgestanden. Er wußte, daß die Wut seines Gegners irgendwann verraucht sein und bald der Erschöpfung weichen würde. Dann würde Ragnors Stunde kommen.

☆☆☆

Bis Cadderly etwas von den ersten Kämpfenden sah, war er an den Überresten bereits ausgefochtener Kämpfe vorbeigekommen. Verkohlte Bäume und Leichen lagen überall. Die Schreie der Sterbenden wirkten wie ein makabres Zungenspiel – es waren zu viele, als daß der junge Mann erkennen konnte, woher die einzelnen Schreie kamen.

Ein Goblin griff im Vorbeigehen nach Cadderlys Knöchel. Instinktiv wollte der junge Gelehrte auf das Monster schießen, doch dann erkannte er, daß der Goblin von einem Schwerthieb geblendet und dem Tode nahe war. Er hatte Cadderly aus Angst festgehalten, nicht um ihn anzugreifen. Der junge Priester riß sein Bein los und stolperte weiter. Er hatte weder den Mut, das Ungeheuer zu erledigen, noch die Zeit, seine tödlichen Wunden zu versorgen.

In der Ferne kippte wieder einer der wandelnden Bäume um, der das Gewicht von hundert Ungeheuern trug. Die meisten von ihnen hingen bereits tot in den würgenden Ästen, aber jene, die noch am Leben waren, hackten wild auf die umgestürzte Eiche ein. Ein Elf wollte dem Baum zu Hilfe kommen und erschlug zwei Orogs, bevor die anderen sich auf ihn stürzten und ihn in Stücke rissen.

Cadderly wußte nicht, wohin er laufen, was er tun sollte. Für den jungen Gelehrten, der sein ganzes Leben in der abgeschirmten, sicheren Bibliothek verbracht hatte, war dies sein Bild der Hölle.

Er hörte leises Weinen aus einem nahen Baum und sah

Hammadeen in der Krone sitzen. Die Schultern der Dryade zuckten, so sehr schluchzte sie.

Wieder stöhnte ein sterbender Goblin im Schatten, wieder gellte von irgendwoher aus der Ferne ein Schrei durch die Luft.

Cadderly rannte weiter, umrundete die Ungeheuer, die immer noch auf den umgestürzten Baum einhackten. Er wollte ein Loch finden und sich darin verstecken, aber er wußte, wenn er stehenbliebe, würde das seinen sicheren Tod bedeuten.

Er durchquerte ein enges Birkendickicht – wahrscheinlich die Birken, die er und die anderen auf dem Weg in den Syldritch Hain umgangen hatten – und kam auf ein kleines Feld mit brusthohen Blaubeerbüschen, auf dem nur der eine oder andere Baum stand. Plötzlich wurde überall um ihn herum gekämpft. Dort, wo auf der anderen Seite des Feldes der Wald wieder begann, versuchte eine Horde Goblins die zähe Verteidigung elfischer Bogenschützen zu durchbrechen, und an einigen Stellen robbten die Widersacher durch die Blaubeerbüsche, so daß sie für Cadderly gar nicht zu sehen waren.

Er hörte sie jedoch und sah die Büsche von den heftigen Kämpfen erzittern.

Cadderly arbeitete sich vorwärts, lief einen Hang hinunter und kam zur Rückseite eines Hügels. Dort erstarrte er angesichts eines ganz neuen Anblicks. »Großer Deneir«, stammelte der entgeisterte Priester, ohne recht zu merken, daß er sprach. Oger hatte Cadderly bereits gesehen, und bei ihrer Größe war ihm beinahe schwindelig geworden. Jetzt sah er seinen ersten Riesen, fast doppelt so groß wie ein Oger, und Cadderlys Schätzung nach zehnmal so schwer. Cadderly, der im Schatten des Giganten stand, kam sich ausgesprochen winzig vor!

Zum Glück stand der Riese mit dem Rücken zu ihm und war fleißig dabei, Felsen zu sammeln, die er wahrscheinlich nach den Elfen in den Bäumen schleudern wollte. Cadderly wäre gut beraten gewesen weiterzulaufen, aber seine Reaktion wurde von seinem Schrecken bestimmt.

Er schoß dem Riesen einen Pfeil ins Hinterteil.

»He!« brüllte das Ungetüm, rieb sich sein brennendes Gesäß und drehte sich um. Cadderly, der seinen fatalen Fehler erkannte, hatte schon die Flucht ergriffen und drehte sich nur noch einmal um, um einen zweiten Pfeil zu feuern. Dieser traf das Monster mitten in die Brust, doch bei der Explosion zuckte der Riese kaum mit der Wimper.

Mit eingezogenem Kopf rannte Cadderly auf die Sicherheit der Bäume zu. Er hoffte nur, daß kein Elf ihn mit einem Ork verwechseln und niederschießen würde.

Nach dem Riesen sah er sich nicht mehr um, da er sehr richtig davon ausging, daß er die Verfolgung aufgenommen hatte.

Der Riese lachte, weil er diesen Menschen für leichte Beute hielt. Seine Miene veränderte sich aber deutlich, als die beiden Zwergenbrüder neben ihm aus den Büschen auftauchten. Einer durchschlug mit einer Axt die Achillessehne eines Riesenfußes, der andere zerschmetterte mit seiner Keule eine Kniescheibe.

Der Riese knickte ein und kippte um. Die Brüder Felsenschulter stürzten sich auf ihn, bevor er noch ganz auf der Erde lag.

»Gute Aussicht von hier oben«, meinte Ivan, während er seine Axt in den Hals des Riesen senkte.

»Ei, ei!« stimmte Pikel zu und zog dem Riesen mit seiner Keule eins über den Hinterkopf.

»War das Cadderly, der da gerade vorbeigerannt kam?« fragte Ivan. Pikel schaute zu den Bäumen und nickte.

»Guter Köder, der Junge!« brüllte Ivan. Ihr Gespräch war abrupt beendet, als eine Gruppe Orogs durch die Büsche brach und sofort angriff.

☆☆☆

Ein blendendheller Blitz durchzuckte die Schatten. Cadderly hörte Goblins aufkreischen, dann entdeckte er den Urheber des Blitzschlags und erkannte ein willkommenes Gesicht.

»Tintagel!« rief er und rannte zu dem Elfenzauberer hin.

»Glück auf, kleiner Priester!« gab der blauäugige Elf herzlich zurück. »Habt Ihr Elbereth gesehen?«

Cadderly schüttelte den Kopf. »Ich bin gerade erst angekommen«, erklärte er. »Dorigen ist erledigt.« Er zeigte Tintagel den Zauberstab in seinem Gürtel und die Ringe, die er der Zauberin abgenommen hatte. »Könntet Ihr diese –«

»Runter!« schrie Tintagel und stieß Cadderly zur Seite, als ein Speer nur knapp an den beiden vorbeiflog. Der Elf hob eine Hand und murmelte einen Spruch. Magische Energien zuckten aus seinen Fingerspitzen, jagten unbeirrbar durch die Bäume und senkten sich hinter einen großen Stamm. Dahinter kippte ein toter Grottenschrat um, dessen haariger Körper durch den magischen Angriff an mehreren Stellen verbrannt war.

»Elbereth«, sagte der Zauberer wieder zu Cadderly. »Ich muß zu ihm, denn es heißt, daß er gegen Ragnor kämpft!«

»Das stimmt«, sagte die melodische Stimme Hammadeens neben ihnen.

»Wo sind sie?« wollte Cadderly wissen. Er ging auf die Dryade zu, die an den Baum zurückwich, und Cadderly argwöhnte, daß sie verschwinden wollte.

»Geh nicht, ich bitte dich«, bettelte der junge Gelehrte so sanft wie möglich, um das scheue Wesen nicht zu erschrecken. »Du mußt es uns sagen, Hammadeen. Das Schicksal von Shilmista liegt in deiner Hand.«

Hammadeen antwortete nicht und rührte sich nicht. Cadderly mußte genau hinsehen, um sie noch von der Baumrinde unterscheiden zu können.

»Feigling!« knurrte Cadderly sie an. »Du gibst dich als Freundin der Bäume aus, aber wenn sie in Not sind, bist du nicht für sie da!« Er schloß die Augen, um sich auf den Baum mit der verborgenen Dryade zu konzentrieren. Eigenartige, wundersame Gefühle überkamen ihn, als er seine Sinne auf diesen Baum einstimmte und die Wege erkannte, die er Hammadeen heimlich zur Flucht geöffnet hatte.

»Nein!« knurrte Cadderly und griff in Gedanken nach dem Baum.

Zu seinem Erstaunen tauchte die Dryade plötzlich wieder auf. Sie sah den Baum an, als ob er sie irgendwie verraten hätte.

»Sie kämpfen im Buchenhain, südwestlich, nicht weit von hier«, sagte die Dryade zu Tintagel. »Kennst du diesen Ort?«

»Ich kenne ihn«, erwiderte Tintagel und sah Cadderly von der Seite an. »Wie hast du das gemacht?« fragte er, nachdem die nervöse Dryade geflohen war.

Cadderly stand, wie vom Donner gerührt, da, denn er hatte keine Ahnung, was er antworten sollte.

Der Elfenzauberer, der mit diesem Wald von Grund auf vertraut war, beschwor ein Bild des Buchenhains herauf und rief sich die Worte eines anderen Zaubers ins Gedächtnis.

»Paß auf mich auf«, sagte er zu Cadderly, und der junge Gelehrte nickte, weil er wußte, daß der Zauberer nun angreifbar sein würde. Er nahm einen der beiden letzten Bolzen aus seinem Gurt und spannte seine Armbrust.

Eine Tür aus schimmerndem Licht tauchte vor Tintagel auf. Cadderly hörte das typische Rascheln, als ein Grottenschrat ganz in der Nähe einen Speer schleuderte.

Der junge Gelehrte fuhr herum, machte sein Ziel aus, das in den Büschen kauerte, und feuerte. Das Ungeheuer flog rücklings aus dem Gebüsch. Aber Cadderly empfand keine Freude, und seine Zufriedenheit war bald verflogen, denn als er sich umdrehte, brach Tintagel zusammen. Der Speer hatte sich tief in seine Seite gebohrt.

Cadderly rief seinen Namen, umklammerte den Elfen, und da er keinen anderen Ausweg sah, beugte er sich vor und schleppte Tintagel durch die schimmernde Tür.

☆☆☆

Der Riese stöhnte laut, und Pikel ließ gerade lange genug von dem Orog ab, mit dem er gerade kämpfte, um dem gefallenen Hünen einen Schlag auf den Hinterkopf zu versetzen. Der Orog sah, daß sein Gegner abgelenkt war, und versuchte, auf den Rücken des Riesen zu springen. Pikels Keule erwischte ihn im Sprung und warf ihn so weit zurück, daß er als zuckender Haufen auf dem Boden landete.

Die Zwerge kämpften Rücken an Rücken, wie auf dem toten Oger in Dorigens Lager. Nur standen sie jetzt noch höher, höher als die Orogs, gegen die sie fochten, und die bösen Kreaturen hatten kräftig zu klettern, um zu ihren Feinden zu gelangen. Die Hälfte des Trupps lag schon tot neben dem Riesen, und keines der Ungeheuer war nahe genug herangekommen, um sich neben sie zu stellen.

Die Gebrüder Felsenschulter hatten einen Heidenspaß.

Bewegungen an den Bäumen ließen Zwerg und Orog zur Seite blicken. Danica schoß auf die Lichtung hinaus. Sie rannte wie der Wind, denn eine gemischte Gruppe Orks,

Goblins und Grottenschrate war ihr dicht auf den Fersen. Zwei Orogs ließen von ihrem Kampf mit den Zwergen ab und versuchten, der jungen Frau den Weg abzuschneiden.

Einer wurde von einem Pfeil in die Brust getroffen, neben den sich augenblicklich noch ein zweiter bohrte. Der andere Ork beging den Fehler, zur Seite zu blicken, wo im Schutz der Bäume eine Elfenkriegerin stand.

Mit den Füßen voran flog Danica durch die Luft, um den abgelenkten Ork mit einem Doppeltritt gegen die Brust zu erwischen. Er flog nach hinten, verschwand unter den Blaubeerbüschen und tauchte nicht wieder auf.

Danica stand bereits wieder und rannte sofort weiter.

»Ich hau dir einen Weg frei!« gelobte Ivan und sprang von dem Riesen herunter genau zwischen zwei Orogs. Seine Axt zuckte nach rechts und links, so daß sein Versprechen rasch erfüllt war.

»Schön, dich zu sehen, Lady Danica«, sagte der Zwerg und streckte seine knorrige Hand aus. Gemeinsam kletterten sie wieder hoch, um sich zu Pikel zu gesellen, der mit seiner Keule den letzten Orog verprügelte. Nicht weit hinter ihnen kamen neue Feinde, aber sie wurden schnell dezimiert. Aus den Bäumen pfiff ein Pfeil nach dem anderen, und jeder Schuß saß.

»Shayleigh«, erklärte Danica den bewundernden Zwergen.

»Ein Glück, daß sie auf unserer Seite steht«, bemerkte Ivan. Noch während er dies sagte, sauste ein weiterer Pfeil heran, traf einen Goblin in den Kopf und ließ ihn tot umfallen.

»Wir können nicht lange hierbleiben«, sagte Danica zu den Brüdern. »Diese Gegend ist ein Hexenkessel. Es wimmelt nur so vor Goblins und Riesen!«

»Was machen denn die Bäume?« fragte Ivan.

»Ei«, schloß sich Pikel eifrig an.

»Die Bäume haben unseren Feinden enorme Verluste zugefügt«, antwortete Danica. »Aber es sind nur wenige, und noch weniger, weil einige schon umgestürzt sind und andere gegen die Feuer ankämpfen, die unsere Feinde gelegt haben. Die Elfen sind versprengt, und viele dürften tot sein.«

»Dann ab in den Wald!« bellte Ivan. Er sprang von dem Riesen herunter und stürmte den Feinden entgegen. Er schlug so wild um sich, daß mehr Ungeheuer sich zur Flucht wandten als dablieben, um ihn zu bekämpfen. Danica hätte fast laut gelacht, und sie zog ihre Dolche, warf sie auf das nächstbeste Ziel und sprang hinunter – Pikel neben sich –, um sich Ivan anzuschließen.

In Minutenschnelle waren sie wieder unter den Bäumen.

☆☆☆

Cadderly lud seinen letzten explosiven Pfeil, als er auf der anderen Seite aus Tintagels schimmerndem Tor getreten war und den verwundeten Elfenzauberer vorsichtig auf den Boden gelegt hatte. Sofort sah er Ragnor und Elbereth, die nur wenige Schritte entfernt in einen wahrhaft titanischen Zweikampf verstrickt waren.

Er sah auch Galladel, der tot zu ihren Füßen lag.

Cadderly hatte keine Zweifel, für wen sein letzter Pfeil gedacht war, und er sagte sich, daß er keine Reue fühlen würde, wenn er ein großes Loch in Ragnors häßliches Gesicht schoß.

Ein angreifender Grottenschrat änderte seine Pläne.

Der junge Gelehrte hatte keine Zeit, über seine Bewegungen nachzudenken. Er fuhr einfach herum und feuerte dem haarigen Ungeheuer seinen Pfeil in den Bauch, als es nur noch einen Satz entfernt war. Der Grottenschrat zuckte heftig, stolperte an Cadderly vorbei und kippte vornüber auf den Boden.

Cadderly blickte zu Tintagel, der hilflos dalag und sich vor Schmerzen wand. Er wollte dem Elfenzauberer beistehen, ihm wenigstens den Speer aus der Seite ziehen, aber er erkannte deutlich, daß Elbereth gegen den mächtigen Ogrillon nicht mehr ankam.

»Ich habe geschworen, neben dir zu sterben«, flüsterte der junge Gelehrte. Erst dachte er daran, die Flasche mit dem Wuchtöl aus seinem Bündel zu holen und einen neuen Pfeil zu laden, aber ihm wurde klar, daß er dazu keine Zeit hatte. Widerstrebend ließ Cadderly seine nutzlose Armbrust fallen und nahm Wanderstab und Spindelscheiben zur Hand, obwohl ihm diese gegen einen so starken Gegner wie Ragnor lächerlich vorkamen. Er wiederholte ein letztes Mal seinen Schwur an Elbereth und rannte neben den Elfenprinzen.

»Was machst du hier?« fuhr dieser ihn atemlos an. Der Elf duckte sich unter einem schnellen Hieb von Ragnors schwerem Schwert hindurch, einem der wenigen Angriffsschläge, die der Ogrillon unternommen hatte.

Cadderly verstand sofort, wie der Kampf stand. Elbereth war sichtlich erschöpft und ziemlich außer Atem, während Ragnor zwar ein Dutzend Kratzer aufwies, doch keiner der Treffer war eine tiefe oder ernste Wunde.

»Ich habe gesagt, ich würde neben dir kämpfen«, erwiderte Cadderly. Er trat vor, gestikulierte mit seinem Wanderstab und ließ seine Spindelscheiben vorschnellen. Ragnor fing den Angriff mit dem Unterarm ab. Neugierig beäugte er die seltsame, aber wenig durchschlagende Waffe.

»Du hast mächtige Verbündete, Elfenprinz«, lachte er verächtlich. Cadderly ließ seine Spindelscheiben wieder vorschnellen, aber der Ogrillon erhob gar nicht erst den Arm, sondern ließ sich direkt vor die Brust treffen und lachte dabei.

Dann begann Elbereth einen weiteren tückischen Angriff. Sein schönes Schwert sauste hin und her und manchmal gerade nach vorn. Ragnor hatte deutlichen Respekt vor dieser Waffe, und während der Ogrillon vollauf beschäftigt war, nahm Cadderly seinen Wanderstab in beide Hände und schlug gegen Ragnors Ellenbogen.

Der Ogrillon japste vor Schmerz. »Dafür wirst du langsam sterben!« verkündete er Cadderly, während er wütend Elbereths geschickte Schläge abwehrte. »Sehr langsam.«

Cadderly sah seine Waffen an, als hätten sie ihn verraten. Er wußte, daß er Ragnor nicht ernsthaft verletzen konnte, egal, wie gut er traf, aber er wußte auch, daß er – um Elbereths willen – versuchen mußte, eine entscheidende Rolle im Kampf zu übernehmen.

Abwartend beobachtete er das Auf und Ab und hielt sich zurück, weil er hoffte, daß Ragnor dann in den nächsten paar Momenten weniger auf ihn achten würde.

Falls er überhaupt auf den jungen Gelehrten achtete, zeigte der Ogrillon dies nicht.

Elbereths Klinge kreiste um Ragnors, dann stach sie nach vorn in seinen Arm. Ragnor knurrte, aber obwohl der Elf der schnellere Schwertkämpfer war, war Ragnor der zähere. Der Ogrillon ging zum Gegenangriff über. Immer wieder hackte er mit seinem riesigen Breitschwert drauflos. Er traf Elbereths Schild, und die Wucht des Schlages war so groß, daß Elbereth zu Boden geworfen wurde.

Cadderly wußte, er mußte jetzt handeln oder zusehen, wie der Elfenprinz in Stücke gehackt wurde. Er ließ seinen Stab fallen und machte wild kreischend zwei Schritte auf Ragnor zu. Dann sprang er dem Ogrillon auf den Arm. Mit aller Kraft klammerte er sich fest, hatte dem Ogrillon beide Arme um den Hals geschlungen und beide Beine fest um eins von Ragnor geklemmt.

Cadderly war weder klein noch schwach, aber der starke Ragnor wich kaum von seinem Ziel, dem Elfen, ab. Ungläubig warf er einen Blick zur Seite, wo Cadderly sich todesmutig festhielt.

Ragnor hätte Cadderly einfach umgebracht, wenn Elbereth jetzt nicht aufgesprungen und unverzüglich wieder zum Angriff übergegangen wäre. Während Cadderly sich anklammerte, an Ragnor zerrte und den Ogrillon ablenkte, erzielten Elbereths wohlüberlegte Hiebe noch mehr Treffer.

»Runter!« brüllte der Ogrillon. Mit einem bösartigen Wirbeln seines Schwerts trieb er Elbereth zurück. Dann schlang er seinen freien Arm um Cadderlys, um den Griff des jungen Gelehrten zu brechen. Ragnor war wirklich furchtbar stark. Einen Augenblick später flog Cadderly durch die Luft.

Mit vereinten Kräften

Ivan und Pikel hatten im Schutz der Bäume keine Probleme, auf Feinde zu treffen. Überall um sie herum schossen geifernde, kampflustige Orks und Goblins aus dem Unterholz hoch. Die Gebrüder Felsenschulter machten ihrem zwergischen Erbe alle Ehre, indem sie mit Axt und Keule prompt zu Berserkern wurden. Obwohl sie schon lange Zeit pausenlos gekämpft hatten, zeigte keiner von ihnen eine Spur Müdigkeit. Die Goblins flohen in alle Richtungen vor Pikels schwerer Keule, und Ivan schlug mit einem mächtigen, weit ausholenden Hieb einen Ork fast entzwei.

Während dieses erste Gefecht tobte, hielt sich Danica im Hintergrund, denn sie sammelte ihre Kräfte für den Zeitpunkt, an dem sie sie unweigerlich brauchen würde. In dieser Atempause konnte die junge Frau nur an Cadderly denken. Bisher hatte sie keine Zeit gehabt, zu überlegen, wo der junge Gelehrte stecken könnte. Sie befürchtete, daß er ein grausiges Ende gefunden habe. Ihre Pflicht war jedoch klar, und sie würde nicht wanken. Anders als sonst mußte Danica diesmal darauf vertrauen, daß Cadderly auf sich selbst achtgab. Sie mußte sich auf den Kampf ums Überleben konzentrieren.

Wie oft sich Danica auch an diese Tatsache erinnerte – ihr Herz verlangte danach, Cadderly zu suchen.

Der Kopf des letzten Orks flog in die Büsche. Nach diesem Sieg drehte Ivan sich um und bemerkte die Verzweiflung in Danicas Mandelaugen.

»Keine Bange, Kleines«, tröstete der Zwerg. »Beim nächstenmal heben wir dir ein paar auf.«

Danica brachte nur ein klägliches Lächeln zustande, was dem Zwerg zeigte, daß er den Grund ihres Kummers falsch verstanden hatte.

»Dann also dein Cadderly«, erriet Ivan. »Wo ist der denn eigentlich hin?«

»Ich habe ihn zurückgelassen«, gestand Danica, die über die Schulter nach Westen, zum Syldritch Hain, schaute.

Ein Felsen rauschte durch die Zweige und verfehlte die drei Freunde nur knapp. Zur Antwort flog Pfeil auf Pfeil seitlich neben ihnen in Richtung auf die Beerenbüsche.

»Ein Riese!« schrie Shayleigh, die aus ihrem Versteck auftauchte und bereits den nächsten Pfeil auflegte. »Ich habe ihn dreimal erwischt, aber er kommt trotzdem näher!« Sie wich zurück und schoß. Die Freunde sahen den Pfeil durch das Blattgewirr fliegen und in etwas steckenbleiben, das wie ein wandelnder Berg aussah. Neben der ersten regte sich eine zweite riesige Gestalt.

»Zwei Riesen!« stieß Ivan begeistert aus.

Danica hielt ihn und Pikel fest, als die beiden an ihr vorbei auf die neuesten Gegner zulaufen wollten. »Zweifellos mit einem Haufen Begleitung«, erklärte die zornige junge Frau. »Seid nicht so dumm«, schalt sie. »Ihr seid für uns – für mich – viel zu wertvoll.«

»Oh«, antwortete Pikel ziemlich betrübt.

Shayleigh schoß einen weiteren Pfeil nach den anrückenden Ungeheuern, dann holte sie Danica und die Zwerge ein.

»Wir müssen schnell verschwinden«, sagte sie.

»Ihr drei zieht weiter«, bat Danica. »Ich suche nach Cadderly.«

»Der Priester ist bei Tintagel«, gab Shayleigh zurück. »Keine Angst. Wenn ihn in diesem Kampf jemand beschützen kann, dann gewiß der Zauberer.«

Diese Nachricht munterte Danica wieder auf. Nachdem sie wußte, daß Cadderly bei einem so erfahrenen, klugen Mann wie Tintagel war, machte es ihr weniger Angst, ihren Freund in diesem Wald des Schreckens allein zurückgelassen zu haben. »Dann also wir vier«, bot Danica entschlossen an.

»Ei, ei!« gab Pikel zurück.

»Keine Gnade den Feinden, die uns über den Weg laufen!« schwor Shayleigh. Sie wirbelte herum und schoß wie zur Bekräftigung noch einen Pfeil auf die anrückenden Riesen ab, und gemeinsam huschten die vier Kämpfer in den Schatten. Im Laufen schmiedeten sie bereits Pläne.

Ohne seinen Schild konnte Elbereth nur mit beiden Händen den Schwertknauf umklammern, um Ragnors mächtige Schläge abzuwehren. Der Ogrillon hatte jetzt genug von seiner Zurückhaltung. Er war entschlossen, diesen Kampf zu beenden. Auch er faßte sein Schwert mit beiden Händen und zog es über Elbereths Brust. Weil er dabei vortrat, konnte der Elf nicht mehr zurückweichen, sondern mußte mit seinem Schwert parieren.

Elbereths Waffe klirrte laut unter der Wucht des Schlages und vibrierte lange nach. Elbereths Arme wurden taub. Er mußte sich anstrengen, das Schwert auch nur festzuhalten. Ragnor landete einen zweiten Hieb an dieselbe Stelle.

Elbereth wußte, daß es ihm das Schwert aus der Hand reißen würde, wenn er diesmal genauso abwehrte. Statt dessen warf er sich einfach nach hinten und rollte über den Boden.

Ragnor griff ihn wild an, denn er hielt den Kampf für gewonnen.

Elbereths Behendigkeit jedoch brachte den Ogrillon in Rage, denn der Elf warf sich plötzlich herum und peitschte schnell und tief mit seinem Schwert Ragnors Schienbeine, womit er den Ogrillon abrupt zum Stehen brachte.

Elbereth sprang wieder auf. Wachsam hielt er Abstand, als Ragnor fluchend und leicht hinkend weiter vorrückte.

Cadderly stöhnte und zwang sich auf die Ellbogen hoch. Er wußte, daß ihm – und besonders Elbereth – keine Zeit mehr blieb. Der junge Gelehrte war nach Ragnors Wurf so hart gelandet, daß ihm die Luft weggeblieben war.

Jetzt sah er Elbereth an, der müde und eindeutig unterlegen war. Er wußte, daß Ragnor bald gewinnen würde.

»Zurück in den Kampf«, gelobte Cadderly, aber er war noch nicht einmal wieder auf den Beinen, als er schon die Feuchtigkeit am Nacken spürte. Weil er sie für Blut hielt, griff Cadderly nach hinten und legte mühsam sein Gepäck ab.

Erleichtert atmete er auf, als er sah, daß die Feuchtigkeit aus seinem Bündel und nicht von seinem eigenen Körper stammte, doch als er die einzige mögliche Quelle erkannte, wurde ihm vor Schreck beinahe übel.

Langsam und vorsichtig schnürte Cadderly sein Bündel auf und holte die gesprungene Flasche heraus. Ihn schauderte bei dem Gedanken, was wohl geschehen wäre, wenn er den Behälter mit dem gefährlichen *Wuchtöl* bei seiner Landung nicht nur angeknackst, sondern zerbrochen hätte. Mit einem Blick in die hohen Zweige der Buchen stellte er sich vor, wie er selbst nach der furchtbaren Explosion dort oben hängen würde.

Plötzlich blickte Cadderly zu Ragnor und dann wieder auf die Flasche. Ein böses Lächeln glitt über sein Gesicht. Vorsichtig nahm er die obere Hälfte des gesprungenen Behälters ab. Dann tauchte er seine Spindelscheiben hinein. Um so viel wie möglich von der restlichen Flüssigkeit zu bewahren, fing er sie in der hohlen Hand auf.

Als Elbereth mit dem Rücken an einem Baum stand, war beiden, Elf und Ogrillon, klar, daß der Wettlauf ein Ende hatte. Tapfer versuchte Elbereth eine Reihe geschickter Angriffe, von denen einige seinen Gegner auch ritzten, doch keiner war stark genug, das riesige Ungeheuer einzuschüchtern.

Elbereth duckte sich noch gerade rechtzeitig, als das Schwert des Ogrillons heruntersauste und ein ansehnliches Stück aus dem Baum hackte. Während Ragnor seine Klinge losriß, gelang dem Elfen ein weiterer Treffer. Der Ogrillon jaulte auf und schlug wieder zu. Diesmal war es ein kürzerer Hieb, der entweder den Elfen treffen würde oder gar nichts. Seine Klinge war frei, als Elbereth sich auf die Erde warf, die letzte Zuflucht des unterlegenen Elfen.

»Jetzt ist es aus!« verkündete Ragnor, und Elbereth, der, in die Ecke gedrängt, am Boden kauerte, konnte kaum etwas dagegen sagen.

Ragnor sah, wie Cadderly von der Seite herankam. Der junge Gelehrte hatte den Arm angewinkelt und die komische (und nutzlose) Waffe wurfbereit. Der Ogrillon, der sein Schwert zum Todesstoß erhoben hatte, achtete nicht weiter auf diesen unwürdigen Gegner, senkte noch nicht einmal einen Arm, um den Angriff abzuwehren.

Cadderly knurrte und legte sein ganzes Gewicht und alle Kraft in den Wurf. Die Spindelscheiben trafen Ragnors faßdicke Brust, und die Wucht der Explosion riß den Ogrillon herum, so daß er Cadderly genau ins Gesicht schaute.

Wild ruderten die Arme des Ogrillons durch die Luft, als er versuchte, seinen Fall zu verlangsamen. Dann knackte ein Ast hinter ihm, und es war plötzlich vorbei. Ragnor war von der Wucht der Explosion gegen den Baum geworfen worden, und der Ast hatte ihn durchbohrt. Jetzt hing er am Stamm, mit einem verkohlten Loch in der Seite seiner Pelztunika (und der Haut darunter). Er spürte keinen Schmerz in den unteren Gliedmaßen. Er versuchte, seine Füße gegen den Baum zu stemmen, um sich abzustoßen, doch seine Beine wollten seinem Befehl nicht Folge leisten.

Sprachlos warf Cadderly einen Blick in seine Waffenhand. Dort hing die Schnur, nur noch halb so lang und an einem Ende schwarz. Von den Bergkristallscheiben keine Spur, bis auf einen einzigen, geschwärzten Splitter auf dem Boden, wo Ragnor gestanden hatte.

Ähnlich fassungslos erhob sich Elbereth. Er sah Cadderly einen Augenblick neugierig an, dann hob er sein Schwert auf und stolperte zu Ragnor hin.

Für den bulligen Anführer der Invasionsarmee verschwamm die ganze Welt. Ragnor mußte seine Brust gewaltsam vorstoßen, um überhaupt Luft zu bekommen. Dennoch hielt der zähe Ogrillon sein Schwert fest und schaffte es sogar, die Waffe zu einer Art Verteidigung gegen Elbereths entschlossenes Anrücken zu erheben.

Elbereth schlug erst einmal, dann ein zweites Mal gegen die Klinge, womit er sie beiseite führte. Das Schwert des Elfen sauste über die Augen des Ogrillons und blendete Ragnor. Klugerweise trat Elbereth dann zurück, bis Ragnors Wut sich mit einer Reihe bösartiger Hiebe ausgetobt hatte.

Cadderly fand es geradezu mitleiderregend, wie der geblendete Ogrillon immer wieder wild in die Luft schlug. Dann wurde Ragnor langsamer, und als Elbereth erneut herantrat, schaute Cadderly weg. Er hörte ein Knurren, dann ein Stöhnen.

Als er wieder hinsah, wischte Elbereth seine scharlachrote Klinge ab.

☆☆☆

»Blöde Biester«, flüsterte Ivan, der geradeaus über eine kleine Lichtung zu den Feinden hinsah. Der Zwerg und seine drei Gefährten hatten sich unbemerkt zurückgeschlichen, um hinter die zwei Riesen, die Orogs und die zahlreichen Goblins zu gelangen, die sie verfolgt hatten. Der eine Riese konnte sich nur mühsam bewegen, denn er hatte mehrere von Shayleighs Pfeilen abbekommen.

»Hol sie her«, meinte Ivan, der der Elfenkriegerin zuzwinkerte. Er und Pikel schlüpften hinter den Bäumen hervor in das dichte, hohe Gras der Wiese.

Shayleigh sah Danica an. Die Elfenfrau war ganz gewiß nicht ängstlich, aber diese Gegner schienen die Kräfte der kleinen Gruppe doch zu übersteigen.

Danica war ähnlich besorgt, verstand aber mehr von der Kampfkunst der Zwerge. Mit grimmigem Nicken wies sie Shayleigh an fortzufahren.

Shayleigh erhob ihren großen Bogen und zielte auf den bereits verwundeten Riesen. Noch bevor ihr erster Pfeil sein Ziel getroffen hatte, schickte sie einen zweiten und dritten in die Luft.

Der erste traf den Riesen am Ansatz seines dicken Halses. Das Ungeheuer heulte auf und ergriff den zitternden Schaft. Der zweite Pfeil sauste neben den ersten und nagelte die Hand des Riesen fest. Als der dritte Pfeil dicht unter den ersten beiden sein Ziel fand, sackte der Riese bereits zusammen. Er fiel auf die Knie, wo er sich einige Augenblicke unsicher hielt, dann kippte er ins Gras.

Der Rest der Bande stieß ein gemeinsames Wutgeheul aus und fuhr herum. Wild stürmten sie über die Wiese. Shayleigh erledigte prompt einen Orog, indem sie ihm einen Pfeil zwischen die vorstehenden Augen sandte.

»In die Bäume«, wies Danica sie an. »Schieß auf die kleineren Monster. Für den Riesen haben die Zwerge mit Sicherheit einen Plan.« Shayleigh schaute ins Gras, in dem Ivan und Pikel verschwunden waren, dann lächelte sie. Zu ihrer Überraschung merkte sie, daß auch sie inzwischen dem Zwergenpaar traute. Shayleigh fand Halt für ihre Hand und zog sich in die Äste des nächsten Baumes.

Der verbliebene Riese stürmte mit weiten Schritten vor seinen kleineren Gefährten her. Er warf einen Felsen nach Danica, dem die geschickte Frau gerade noch ausweichen konnte, ehe er einen kleinen Baum knickte.

Ein Pfeil von oben warf einen Goblin zu Boden.

Danica schaute hoch und zwinkerte Shayleigh anerkennend zu. Dann stürmte sie zum Erstaunen der Elfenfrau geradewegs auf den nahenden Riesen zu.

Als das turmhohe Ungeheuer seine gewaltige Keule erhob, schleuderte Danica ihm ihre bereits blutigen Dolche ins Gesicht. Der Riese brüllte wütend auf, ließ die Keule fallen und griff nach den feststeckenden Waffen. Danica wich wieder zurück und lächelte Ivan und Pikel an, die aus dem Gras hochkamen und auf die dicken Beine des Monsters einschlugen.

Der verwirrte Riese wußte nicht, wohin er sich zuerst wenden sollte. Ivan hackte auf sein eines Bein ein und schnitt dicke Brocken heraus, als würde er einen Baum fällen, aber der Schmerz im Gesicht lenkte den Riesen ab. Schließlich nahm er allen Mut zusammen und zog einen der tiefsitzenden Dolche heraus. Doch inzwischen war es zu spät für sein Bein, und er kippte um.

Ivan rannte an ihm vorbei auf die anstürmenden Orogs zu. Pikel nahm sich den Kopf des Riesen vor, um ein Ende zu machen. Der Riese legte eine Hand um Pikel, als dieser sich seinem Gesicht näherte und drückte zu. Pikel war jedoch wenig besorgt, denn er war nah genug zum Zuschlagen, und Danicas zweiter Dolch, der tief in der Wange des Monsters steckte, bot sich als wirklich wunderbares Ziel an.

Als Danica seitlich ausbrach, tat eine Gruppe von drei Orogs dasselbe. Danica schlug einen größeren Bogen, bei dem sie die Monster gerade nah genug heranließ, daß sie die Jagd nicht vorzeitig aufgaben. Bald hatte sie fast einen Kreis beschrieben, denn sie rannte auf dieselben Bäume zurück, aus denen sie gerade gekommen war. Orogschwerter pfiffen direkt hinter ihr, doch Danica war sicher, daß sie dicht vor den dummen Ungeheuern bleiben konnte. Sie hörte einen überraschten Schmerzensschrei hinter sich, dann ein Keuchen, und wußte, daß Shayleigh ihr Werk begonnen hatte.

Danica warf sich nach vorn und drehte sich dabei um, so

daß sie den nahenden Orogs beim Aufspringen ins Gesicht sah. Der erste des Trupps, der sich nach seinem Gefährten umsah, den zwei Pfeile erwischt hatten, drehte sich gerade rechtzeitig um, um Danicas Faust am Kinn zu spüren. Ein scheußliches Krachen übertönte den Kampflärm, als der Kiefer des Orogs zerbrach. Als er schließlich am Boden lag, hing die untere Hälfte seines Kiefers fast am linken Ohr.

Der letzte Orog drehte sich auf der Stelle um und ergriff die Flucht. Er schaffte noch einige Sätze, bevor Shayleighs nächster Pfeil ihm die Hüfte durchbohrte. So war er langsam genug, daß Danica ihn erschlagen konnte.

Ivan watete in echter Zwergenmanier in die Horde aus Goblins und Orogs hinein. Er stieß mit seinem gehörnten Helm zu, biß zu, wenn er konnte, trat mit beiden Füßen und riß seine Axt die ganze Zeit so stürmisch hin und her, daß nach und nach die ganze Monsterhorde zurückweichen mußte. Wer nicht weglaufen konnte, weil er zwischen dem Zwerg und seinen eigenen Gefährten gefangen saß, fiel meist im selben Augenblick auf die Erde wie seine abgetrennten Glieder.

Der Nachteil an Ivans Taktik – neben der Erschöpfung, die ein so wilder Ausbruch unweigerlich nach sich ziehen würde – war, daß Ivan für alles um sich herum praktisch blind war. Daher war der Zwerg nicht auf der Hut, als ein Orog es schaffte, hinter ihn zu schlüpfen. Der Orog paßte seinen Angriff zwischen den Axthieben genau ab, um nicht bei einem zweiten Schlag erwischt zu werden, dann trat er direkt an den Zwerg heran und riß seine schwere Keule so heftig nach unten, daß Ivan gar keine Chance mehr hatte, sich zu ducken oder auszuweichen.

»Urg«, machte Pikel, sobald er mitbekam, daß seine Schläge auf den Kopf recht überflüssig geworden waren. Der Griff des Riesen hatte sich inzwischen ziemlich gelockert, und Pikel trat von dem greulichen Ding weg, das einmal der Kopf seines Gegners gewesen war.

Nachdem das erledigt war, kletterte Pikel über die Brust des Riesen, um sich seinem Bruder anzuschließen. Er quietschte einen Warnschrei, als die Keule des Orogs gerade auf Ivans Kopf niederschnellte.

»Hast du was gesagt?« rief Ivan, und dann fügte er, als wäre es ihm gerade eingefallen, »Aua!« hinzu. Er fuhr herum, um auf den Orog einzuschlagen, aber er drehte sich rundherum und rundherum und konnte sich nicht mehr fangen, bis seine Wange im kühlen Gras ruhte.

Der Orog stieß ein höhnisches Siegesgeheul aus, das von Shayleighs nächstem Pfeil und darüber hinaus von Pikels Zorn unterbrochen wurde. Der Zwerg imitierte die Taktik des Orogs, doch während der Schlag des Orogs Ivan wie einen Kreisel gedreht hatte, warf Pikels Hieb das Ungeheuer senkrecht zu Boden, wo es als grotesker Haufen zusammenbrach.

Pikel wollte weiter und weiter auf das Ungeheuer einschlagen, doch dazu hatte er keine Zeit, denn die übrigen Gegner hatten sich über den hilflosen Ivan hergemacht.

»Oooooh!« bellte der Zwerg, der einem weiteren Pfeil in die Meute folgte. Goblins flogen in alle Richtungen – selbst starke Orogs sprangen vorsichtshalber beiseite –, und schon Sekunden später stand Pikel breitbeinig über dem hingestreckten Ivan.

Einen Augenblick später traf Danica bei der Gruppe ein. Shayleigh brachte einen anderen Orog zu Fall, dem sie einen Pfeil direkt ins Auge schoß.

Die Feinde wichen auseinander und rannten davon.

Pikel verharrte schützend über seinem Bruder, während Danica die Verfolgung aufnahm, einen Orog angriff und ihn ins Gras warf. Shayleigh feuerte mehrfach, aber sie mußte enttäuscht einsehen, daß sie nicht alle Gegner niederstrecken konnte, ehe sie die Sicherheit der Bäume erreichten.

Das erleichterte Geheul der Ungeheuer, als sie unter die Bäume tauchten, war jedoch nicht von langer Dauer, denn aus eben deren Schatten kam eine Gruppe Elfen. Nach wenigen Sekunden war auf dem blutgetränkten Feld kein Goblin oder Orog mehr am Leben.

☆☆☆

Cadderly stand fassungslos da, als Elbereth zu ihm kam. Die Welt war verrückt geworden, fand er, und er selbst steckte mitten in diesem Wahnsinn. Bis vor wenigen Wochen hatte er nur Frieden und Sicherheit gekannt, hatte noch nie ein lebendes Ungeheuer zu Gesicht bekommen. Aber jetzt stand alles auf dem Kopf, Cadderly spielte fast wie aus Versehen den Helden, und die Ungeheuer – so viele Ungeheuer – waren plötzlich sehr real in das Leben des jungen Gelehrten getreten.

Die Welt war verrückt geworden, und Elbereths bereitwillige Gratulation, der Dank des mächtigen Elfen für einen Treffer, der einen Gegner besiegt hatte, den sich der unschuldige Cadderly in seinen wildesten Träumen nicht hätte vorstellen können, bestätigte nur dessen Verdacht. Man stelle sich das vor – Cadderly siegte, wo Elbereth es nicht vermocht hatte!

In den Gedanken des jungen Gelehrten war kein Stolz, nur blankes Erstaunen. Welchen grausamen Streich hatte das Schicksal ihm gespielt, daß es ihm so völlig unvorbereitet eine solche Rolle zuwies, ihn in solches Chaos warf. War es das, was Deneir für ihn bereithielt? Und wenn – wollte Cadderly ihm dann tatsächlich weiterhin dienen?

Elbereths erschrockener Blick ließ den jungen Gelehrten

herumfahren. Ragnors restliche Elitekrieger, ein halbes Dutzend kräftige Grottenschrate mit Dreizack, von denen etwas tropfte, das die zwei Gefährten sicherheitshalber für Gift hielten, griffen die beiden an. Sie waren nicht weit weg, jedenfalls nicht weit genug, als daß Cadderly hätte entkommen können.

»Das war's dann wohl«, hörte er Elbereth murmeln, als der Elf sein beflecktes Schwert hob, und der junge Gelehrte, der ohne Waffe und müde war, konnte dieser Prophezeiung nicht widersprechen.

Ein Blitzschlag setzte der Bedrohung abrupt ein Ende. Vier Grottenschrate starben auf der Stelle; die anderen beiden rollten versengt und verstümmelt über die Erde.

Cadderly schaute zur Seite, zu Tintagel, der tapfer an einem Baum lehnte und ein Lächeln aufgesetzt hatte, das nur gelegentlich durch ein gequältes Zucken verzerrt wurde. Cadderly und Elbereth liefen zu ihrem Freund. Elbereth wollte sich um die Wunde kümmern, aber Cadderly schubste den Elfen weg.

»Verflucht seist du, Deneir, wenn du mir jetzt nicht hilfst!« knurrte der junge Gelehrte.

Man brauchte keinen erfahrenen Heilkundigen, um zu sehen, daß Tintagel seiner Wunde bald erliegen würde. Wie der Elf die Kraft und die Geistesgegenwart gefunden hatte, den magischen Blitz loszulassen, würde Cadderly nie erraten können, aber er wußte, daß solch ein Mut nicht das Vorspiel zum Sterben sein durfte.

Nicht, wenn er dabei etwas zu sagen hatte.

Elbereth legte ihm eine Hand auf die Schulter, aber Cadderly schob sie murmelnd weg. Der junge Gelehrte ergriff den Schaft des Speers, der immer noch tief in Tintagels Seite steckte. Er sah den blauäugigen Elfen an, der verstehend nickte.

Cadderly riß den Speer heraus.

Blut strömte aus der Wunde – Cadderlys Finger konnten es unmöglich zurückdrängen. Tintagel wurde ohnmächtig und drohte umzukippen.

»Halt ihn fest!« schrie Cadderly, und Elbereth, der hilflos danebenstand, tat, was ihm gesagt wurde.

Cadderly schlug vergeblich auf das strömende Blut ein – eigentlich hielt er nur noch Tintagels herausquellende Eingeweide zurück.

»Deneir!« schrie der junge Priester mehr aus Wut als in Ehrfurcht. »Deneir!«

Da geschah etwas Wunderbares.

Cadderly fühlte die Macht in sich aufsteigen, obwohl er es nicht verstand und kaum erwartet hatte. Sie richtete sich nach den Noten eines fernen, melodischen Liedes. Der junge Priester war viel zu überrascht, um zu reagieren, darum hielt er einfach weiter verzweifelt fest.

Staunend sah er zu, wie Tintagels Wunde sich allmählich schloß. Der Blutstrom ließ nach, dann hörte er ganz auf, und Cadderlys Hände wurden beiseite geschoben, als die Haut sich auf zauberhafte Weise wieder verband.

Eine Minute verging, dann noch eine.

»Laßt mich kämpfen«, bat ein verjüngter Tintagel. Elbereth umarmte seinen Elfenfreund; Cadderly fiel zu Boden.

Die Welt war verrückt geworden.

Ein Rudel Wölfe

Hammadeens Hand streichelte Temmerisas Flanke. Zärtlich berührte sie das blutige weiße Fell um die klaffenden Löcher der Dreizackwunde. Das große Pferd schnaubte nur noch hin und wieder.

»Kannst du für Temmerisa tun, was du für mich getan hast?« fragte Tintagel.

Der junge Priester, der gerade seinen Wanderstab aufhob, zuckte hilflos die Achseln, da ihm noch nicht einmal klar war, was er eigentlich für Tintagel getan hatte.

»Du mußt es versuchen«, bat Elbereth. Cadderly sah die tiefe Trauer im Gesicht seines Freundes, und er hätte ihm gerne zugesagt, daß er die Wunden des Pferdes heilen konnte.

Er bekam jedoch keine Gelegenheit mehr, den Versuch zu machen, denn Temmerisa schnaubte ein letztes Mal, dann lag er ganz still. Mit Tränen in den dunklen Augen stimmte Hammadeen ein leises Lied in einer Sprache an, die keiner der Freunde verstehen konnte.

Cadderlys Blick verschleierte sich, und der Wald um ihn herum nahm unnatürliche Konturen an. Alle Kontraste erschienen überscharf, geradezu surrealistisch. Er zwinkerte wiederholt und dann noch häufiger, als er Temmerisa anschaute, denn er sah, wie sich der Geist des Pferdes plötzlich erhob und aus seinem Körper trat.

Hammadeen flüsterte dem Pferd leise etwas ins Ohr. Dann wanderten sie und der Geist langsam davon und verschwanden in den Bäumen.

Cadderly fiel beinahe um, als seine Vision wieder der realen, faßbaren Welt wich. Der junge Gelehrte wußte nicht, wie er sich bei Elbereth entschuldigen sollte, wußte nicht, was in aller Welt er zu dem Elfen sagen sollte, der jetzt König war und dessen Vater und dessen Lieblingspferd tot zu seinen Füßen lagen.

Tintagel wollte Trost spenden, aber Elbereth hörte nichts. Der stolze Elf blickte zu seinem Vater und zu Temmerisa, dann rannte er mit dem blutbefleckten Schwert in der Hand davon. Cadderly folgte ihm, zusammen mit dem Zauberer.

Zwei Orks waren die ersten Feinde, die das Pech hatten, Elbereth über den Weg zu laufen. Sein Schwert wütete drauflos, zerschlug die armselige Abwehr der Ungeheuer und schlitzte sie auf, noch ehe Tintagel und Cadderly Gelegenheit fanden, sich zu beteiligen.

Und so liefen sie durch den Wald, Elbereth voran, dessen Schwert als Zeichen seines Zorns eine Schneise durch die Scharen der Feinde zwischen den Bäumen bahnte.

☆☆☆

»Die Bäume kämpfen am Wehrberg«, sagte ein Elf zu Shayleigh. »Eine große Schar unserer Feinde hat sich in die Höhe geflüchtet.«

»Dann müssen wir ihn zurückerobern«, gab Shayleigh fest zurück. Sie und der andere Elf sahen sich um und zählten die Anwesenden. Mit den Zwergen und Danica betrug ihre Zahl dreiundzwanzig, aber während der andere Elf Zweifel hegte, lächelte Shayleigh nur und brach nach Süden auf, denn sie hatte volles Vertrauen zu ihren nichtelfischen Gefährten.

Zwanzig wenig ereignisreiche Minuten später kamen sie in Sichtweite des Berges. Unterwegs hatte sich ihnen ein Dutzend weiterer Elfen angeschlossen, darunter ein Zauberer. Alle waren erleichtert, innerhalb dieses Chaos eine Art Führung zu finden.

Der Wehrberg hatte einen passenden Namen, fand Danica, als sie von der Baumgrenze zu einem kleinen, grasbewachsenen Gipfel hochstarrte. Von dieser Seite aus stieg der Hang über hundert Fuß steil an, dann folgte eine dreißig Fuß hohe Felswand, dann ein weiterer, gut hundert Fuß langer Hang mit dichtem Gras bis zum Gipfelgrat. Shayleigh zufolge war die andere Seite, wo die Goblins die restlichen Baumwächter bekämpften, noch besser zu verteidigen, denn dort ging es von oben bis unten fast senkrecht über eine Felswand.

Die Gruppe hörte den Kampflärm und schloß aus den Geräuschen, daß die Bäume einen schweren Stand hatten. Goblins hatten den Grat besetzt und warfen vor allem mit brennenden Fackeln. Sie hatten zahlreiche Bogenschützen dabei, die Lumpen an ihre Pfeile knüpften, sie anzündeten und auf die Bäume hinunterschossen.

»Wir müssen da hoch, und zwar schnell«, sagte Shayleigh, die nach links zeigte, wo ein weiterer Trupp von Feinden unterwegs war, um sich ihren Kameraden auf dem Gipfel anzuschließen. »Wenn wir ihnen gestatten, sich dort oben zu halten, werden immer mehr zu ihnen stoßen, und sie werden eine unschlagbare Basis haben, von der aus sie ihren Feldzug fortsetzen können.«

»Zwei- bis dreihundert sitzen schon da oben«, antwortete Ivan. »Könnte in Arbeit ausarten, da hochzukommen. Aber ...« Der Zwerg überlegte und spazierte mit seinem Bruder davon.

»Habt ihr eine Idee?« fragte Shayleigh Danica und einen anderen Elfen neben ihr. Danica sah den Zwergenbrüdern nach, die jetzt miteinander diskutierten und in verschiedene Richtungen zeigten. Die meiste Zeit redete Ivan, und Pikel nickte eifrig dazu oder schüttelte nachdrücklich den Kopf und flocht hin und wieder ein »Ei« oder »Ui, ui«, ein.

»Wenn es einen Weg gibt, werden sie ihn finden«, erklärte Danica den verwirrten Elfen.

Einige Sekunden später stapfte Ivan heran und verkündete, daß ihm und Pikel genau das gelungen sei. »Wir gehen rechts runter«, sagte er. »Und wir brauchen reichlich Seile.« Ivan feuchtete einen Finger an und hielt ihn hoch. Pikel zeigte hinter sie, und Ivan nickte bestätigend. Der Wind stand günstig.

Shayleigh und Danica verstanden überhaupt nichts, aber sie hatten keinen besseren Vorschlag. Auf Befehl der Kriegerin schlich sich die ganze Elfenschar durch die Bäume nach rechts unten, wie Ivan gesagt hatte. Sie bekamen fünf Längen gutes Seil zusammen, was Ivan für sein Vorhaben reichte.

»Stell ein paar von deinen Freunden auf, damit sie den Wald nach hinten beobachten«, wies Ivan an. »Wenn wir hier von noch mehr Goblins erwischt werden, bevor wir oben sind, steht es schlecht um uns. Aber dich selbst und deine Bogenschützen und auch den Elfenzauberer stellst du so auf, daß ihr den Grat oben beschießen könnt. Ich und mein Brüderchen, wir schaffen das schon bis zu den Felsen. Sobald wir da oben sind, brauchen wir allerdings eure Hilfe.«

»Was sollen wir denn tun?« fragte Shayleigh ein wenig zögernd, denn andere aus der Elfengruppe hatten Bedenken geäußert, weil sie von Zwergen kommandiert wurden.

»Das werdet ihr dann sehen«, sagte Ivan heimlichtuerisch. Er schaute Pikel an. »Fertig?«

Pikel warf sich die eingerollten Seile über die Schultern, klemmte sich einen kleinen Hammer zwischen die Zähne und antwortete mit einem begeisterten: »Hei, hei!«

Aus einem der vielen Beutel an seinem breiten Gürtel holte Ivan einen ähnlichen Hammer und mehrere Eisenhaken. Auf sein Nicken liefen die Brüder los und rannten den ersten Grashang zu den Felsen hinauf. Shayleigh, Danica, der Elfenzauberer und ein halbes Dutzend Bogenschützen suchten sich Plätze an der Baumgrenze; die restlichen Elfen der Truppe deckten ihre Flanken und ihren Rücken. Überall wurde geflüstert, meist voller Bewunderung für die tollkühnen, wenn auch törichten Zwerge.

Ivan und Pikel suchten sich sorgfältig einen Weg über die Felswand. Die Feinde oben auf dem Grat hatten sie offenbar noch nicht bemerkt. Genau unter der überhängenden Klippe hämmerten die Zwergenhämmer los, um die fünf Längen Seil an Kletterhaken zu hängen.

»Sollen wir losrennen und hochklettern?« fragte Shayleigh Danica, weil sie nicht wußte, ob sie jetzt handeln sollten. Sie hielt nicht viel von diesem Plan, denn selbst wenn die Elfen es bis auf die Klippe schafften, ständen sie immer noch im Freien und hätten noch hundert Fuß Hang zwischen sich und den Feinden.

Danica hob die Hand, um Shayleigh zu beruhigen. »Ivan und Pikel sind noch nicht fertig«, sagte sie mit einigem Nachdruck, obwohl auch sie sich noch nicht vorstellen konnte, was die Brüder vorhatten. Pikel schwang sich zuerst auf die Felsen und gelangte so auf den höher gelegenen Grashang. Sofort entdeckten ihn die Goblins und stießen einen einmütigen Schrei aus. Pikel warf sich hinter einen schützenden Felsen, war jedoch nicht schnell genug, dem ersten Pfeil auszuweichen.

»Aua!« Der Zwerg schnitt eine Grimasse und zog den Schaft aus der Hüfte – keine besonders schlimme Wunde. Pikel sah zu den Bäumen zurück, dann den Hang hinauf. Er lächelte trotz des Schmerzes, als der erste Elfenpfeil den Schützen erwischte, der ihn getroffen hatte.

Als nächster erschien Ivan auf der Felsnase und brüllte

dabei: »Zwergenbrigade, zum Angriff!«, so laut er konnte und in Goblinsprache. Pikel achtete nicht mehr auf seine Wunde und lief neben seinen Bruder.

»Was machen sie denn?« fragte Shayleigh. »Und warum hat er den Angriff in Goblinsprache ausgerufen?«

Im ersten Moment war Danica ähnlich verblüfft, doch dann nahm sie die Reaktion der Goblins wahr. Die Ungeheuer auf diesem Teil des Grats wurden schier verrückt. Viele von ihnen rannten auf Ivan und Pikel zu und schleuderten dabei ihre brennenden Fackeln den Berg hinunter.

»Zwerge«, murmelte Danica, während um sie herum die Bogensehnen sangen, als die Elfen auf ihre plötzlich ungedeckten Gegner feuerten. »Auf der ganzen weiten Welt gibt es nichts, was ein Goblin mehr haßt oder fürchtet als Zwerge.«

»Ein guter Plan«, rief der Elfenzauberer und lief aus den Bäumen, um in die richtige Entfernung zu kommen, aus der er einen Hagel magischer Pfeile mit den Fingerspitzen abschießen konnte. Die beiden vordersten Goblins fielen.

Ivan und Pikel warteten nicht länger. Als um sie her die brennenden Fackeln niedergingen, hielten die Zwerge wieder auf die Felsen zu, schnappten sich zwei von den aufgehängten Seilen und schwangen sich unter die Klippe.

Der Spott der Goblins über den gescheiterten Überfall – aus ihrer Sicht hatten nur zwei der verwünschten Zwerge ihre häßlichen Gesichter gezeigt! – hielt so lange an, bis die nicht besonders schlauen Kreaturen bemerkten, daß das Feuer, das ihre eigenen Fackeln gelegt hatten, rasch den Hang hinaufkroch!

»Folgt den Flammen!« brüllte Ivan, als er die überraschten Schreie von oben hörte. Dann raunte er Pikel zu, als sie wieder über die Felsnase kletterten: »Goblins gibt es jetzt schon Hunderte von Jahren, aber sie haben immer noch nicht gelernt, daß Feuer im Zweifelsfall nach oben brennt!«

»Hihi«, gab Pikel zur Antwort.

Mit unglaublicher Schnelligkeit erreichten Danica und die Mehrheit der Elfentruppe die baumelnden Seile und kletterten auf die Klippe, während Shayleigh mit den Bogenschützen und dem Zauberer zurückblieben, um ihren Freunden Rückendeckung zu geben.

Das Feuer führte sie auf den Gipfel und brannte eine Schneise durch die Reihen der Goblins. Die Ungeheuer purzelten übereinander, und viele wurden auf der anderen Seite vom Grat gestoßen, als alles sich bemühte, dem heranbrausenden Feuer zu entkommen.

Bald war alles Gras verbrannt, und das Feuer erstarb so schnell, wie es losgegangen war, doch nun hielt die Elfentruppe einen hochgelegenen Teil des Gipfels. Wütende Goblins drangen von allen Seiten auf sie ein, zehnmal mehr, als die Elfen zählten. Sie waren entschlossen, das verlorene Terrain zurückzuerobern.

»Vorwärts!« rief Shayleigh, denn sie wußte, daß sie und ihre Bogenschützen näher heran mußten, um bei dem verzweifelten Kampf eine echte Hilfe zu sein. Die Handvoll Elfen hetzte den ersten Hang hinauf und ergriff die Seile.

Ivan, Pikel und Danica bildeten die Mitte der Verteidigungslinie auf dem rechten schmalen Ende des Grats. Die drei arbeiteten so aufeinander abgestimmt wie immer, jeder ergänzte die Bewegungen des anderen, und sie bissen so wütend in die Goblinlinien, daß viele Elfen sich lieber zu ihren Freunden an der anderen Flanke gesellten, wo die Mehrheit der feindlichen Armee verblieben war. Die Verteidiger hatten wirklich einen harten Stand, und jeder Elf, der fiel, ließ dem Feind ein großes Loch, um durchzubrechen.

Danica hielt den Kampf für verloren, besonders nachdem Shayleighs Gruppe heraufkam, nur um – mit dem Rücken zur Klippe – auf engem Raum von einer neuen Gruppe Goblins bedrängt zu werden.

»Sollten wir nicht an Rückzug denken?« fragte Danica Ivan.

»Hab nie behauptet, daß es leicht sein würde«, war alles, was der Zwerg antwortete, während er einen Goblin zerhackte, der sich zu nah herangewagt hatte.

Dann erschien über den Goblins, nur wenige Fuß neben Danica und den Zwergen, eine seltsame, dichte, grünliche Wolke. Unter den undurchsichtigen Schichten der Wolke konnten die Gefährten nichts erkennen, aber sie konnten die Goblins würgen und husten hören. Ein geplagter Goblin taumelte heraus, doch er war so mit seinem rebellierenden Magen beschäftigt, daß er nichts mehr wahrnahm, bis Ivan und Pikel ihn mit vereinten Kräften erschlugen.

Die meisten der Ungeheuer, die den üblen Dämpfen entkamen, liefen auf der anderen Seite aus der Wolke, wo sie den Hang hinunterrennen wollten. Dort aber fanden sie auch keinen Ausweg, denn dort wartete Elbereth, der unermüdlich auf die erschrockenen, geschwächten Gegner einschlug.

Dann löste sich die magische Wolke plötzlich auf. Über ein Dutzend Goblins lagen hilflos auf dem Gipfel. Ivan und Pikel wollten zu ihnen laufen, aber der wütende Elbereth war zuerst dort und schlug auf die Kreaturen ein. Ohne einen Gruß rannte der grimmige Elf an den Zwergen, Danica und den vordersten Elfen vorbei. Er brach durch die gelichtete Elfenreihe, die die linke Flanke verteidigte und warf sich mitten in die Goblinhorde.

Kein Schwert, kein Speer schien ihm etwas anhaben zu können. Er wich keinen Fingerbreit von seinem Weg ab.

Nach wenigen Augenblicken schon rannten die Goblins vor seiner schrecklichen Klinge davon, und die Elfen verfolgten sie.

Nachdem die rechte Seite des Grats so schnell befreit war, führten Ivan und Pikel eine Elfenschar hinunter, um Shayleigh und den Bogenschützen zu helfen. Danica begleitete sie nicht, denn sie sah jemand anderen, einen Freund, den sie nicht ignorieren konnte.

Cadderly und Tintagel rüsteten sich für die Schwierigkeiten, als die Goblins, die der Wolke und Elbereths Zorn entkommen waren, auf sie zugerannt kamen. Tintagel murmelte schnell einen Zauberspruch, und Cadderly sah erstaunt zu, wie er und der Zauberer sich scheinbar vervielfachten. Die Goblins, die bereits voller Panik waren und ihren Zufluchtsort verloren hatten, schlugen einen großen Bogen um die unerwartete Schar von Gegnern und rannten lieber kreischend auf den Wald zu.

Dann waren sie verschwunden, und Danica war bei Cadderly. Einen kurzen Augenblick sah es für die beiden so aus, als wäre die Welt wieder im Lot.

Auf dem ganzen Wehrberg wurde aus der Schlacht ein Gemetzel. Von Elbereth geführt und zusammen mit der befreiten Shayleigh und ihren Schützen, zermalmten die Elfen und die Zwergenbrüder die Goblins regelrecht. Ivan und Pikel führten eine Gruppe an den Fuß des Berges, wo sie die dummen Ungeheuer in die wartenden Zweige von vier aufgebrachten Eichen trieben.

Nach nur zehn Minuten war alles vorbei, und der Wehrberg gehörte Elbereth.

☆☆☆

»Gib mir sechs Stunden, ein Dutzend Elfen – einschließlich eurem verletzten Zauberer da – und führ die Bäume, wohin ich es sage, dann befestige ich dir diesen Ort für hundert Jahre und notfalls nochmal hundert!« prahlte Ivan, und nach dem Erfolg des Zwergs bei der Erstürmung des Berges zweifelte im ganzen Elfenlager keiner mehr an seinen Worten.

Elbereth sah Cadderly an.

»Die Bäume werden gehen, wohin wir wollen«, antwortete der junge Gelehrte zuversichtlich, obwohl er nicht sicher war, woher er wußte, daß das stimmte.

»Dann sollst du den Berg befestigen«, sagte Elbereth zu Ivan. »Eine gute Basis, von der unsere Jagdtrupps losschlagen können.«

»Und ihr werdet eure Streifzüge nicht blind durchführen müssen«, gab Cadderly bekannt, der auf die nächste Eiche schaute. »Nicht wahr, Hammadeen?«

Einen Augenblick später trat die Dryade heraus. Sie war verwirrt, daß der junge Gelehrte sie gesehen hatte. Normalerweise konnte kein menschliches Auge, nicht einmal Elfenaugen, ihre Tarnung durchdringen.

»Du wirst die Elfen führen«, sagte Cadderly zu ihr, »zu ihren Feinden und zu deren widerspenstigen Freunden.«

Die Dryade wollte sich zum Baum umdrehen, aber Cadderly rief so wütend »Halt!«, daß Hammadeen wie angewurzelt stehenblieb.

»Du wirst tun, was ich sage, Hammadeen«, befahl Cadderly, der plötzlich allen, die der Szene beiwohnten, furchteinflößend vorkam. Erstaunlicherweise drehte sich die Dryade um und nickte zustimmend.

Cadderly nickte ebenfalls, dann ging er davon. Er brauchte ein wenig Zeit allein, um irgendwie all die Überraschungen zu begreifen, die an jeder Ecke auf ihn warteten. Wieso hatte er den Geist des Pferdes gesehen? Er hatte nicht gefragt, aber instinktiv wußte er, daß Elbereth und

Tintagel nichts gesehen hatten. Und wie hatte er gewußt, daß Hammadeen in diesen Bäumen steckte? Und überhaupt, wie um alles in der Welt hatte Cadderly der ungezähmten Dryade solche Befehle erteilen können?

Er wußte es einfach nicht.

Die ganze Nacht und den nächsten Tag über, während Ivan und Pikel den Wehrberg befestigten, schlüpften kleine Gruppen Elfen in den Wald und suchten unter Hammadeens Führung die versprengten Feinde heim. Im Wald entdeckten sie weitere Elfen, andere fanden selbst zu dem neuen Lager, und bald hatten Elbereths Truppen systematisch Löcher in den Ring der Ungeheuer geschlagen.

Cadderly blieb mit Tintagel und den anderen Verwundeten auf dem Grat, obwohl Danica sich rasch wieder Shayleigh anschloß und mit auf Jagd ging. Cadderly mußte nicht noch einmal auf soviel Heilkraft zurückgreifen, wie er zur Rettung von Tintagel gebraucht hatte, und fand das beruhigend, denn er glaubte nicht, daß die Heilkräfte ihn jemals wieder so intensiv durchfluten würden.

Er wußte, daß etwas um ihn – oder mit ihm – geschah, aber von diesem unbekannten Etwas wollte er nicht abhängig werden, weil er es nicht einmal ansatzweise verstand.

☆☆☆

Die erste echte Probe für Ivans Verteidigungsstellung kam spät am nächsten Nachmittag, als eine Bande von über zweihundert Ungeheuern – von mickrigen Goblins bis zu Hügelriesen – sich anschickte, den Gipfel zurückzuerobern. Nur zwanzig Elfen waren zu diesem Zeitpunkt mit Cadderly und den Zwergen auf dem Gipfel, darunter allerdings beide Zauberer. Nach zwei Stunden heftiger Gefechte war mehr als die Hälfte der Gegner tot, der Rest hatte sich in die Wälder zurückgezogen, wo die unorganisierten Ungeheuer leichte Beute für die »Wolfsrudel« darstellten, die den Wald durchstreiften. Kein einziger Elf war bei dem Kampf gestorben, doch zwei waren von den Felsen gestreift worden, die die Riesen geschleudert hatten. Zum Glück war es zu keinen direkten Zweikämpfen gekommen. Schlaue, von den Zwergen ersonnene Fallen, Pfeilhagel, magische Angriffe und die vier turmhohen Eichen wehrten die Feinde ab, bevor sie auch nur die steile Klippe auf halbem Weg zum Grat hinter sich hatten.

Ivans Einschätzung nach war der schwerste Teil des Kampfes das Wegräumen der gefallenen Goblins, nachdem alles vorüber war.

»Den da hatte ich ganz vergessen«, meinte Ivan zu Cadderly und zeigte auf die Baumgrenze, wo die Dunkelheit sich bereits über den Wald legte. Aus den Bäumen kamen drei Elfen und ein Gefährte, an den auch Cadderly in der Hitze des Gefechts nicht mehr gedacht hatte.

Kierkan Rufo stützte sich schwer auf einen Stab, und selbst mit dem Stock brauchte er noch die Unterstützung des einen Elfen. Das Bein des ungelenken Mannes war nicht gebrochen, wie er befürchtet hatte, aber es war geprellt und verrenkt und konnte ihn nicht tragen. Er wies seine Begleiter an, ihn zu Cadderly zu bringen, und nachdem sie einige Minuten mit dem natürlichen Hindernis der Klippe gerungen hatten, plumpste Rufo schließlich neben Ivan und dem jungen Gelehrten ins Gras.

»Wie nett von euch, daß ihr nach mir gesehen habt«, bemerkte der linkische Mann streitsüchtig.

»Pah, du bist auf den Baum geklettert, ganz hoch, um dich rauszuhalten«, gab Ivan mehr amüsiert als verärgert zurück.

»Um besser zu kämpfen!« wehrte sich Rufo.

»Um dich besser zu verstecken, wolltest du wohl sagen«, meinte Ivan.

»Hihihi.« Rufo mußte sich gar nicht erst umsehen, um zu wissen, daß der Lacher von Pikel stammte.

»Könntest du mir wenigstens etwas zu essen holen?« knurrte Rufo Cadderly an. »Ich habe einen vollen Tag unter einem dicken Eichenast gelegen, halb verhungert und unter Schmerzen!«

»Hihihi«, kam zur Antwort von irgendwoher.

☆☆☆

Danica und Shayleigh kamen etwas später zurück. Keine von ihnen war begeistert, Kierkan Rufo im Lager vorzufinden. Trotzig baute sich der eckige Mann vor Danica auf.

»Noch so eine angebliche Freundin«, fauchte er. »Wo war Danica Maupoissant, als der arme Rufo in Not war? Was ist das für ein Bündnis, frage ich, wenn Freunde sich nicht mehr umeinander kümmern?«

Danica schaute von Cadderly zu Ivan und dann zu Pikel, als Rufo seine Schimpftirade fortsetzte.

»Das ist alles eure Schuld!« schäumte er und steigerte sich noch weiter in seine Wut hinein. Danica ballte die Faust und biß die Zähne zusammen.

»Das ist alles ...« Dann stürzte Rufo zu Boden und sagte nichts mehr.

Danicas Achselzucken war keine Entschuldigung für ihren Schlag, sondern das Eingeständnis, daß ihr Benehmen vielleicht etwas impulsiv gewesen war. Sie erwartete Vorwürfe von Cadderly, aber der junge Gelehrte schwieg, denn Danica wurde von allen Seiten beglückwünscht.

☆☆☆

Als die Freunde später am Abend auf Elbereth stießen, sahen sie ihn lächeln wie seit vielen, vielen Tagen nicht mehr.

»Gute Nachrichten«, erklärte der Elf. »Über siebzig von meinem Volk sind eindeutig noch am Leben, und es könnten noch mehr werden, denn Hammadeen hat uns erzählt, daß hinten im Osten gekämpft wurde. Und die Wege weiter östlich durch das Schneeflockengebirge sind wieder offen, denn eine Abordnung Priester aus der Erhebenden Bibliothek ist eingetroffen. Unter Führung der Dryade hat einer unserer Jagdtrupps sich der Gruppe angeschlossen, und nun sind sie auf dem Weg zum Wehrberg.«

»Zahlenmäßig sind wir immer noch weit unterlegen«, warf Shayleigh ein, »aber unser Feind ist verwirrt und ohne Befehlshaber. Da Ragnor und Dorigen tot sind ...«

Cadderlys plötzliches Räuspern ließ sie innehalten. Aller Augen ruhten auf dem jungen Gelehrten.

»Dorigen ist nicht tot«, gestand er. Die Blicke der Umstehenden verfinsterten sich, aber der bei weitem schlimmste Vorwurf für Cadderly war Danicas schneidende Stimme.

»Du hast sie nicht getötet?« rief die junge Frau. »Du hattest sie hilflos am Boden!«

»Ich konnte es nicht.«

»Ich bin verloren«, heulte Rufo auf. »Dorigen wird mich umbringen, sie wird uns alle umbringen! Du Narr!« schrie er Cadderly an.

»Brauchst du noch mehr Schlaf?« fragte ihn Ivan, und aus Danicas grimmiger Miene schloß Rufo, daß er gut beraten war zu schweigen. Aber dieses Mal hatte er einen Verbündeten. »Ein Narr, wahrhaftig!« brüllte Elbereth. »Warum?« wollte er von Cadderly wissen. »Warum hast du die Zauberin entkommen lassen?«

Cadderly konnte es unmöglich erklären, denn er wußte, daß der neue Elfenkönig seine Anwandlung von Mitleid nicht schätzen würde. Er war zutiefst verwundert, wie schnell Elbereth offenbar seine Taten in der Schlacht vergessen hatte, im Syldritch Hain und gegen Ragnor und bei der Rettung von Tintagel.

»Dorigen kann nicht auf ihre magischen Kräfte zurückgreifen«, erklärte der junge Gelehrte zögernd. »Sie ist schwer verwundet und ohne jeden magischen Gegenstand.« Unbewußt ließ Cadderly eine Hand in die Tasche gleiten, wo er die Ringe betastete, die er der Zauberin abgenommen hatte. Er hatte sie und Dorigens Zauberstab eigentlich Tintagel geben wollen, um zu erfahren, ob sie im Kampf nützlich sein konnten, doch er hatte diesen Gedanken verworfen und beschlossen, die gefährlichen Dinge selbst zu untersuchen, sobald er die Zeit dazu fand.

Cadderlys Aussage konnte Elbereths Zorn nicht mildern. »Allein ihre Gegenwart wird unsere Feinde einen!« knurrte der Elf. »Schon das wäre Shilmistas Untergang!« Kopfschüttelnd schritt Elbereth davon, Shayleigh an seiner Seite. Auch die anderen zerstreuten sich. Traurig ließ Pikel Cadderly und Danica allein am Lagerfeuer zurück.

»Gnade«, sagte Cadderly. Er sah seine Freundin an, hielt ihre braunen Augen mit unentrinnbarem Blick fest. »Gnade«, flüsterte er wieder. »Macht mich das schwach?«

Danica dachte lange über seine Frage nach. »Ich weiß es nicht«, antwortete sie ehrlich.

Sie standen ruhig da und betrachteten lange Zeit das Feuer und die Sterne. Cadderly schob seine Hand in Danicas, und sie ließ ihn gewähren, wenn auch etwas zögerlich.

»Ich werde im Wald bleiben«, sagte sie schließlich und ließ Cadderlys Hand los. Cadderly sah sie an, doch sie wich seinem Blick aus. »Um neben Elbereth und Shayleigh zu kämpfen. Es heißt, die Priester werden morgen ankommen. Wahrscheinlich bleiben sie ein paar Tage, um ein Bündnis mit den Elfen zu schließen. Danach dürften einige hierbleiben, um weiterzukämpfen. Aber die meisten werden wahrscheinlich in die Bibliothek zurückkehren. Du solltest dich ihnen anschließen.«

Cadderly fand nicht gleich eine Antwort. Schickte Danica ihn fort? Sah auch sie sein Mitleid als Schwäche an?

»Dies ist kein Ort für dich«, flüsterte Danica.

Cadderly rückte einen Schritt von ihr ab. »War denn der Syldritch Hain ein Ort für mich?« grollte er kalt. Er war noch nie so offen wütend auf Danica gewesen. »Und hast du gehört, wie der mächtige Ragnor gestorben ist? Oder hast du Barjin vergessen?«

»Ich will nicht abstreiten, wie wertvoll du bist«, antwortete Danica aufrichtig und sah Cadderly an, »ob in diesem Krieg oder sonstwo. Aber du wirst untröstlich sein, wenn die Schlacht um Shilmista weitergeht, immer mehr Gewalt, immer mehr Töten. Ich kann nicht mit ansehen, was das bei dir anrichtet. Ich mag auch nicht, was es mir angetan hat.«

»Was redest du da?«

»Es ist kalt hier drin«, erwiderte Danica, die mit einem Finger auf ihr Herz zeigte. Sie verschränkte die Arme vor der Brust, als wollte sie einen eisigen Windstoß abwehren. »Gefühllos«, fuhr sie fort. »Gnadenlos. Wie leicht konnte ich dir befehlen, Dorigen zu töten!« Ihr Geständnis ließ sie verstummen. Sie wandte den Blick ab.

Cadderlys Gesicht wurde weich vor Mitgefühl.

»Geh fort«, bettelte Danica. »Geh zurück in die Bibliothek, wo du zu Hause bist.«

»Nein«, antwortete Cadderly. »Dort war ich noch nie zu Hause.«

Danica sah ihn wieder neugierig an. Sie erwartete eine Erklärung.

»Dort bin ich nicht zu Hause, soviel ist wahr«, fuhr Cadderly fort, »und ich fürchte, in mir ist nur noch wenig Kampfgeist. Ich werde mit den Priestern abziehen, wenn sie gehen, aber nur so lange in der Bibliothek bleiben, wie ich brauche, um meine Sachen zu packen.«

»Und dann?« In Danicas Stimme schwang ein Anklang von Verzweiflung mit.

Cadderly zuckte mit den Schultern. So gern hätte er Danica gebeten, mit ihm fortzugehen, aber er wußte, das durfte er nicht. Sie hätte sich ohnehin geweigert. Ihnen beiden wurde klar, daß dies ein Abschied war, vielleicht für immer.

Plötzlich umarmte Danica Cadderly und küßte ihn heiß. Dann fuhr sie zurück und stieß ihn von sich. »Ich wollte bei dir bleiben, als das Kämpfen richtig losging«, sagte sie, »nachdem die Bäume zum Leben erwacht waren. Aber ich wußte, ich konnte es nicht. Meine Wünsche waren in diesem Augenblick unwichtig.«

»Und so ist es auch jetzt«, sagte Cadderly, »für uns beide.« Seine Finger glitten durch Danicas rötlichblondes Haar, das nach den vielen Tagen des Kämpfens wirr und verschwitzt war.

Danica wollte ihm noch einen Kuß geben, überlegte es sich dann jedoch und lief davon.

Cadderly blieb noch fünf Tage auf dem Wehrberg, doch er sah sie nicht wieder.

Epilog

»Du hättest im Wald bleiben sollen«, sagte Aballister, der gereizt in seinem kleinen Zimmer auf Burg Trinitatis auf und ab ging.

Dorigen behielt ihn sicherheitshalber im Auge. Im Gegensatz zu Barjins Mißerfolg hatte diese Niederlage den Anführer von Burg Trinitatis zutiefst ernüchtert. Er befürchtete ernstlich, daß seine Eroberungspläne nicht so leicht durchzusetzen wären. Noch immer unterstanden über dreitausend Soldaten seinem Kommando, und viele weitere konnten bei den Stämmen ausgehoben werden, die in ihre Bergheimat zurückkehrten, aber Shilmista war verloren, wenigstens vorläufig, und der neue Elfenkönig war entschlossen und kriegerisch. Dorigen hatte Aballister viele Geschichten erzählt, die sie über die Taten des mächtigen Elbereth gehört hatte.

»Du hättest bleiben sollen!« knurrte der Zauberer noch einmal nachdrücklicher.

»Mit gebrochenen Fingern konnte ich wohl kaum bei diesem verräterischen Pack bleiben«, antwortete Dorigen, die ihre verbundenen Hände hochhielt. »Glaubst du wirklich, daß ich unter Goblins und Orks sicher gewesen wäre?«

Aballister konnte den Wahrheitsgehalt ihrer Feststellung nicht abstreiten. Er hatte selbst miterlebt, was wilde Goblins einer Frau antun konnten. »Ohne deine Führung ist Ragnors Armee nichts weiter als ein Haufen Banden«, überlegte er, »ein leichtes Ziel für die gut organisierten Elfen und diesen neuen König, der ihnen so teuer ist. Wir werden Monate brauchen, unsere Verluste auszugleichen.«

»Die Goblins werden einen eigenen Anführer finden«, gab Dorigen zurück.

»Einen, der uns ergeben ist?« fragte Aballister ungläubig.

»Wir haben immer noch Zeit, vor Einbruch des Winters zurückzukehren und die Dinge in Shilmista zu unserem Vorteil zurechtzubiegen!« fuhr Dorigen ihn ihrerseits an. Sie machte keinerlei Zugeständnis, was ihre Entscheidung zum Rückzug betraf. »Es sind nicht viele Elfen, ganz gleich, wie gut sie sich organisieren und wie gut sie geführt werden. Trotz all ihrer augenblicklichen Erfolge haben sie jedenfalls noch einiges zu tun, bis sie Shilmista von der dunklen Pest befreit haben, die Burg Trinitatis über sie gebracht hat.«

»Du hättest bleiben sollen.«

»Und du hättest besser auf deinen Sohn aufpassen sollen!« gab Dorigen zurück, ehe sie sich bremsen konnte. Druzil, der auf Aballisters Tisch hockte, stöhnte und legte die Flügel um sich. Ganz sicher würde sein Meister Dorigen jetzt in die Luft jagen.

Nichts geschah. Nach kurzem Schweigen erkannte die Zauberin, die selbst erschrocken war, daß sie einen wunden Punkt getroffen hatte, an dem Aballister – der mächtige Aballister – verletzbar war.

»Cadderly«, murmelte der Zauberer. »Zweimal hat er meinen Weg gekreuzt – und ich dachte, ich wäre den Burschen los. Nun, die erste Einmischung hätte man vergessen können. Ich war mir sowieso nicht sicher, ob ich wollte, daß Barjin die Bibliothek erobert«, gab der Zauberer offen zu. »Aber das! Nein, Cadderly ist eine zu große Drohung, als daß man ihn dulden könnte.«

»Wie gedenkst du, diese Drohung zu beseitigen?« fragte Dorigen direkt. Sie fand die Kälte in Aballisters Gesicht, wenn er von seinem längst vergessenen Sohn sprach, schier unfaßbar.

»Boygo Rath hat hilfreiche Verbindungen nach Westtor«, antwortete Aballister, dessen dünne Lippen sich zu einem bösen Lächeln verzogen.

Dorigen zuckte zusammen, denn sie ahnte schon, was der Zauberer im Sinn hatte.

»Von den Nachtmasken hast du doch schon gehört?« fragte Aballister.

Dorigen zuckte wieder zusammen, als er die Meuchelmörderbande erwähnte. Natürlich hatte sie von ihnen gehört – jedermann vom Drachengriff bis nach Tiefwasser hatte von ihnen gehört! Sie nickte, doch ihre Miene zeigte deutlich, wie wenig sie daran glaubte, daß Aballister brutal genug sein würde, eine solche Bande anzuheuern, um seinen eigenen Sohn zu töten.

Aballister lachte über ihr fassungsloses Gesicht. »Sagen wir einfach mal«, stellte er fest, »daß auch Cadderly bald von ihnen hören wird.«

Dorigen nahm die Nachricht mit gemischten Gefühlen auf. Sie war natürlich wütend darüber, was Cadderly ihr angetan hatte, aber sie konnte auch nicht vergessen, daß der junge Priester sie leicht hätte töten können. Mit einem Schulterzucken tat sie diesen Gedanken ab und erinnerte sich daran, daß dies nicht mehr ihre Sache war. Was jetzt geschah, geschah zwischen Aballister, Boygo und Cadderly.

Und den Nachtmasken.

☆☆☆

»Diese Goblinbiester werden heute nacht durch den Wald tanzen, wenn sie hören, daß du tot bist«, bemerkte Ivan, der seine große Axt mit Leichtigkeit schwang.

»Wahrscheinlicher ist es, daß die Elfen Elbereths Sieg besingen«, gab der Elf zurück, der dem gemächlichen Schlag leicht auswich. Anschließend drang er auf Ivan ein und suchte eine Blöße, doch Ivans Abwehr war zur Stelle, bevor Elbereth nah genug an ihn herankam.

»Was denn für ein Elbereth?« neckte ihn Ivan, dessen weiße Zähne durch seinen gelben Bart schimmerten.

»Diesen Satz werde ich dir auf den Grabstein schreiben!« brüllte der Elf, dessen Schwert eine blitzschnelle Folge von Finten und Stößen vollführte, an deren Ende er Ivans Rüstung durchstach und die Brust des Zwergs berührte.

Ivan wich zurück und zwinkerte benommen.

»Ei«, stöhnte Pikel von der Seite, eine Äußerung, der Shayleigh, Tintagel und viele der übrigen versammelten Elfen, einschließlich Elbereth, zustimmten.

»Du hast mich getötet, Elf«, grunzte Ivan keuchend. Er taumelte zurück, konnte sich aber kaum noch auf den Beinen halten. Elbereth senkte sein Schwert und lief zu Ivan. Er war entsetzt über seine Tat. Als er zwei Schritte vor dem Zwerg stand und sich schon bückte, um die Wunde zu untersuchen, sah er, wie Ivans Lippen sich zu einem Lächeln verzogen, und er wußte, daß er getäuscht worden war.

»Hihihi«, kam ein wissendes Kichern von der Seite.

Ivan schlug Elbereth mit der flachen Seite der Axt vor die Stirn, worauf dieser rückwärts taumelte. Der Elf warf sein ganzes Gewicht in einen Überschlag und landete ein Stück weiter hinten auf den Füßen. Neugierig sah er zu, wie gleich zwei Ivan Felsenschulters unaufhaltsam näher kamen.

»Du glaubst, deine schmächtige Klinge könnte meine Zwergenrüstung durchpieksen?« schnaufte Ivan. »Blöder Elf.«

Wieder traten sie zum Zweikampf an, doch diesmal übernahm Ivan den Angriff. Elbereth hatte seine Lektion gut gelernt. Er nutzte seine überlegene Schnelligkeit und Beweglichkeit, um Ivans Angriff zu parieren und nicht in Reichweite des kleineren Zwergs zu kommen. Jedesmal, wenn der geschickte Elf eine Blöße fand, schlug er Ivan mit dem flachen Schwert an den Kopf.

Er hätte genausogut auf Stein schlagen können.

Nach vielen Minuten entstand die einzige, etwas ernsthaftere Verletzung, als Ivan stolperte und Elbereth versehentlich den Kopf seiner schweren Axt auf die Zehen fallen ließ.

Alle am Rand des Kampfplatzes, wo sich inzwischen fast das gesamte Elfenlager zum Zusehen versammelt hatte, schlossen sich Pikels Kommentar an.

»Hihihi.«

☆☆☆

Cadderly schaute aus dem offenen Fenster über die Dächer von Carradoon zum Impresksee, doch seine Gedanken waren viele Meilen entfernt in dem Wald, den er vor vier Wochen verlassen hatte. Aus dem stillen Wasser stieg der Morgennebel; in der Ferne stieß ein Seetaucher seinen jammernden Schrei aus.

Wo ist Danica jetzt, fragte sich Cadderly. Und was war mit Ivan und Pikel? Der junge Gelehrte vermißte seine Freunde schmerzlich und fügte diese Lücke zu derselben Leere, die er entdeckt hatte, als ihm klar geworden war, daß die Erhebende Bibliothek nicht seine Heimat war, es nie gewesen war.

Er war mit Großmeister Avery, Kierkan Rufo und einer Schar anderer Priester in die Bibliothek zurückgekehrt, nachdem sie Shilmista verlassen hatten. Avery hatte ihn gebeten, zu bleiben und seine Untersuchung fortzuführen, aber Cadderly wollte nicht, konnte nicht. Nichts an diesem Ort schien dem jungen Gelehrten vertraut. Er konnte die Bibliothek nur noch als Lüge betrachten, eine heitere Fassade in einer Welt, die verrückt geworden war.

»Es gibt zu viele Fragen«, hatte Cadderly dem Großmeister erklärt. »Und hier, fürchte ich, finde ich zu wenig Antworten.« Also hatte der junge Cadderly seine Börse und seinen Wanderstab und alle anderen Dinge mitgenommen, die ihm wichtig erschienen, und die Bibliothek verlassen. Er glaubte nicht, daß er je zurückkehren würde.

Ein Klopfen an der Tür riß den jungen Gelehrten aus seinen Gedanken. Er zog die Tür gerade weit genug auf, um den Frühstücksteller aufzuheben, der für ihn dorthin gestellt worden war.

Nachdem er sein Mahl beendet hatte, stellte er den Teller wieder vor die Tür und legte noch eine Silbermünze als Trinkgeld für den braven Brennan darauf, den Sohn des Wirts in der »Drachenbörse«. Cadderly hatte darum gebeten, nicht gestört zu werden, und der Wirt hatte ihm dies ohne Zögern gewährt. Man brachte ihm seine Mahlzeiten und ließ ihn in Ruhe.

Das Geschrei auf der Straße ging bald los, wie Cadderly es erwartet hatte. Carradoon rüstete zum Krieg. Rasch hob man eine Armee aus, um die Stadt verteidigen zu können. Zuerst war nach Soldaten gerufen worden, um den Elfen in ihrem edlen Kampf um Shilmista beizustehen, aber die jüngsten Berichte hatten das geändert. Shilmista schien in Sicherheit zu sein, denn die meisten der versprengten Goblinmonster hatten sich zur Flucht gewandt.

Doch immer noch schwoll die Armee von Carradoon an, und man hatte sogar eine Sperrstunde verhängt.

Cadderly hatte wenig Freude an der wachsenden Unruhe, aber er hielt es für klug, daß die Stadt sich vorbereitete. Das Böse, das Barjins Angriff auf die Erhebende Bibliothek und Ragnors Invasion nach Shilmista inspiriert hatte, war noch nicht ganz besiegt. Cadderly wußte dies. Bald würde es zweifellos Carradoon heimsuchen.

Cadderly verschloß sein Fenster nicht gegen diese Rufe. Der Wind vom See herauf war angenehm kühl und verband ihn wenigstens ein klein wenig mit der Außenwelt. Ehrfürchtig holte der junge Gelehrte sein wertvollstes Besitzstück heraus, das *Buch der Universellen Harmonie*, legte es auf seinen kleinen Tisch, setzte sich hin und las.

Zu viele Fragen beunruhigten ihn.